KIRSTEN KAISER

König Ludwig – Mord in Schwangau

Weitere Titel der Autorin

König Ludwig und der tote Preuße
König Ludwig und der gläserne Dolch
König Ludwig und der verschwundene Mops
König Ludwig und der brennende Diamant
König Ludwig und das tödliche Mysterium
König Ludwig und die verhängnisvollen Zündhölzer

Über die Autorin

Kirsten Kaiser wurde 1975 in Berlin geboren und lebt und arbeitet dort als Juristin. Sie hat, vielleicht berufsbedingt, eine Schwäche für skurrile Persönlichkeiten, die sie in ihren Romanen hemmungslos auslebt, und schreckt dabei auch vor historischen Ungenauigkeiten nicht zurück. Wenn sie sich nicht gerade durch den §§-Dschungel kämpft oder frohgemut Geschichten schreibt, geht sie gerne mit ihrem Mann walken, versucht sich mehr oder weniger erfolgreich an einem perfekten herabschauenden Hund oder trinkt mit ihren Freundinnen Kaffee, die übereinstimmend der Meinung sind, dass ihre schwere Koffeinsucht langsam in Behandlung gehört.

Kirsten Kaiser

König Ludwig – Mord in Schwangau

Herzogin Sophie und der Märchenkönig ermitteln

Lübbe

Die Bastei Lübbe AG verfolgt eine nachhaltige Buchproduktion. Wir verwenden Papiere aus nachhaltiger Forstwirtschaft und verzichten darauf, Bücher einzeln in Folie zu verpacken. Wir stellen unsere Bücher in Deutschland und Europa (EU) her und arbeiten mit den Druckereien kontinuierlich an einer positiven Ökobilanz.

Vollständige Taschenbuchausgabe
der bei Bastei Lübbe erschienenen E-Books

Dieses Werk wurde vermittelt durch die Langenbuch & Weiß
Literaturagentur.

Umschlaggestaltung: Guter Punkt, München | www.guter-punkt.de
Umschlagmotiv: © Adobe Stock: Andrew Mayovskyy | KVasay;
© iStock/Getty Images Plus: ViliamM | czekma13 | SimoneN |
mouu007 | Ekaterina Romanova
Satz: 3w+p GmbH, Rimpar
Gesetzt aus der Adobe Caslon Pro
Druck und Verarbeitung: GGP Media GmbH, Pößneck

Printed in Germany
ISBN 978-3-404-19205-2

5 4 3 2 1

Sie finden uns im Internet unter luebbe.de
Bitte beachten Sie auch: lesejury.de

Kirsten Kaiser

König Ludwig und der tote Preuße

Ein Fall für Herzogin Sophie und den Märchenkönig

Kapitel 1

»Er kommt nicht raus, Eure Hoheit.« Freiherr von Pfistermeister wischte sich eine Spur Schweißtropfen mit einem Taschentuch von der Stirn, das auch als mittelgroßes Tischtuch hätte dienen können. Er atmete mehrmals tief ein und aus, um zu Atem zu kommen. Die Treppen herauf in die oberste Etage waren steil, und es war anstrengend, sie nach oben zu eilen. Dafür hatte man eine wunderbare Aussicht aus allen Fenstern.

»Ludwig?«, fragte Sophie, obwohl sie natürlich wusste, wen er meinte. Sie betrachtete die Leinwand auf der Staffelei vor sich, den Pinsel locker in der Hand.

»Selbstredend, Eure Hoheit.« Von Pfistermeister navigierte eilig, aber gemessen um den Esstisch in Sophies Behelfswohnzimmer, auf dem sie Säckchen mit farbigen Pigmenten, unterschiedliche Pinsel, eine Flasche Leinöl, eine mit Terpentin und eine Mischpalette gestapelt hatte.

»Habt Ihr geklopft?« Sophie tupfte ein wenig Lapisblau in den halb fertigen Alpsee. Dann verglich sie ihn durch das weit geöffnete Fenster mit dem Original, das unten im Tal in der Mittagssonne lag, gesäumt von Bäumen und herrlich gelegen vor den schroffen Ammergauer Alpen, die sie jedes Mal aufs Neue beeindruckten.

»Mehrfach, Eure Hoheit.« Von Pfistermeister postierte sich direkt vor ihrer Staffelei.

Sophie schenkte ihm nur einen flüchtigen Blick, bevor sie sich wieder ihrem Bild widmete. Sie wusste, wie er aussah: klein, mittleren Alters, mit ergrauendem Spitzbart, Halbglatze, über die ein paar graue Haarsträhnen gebürstet waren, und Brille. Seine übliche Kleidung aus grauem Gehrock, dunklen Hosen und Lackschuhen war geschäftsmäßig und konservativ, wie es sich für einen der höchsten Beamten Bayerns gehörte.

Doch sein gehetzter Gesichtsausdruck und die steile Falte über der Nasenwurzel verhießen ein drohendes politisches Inferno – mal wieder.

»Laut genug?«, fragte Sophie. Wenn sie ehrlich war, hatte ihr Bild nicht viel Ähnlichkeit mit der Landschaft zu ihren Füßen. Irgendetwas passte nicht.

»Das Holz hat von der Wucht gezittert«, übertrieb von Pfistermeister.

»Tatsächlich?« Ihr See hatte die Form eines schiefen Eis, anders als der echte. Vermutlich war es das, was sie störte. Oder doch die Farbe?

Von Pfistermeister hustete leise und vorwurfsvoll. Er faltete das Taschentuch und steckte es in die Brusttasche.

»Ja?« Endlich schenkte Sophie ihm einen aufmerksamen Blick.

»Er weigert sich, die Tür zu öffnen. Er ist zu *müde*.« Von Pfistermeisters lange Nase zuckte beim Sprechen, was die Brille darauf wackeln ließ.

»Und? Warum darf er nicht müde sein?«

»Er ist der König. Wir brauchen ihn.«

»Aber es ist erst ein Uhr. Mittag.« Sophie betonte das letzte Wort, nur für den Fall, dass das Sonnenlicht draußen von Pfistermeister nicht genug Hinweise auf die Tageszeit gab. »Kann die Sache nicht warten, bis er wacher ist?«

»Die Angelegenheit duldet keinen Aufschub, Eure Hoheit. Es ist eine regelrechte Katastrophe.« Von Pfistermeister holte das Taschentuch wieder hervor und zerknüllte es in der Hand.

»Das sagt Ihr jeden Tag.« Sophie strich etwas Blau von ihrem rechten Daumen und Zeigefinger an dem Kittel ab, den sie über ihrem Kleid trug. »Gestern war es eine Katastrophe, weil ...« Sie machte eine Pause. »Was war es gestern doch gleich?«

»Aber heute ist es eine größtmögliche Katastrophe«, überging er ihre Frage. »Ein Desaster mit einem großen D, sozusagen.«

»Wieso?«

»Weil von Geersen, der preußische Sondergesandte, schon seit drei Stunden unten auf den König wartet.«

»Soweit ich weiß, macht der Sondergesandte das nicht zum ersten Mal.«

»Das nicht. Aber anscheinend nimmt er es Seiner Majestät übel, dass der ihn letzte Woche versetzt hat und stattdessen ausgeritten ist. Er hat gedroht, die Verhandlungen abzubrechen und unverzüglich abzureisen. Also, der Sondergesandte, nicht Seine Majestät.«

»Und was denken Sie, meint von Geersen es wirklich ernst?«

»Er hat in meiner Gegenwart seinen Diener gebeten, die Koffer zu packen, und eine Kutsche bestellt.«

»Ist das alles?«

»Nein. Er hat Reiseproviant angefordert«, sagte von Pfistermeister so bedeutungsschwanger, als verkünde er die Bergpredigt.

»Oha«, machte Sophie unbeeindruckt. Es war die Farbe. Die stimmte nicht. Da musste noch mehr Blau in die Mitte des Sees. Sie tupfte erneut etwas davon auf die Leinwand, schüttelte aber mit gerunzelter Stirn den Kopf, als sie das Ergebnis betrachtete.

»Oha?« Von Pfistermeister wirkte, als ob er gleich einen Herzinfarkt bekäme. »*Oha?*« Seine üblicherweise tiefe Stimme sprang in die Höhe.

»Was soll ich sagen? Seine Majestät mag es nicht, unter Druck gesetzt zu werden, und wenn von Geersen meint, es eilig zu haben, dann …« Sophie schnappte sich die Mischpalette und tunkte den Pinsel ins Weiß. Vielleicht schaffte sie es damit, den Schaden auszubessern, den sie eben am Ammersee verursacht hatte.

Von Pfistermeister warf die Hände in die Höhe, wobei das Tuch auf den Teppich flatterte. »Wenn er abreist, waren die letzten Monate umsonst. Ihr müsst mit Seiner Majestät reden, Eure Hoheit. Er muss den Sondergesandten empfangen. Unverzüglich.«

»Ich?« Sophie schaute von Pfistermeister dabei zu, wie er das Taschentuch aufhob und es zum zweiten Mal einsteckte. Sein Rekord lag bei sechs Mal in einer Viertelstunde. »Wieso immer ich? Was ist mit Euch oder von der Pfordten?« Sie kannte und schätzte von Pfistermeister seit ihren Kindertagen. Er hatte ihr oft genug mit Rat und Tat zur Seite gestanden. Zudem war ihr bewusst, dass er mit seiner Aufgabe als Kabinettssekretär ein schweres Los gezogen hatte. Alle Anfragen an Ludwig gingen über von Pfistermeisters Tisch, und den Hauptteil seiner grauen Haare und diversen nervösen Marotten verdankte er der Tatsache, dass es fast unmöglich war, Ludwig dazu zu bringen, sich mit diesen Anfragen zu beschäftigen. Dennoch war sie entschlossen, sich nicht wieder in eines der ministeriellen Dramen um ihren ehemaligen Verlobten verwickeln zu lassen. Denn das endete regelmäßig damit, dass sie selbst den Ärger hatte. Entweder mit Ludwig oder mit einem seiner Minister und manchmal auch mit allen gleichzeitig.

»Auf Euch hört er«, sagte von Pfistermeister in ihre Überlegungen hinein.

»Wie bitte?« Sophie legte die Palette wieder auf den Tisch.

»Der König hört auf Euch.« Von Pfistermeister zog erneut sein Taschentuch heraus.

»Das halte ich für ein Gerücht.« Sophie blieb unschlüssig vor ihrem Bild stehen. Jetzt hatte der Ammersee in der Mitte einen weißen Fleck, was aussah, als ob es an einer Stelle auf den See geschneit hätte – und das, obwohl die Bäume drumherum in voller Pracht standen. Sie seufzte. Bei Augusto wirkte es so leicht, wenn er zum Pinsel griff. Wieso war es das nicht, wenn sie es versuchte?

»Das letzte Mal war es aber so.« Irgendetwas schien von Pfistermeister an seinem Taschentuch zu stören, denn er schüttelte es energisch aus.

»Das war Zufall. Das Mal davor hat er mich rauskomplimentiert und anschließend fünf Tage gemieden. Und von der

Pfordten hätte es fast geschafft, ihn zu überreden, mich nach Hause in die Verbannung zu schicken«, entgegnete Sophie.

»Damit stehen die Chancen immerhin fünfzig zu fünfzig. Mich hat er die letzten zehn Male hinausgeworfen. Und das ist zurückhaltend geschätzt.« Von Pfistermeister musterte sie eindringlich, steckte das Tuch ein und faltete die Hände vor der Brust dramatisch zum Gebet. »Bitte, Eure Hoheit. Wenn die Verhandlungen scheitern, dann hat der König gerade noch genug Geld, um die nächsten sechs Monate zu überstehen. Und das ohne die immensen Kosten der Baustelle.« Er machte eine vage Geste in Richtung der Neuen Burg Hohenschwangau und schauderte theatralisch. »Das Ganze ist ein Albtraum. Allein das Abtragen des alten Schlosses hat Unsummen verschlungen – und erst die Sprengungen des Felsgesteins, um Platz für die irrsinnige Grundfläche des neuen Schlosses zu schaffen. Nicht zu reden von all diesem neumodischen Unsinn, den Seine Majestät plant, wie Heizungen, Aufzüge und was weiß ich. Es ist aberwitzig.«

»Ich dachte, Ludwig hat Einnahmen von über zwei Millionen Gulden pro Jahr? Das kann doch nicht alles aufgebraucht sein.«

»Doch.«

»Wie geht das?«

»Der exaltierte Lebensstil, die vielen privaten Bediensteten, der aufgeblähte Verwaltungsapparat, die diversen Baumaßnahmen, sein Mäzenatentum ...«

»Ihr meint Wagner?«, unterbrach Sophie ihn, bevor er ewig so weitermachen konnte.

»Derselbe hat im letzten Jahr mehr gekostet als der Unterhalt all unserer Schlösser«, murrte von Pfistermeister.

»Jetzt dramatisiert Ihr aber, oder?«

»Ein wenig«, gab er zu und tastete an seiner Brusttasche nach dem Taschentuch, ließ es dann jedoch stecken. »Aber Richard Wagner ist teurer als die Staatsausgaben für zehn Minister zusammen. Und wofür? Ein paar laute, theatralische Opern?«

»Danach frage ich Ludwig sicher nicht«, wehrte Sophie bestimmt ab.

»Das müsst Ihr auch nicht. Aber die Preußen bieten unter der Hand viel Geld für den Fall, dass wir uns einig werden. Bitte. Ihr seid Seiner Majestät Cousine, beste Freundin und Vertraute.« Von Pfistermeister holte jetzt doch wieder sein Taschentuch heraus und tupfte sich damit die Stirn ab. Er näherte sich seinem Rekord. Langsam machte Sophie sich Sorgen um ihn.

»Ich möchte Euch wirklich helfen.« Sie legte den Pinsel auf die Ablage an der Staffelei. »Aber auch auf die Gefahr hin, dass das egoistisch klingt: Ich kann nicht nach Hause. Eher springe ich mit Anlauf aus dem Fenster.« Sie war froh, dass sie von Pfistermeister gegenüber so offen sein konnte. Er würde es für sich behalten, darauf konnte sie zählen.

»Das wäre zweifellos sehr schade«, entgegnete von Pfistermeister ungerührt, aber mit einem Funken trockenen Humor.

»Besten Dank«, entgegnete Sophie ebenso trocken.

»Keine Ursache. Und ich denke, Ihr könnt beruhigt sein. Eure Mutter wird Euch nicht gegen den Wunsch Seiner Majestät nach Hause holen, solange hier nichts Ungebührliches geschieht. Und der König liebt Euch wie seine eigene Familie, die Ihr ja auch seid. Daran ist nichts Unschickliches, und er würde Euch nie heimsenden, wenn Ihr dies nicht wünscht.«

»Es wäre schön, wenn meine Mutter das ebenfalls so sehen könnte«, sagte Sophie. »Ich bin erst zwei Wochen hier, und sie hat mir schon zwei Mal geschrieben und gefragt, wann ich denn endlich wieder nach Possenhofen käme. Und das, obwohl sie mir versprochen hat, dass ich den Sommer hier verbringen darf. Von der Pfordten scheint Mama erneut auf die Unschicklichkeit meines Besuchs aufmerksam gemacht zu haben.«

»Apropos Schicklichkeit«, sagte von Pfistermeister und schaute in Richtung der Tür zur Mädchenkammer, die sich rechts an das Wohnzimmer anschloss. »Wo ist eigentlich Euer Ehrenfräulein? Sollte Erika nicht bei Euch sein?«

»Die habe ich zum Einkaufen ins Dorf geschickt.« Sophie unterdrückte ein zufriedenes Lächeln. Sie hatte ihrer Kammerfrau so viele Aufgaben aufgetragen, dass sie bestimmt einige Stunden weg sein würde.

Von Pfistermeister schmunzelte. Sophie vermutete, dass ihm nicht entgangen war, dass sie auffällig häufig ohne ihr Ehrenfräulein anzutreffen war und das besagte Ehrenfräulein fast jeden Tag aufwendige Einkaufslisten ausgehändigt bekam, deren Erledigung viel Zeit in Anspruch nahm.

»Wenn es Euch beruhigt«, sagte von Pfistermeister, »dann unterstütze ich Euch, falls von der Pfordten wieder gegen Euch intrigiert.«

»Sicher?« Sophie hob zweifelnd die Augenbrauen.

»Großes Kabinettssekretärsehrenwort.« Von Pfistermeister machte einen angedeuteten Diener.

»Und werdet Ihr auch Ludwig gegenüber für mich sprechen, falls er mir meine Intervention übel nimmt?«

Von Pfistermeister wurde bleich und nestelte wieder an seiner Brusttasche herum.

Sophie seufzte. »Ich ziehe meinen Kittel aus und wasche mir die Hände.«

Zwanzig Minuten später klopfte Sophie zweimal lang und viermal kurz an der Tür zu Ludwigs Schlafgemach, dem sogenannten Tassozimmer. Während sie auf eine Antwort wartete, starrte sie abwesend auf das dunkle, mit schwarzen Metallstreben verstärkte Holz, das sie immer an eine Tür in einer mittelalterlichen Festung erinnerte. Wie hatte es von Pfistermeister nur wieder geschafft, dass sie hier war und nicht oben in ihren Gemächern beim sorglosen Malen von Landschaften, die vermutlich eine Sechsjährige besser hinbekommen hätte?

»Ich bin es. Sophie«, rief sie nach einer gefühlten Minute,

was eigentlich unnötig war, da Ludwig sie natürlich an ihrem verabredeten Klopfzeichen erkannte. »Kann ich hereinkommen?« Sie klopfte erneut im festgelegten Takt und wartete.

Von drinnen kam ein dumpfer Schlag, wie etwas Schweres, das auf dem Boden aufprallte.

»Ludwig?« Sophie lauschte und zählte stumm bis zehn. Dann drückte sie die Tür auf, die unverschlossen war.

König Ludwig II. von Bayern stand mit ausgestreckten Armen in der Mitte seines geräumigen Schlafzimmers und schien die Decke anzubeten. Von dieser schimmerte matt ein aus dem darüberliegenden Stockwerk beleuchteter, künstlicher Sternenhimmel, der das Zimmer in eine ewige Sternennacht tauchte. Ludwig selbst hatte die Idee zu der Installation gehabt, die ihm zu jeder Tages- und Nachtzeit seit Jahren einen Schlaf unter den Gestirnen ermöglichte. Etwas, worum Sophie ihn beneidete und was sie begeisterte. Und nicht nur sie. Die Besucher und selbst die Bediensteten des Schlosses flüsterten über die Großartigkeit des Sternenhimmels, und fast alle hätten viel dafür gegeben, sich ihn selbst einmal ansehen zu können. Doch Ludwig schützte seine Privatsphäre mit notorischem Eifer, daher war es nur wenigen vergönnt. Sophie selbst gehört zu ihnen und schätzte sich glücklich deswegen. Sie war privilegiert, das wusste sie.

Sie kniff die Augen zusammen, um besser sehen zu können. Zum Glück sorgte ein goldener Kronleuchter, der an einer quer durchs Zimmer gespannten massiven Kette hing, für mehr Licht. Die zusätzliche Beleuchtung war nötig, da momentan sämtliche Vorhänge geschlossen waren und nur durch die Ritzen ein wenig Tageslicht hereindrang. Das gedämpfte Licht reichte zumindest aus, um die prächtige Wandbemalung des Zimmers zu offenbaren, die in leuchtenden Farben das Gedicht »*Das befreite Jerusalem*« von Torquato Tasso illustrierte. Auch wenn Sophie das Kunstwerk schon oft gesehen hatte, nahm seine Schönheit sie immer wieder aufs Neue gefangen. Doch heute wurde sie durch Ludwigs Mops Siegfried abgelenkt, der etwas hinter sich herziehend rechts unter Ludwigs reich verziertem Holzbett verschwand.

Auf dem Tisch an der Wand daneben lag der umgekippte, leere Papageienkäfig, dessen Tür offen stand. Auf dem Boden befanden sich ein wenig Sand aus dem Inneren des Käfigs und eine Tischlampe, die der Käfig beim Umfallen heruntergefegt haben musste. Ein großer Schrank, dessen Tür ebenfalls offen stand, komplettierte die Einrichtung auf der linken Seite des Zimmers.

»Ja?« Ludwig wandte sich Sophie zu, ohne die Arme herunterzunehmen. Seine schwarzen Haare hingen ihm in die Stirn. Das Schlafanzugoberteil war hochgerutscht, sodass ein wenig blasser Bauch zu sehen war, und einer seiner Pantoffeln fehlte.

»Darf ich eintreten, Ludwig?« Sophie blieb kurz an der Tür stehen, die sie hinter sich geschlossen hatte, weil Ludwig es nicht schätzte, wenn Bedienstete von draußen in sein Zimmer schauen konnten.

»Bitte.« Ludwig ließ die Arme sinken, bückte sich und zog auch noch den zweiten Pantoffel aus.

Sophie kam näher und beobachtete ihn dabei schweigend. Ludwigs Stimmungsschwankungen waren legendär. An manchen Tagen war er der beste Freund, den man haben konnte: loyal, klug und kreativ. An anderen hieß es, rasch in Deckung zu gehen. Welcher Tag war heute?

Ludwig richtete sich mit dem Pantoffel in der Hand auf. Er wirkte entspannt und lächelte sogar, auch wenn er Schatten unter den Augen hatte. Seine Laune schien also trotz des Besuchs des Sondergesandten nicht schlecht zu sein.

»Was hat er da?« Sophie nickte erleichtert in Richtung Bett, unter dem der Mops vor sich hin knurrte und ab und zu jaulte.

»Meinen anderen Schuh zum Mittagessen«, sagte Ludwig. »Hilfst du mir?«

»Ihn wiederzuholen?« Sophie fragte sich, wie sie in ihrem sperrigen Kleid mit der Krinoline unters Bett passen sollte.

»Den Schuh? Nein, nicht nötig«, winkte Ludwig ab.

»Nicht?«

»Mein letztes Paar hat ihm nicht geschadet.«

»Ganz wie du meinst. Aber wobei soll ich dann helfen?«

»Dabei.« Ludwig zeigte mit dem Pantoffel nach oben. Auf dem Kronleuchter trippelte etwas Grün-Gelbes auf und ab: Ludwigs Amazonenpapagei Brunhilde.

»Was kann ich tun?« Sophie legte den Kopf in den Nacken.

»Wedele mit dem Pantoffel«, bat Ludwig. »Das lenkt sie ab, sodass ich sie ergreifen kann. Warte auf mein Zeichen.« Er warf Sophie den Pantoffel zu, die ihn geschickt auffing, und zog einen filigranen Stuhl mit elegant geschwungenen Beinen unter den Kronleuchter.

Sophie zögerte, als sie seine Absicht erkannte.

»Stimmt was nicht?« Ludwig verharrte, einen Fuß auf dem Stuhl.

»Ist der Stuhl nicht ein wenig zu …« Sophie suchte nach dem passenden Wort. »… zart?«

»Wie meinen, meine Beste?«

»Ich meine …« Sie brach ab. Ludwig war außerordentlich empfindlich, wenn es um sein Gewicht ging, weil er seit Kurzem bei einer Größe von knapp über ein Meter neunzig beinahe hundertzehn Kilo wog. »Die Sitzfläche ist etwas zu klein, um darauf zu stehen, oder?«, improvisierte sie. Sophie selbst fand Ludwig nicht zu dick, aber er war in einer Familie aufgewachsen, die körperliche Zucht schätzte und zugleich erwartete. Sein Vater war vor seinem Tod ein passionierter Jäger gewesen. Seine Mutter war trotz ihres mittlerweile fortgeschrittenen Alters immer noch eine begeisterte und sehr fähige Bergsteigerin. Eine Leidenschaft, die Ludwig im Gegensatz zur Jagd teilte. Allerdings war seine Leidenschaft für Süßigkeiten mindestens genauso groß wie die für das Klettern und Wandern.

»Ich bin sicher, das wird reichen.« Ludwig kletterte mühsam auf den Sitz, auf dem seine nackten Füße gerade so nebeneinander passten, und richtete sich etwas wackelig auf, was ihn fast auf Augenhöhe mit dem Papagei brachte. Der stutzte eine Millisekunde und trat flatternd den Rückzug auf die höher gelegene Befestigungskette an, bevor Ludwig ihn packen konnte. »Nun dann.« Ludwig gab Sophie einen Wink und verlor prompt das Gleichgewicht. Er ruderte mit den Armen.

Sophie eilte zu ihm und ergriff ihn von unten fest an einer Hand. »Alles in Ordnung?«

»Selbstverständlich«, sagte Ludwig würdevoll und hielt sich mit der anderen Hand an der schwankenden Kette über ihm fest. »Darf ich bitten?« Er ließ Sophie los.

»Richtig.« Sophie trat ein wenig von ihm zurück und schwenkte den Pantoffel.

Siegfried kam unter dem Bett hervorgeschossen und umkreiste Sophie schnaufend und mit dem ganzen Körper wedelnd. Brunhilde hingegen starrte regungslos aus einem Auge auf Ludwig herunter und hielt das andere geschlossen, während die Kette sie hin und her schaukelte.

»Merde alors«, murmelte Ludwig, der jetzt mit dem ganzen Stuhl vor und zurück wankte.

»*erde alorsss*«, krächzte Brunhilde.

»Wann hat sie das gelernt?« Sophie stoppte mitten in der Bewegung.

»Gerade.« Ludwig hielt nur mit Mühe sein Gleichgewicht. »Sie ist sehr gelehrsam. Nur das mit den Ms klappt partout nicht.« Er packte mit der zweiten Hand die Kette, wodurch er noch mehr ins Schwanken geriet.

»Ich fürchte, wir brauchen eine neue Idee.« Sophie sah sich schon gegenüber von der Pfordten und von Pfistermeister erklären, weshalb der bayrische König sich in ihrer Gegenwart den Hals gebrochen hatte. »Darf ich es einmal versuchen?« Sie hielt ihm erneut die Hand hin. Ludwig ergriff sie, nachdem er die Kette vorsichtig losgelassen hatte. Sie stemmte sich mit aller Kraft gegen sein Gewicht, wartete, bis er auf sie gestützt sicher herabgestiegen war, und drückte ihm den Pantoffel in die Arme.

»Und nun?« Er runzelte die Stirn.

Sophie lächelte aufmunternd, löste ihr kostbares silbernes Armband mit den Rubinen und hielt es Brunhilde hin. »Schau mal«, sagte sie so lockend wie möglich zu ihr.

Der Vogel neigte den Kopf und öffnete das andere Auge, bewegte sich aber nicht.

»Was soll das werden, meine liebste Sophie?« Ludwig versuchte, den an ihm hochspringenden Siegfried davon abzuhalten, sich den zweiten Pantoffel zu schnappen.

»Sie ist eine Elster«, erklärte Sophie.

»Ich bin mir sicher, dass sie ein Papagei ist. Da, nimm, du Gierschlund.« Ludwig warf Siegfried seine Beute zu, der damit so schnell durch den Raum sauste, wie das auf seinen kurzen Beinchen möglich war.

»Sie liebt alles, was glitzert. Ist dir das noch nicht aufgefallen?«

»Nicht, dass ich wüsste.« Ludwig klang nachdenklich.

»Dann warte nur ab.« Sophie ließ den Schmuck demonstrativ weiter hin und her baumeln, ging langsam zum metallenen Käfig und stellte ihn mit der freien Hand auf. Zum Glück war der meiste Sand im Vogelbauer geblieben. »Na, komm. Ist alles deins«, flötete sie Brunhilde zu und legte das Armband auf den Sand.

Der Papagei kam zögernd auf der Kette herangetrippelt. Doch dann siegte die Gier. Er flog nach unten, kletterte in den offenen Käfig und nahm das Armband in den Schnabel.

»Das hätte ich als Nächstes versucht«, behauptete Ludwig.

»Natürlich«, entgegnete Sophie sanft, während sie die Tür des Käfigs schloss.

Ludwig trat heran. »Willst du das nicht wiederhaben?«

»Eigentlich nicht. Das Armband ist ein Geschenk von Herzog Alençon.«

»Verstehe.« Ludwig sah sie mit einer Mischung aus Schuldbewusstsein, Mitleid und Zuneigung an, wie immer, wenn es um ihren potenziellen neuen Verlobten ging. »Möchtest du ein neues? Ich kann dir etwas Schönes machen lassen. Bitte, lass mich dir etwas schenken«, sagte er eifrig.

»Das ist nett von dir, Ludwig, mein Lieber. Aber es ist wirklich nicht erforderlich. Ich habe mehr als genug Schmuck.«

»*Schuck*«, warf Brunhilde dazwischen, die das Armband mit dem Schnabel im zentimeterdicken Sand des Käfigs verscharrte.

»Schmmmuck«, sprach Sophie ihr langsam und deutlich vor.

Brunhilde nickte, zog es jedoch vor, zu schweigen.

»Das lernt sie noch. Rate mal, was ich als Nächstes mit ihr trainieren werde.« Ludwig wippte auf den Zehenspitzen.

»Was denn? Singen?«

»Apportieren. Die Arbeit mit Siegfried hat mich darauf gebracht.« Er rieb sich freudig die Hände, dann schaute er wieder zu Brunhilde. »Und bist du sicher, was den Schmuck angeht? Meine Goldschmiede sind erstklassig.«

»Sicher. Aber ich danke dir von Herzen.«

»Na gut.« Ludwig räusperte sich und besann sich kurz. »Was führt dich eigentlich zu mir? Ich dachte, du widmest dich heute deiner Kunst? Also, nicht, dass ich mich nicht freuen würde, dich zu sehen. Denn das tue ich.« Er lächelte sie warm an.

»Pfi hat mich aufgespürt.« Sie lächelte zurück. Sie war froh, dass sie zu ihrer alten Vertrautheit zurückgefunden hatten, die während ihrer Verlobung arg gelitten hatte. »Und das, obwohl ich mich oben in den Gemächern versteckt hatte, die du mir netterweise überlassen hast. Er schickt mich, um mit dir zu reden.«

Ludwig stöhnte.

»Ich weiß«, beschwichtigte ihn Sophie. »Aber er sagt, es sei wichtig.«

»Das denkt er immer, und nie stimmt es.«

»Von Geersen hat gedroht, abzureisen, wenn du ihn heute nicht empfängst.«

»Das tut er sowieso nicht.«

»Seine Koffer sind gepackt, die Kutsche ist bestellt.«

»Pah.« Ludwig winkte ab.

»Er hat Reiseproviant geordert.«

Ludwig stutzte. »Dann könnte er es tatsächlich ernst meinen. Aber selbst wenn …« Er stemmte die Hände in die Hüften. »Wofür habe ich meinen Finanzminister? Und Pfi und Pfo? Können die nichts alleine regeln?«

»Von Geersen muss direkt mit dir sprechen. Die Sache ist wohl delikat. Anweisung von Bismarck, sagt Pfi.« Sophie bewunderte Brunhildes Energie. Der Papagei hatte das Armband bereits in eine sandige Anhöhe verwandelt, unter der es hier und da rot funkelte.

»Ich will nicht mit ihm reden. Er ist ein einfältiger Mensch, der nur an das nächste Mahl denkt und von wahrer Größe keine Ahnung hat. Man stelle sich vor, er mag nicht einmal Wagner. Wagner! Ein Tor, wer dieses wahre Genie nicht erkennt.« Ludwig streckte die Brust raus und stellte sein rechtes Bein durchgedrückt zur Seite. Das tat er immer, wenn er königlich wirken wollte.

»Aber er ist nun einmal Bismarcks Repräsentant für die schweren Fälle.« Sophie beugte sich zum Käfig herunter, um zu bewundern, dass das Armband endlich einen löblichen Zweck gefunden hatte.

»Die schweren Fälle?«, echote Ludwig. »Es ist wohl eher so, dass Bismarck seinen Schwiegersohn in spe mit aller Macht fördern will.«

Sophie schaute überrascht wieder auf. »Das wusste ich nicht. Wirklich? Nicht doch, Brunhilde.« Brunhilde grub das funkelnde Armband wieder aus und zog es mit dem Schnabel auf dem Käfigboden im Kreis herum, vermutlich auf der Suche nach dem noch idealeren Versteck.

»Ja, wie man sieht, ist der große Bismarck nicht über ein bisschen Nepotismus erhaben.« Ludwig betrachtete ebenfalls Brunhildes Aktivitäten.

»Interessant. Ich habe mich schon öfter gefragt, warum von

Geersen seine Stellung innehat. Ohne ihm zu nahe treten zu wollen, aber er macht manchmal einen wenig inspirierten Eindruck. – Da.« Sophie wies auf eine Stelle im Käfig, die nicht anders war als die anderen, ihr aber dennoch gut erschien. »Und bitte viel Sand darüber.«

Brunhilde schien zu verstehen, denn sie begann augenblicklich damit, das Armband an besagtem Punkt zu verbuddeln.

»Gut so, Brunhilde«, lobte Ludwig. »Und was von Geersen angeht«, sagte er zu Sophie, »so hast du das ausgezeichnet und sehr diplomatisch umschrieben. Ich hätte ihn mit Freude schon hundertmal des Landes verwiesen, wenn ich nur könnte. Er ist ein Dummkopf und so langatmig, dass es einem das Wasser in die Augen treibt. Aber ich muss mich mit ihm abfinden, weil Bismarck es so will.« Er strich sich durch die Haare und glättete sie. »Wo wir gerade von Landesverweis sprechen: Wagner ist aus München zu Besuch gekommen. Er wohnt unten im Dorf. Wusstest du, dass er eine ganz hinreißende neue Oper komponiert hat? Ein Heldenepos erster Güte. Er hat sie mir heute Nacht vorgestellt. Mir allein. Als Erstem auf der ganzen weiten Welt. Und dann haben wir geredet, bis der neue Tag begann. Er ist ein treuer, werter Freund.« Ludwig strahlte.

»Wenn er hier ist, ist Geld umso wichtiger«, murmelte Sophie vor sich hin. Brunhilde hörte kurz auf zu graben und schaute andächtig zur Herzogin. Offenbar stimmte sie mit ihr überein.

»Du musst dir das neue Werk anhören«, fuhr Ludwig unbeirrt fort. »Die Geschichte, die Musik. Du wirst begeistert sein. Heute Abend? Im Festsaal?«

»Sehr gern.« Sophie schenkte dem König ein ehrliches Lächeln sowie einen angedeuteten Knicks als Dank. Sie mochte Wagners Musik fast genauso gern wie Ludwig. Nur mit Wagners Charakter hatte sie ein Problem. »Aber meinst du, du kannst vorher …«, versuchte sie es erneut.

»Ist das wirklich nötig?« Ludwig schob die Unterlippe nach vorne, das Strahlen war verschwunden.

»Ich fürchte.« Sophie tätschelte seinen Oberarm. »Aber wir machen es so angenehm wie möglich für dich.«

»Wie soll das gehen?«

»Du könntest zum Beispiel deine schöne Uniform anziehen, die blaue, die du so magst.«

»Vielleicht. Aber ich will nicht alleine mit ihm reden.«

»Pfi wird da sein und ungefähr ein halbes Dutzend andere, um dich zu unterstützen, Ludwig. Du bist nicht allein.«

»Pfff«, stieß Ludwig zwischen zusammengebissenen Zähnen hervor, plötzlich rot im Gesicht. »Unterstützen? Ha!« Er reckte den Zeigefinger in die Luft. »Um mich zu kontrollieren und zu gängeln wohl eher. Eure Majestät hier, mein König da und alles mit diesem angespannten Gesichtsausdruck, der bedeutet, dass sie Angst haben vor dem, was ich als Nächstes sage oder tue. Diese Heuchler.« Er fuchtelte wild mit dem Zeigefinger, sodass Sophie vorsorglich einen Schritt zurückging. »Und worum geht es ihnen?«, machte Ludwig davon unbeeindruckt weiter. »Nicht um Würde, nicht um Anstand, Ehre oder Ruhm. Ganz zu schweigen von der Kunst. Es geht immer nur um Geld, Geld, Geld.«

»Aber denk doch, was du mit dem Geld alles schaffen kannst«, wandte Sophie ein. »Welche herrlichen Bauten. Die Neue Burg Hohenschwangau wird ein Wunder.« Das war nicht geschmeichelt. Sie hatte die Pläne gesehen und war verzaubert.

Ludwig atmete tief durch. »Du hast recht.« Er senkte den Finger. »Ich habe übrigens über einen Namen für sie nachgedacht. Neue Burg Hohenschwangau trifft es nicht. Das ist zu banal, zu unauffällig. Meine neue Burg wird etwas nie zuvor Dagewesenes sein, ein Traum von Heldentum und Edelmut in Stein. Das muss sich im Namen wiederfinden.«

»Und an welchen hast du gedacht?« Sophie suchte auf dem Nachttisch nach den Sonnenblumenkernen, um Brunhilde zu belohnen, die das Armband wieder vollständig vergraben hatte.

»Ich habe noch keine überzeugende Idee. Aber wie ich schon sagte, es muss den Odem von Rittern und alten Mythen haben. Heilige Gralsburg? Parzifalpalast?« Ludwig rieb sich die Stirn. »Ah, taugt alles nichts. Hast du einen Einfall?«

»Nicht spontan. Aber ich denke gern darüber nach.« Sophie drehte sich zu Ludwig.

»Ausgezeichnet. Dann bin ich jetzt bereit für von Geersen. Aber nur, weil du mich gebeten hast. Und ich gehe nicht ohne Freunde. Du musst mitkommen. Ich brauche dich.« Ludwig dachte nach. »Und Wagner auch.«

»Wagner?«, rutschte es Sophie erschrocken heraus.

»Ich schätze seine Meinung, das weißt du doch«, entgegnete Ludwig missmutig.

»Ich gebe deinem neuen Sekretär Bescheid«, sagte Sophie schicksalsergeben.

Kapitel 2

Auszug aus dem Tagebuch Ludwigs des II.:

> *»Oh Herr, mach, dass ich die verdammten Preußenhunde ruhig und mit Gleichmuth ertrage, so, wie es Dein Wille ist. Gib mir unendliche Geduld, ewige Langmuth und überwältigende Kraft, sie nicht bei Wasser und ohne Brot in den Kerker zu werfen. (Notiz: Ursula bitten, mir frische Pralinen ins Verhandlungszimmer zu bringen!!!)«*

»Beeil dich!« Ludwig zog den Bauch ein. »Los, los, die verräterischen Preußen warten.«

»Sehr wohl, mein König.« Ludwigs Privatdiener Karl kniete vor Ludwig und versuchte, die Knöpfe an der dunkelblauen Uniformjacke zu schließen. Die rechte Jackenseite glitt ihm aus den Fingern, sodass der starre Stoff über Ludwigs Körpermitte aufklaffte und das helle Seidenhemd darunter zum Vorschein kam. »Sie scheint ein klein wenig zu spannen, Eure Majestät.« Karl kam langsam in die Höhe. Er war jetzt im vierundsechzigsten Jahr, und langsam nagte der Zahn der Zeit an ihm. Etwas, das unter anderem daran sichtbar wurde, dass sein ehemals blondes Haar nunmehr fast weiß war und die vielen Sommersprossen in den tiefen Falten auf seinen Wangen verschwanden.

»So ein Unsinn«, entgegnete Ludwig. »Die habe ich erst vor ein paar Monaten zur Trauung von der Tochter von dieser – wie war noch ihr Name? – getragen. Diese verrückte Gräfin mit dem schlechtesten Orchester der Welt. Das, bei dem die erste Geige mich in den Wahnsinn getrieben hat. Du weißt schon.«

»Die mit dem schönen Gartenpavillon, den Ihr beim Empfang bewundert habt?« Karl stand jetzt aufrecht und reichte Ludwig eben bis zur Brust.

»Genau. Da passte die Jacke jedenfalls wunderbar.« Ludwig strich sein Haar zurück, das ihm in die Stirn fiel. Er mochte es so; langes Haar war heldenhaft. Tristan hatte sicher langes Haar gehabt.

»Barischka?«, überlegte Karl.

»Wie bitte?«

»Der Name der Gräfin, Eure Majestät.«

»Karlchen«, seufzte Ludwig. »Jetzt halt dich bitte nicht mit Nebensächlichkeiten auf. Meine Uniform passt nicht. Und diesen Preußenhunden trete ich absolut nicht in Zivil entgegen.« Er warf sein Haupt in den Nacken. »Mögen sie das volle Gewicht meiner Macht spüren und meine Hoheitlichkeit und Würde bewundern.« Sein Nacken knackte vernehmlich. Er senkte den Kopf vorsichtig wieder. Das war beileibe nicht der richtige Tag, um sich die Glieder auszurenken. Er würde seine ganze Konzentration brauchen, um diesen diplomatischen, mit zuckrigsüßen Zungen parlierenden, aber dennoch heimtückisch täuschenden Verbrechern nicht auf den Leim zu gehen.

Zumindest waren seine zauberhafte Sophie und der großartige Wagner bei ihm, um ihm den Rücken zu stärken. Aber es war immens wichtig, dass er wie der König von Gottes Gnaden aussah, der er war.

»Wo ist meine Ersatzuniform?«, besann er sich. »Die mit dem hohen Kragen und den schönen goldenen Tressen.«

»Bei der Schneiderin, Eure Majestät.«

»Wieso das?«

»Sie muss …« Karlchens Blick huschte abwesend über Ludwigs Bauch, dann spitzte er kurz die Lippen, wie immer, wenn er nachdachte. »Sie muss vom Schnitt her der letzten Mode aus Paris angepasst werden.«

»Neue Mode?« Nun war Ludwig interessiert.

»Die Taille wird bei Herren jetzt mehr betont«, erklärte Karl.

»Verstehe. Das ist natürlich wichtig.« Ludwig schaute an sich herab. Seine Taille war rank wie eh und je, es war gut, die zu betonen. Sein Bauch hingegen … Der mochte ein ganz klein wenig mehr sein als vor ein paar Monaten. Aber nur minimal. Kaum der Rede wert. Und sicherlich nicht so viel, dass die Jacke nicht mehr schloss. Das musste andere Ursachen haben. Und er kannte sie. »Hat die Schneiderin die Uniform wieder enger gemacht?«, fragte er inquisitorisch.

»Nicht, dass ich wüsste, Eure Majestät.«

»Das hast du auch gesagt, als sie meinen Frack enger genäht hat.«

»Das stimmt, Eure Majestät.«

»Ich habe ihr das letzte Mal ausrichten lassen, sie möge das nicht ohne meinen ausdrücklichen Wunsch tun. Das war ein königlicher Befehl, keine Bitte.« Ludwig pochte das Blut in den Schläfen. Wie konnte es sein, dass seinen Wünschen nicht entsprochen wurde? Auch wenn es sich nur um ein Kleidungsstück handelte. Das war Hochverrat!

»Ich leite Eure Order erneut weiter, Majestät.« Karlchen spähte in den geöffneten Kleiderschrank, dann verschwand er mit dem Oberkörper darin.

Ludwig machte zwei Schritte zu seinem Nachttisch, auf dem eine Kristallschale voll mit frischen Pralinen stand. Wenn er daran dachte, diesem hinterhältigen von Geersen entgegentreten zu müssen, knurrte sein Magen. Er wählte mit Bedacht eine der größten Pralinen. Schokoladenkrokant, seine Lieblingssorte. Ursula, der besten Köchin der Welt, sei Dank war er damit immer bestens versorgt. Er schob sich zwei Pralinen gleichzeitig in den Mund. Die Stärkung hatte er bitter nötig.

»Hier, Eure Majestät«, sagte Karl hinter ihm.

»Bitte?« Ludwig drehte sich mit vollem Mund um, nachdem er eine dritte Praline hineingesteckt hatte.

»Das hier wird helfen, Eure Majestät.« Karlchen hielt eine

Leibbinde aus silbrig glänzendem Stoff in der Hand. Methodisch begann er, deren lange Bahnen abzuwickeln.

»Wobei, wenn ich fragen darf?« Ludwig tastete nach einer weiteren Praline, ohne hinzusehen.

»Das wird auch in dieser Uniform Eure Taille betonen.« Karl streifte mit einem kurzen Blick die halb leere Kristallschüssel und legte das silberne Gewebe ordentlich aufs Bett. Der Stoff war abgewickelt mehrere Meter lang. »Darf ich?« Er machte Anstalten, Ludwig die Jacke auszuziehen.

»Wenn du meinst, Karlchen.« Ludwig schlüpfte mit seiner Hilfe aus dem Uniformrock.

»Das wird wunderbar aussehen, heldenhaft, wie Ihr seid.« Karl bettete den Rock vorsichtig aufs Bett, nahm die Leibbinde, umrundete Ludwig mehrmals und schlang ihm dabei die Stoffbahnen um den Oberkörper.

»Hoffentlich wie Tristan«, murmelte Ludwig.

»Natürlich.« Karlchen war damit fertig, Ludwig einzuwickeln, und hielt die losen Stoffenden fest. »Haltet die Luft an, Majestät«, sagte er, nachdem er hinter Ludwig getreten war. Mit einem Ruck zog er die Stoffenden nach hinten.

»Au.« Ludwig ließ den Atem stoßweise aus den Lungen entweichen. »Das ist zu fest. *Merde alors.*«

»Das muss so sein.« Karl ließ nicht nach, sondern verstärkte den Zug noch ein wenig.

»Ich bekomme keine Luft.« Ludwig wurde es schwummrig. Er stützte sich schwer auf dem Nachttisch ab, was dazu führte, dass dieser unter seinem Gewicht leicht wackelte. Brunhilde, davon aufgeschreckt, hüpfte in ihrem Käfig von ihrer Sitzstange und trippelte um den kleinen Sandberg herum, der das Armband verbarg. Sie kam näher ans Gitter, von wo aus sie den glitzernden Stoff sehnsüchtig betrachtete.

»Nichts da«, sagte Ludwig mit gepresster Stimme. »Du hast schon das Armband.«

»So.« Karl machte einen festen Knoten, der Ludwig schmerzhaft in die Nieren drückte. »Perfekt.« Er half dem Kö-

nig in die Jacke und konnte die Knöpfe nun mühelos schließen.

Es klopfte dreimal lang, dreimal kurz. Das war Paul Lohmanns Klopfzeichen. Siegfried, der bislang reglos, das Kinn
auf den Pfoten, vor der Tür gelegen und geschlafen hatte,
sprang auf und bellte.

»Herein!«, rief Ludwig über das Bellen hinweg.

Die Tür öffnete sich, und Paul Lohmann, Ludwigs neuer
Privatsekretär, verbeugte sich vor Ludwig. Er ließ Richard
Wagner ein und schloss die Tür wieder von außen. Siegfried
stürzte sich auf Wagner und hängte sich knurrend an dessen
rechtes Hosenbein.

»Treuer Freund. Großer Meister. Wie froh bin ich, Euch zu
sehen.« Ludwig eilte auf Richard Wagner zu und schüttelte
ihm die Hand.

»Es ist mir eine Ehre, Eure allergnädigste Majestät.« Wagner deutete eine Verbeugung an, schüttelte gleichzeitig Ludwigs Hand und versuchte, Siegfried mit energischen Fußbe-
wegungen loszuwerden. Wagner war offenbar beim
Mittagessen gewesen, als Ludwigs Sekretär ihn geholt hatte,
denn Wagners weißes Hemd unter dem dunklen Gehrock hatte einen Soßenfleck knapp unter dem Kragen.

»Aus«, sagte Ludwig streng zu Siegfried, der Wagners
rechtes Hosenbein verblüffenderweise tatsächlich losließ. Aber
nur, um sich anschließend das linke zu schnappen und daran
zu zerren.

»Kommt.« Ludwig bückte sich, löste Siegfrieds Zähne vom
Hosenbein, hob ihn auf und führte Wagner über den Flur in
sein gegenüberliegendes Büro, das klein und dunkel war. Er
hatte noch ein großes, prächtiges zur Repräsentanz, aber das
mochte er nicht. Es hatte seinem Vater gehört und erinnerte zu
sehr an das strenge Regiment, das dieser über Ludwigs Kindheit geführt hatte. Das hier hingegen war ganz nach seinen
Vorstellungen und mit den neuesten technischen Errungen-
schaften ausgestattet.

Ludwigs aktueller Liebling war eine Schreibmaschine, die

erst seit ungefähr einem Jahr patentiert war und die er sich extra aus Amerika hatte besorgen lassen. Er benutzte sie zwar kaum, fand aber, dass sie auf seinem Edelholzsekretär durchaus Eindruck machte. Auf einem Tisch vor dem einzigen Fenster stapelten sich die Bauzeichnungen und Ausstattungskataloge für die neue Burg und den Umbau des königlichen Eisenbahnwagens im letzten Jahr. Im Schrank hinter dem Schreibtisch verwahrte Ludwig seine umfangreiche Sammlung von Tage- und Notizbüchern, in denen er akribische Aufzeichnungen von allem, was ihn interessierte, anfertigte. Das waren meistens Theater- und Musikaufführungen, aber auch sein Alltagsgeschäft, wenn es denn ausnahmsweise spannend war.

Ludwig schob die ordentlichen Türmchen ungelesener Depeschen beiseite, die der Haustelegrafist dreimal am Tag auf dem Schreibtisch ablegte, ließ sich dahinter nieder und nahm Siegfried auf seinen Schoß, der sich zusammenrollte und die Augen schloss.

Wagner setzte sich ihm gegenüber und schlug die Beine übereinander. »Es ist eine große Freude, Euch zu sehen, Eure verehrte Majestät.« Die Frage, warum er hier war, schwang mit.

»Ich brauche Eure Unterstützung, mein bester Freund.«

»Wie kann ich Euch dienen, hochgeschätzteste Majestät?« Wagner neigte das geniale Haupt.

»Dieser fürchterliche von Geersen will schon wieder eine Audienz. Und ich muss sie ihm gewähren.« Ludwig wären beinahe die Tränen in die Augen getreten. Dieser begnadete Meister, ein Talent, das nicht von dieser Welt war, war dennoch bereit, alles stehen und liegen zu lassen, um ihm, Ludwig, zu Diensten zu sein. Und dabei war Wagner nicht einmal Bayer. Er stammte aus Leipzig. Um zu verhindern, dass ihn die Emotionen übermannten, tätschelte Ludwig Siegfrieds strammen Rücken.

»Weshalb?«

»Weil Pfi nicht davon abzubringen ist, dass ich dabei sein

und den Vorsitz führen muss. Er hat sogar meine Cousine Herzogin Sophie deswegen eingespannt.«

»Und ich soll ebenfalls dabei sein?« Wagner richtete sich im Sitzen auf.

»Natürlich, treuer Meister. Ihr seid meine größte Stütze.«

»Geht es wieder um die dreimal verfluchte Vorherrschaft von Preußen im Bund?« Wagner wurde zornesrot. Ludwig bezog ihn in viele politische Entscheidungen mit ein. Daher war Wagner stets auf dem Laufenden.

»Ich fürchte. Und Ihr habt recht: Die ganze Sache ist verflucht.« Ludwig suchte in seiner Schreibtischschublade nach Streichhölzern, fand aber keine.

»Aber Ihr werdet ihnen nicht nachgeben, nicht wahr?« Wagner verfolgte abwesend Ludwigs Bewegungen.

»Natürlich nicht. Diese Schande! Nicht auszudenken. Habt Ihr Streichhölzer, werter Freund?« Ludwig schloss die Schublade energisch.

Wagner klopfte seine Taschen ab. »Nein, leider nicht im Moment, Eure Majestät. Aber ich werde vor unserem Treffen mit den Preußen welche besorgen lassen.«

»Hätten die verfluchten Österreicher nur nicht unseren gemeinsamen Krieg gegen diese Hunde verloren. Dann wäre ich jetzt nicht in dieser Zwickmühle und Bismarck ausgeliefert. Aber die Österreicher mussten ja unbedingt ihre altmodischen Gewehre benutzen. Und das gegen meinen ausdrücklichen und wohlwissenden Rat! Kein Wunder also, dass wir so sang- und klanglos untergegangen sind. Ich hätte stärker darauf dringen müssen«, sagte Ludwig aufgebracht. Er brauchte wirklich dringend eine Zigarette. Sofort.

»Das war nicht Euer Versagen, Eure Majestät. Sie hätten nur gleich beim ersten Mal auf Euch hören müssen, wie es sich gehört. Aber sie haben es schändlicherweise nicht getan.« Wagner strich das Hemd samt Soßenfleck glatt. Bratensoße mit Rotwein. Ziemlich sicher.

»Ich weiß, ich weiß. Aber nun ist das Unglück nun mal geschehen. Was soll ich tun? Bismarck bearbeitet mich Tag und

Nacht. Er droht mir. Er schmeichelt mir. Und von Geersen bietet unter der Hand Geld. Als ob ich mir meine Ehre abkaufen ließe. Indiskutabel.« Ludwig setzte Siegfried ab und erhob sich. Irgendwo hier musste sein brandneues, hochmodernes Taschenfeuerzeug sein.

»Allein der Gedanke, dass man seine Ehre verkaufen könnte, macht, dass mir übel wird.« Wagners kantiges Kinn schob sich in einer Geste der Empörung nach vorne.

»Menschen wie wir werden häufig verkannt. Glaubt mir, ich weiß, wovon ich rede.« Ludwig ging um den Schreibtisch herum. Da war das Feuerzeug ja. Hinten auf dem Tisch mit den Bauzeichnungen.

»Ihr habt so recht«, bestätigte Wagner. Er verstand Ludwig eben. »Mir geht es wie Euch einzig um meine Kunst und darum, diese der Nachwelt zu erhalten. Und ich werde genau wie Ihr von diesen Zahlenmenschen auf das Schlimmste angefeindet.«

»Funkenberg verkennt Euch, das ist wahr«, sagte Ludwig, der genau wusste, wen Wagner mit »Zahlenmensch« gemeint hatte. »Wenn ich nur wüsste, wie ich es ihm erklären soll. Aber vielleicht bietet sich nach unserem Termin eine Gelegenheit zu einem Gespräch zu dritt. Ich bin sicher, er wird Vernunft annehmen.«

»Funkenberg wird heute also auch anwesend sein?« Wagner klang, als ob er mit zusammengebissenem Kiefer sprach.

»Natürlich. Er ist mein Finanzminister.« Ludwig nahm das Feuerzeug, zündete sich eine Zigarette an, die er aus seinem Taschenetui genommen hatte, und steckte Feuerzeug und Etui ein. Die brennende Zigarette zwischen den Fingern, kam er zurück zu Wagner, stieg über Siegfried und setzte sich.

Wagners Miene war eindeutig verstockt.

»Ich möchte, dass Ihr heute Eure Animositäten beiseitelasst, bester Freund. Die Preußen sind der Gegner, und gegen den müssen wir geschlossen zusammenstehen. Wie ein Mann«, sagte Ludwig besänftigend, nachdem er einen Zug genommen hatte.

»Selbstverständlich, Eure Majestät. Doch ob der Herr *Minister* dies auch weiß, ist fraglich.« Wagner betonte das Wort »Minister« in eindeutig anklagender Art und Weise.

»Ich kann Funkenberg nicht nach Belieben ablösen«, antwortete Ludwig auf den unausgesprochenen Vorwurf. »So gern ich Euch diesen Gefallen tun würde, lieber Freund. Aber der Ministerrat hat dem nicht zugestimmt. Doch seid beruhigt.« Er hielt die zigarettenfreie Hand in die Höhe, bevor Richard Wagner etwas sagen konnte. »Irgendeine Lösung werde ich finden.« Er verschwieg lieber, dass er den Ministerrat durchaus hätte überstimmen können. Aber Funkenberg war ein zwar irritierender, aber fähiger Minister, und Ludwig war sich nicht sicher, ob er ihn wirklich ablösen lassen wollte.

Er seufzte kaum hörbar, nahm noch einen Zug und stieß den Rauch durch die Nase aus. Warum nur musste er sich überhaupt mit diesen leidigen Themen beschäftigen? Alles, was er wollte, war, sich in der Weite der Natur auszuruhen und vielleicht das ein oder andere Bauwerk zu errichten. Mehr nicht.

»Danke, Eure Majestät. Das macht mich glücklich.« Wagner wirkte trotz der guten Worte nicht gänzlich zufrieden. Aber vielleicht brauchte er auch nur eine Zigarette.

»Doch die dringlichsten Punkte zuerst. Was soll ich von Geersen sagen? Ich kann nicht Ja sagen und darf nicht Nein sagen«, kam Ludwig wieder auf den Punkt, der ihn gerade am meisten beschäftigte.

»Lasst mich das übernehmen. Ich werde so viel Unruhe stiften, dass es zu keiner Entscheidung kommen wird.« Wagner atmete sehnsüchtig den Rauch von Ludwigs Zigarette ein.

»Ich hatte gehofft, dass Ihr das sagen würdet.« Endlich bot Ludwig auch Wagner eine Zigarette an und gab ihm das Feuerzeug. »Aber macht kurzen Prozess. Ich will heute noch ausreiten. Das Wetter ist herrlich. Und heute Abend schuldet Ihr mir und Sophie ein Konzert, auf das ich schon sehnlichst warte.«

Kapitel 3

Das Zimmer, das Ludwig für ungeliebte Geschäfte nutzte, lag im Erdgeschoss im Versorgungstrakt und war dementsprechend schlicht. Es gab keine wunderbaren Historiengeschichten an den Wänden wie in den anderen Räumen im Schloss, sondern nur schmucklose Mauern. An einer von ihnen hing ein riesiges Porträt – Ludwig in jüngeren Jahren in blauer Uniformjacke, mit goldenen gestickten Ornamenten am Kragen und breiter Schärpe über der Brust, die mit einer kostbaren diamantenbesetzten Brosche verziert war.

Direkt unter dem Bild befand sich sein thronähnlicher Sessel aus rotem Samt, auf dem Ludwig jetzt in Person in ebenjener Uniform saß, die er auf dem Bild trug, nur, dass sie jetzt ein wenig um seinen Bauch spannte. Sein Sessel war der einzige, der über einen gepolsterten Sitz und eine gepolsterte Lehne verfügte. Die Gäste mussten mit harten Stühlen vorliebnehmen, die um einen langen Tisch gruppiert waren, an dessen Kopfende der König den Vorsitz führte.

Sophie wusste, dass Taktik hinter dem ungemütlichen Ambiente steckte: Ludwig hätte andere und ungleich schönere Räume zum Repräsentieren gehabt, aber er wollte seine ungeliebten Besucher davon abhalten, zu verweilen. Sie rutschte auf ihrem harten Sitz hin und her und fragte sich, wie lange sie noch durchhalten musste. Die Zusammenkunft dauerte bereits zwei Stunden, und es war sterbenslangweilig. Zudem war die Stimmung angespannt. Alle gingen quasi auf emotionalen Zehenspitzen, weil Ludwig offenkundig gereizt vor sich hinbrütete und eine Zigarette nach der anderen rauchte. Sophie war dankbar, dass man alle Fenster geöffnet hatte, aber auch so war der Rauch schwer auszuhalten. Sie schaute aus dem Fenster zu ihrer Rechten, das auf einen umschlossenen

Innenhof mit einem Springbrunnen führte. Sie lauschte dem leisen Plätschern des Wassers und spürte die warme Luft, die von draußen hereinkam. An diesem Brunnen an der frischen Luft wäre sie jetzt deutlich lieber gewesen als hier in diesem stickigen Zimmer.

Sie gab sich einen Ruck und konzentrierte sich. Ludwig wollte nach solchen Treffen oft von ihr hören, was sie über die Anwesenden dachte. Ihn interessierte dabei weniger ihre Meinung zu politischen Fragen als vielmehr ihre Einschätzung der charakterlichen Qualitäten der jeweiligen Gäste. Er meinte, sie hätte ein gutes Gespür dafür. Aber natürlich fragte er sie so etwas nur unter vier Augen. In der Öffentlichkeit verbat er sich Ratschläge.

Sie musterte die Runde unauffällig, denn Damen starrten nicht. Sie war die einzige Frau, wie fast immer, seitdem Ludwigs Mutter sich aus der aktiven Politik zurückgezogen hatte. Links von ihr saßen von Pfistermeister und der Außenminister Althofen, der eine Akte und Papier auf dem Tisch vor sich hatte und mitschrieb. Daneben saßen der Finanzminister Funkenberg samt Assistent, der seinem Chef gerade mit einem Streichholz Feuer gab, damit der sich seine Pfeife anzünden konnte. Der wiederum hörte aufmerksam Wagner und von Geersen zu, die auf der anderen Seite des Tisches das Wort führten.

Sophies Blick blieb an von Geersen hängen. Er war ein hagerer Mann um die dreißig mit vollem blondem Haar und beeindruckendem Schnauzbart mit gezwirbelten Enden, dem man nicht ansah, dass er ständig aß. Ihrer Meinung nach war er weder besonders attraktiv noch besonders charmant, und wenn er sprach, war seine Redeweise leise und eintönig, wie Ludwig vorhin zu Recht angemerkt hatte. Sophie war sich allerdings nicht so sicher, ob er wirklich so ein Dummkopf war, wie Ludwig meinte. Keiner erhielt sich Bismarcks Gunst über einen längeren Zeitraum, wenn er nicht fähig war. Und vielleicht hatte von Geersen einen geheimen Charme, den nur Bis-

marcks Tochter zu schätzen verstand. Zu wünschen wäre es
ihr.

»Wir wollen eine schriftliche Proklamation, dass Bayern
Preußen die Kaiserkrone anträgt«, leierte von Geersen mit seiner unglaublich monotonen Stimme.

»Anträgt?« Wagner sprang aufgebracht neben von Geersen
auf. »Anträgt? Als ob das große Bayern von Gottes Gnaden
Preußen um einen Gefallen bittet?« Er begann eine Rede über
Bayerns Geschichte und seinen Ruhm, begleitet von ausufernden theatralischen Gesten. Das war typisch für Wagner. Er
fühlte sich ständig berufen, als Sprachrohr des Königs aufzu-
treten, obwohl ihn keiner darum gebeten hatte. Aber der König ließ ihn gewähren.

Von Geersen öffnete den Mund und erwiderte etwas, was
Sophies Gehirn allerdings nur als Rauschen meldete. Sie verlor
sich in der Betrachtung von Wagners grobkantigem Gesicht
mit der zu markanten Nase und den wilden Haaren, die am
Hinterkopf in Strähnen abstanden. Wieso der Mann ein Frau-
enheld mit vielen Eroberungen war, erschloss sich ihr einfach
nicht. Und das nicht nur, weil er klein war. Er war egozen-
trisch, verschlagen, geizig und davon überzeugt, dass sein un-
bestreitbares Talent ihn dazu berechtigte, über Leichen zu gehen. Was konnte man als Frau an einem solchen Menschen
nur anziehend finden? Und was fand Ludwig an ihm? Sie versuchte, ihre Aufmerksamkeit wieder auf von Geersen zu richten, was ihr jedoch vollständig missglückte, da er so einschlä-
fernd vor sich hin schwadronierte. Die Worte »Österreich«,
»Vorherrschaft« und »Norddeutschland« trieben an die Oberfläche ihres Bewusstseins und versanken wieder.

Ludwig hatte ihr erklärt, dass Bismarck ganz Deutschland
vereinen wollte. Natürlich unter der Vorherrschaft von Preußen, dem Bayern quasi ausgeliefert war, seitdem es den letzten
Krieg an der Seite von Österreich verloren hatte. Er hatte noch
mehr erklärt, aber sie hatte das alles wieder vergessen. Sie
konnte verstehen, dass Ludwig sich für Politik nicht interessierte. Es war einfach nur öde. Es juckte ihr in den Fingern,

aufzustehen und den versammelten wichtigen Herren einen derben Witz zu erzählen oder ihnen ein lächerliches Ständchen zu bringen. Und das nur, damit endlich etwas passierte, was nicht so ermüdend war. Außerdem sollten sie sich alle nicht so ernst nehmen.

Der Gedanke an die mögliche Reaktion ihrer Mutter ließ sie allerdings erschauern. Kaum jemand war so mutig, ihren Gram auszuhalten, schon gar nicht Sophie. Sie hielt sich ihr Taschentuch unter die Nase, das mit Pfefferminz getränkt war. Von dem vielen Rauch bekam sie zu allem Überfluss nun auch noch Kopfschmerzen. Wenn das noch lange so ging, würde sie wieder einen ihrer Migräneanfälle erleiden, die sie tagelang ans Bett fesselten.

Von Pfistermeister neigte sich zu ihr. »Wollen Eure Hoheit vielleicht ein paar Schritte vor die Tür machen? Das hier dauert sicher länger.« Sophie nickte dankbar und erhob sich. Sie ging zu Ludwig, flüsterte eine leise Entschuldigung, die er mit einem Nicken akzeptierte, und verließ den Raum. Im Flur wandte sie sich in Richtung Küche. Sie brauchte frische Luft und einen Kaffee. In umgekehrter Reihenfolge.

Mehr als eine Stunde später machte Sophie sich auf den Weg zurück. Sie hatte sich von der Köchin Ursula, einer alten Vertrauten seit Kindertagen, einen starken Kaffee brauen lassen, war danach ein wenig um den Alpsee geschlendert und hatte sich auf einen großen Stein am Ufer gesetzt. Dort hatte sie das Schwanenpaar betrachtet, das in dieser Ecke des Sees sein Revier hatte. Es war so herrlich in der warmen Nachmittagssonne gewesen, dass sie länger verweilt hatte als beabsichtigt. Jetzt hatte sie ein schlechtes Gewissen Ludwig gegenüber, der ihre Unterstützung gewollt hatte. Doch wenigstens fühlte sie sich gestärkt und fähig, wenn nötig ein paar weitere fade

Stunden mit von Geersen auszuhalten. Insgeheim hoffte sie allerdings, dass die Herren sich ergebnislos vertagt hatten.

Etwas außer Atem nach dem Aufstieg zum Schloss, das auf einer felsigen Anhöhe thronte und dessen gelber Hauptbau mit den drei Rundtürmen ihr schon von Weitem entgegengeleuchtet hatte, nickte sie dem wachhabenden Gardisten am Eingang zu. Der salutierte zackig und hätte dabei fast sein Gewehr verloren, das er vor der Brust in Habachtstellung hielt. Sophie verkniff sich ein Lächeln und betrat das Innere des Palastes.

In der Eingangshalle kam Augusto di Trabanti mit einer Leinwand auf sie zu, die fast so groß war wie er selbst. Sophie beschleunigte ihre Schritte in dem Wunsch, ihm möge nicht auffallen, dass sie ihn gesehen hatte.

»Principessa!«, rief er laut.

Damit war ihre Chance zur Flucht dahin. Sophie rollte innerlich mit den Augen, blieb aber stehen, bis er herangekommen war.

»Es tut mir leid, dass ich unseren Termin versäumt habe, aber der König wünschte meine Anwesenheit andernorts«, kam sie Beschwerden zuvor.

»Das hat selbstverständlich Vorrang, Principessa.« Augusto stellte mit einem Ächzen die schwere Leinwand mit der bemalten Seite zu ihr ab, hielt das Bild mit ausgestreckten Armen fest und spähte über den Rand zu ihr herüber. Er war um die siebzig, mit seinen 1,50 Metern einen halben Kopf kleiner als Sophie, übergewichtig und wirkte mit seinem weißen Bart, den lebhaften dunklen Augen und rosigen Wangen wie ein italienischer Weihnachtsmann. Er verstand sich als Universalgelehrter und Künstler und hing so ziemlich jeder okkulten Lehre an, die man sich denken konnte. Seine und Ludwigs Zeit vertrieb er sich am liebsten mit aufwendigen Experimenten, von denen eines das Esszimmer in Flammen hatte aufgehen lassen und ein anderes beinahe die liebe Köchin Ursula vorzeitig in den endgültigen Ruhestand im Himmel geschickt hätte. Trotzdem war er im Hofstaat beliebt, denn er war witzig und loyal. Auch Sophie hätte seine Gegenwart geschätzt, wenn nicht ausgerechnet ihre Mutter ihn damit beauftragt hätte, ein Gemälde von ihr für den Herzog von Alençon zu fertigen.

»Was kann ich für Euch tun? Sicherlich wollt Ihr nicht, dass ich hier im Foyer für Euch sitze?«

»Ich bin fertig. Ihr müsst mir nicht mehr Modell sitzen. Aber bitte schaut es Euch an.« Augustos Deutsch war trotz seiner italienischen Geburt perfekt. Es hatte sogar einen leichten bayrischen Akzent.

Sophie ging ein wenig zurück, um das Ganzkörperporträt besser inspizieren zu können.

»Wie findet Ihr es? Fühlt Ihr Euch gut getroffen?« Er stützte das Kinn auf der Leinwand ab. Sein Bart war an einer Seite versengt, und wenn Sophie sich nicht täuschte, fehlten auch Teile seiner üblicherweise buschigen Augenbrauen. Sie schwieg vor Verblüffung. »Principessa?«, erinnerte er sie.

Sophie kniff die Augenlider zusammen. Sie war leider tatsächlich gut getroffen. Man sagte, sie sei attraktiv, sogar schön, mit ihren dunkelbraunen Haaren, den hellblauen Augen, der schmalen Nase und den elegant geschwungenen Lippen, aber sie fand sich allenfalls durchschnittlich. Lieber wäre sie eine exotische Schönheit gewesen. Aber woher die exotische Schönheit nehmen, wenn alle Vorfahren gute Bayern waren? Zumindest trug sie auf dem Gemälde ihr weißes Lieblingskleid mit der Schmuckbordüre, dessen hochgeschlossenes enges Oberteil und ausgestellter Rock ihre schmale Taille betonten. Aber das war Stolz, und Stolz war Sünde, behauptete zumindest ihre Mutter.

»Es ist ausgezeichnet getroffen, Augusto. Aber musste es wirklich dieses Format sein? Hätte eine Fotografie nicht dem gleichen Zweck gedient und wäre einfacher herzustellen gewesen?«, sagte Sophie missgestimmt.

»Die Herzogin besteht auf einer persönlichen Geste. Und eine Fotografie wäre das ihrer Ansicht nach nicht«, erklärte Augusto wie schon bei den Dutzenden anderen Gelegenheiten, bei denen sie diese Debatte bereits geführt hatten. »Wollt Ihr, dass ich dem Bild noch etwas hinzufüge?«

»An was denkt Ihr?«

»Vielleicht eine Rose, als Zeichen Eurer Zuneigung, oder das Rubinarmband, das der Herzog Euch hat zukommen lassen? Das würde ihm deutlich machen, wie erfreut Ihr darüber wart.«

»Ich verzichte.« Sophie dachte mit Genugtuung daran, wo sich das Armband befand. »Es sei denn, Ihr wollt ein paar Tränen hinzufügen.«

»Ich fürchte, dann würde ich des Honorars für meine Arbeit verlustig gehen.«

»Dann lassen wir es einfach so, wie es ist.«

»Selbstverständlich. Wenn Ihr wollt, zeige ich Euch zum Zeichen meiner Reue, wofür ich das Geld aus dem Auftrag Eurer Mutter verwenden werde.« Er kicherte, wobei sein langer Bart wippte.

»Wofür denn?« Sophie war wider Willen neugierig.

»Ich habe ein Fahrrad mit einem Antrieb entwickelt.«

»Meint Ihr ein Laufrad?« Sophie kannte den Begriff »Fahrrad« nicht. Das musste etwas Neues sein.

»Nein, es ist zum Treten mit den Füßen.« Augusto machte rotierende Bewegungen mit den Händen und stützte währenddessen das Bild mit dem Bauch ab. »Nur mit einem Motor. Ich habe die Entwürfe von Michaux genommen und den Antrieb verbessert, der auf Dampf basiert.«

»Auf Dampf?«

»Ja, wie bei den Dampfomnibussen in England. Nur kleiner. Die ersten Tests sind größtenteils gelungen. Auch wenn …« Er strich sich über den versengten Bart. »Nichts Großes entsteht ohne kleine Opfer, richtig?« Augusto zwinkerte ihr zu.

»Da habt Ihr wahrscheinlich recht.« Sophie versuchte, nicht zu lachen, als vor ihr das Bild von Augustos Funken schlagendem Bart auftauchte. Sie räusperte sich.

»Ihr seid immer willkommen, es Euch anzusehen.« Augusto zwinkerte ihr nochmals gut gelaunt zu und nahm das Bild unter theatralischer Anstrengung wieder hoch. »Ich schicke das Porträt dann an die Herzogin Ludovika in Possenhofen.«

Nachdem er weg war, wandte Sophie sich in Richtung des Seitenflügels, in dem der Versorgungstrakt und das Beratungszimmer lagen. Ein Diener rannte an ihr vorbei, als sie in den langen Flur einbog, und hätte sie in seiner Hast beinahe gestreift. Sie schüttelte den Kopf. Es war nicht ausdrücklich verboten, aber da ihnen jeden Tag eingebläut wurde, dass sie sich einem königlichen Hofstaat angemessen zu verhalten hatten, waren rennende Diener eher ungewöhnlich. Ob ihm jemand Beine gemacht hatte? Oder hatte er vielleicht etwas ausgefressen? Sie schaute ihm hinterher und bemerkte, dass er auf einen Tumult am Ende des Korridors zulief, direkt vor dem Besprechungszimmer. Menschen eilten dort hin und her, jemand rief etwas. Aus der Ferne konnte sie nicht genau erkennen, was vor sich ging. Sie stoppte einen weiteren Diener, der an ihr vorbeihastete. »Was ist dort los?«

Der Diener war ein junger Kerl mit weichem Gesicht und Stupsnase. Seine Augen waren angstvoll geweitet. »Ein Attentat auf den König!«, stieß er hervor.

»O mein Gott. Ist er verletzt?« Sophie griff unwillkürlich nach dem Ärmel des Dieners, auch wenn sich das nicht schickte. Ihr Herz schlug so heftig, dass es wehtat. »Rede schon!«

Der Junge brachte kein Wort heraus. Offensichtlich war er völlig überfordert. Sophie ließ seinen Ärmel los, raffte ihren Rock und rannte in Richtung des Besprechungszimmers. Ludwig durfte nichts passiert sein. Das durfte einfach nicht sein.

Jeder ihrer Schritte hallte laut auf dem Marmorboden wider, und es schien ewig zu dauern, bis sie endlich angekommen war. Voller böser Ahnungen suchte sie nach bekannten Gesichtern und fand keines. Ob sie ins Zimmer gelangen konnte, um selbst die Lage zu erkunden? Aber die Tür war verschlossen, und ein Mitglied der königlichen Wache hatte davor Stellung bezogen, das Gewehr in den Händen. Sein grimmiges Gesicht machte klar, dass es kein Durchkommen gab.

»Eure Hoheit!«, rief jemand. Sie drehte sich um. Es war von Pfistermeister. Er drängte sich an ein paar Männern vorbei, nahm sie behutsam am Ellbogen und führte sie in eine ruhigere Ecke des Flurs, ein wenig abseits vom Geschehen. »Ihr könnt dort nicht hineingehen.« Er hatte dunkle Flecken auf seinem Hemd und den Manschetten, anscheinend von Blut. Ludwigs Blut? Sophie wurde es schwindelig. Jeden Moment würde sie ohnmächtig werden. Mit größter Anstrengung riss sie sich zusammen und atmete tief durch.

»Was ist mit Ludwig? Ist er verletzt?«, stieß sie hervor, nachdem sich endlich nicht mehr alles um sie drehte.

»Nein«, beruhigte von Pfistermeister sie. »Dem König geht es gut.« Sophie war so erleichtert, dass ihre Knie nachgaben und sie von Pfistermeister fast in die Arme gesunken wäre.

»Wollt Ihr Euch setzen?« Von Pfistermeister geleitete sie zu einer der Sitzgelegenheiten, die in regelmäßigen Abständen im Korridor standen.

»Es geht schon wieder«, behauptete Sophie, auch wenn das nicht ganz stimmte. Aber sie hasste es, sich eine Blöße zu geben. Sie war eine Frau, aber nicht schwach. »Was ist genau passiert? Ein Diener sagte, es gab ein Attentat auf den König. Und Ihr habt ...« Sie wies zitternd auf sein Hemd.

Von Pfistermeister senkte das Haupt mit den wenigen verbliebenen Haarsträhnen, um sich seine beschmutzte Oberbekleidung zu besehen. Mit einem entschuldigenden Lächeln schaute er wieder auf.

»Verzeiht. Ich muss Euch in diesem Zustand einen Riesenschrecken eingejagt haben.« Sein Lächeln schwand. »Es gab tatsächlich ein Attentat. Aber nicht der König wurde verletzt.«

»Sondern?«

»Der Sondergesandte.«

»Von Geersen?« Sophie hielt vor Schreck die Luft an.

»Ja«, sagte von Pfistermeister schlicht.

»Aber ...« Sophie versagte die Sprache. Sie räusperte sich leise. »Was, um Himmels willen, ist denn vorgefallen?«

»Auf ihn wurde geschossen. Er ist tot.«

Kapitel 4

Auszug aus dem Tagebuch Ludwigs des II.:

»Heute dem Tod von der Schippe gesprungen. Ein Schuss fiel. Nur um Haaresbreite verfehlte er mein Haupt. Ich konnte den Windzug spüren, das Tor zur Hölle öffnete sich, und ich sah dem Teufel in die Fratze. Dann noch ein Schuss und noch einer. Wieder verfehlte mich der elende Schurke, dieser Verbrecher, das Ungeheuer. Großes Gewirr. Alle nutzlosen Kerle schrien und rannten umher wie Kinder auf der Flucht vor der züchtigenden Rute. Nur ich bewahrte Ruhe, verschanzte mich in meiner Festung (Notiz: Tischunterseite muss gereinigt werden) und wartete gelassen (Notiz: und sehr majestätisch!) das Ende des unseligen Spektakels ab.
Wer ist der Unhold? Wer trachtet mir nach dem von Gott gegebenen Leben? Wer beging diesen Frevel? (Notiz: Ob dieser neue metallische Draht mit den Stacheln, den Augusto zurzeit entwickelt, um meine Gemächer gewickelt werden kann?)«

Ludwig hastete gemeinsam mit Wagner den Gang zum Festsaal entlang, um sie herum ein Knäuel aus Wachleuten, Dienern und Mägden, die in ihrem Eifer, ihn zu beschützen oder einen Blick auf ihn zu erhaschen, fast über die eigenen Füße fielen.

Ludwig machte große Schritte, sodass der kleine Wagner neben ihm rennen musste. Aber das war Ludwig gleich. Ihm war nicht wohl in seiner Haut. Was, wenn der Attentäter noch im Schloss war? Schließlich hatte er sein eigentliches Ziel nicht erreicht. Er, Ludwig, lebte.

Er wandte sich an die Leibgarde direkt neben ihm. »Wo steckt von Hagen?« Ludwig pfiff leise beim Sprechen. Diese verflixte Bauchbinde nahm ihm die Luft.

»Er ist auf dem Weg, Eure Majestät.« Der Gardist sah nicht älter aus als fünfzehn und war kein Gegner für den schwer bewaffneten, fürchterlichen Feind, der es auf Ludwig abgesehen hatte. Wo war von Hagen, der Chef seiner Leibgarde, wenn man ihn brauchte?

War das eine Bewegung links neben dem Fenster? Lauerte dort ein Meuchler in der Nische? Ludwig zuckte zusammen und duckte sich unwillkürlich hinter den Gardisten, doch kein Schuss fiel. Dort. Auf der anderen Seite diesmal, sicher ein Schatten in Menschengestalt. Ludwig beschleunigte seine Schritte, was nicht einfach war, weil er wegen dieses Quasikorsetts immer weniger Sauerstoff bekam, je schneller er sich bewegte. Was hatte er sich bloß dabei gedacht, sich von Karlchen derart einwickeln zu lassen? Andererseits, was war ein bisschen Sauerstoffnot gegen ein klaffendes Loch in der Brust? Ludwig schob die Erinnerung an den getroffenen, in sich zusammensackenden von Geersen von sich und verdrängte den eisernen Geruch des Blutes. Er brauchte volle Konzentration auf dem Weg in die Sicherheit. Nur noch ein paar Meter, nur noch wenige Schritte …

Die Türen des Festsaals, der passenderweise auch »Heldensaal« genannt wurde, schlossen sich mit einem Krachen hinter ihm, Wagner und einem Gardisten. Die anderen stellten sich draußen in Positur, die Gewehre im Anschlag. An denen kam so leicht keiner vorbei. Das beruhigte Ludwig ungemein, sodass sein Herzschlag allmählich etwas langsamer wurde und auch seine Beine nicht mehr ganz so heftig bebten.

»Wir stehen draußen Wache, Eure Majestät.« Die Wache, die mit in den Saal gekommen war, war ein Mann um die vierzig, der Ludwig seit Jahren diente. Sein Name war Schneider oder Schneyder. Ludwig konnte sich das nie merken, wusste aber, dass er ein guter und loyaler Gardist war.

»Schick von Hagen herein, sobald er da ist«, befahl Ludwig ihm.

»Ja, Eure Majestät.« Schneyder oder Schneider salutierte.

»Und lass Herzogin Sophie suchen«, ergänzte Ludwig. Er machte sich Sorgen um sie. Sie war draußen gewesen, als das Unheil geschehen war. Hoffentlich war sie dem Täter nicht in die Arme gelaufen.

»Sehr wohl, Eure Majestät.« Die Wache salutierte erneut, schritt aus dem Saal und schloss die Tür fest von außen. Ludwig hörte ihn mit lauter Stimme Befehle erteilen.

Ludwig drehte sich einmal im Kreis, in dem Bestreben, den Saal so schnell wie möglich auf mörderische und bis an die Zähne bewaffnete Eindringlinge zu durchforsten. Aber dann hielt er inne. Die Wache hätte ihn nicht hierhergebracht, wenn sie den Saal nicht vorher durchsucht und für sicher befunden hätte. Er ging zu einem der goldenen Stühle, die den langen Raum an den Seiten flankierten, und ließ sich auf den fallen, der sich der Tür am nächsten befand. Der Sitz knarrte unter seinem Gewicht. Ludwig schnaufte verärgert. Diese Möbel waren nicht für echte Männer konstruiert. Er streckte die Beine aus und merkte, wie die Anspannung seinen Körper verließ, auch wenn seine Gedanken sich weiterhin überschlugen.

Von Geersen. Die Schüsse durchs offene Fenster. Die Gardisten, die in den Raum stürmten, um den Täter ausfindig zu machen, und sich gegenseitig Anweisungen zuschrien. Er starrte auf die Tafel in der Mitte des prunkvollen Heldensaals, dessen festliche Stimmung so gar nicht zu seiner eigenen Stimmung passen wollte.

»Ein Anschlag. Auf mich«, flüsterte er. Er schüttelte den Kopf, hob den Blick von der Tischplatte und musterte die Wandgemälde, die Szenen aus der Wilkinasage und dem Leben des berühmten Helden und Drachentöters Dietrich von Bern zeigten. Nach ein paar Sekunden kehrte seine innere Entschlossenheit zurück. Er war nicht so leicht zu töten. Er nicht.

Er war der Drache und der Drachentöter in einer Person. Das würde er allen zeigen, die ihm Übles wollten. Ludwig ballte die Hände auf den Armlehnen entschlossen zu Fäusten.

»Eure Majestät?« Richard Wagner hatte sich unbemerkt auf den Stuhl links neben Ludwig gesetzt. Der Meister rieb sich die blutige Stirn. Es war von Geersens Blut und verlieh Wagner zusammen mit den abstehenden Haaren ein beinahe teuflisches Aussehen.

»Ein Anschlag. Auf mich.« Ludwig schlug mit der Faust auf seine Lehne.

»Die Welt ist verrückt geworden. Wahrlich verrückt.« Wagner hob seine Finger vors Gesicht, die blutverschmiert waren, und stierte darauf, als frage er sich, was das Rote war. Dann zuckte er mit den Schultern, stand auf, ging zur Tür, öffnete sie und bat einen der Gardisten um Wasser zum Waschen.

Der Mann sah durch die offene Tür und bat mit einem kurzen Blick zu Ludwig um dessen Zustimmung. Der König nickte, woraufhin der Gardist sich einen vorbeieilenden Diener griff und ihm etwas ins Ohr sagte. Der verschwand aus Ludwigs Sichtfeld, während Wagner zu Ludwig zurückkehrte und sich wieder niederließ.

Der Gardist draußen hatte bereits die Hand an der Türklinke, als Martin von Hagen die Tür aufdrückte. Endlich. Endlich. Endlich. Es war erfreulich, dass der Chef der königlichen Leibgarde schließlich doch noch, wenn auch viel zu spät, den Weg hierher gefunden hatte. Aber leider machte er wie immer keine gute Figur. Er war um die fünfzig, klein und mit einem dicken Wanst, der zwar durch die dunkelblaue, streng geschnittene Militärjacke kaschiert, aber nicht versteckt wurde. Die weißen engen Hosen betonten seine Füllichkeit noch und ließen ihn wie jemanden wirken, der sich eher als Soldat verkleidet hatte, als dass er einer war. Selbst die beeindruckenden goldenen Abzeichen auf seiner Brust taten nichts, um das zu ändern. Von Hagen eilte an dem Gardisten vorbei in den Saal, wobei er das linke Bein steif nachzog, was ihm beim Gehen eine leichte Schlagseite nach links bescherte.

»Von Hagen. Wo habt Ihr gesteckt? Was ist hier los? Wo ist der vermaledeite Attentäter? Der Mörder, der ...« Ludwig sprang auf.

»Ich bin so schnell gekommen, wie ich konnte, Eure Majestät«, schnaufte von Hagen. Er humpelte zu Ludwig und Wagner herüber. Von Hagens Uniformjacke war falsch zugeknöpft, sodass der Kragen auf der einen Seite weiter oben war als auf der anderen. Sein schwarzer Helm, ein sogenannter Raupenhelm, benannt nach der oben auf der Helmglocke von der Stirn zum Nacken verlaufenden Pelzraupe, hing so schief, dass der Pelz seitlich über dem Ohr wie ein monströser Backenbart abstand.

»Und?«, fragte Ludwig, in der Annahme, es gäbe Neuigkeiten.

»Ich komme, um Bericht zu erstatten, Eure Majestät.« Von Hagen salutierte. Dann krauste er die Stirn und schwieg.

»Lasst Euch nicht alles aus der Nase ziehen, Kommandant!« Ludwig schaute ungeduldig auf den kleineren von Hagen herunter.

»Meine Männer sind ausgeschwärmt und werden an allen Straßen Sperren aufbauen. Jeder Fremde wird aufgehalten und in Gewahrsam genommen. Er wird nicht weit kommen. Wir werden ihn finden.« Von Hagens Pausbäckchen gaben ihm das Aussehen eines friedliebenden Hamsters.

»Ihr *werdet* ihn finden? Heißt das, er ist noch nicht gefunden? Was ist, wenn er gleich zur Tür hereinkommt? Und wisst Ihr überhaupt, nach wem Ihr sucht?« Ludwigs Stimme überschlug sich vor Empörung.

Von Hagen wich ungelenk einen Schritt zurück. »Meine Männer durchsuchen auch das Schloss, Eure Majestät. Kein Ort wird ungeprüft bleiben. Ihr seid sicher, Eure Majestät. Euch wird nichts geschehen.«

»Ha!«, machte Wagner, der immer noch zum Fürchten ausschaute. »Und wie kommt es, dass der Attentäter überhaupt ins Schloss und damit in den Innenhof gelangt ist? Wo waren Eure Männer da? Mich befragen die immer ganz genauestens, wenn ich Einlass will. Aber den Attentäter haben sie durchgewunken. Haben die geschlafen, oder was?«

Ein Diener trat mit einer Schüssel Wasser und einem weißen Handtuch ein, das er beides Wagner mit einer Verbeugung reichte, bevor er wieder verschwand.

»Was ist? Beantwortet des Meisters Frage.« Ludwig verschränkte die Arme vor der Brust, während Wagner umständlich damit begann, sich das Gesicht zu säubern.

»Es ist noch zu früh, um Genaues zu sagen.« Von Hagen zog unbehaglich die Schultern ein.

»Dann spekuliert«, befahl Ludwig ungehalten.

»Vielleicht ist er mit einem der uns bekannten Handwerker oder einem der üblichen Händler aus dem Dorf hereingelangt«, sagte von Hagen langsam.

»Müssen die sich nicht mit Papieren ausweisen, wenn sie ins Schloss wollen?« Wagner tropfte rosa verfärbtes Wasser von der Nasenspitze.

»Nein. Sie müssen nur ihren Namen angeben.« Von Hagen mied es, Wagner anzuschauen.

»Warum?«, fragte Wagner brüsk, während er sich das Gesicht trocknete.

»Das mit den Dokumenten ist zu umständlich. Jedes Königreich hat andere, und die hiesigen Bauern und Händler haben gar keine, die ihre Identität nachweisen. Ein Passierscheinsystem schien uns zu aufwendig. Hier kommen und gehen am Tag manchmal mehr als hundert Menschen ein und …« Von Hagen stotterte fast.

»Das nennt Ihr Sicherheit?«, unterbrach ihn Wagner »Ihr gebt zu, dass hier jeder hereingelangen kann, ohne dass seine Identität eindeutig feststeht?«

»Wir werden die Namensliste natürlich überprüfen …« Von Hagen zog die Schultern bis zu den Ohren hoch.

»Aber jeder, der ins Schloss will, kann einen beliebigen Fantasienamen eintragen, richtig?« Ludwig hob zornig die Hände, um von Hagen am Weitersprechen zu hindern. »Also ist das kaum Erfolg versprechend.« Warum hatte er den Kerl nur zum Chef seiner Leibgarde gemacht, wenn der nicht einmal das elementare Handwerkszeug seiner Zunft verstand? Ach, richtig. Er hatte sich im letzten Krieg verdient gemacht. Kaum zu glauben, dass er eine Tapferkeitsmedaille für seinen Einsatz bekommen hatte. Aber natürlich war ein guter Soldat nicht zwingend auch ein guter Leibwächter oder Polizist. Apropos Polizei. »Habt Ihr die Gendarmerie in Füssen benachrichtigt?« Ludwig ging zurück zu seinem Platz und setzte sich wieder. Er musste die Ruhe bewahren.

»Äh …« Von Hagen kratzte sich am stoppeligen Kinn. Er hätte dringend eine Rasur gebraucht.

Ludwig trommelte ungeduldig mit den Fingern auf seine Sessellehne.

»Der Oberbrigadier ist im Urlaub.« Von Hagen ließ entmutigt von seinen Bartstoppeln ab und schaute betreten auf seine schwarzen Stiefel.

»Dann benachrichtigt seinen Stellvertreter.«

»Der ist krank. Grippe.«

»Im Sommer?« Ludwig schüttelte ungläubig den Kopf.

»Es scheint so, Eure Majestät.«

»Das kann doch alles nicht wahr sein.« Ludwig wandte sich mit verzweifelter Miene an den Komponisten. »Ist das die Möglichkeit?«

»Unglaublich«, murmelte Wagner.

»Wer bekommt denn ausgerechnet eine Grippe, wenn ich ermordet werden soll?« Ludwig schüttelte den Kopf. Er hielt einen Moment inne, um sich zu sammeln.

»Wollt Ihr jetzt also nur herumsitzen und zusehen, wie ein neuer Anschlag auf den König verübt wird?« Wagner war inzwischen weitestgehend frei von Blut.

»Natürlich nicht«, beschwichtigte ihn von Hagen.

»Sondern? Die Gendarmerie ist nicht besetzt. Was wollt Ihr unternehmen, außer Straßensperren zu bauen?« Ludwig sah von Hagen von unten herauf an, sodass er einen guten Blick auf dessen Doppelkinn hatte.

»Ich werde nach München an die dortige Gendarmerie depeschieren.«

»Und bis die hier sind?«, fragte Ludwig.

»Werde ich die Ermittlungen übernehmen«, versprach von Hagen, wirkte aber keineswegs sicher, ob er dieses Versprechen würde halten können.

»Dann schert Euch von dannen und kommt erst zurück, wenn Ihr etwas Wichtiges zu berichten habt«, befahl Ludwig ungnädig. Nicht, weil er daran glaubte, dass von Hagen in der Lage war, der selbst gestellten Aufgabe gerecht zu werden, sondern weil er ihn loswerden wollte. Inkompetenz in diesem Ausmaß machte ihn rasend.

»Zu Befehl, Eure Majestät.« Von Hagen salutierte und verschwand eilig.

»Was für ein Chaos«, murmelte Ludwig.

»Wie wahr, wie wahr«, stimmte Wagner ihm unbekümmert zu, stellte die Waschschüssel auf den Boden und schlang sich das Handtuch um den Hals. Vermutlich, um zu verhindern, dass das Wasser aus seinen feuchten Haaren in seinen Nacken lief.

Ludwig beobachtete die Qualmwölkchen, die zur reich verzierten Decke emporstiegen. Es war bereits die dritte Zigarette, die es leider vollständig versäumte, seine Nerven zu beruhigen.

Er zuckte zusammen, als von draußen aufgeregte Stimmen zu hören waren. Doch dann erkannte er zumindest eine der Stimmen: Paul Lohmanns. Eine der Wachen trat ein und meldete, dass Ludwigs Privatsekretär um Zutritt ersuchte.

»Lasst ihn rein.« Ludwig winkte mit der Zigarette, wobei er eine Spur von Rauch durch die Luft zog.

Paul Lohmann wirkte wie immer gefasst und gelassen. Das

war eine angenehme Eigenschaft seines neuen Privatsekretärs. Der alte hatte ihn mit seinem ewigen nervösen Gehabe und Gewusel verrückt gemacht. Und dieses ständige Gegähne! Als ob er zu viel Arbeit und zu wenig Schlaf bekäme. Zum Glück hatte sich das erledigt. Der gute Mann durfte jetzt in der Militärhauptverwaltung in München Akten sortieren und dort alle nervös machen. Vielleicht schlief er in München auch besser.

»Wie geht es Eurer Majestät? Seid Ihr wohlauf?« Ludwigs Mann kam heran und stellte sich in angemessenem Abstand vor Ludwigs Stuhl auf, die Schultern gestrafft und den Rücken kerzengerade. Einmal ein Offizier, immer ein Offizier. Er wandte sich kurz an Wagner. »Und Ihr auch?«

»Uns geht es bestens«, kam Ludwig Wagner zuvor. »Bestens. Nur meine Leute sind inkompetente Dummköpfe.« Er erzählte seinem Sekretär das wenige, das von Hagen ihm mitgeteilt hatte. »Sie wissen nicht einmal, ob der Attentäter noch im Schloss ist. Vielleicht schleicht er just in diesem Moment um den Festsaal herum. Wie kann das sein?« Ludwig schaute von Lohmann zu Wagner und wieder zurück. »Merde.« Etwas heiße Asche von seiner Zigarette war auf seinem Zeigefinger gelandet.

»Erlaubt.« Wagner sprang auf, nahm einen goldenen Zierteller vom Tisch und reichte ihn Ludwig.

»Danke, bester Freund.« Ludwig drückte die Zigarette auf dem Teller aus und stellte ihn neben sich auf den Boden, ohne sich dabei viel bewegen zu müssen. Seine Arme waren zum Glück lang genug. »Also?«, sagte er zu Lohmann.

»Ich denke nicht, dass ein Attentäter es jetzt noch einmal versuchen würde, Majestät. Ihr seid geschützt, und die Chancen, dass er unter diesen Umständen zu Euch vordringen könnte, sind äußerst gering.« Lohmanns Stimme war ein beruhigender Bariton.

»Das ist ausgezeichnet.« Wagner wirkte erleichtert.

»Was ist daran ausgezeichnet?«, fragte Ludwig ungehalten. »Dann wird er es eben ein anderes Mal versuchen, richtig? Und wenn ich mir die Dummköpfe, die mich schützen sollen, so ansehe, dann kann er damit durchaus Erfolg haben, richtig?«

»Es ist natürlich nicht auszuschließen, dass es ein neues Attentat geben wird. Aber ich weiß, von Hagen wird alles Erforderliche unternehmen, um Euch zu bewachen und zu beschützen.« Ludwigs Privatsekretär stand unbeweglich wie ein Fels in der Brandung, nur seine an den Seiten herabhängenden Hände bewegten sich leicht.

»Ich habe Zweifel daran, große Zweifel. Wie kann es sein, dass hier einfach jemand hereinspaziert? Mit einer Waffe? Da muss doch einer einen kapitalen Fehler gemacht haben.« Ludwig schnalzte mit der Zunge, um seine Missbilligung auszudrücken.

»Vollständige Sicherheit ist in einem Schloss wie diesem mit den vielen Bediensteten und Gästen beim besten Willen kaum herstellbar. Dafür sind tagein, tagaus zu viele Menschen in den Gängen unterwegs. Aber ich bin sicher, von Hagen tut, was er kann. Er ist schließlich ein alter Militär mit viel Erfahrung.« Lohmann schien entweder daran gelegen, Ludwigs Zorn zu dämpfen, oder Ludwigs Sekretär hatte wirklich Verständnis für diesen Dummkopf von Hagen.

»Auf dem Schlachtfeld, ja. Aber ob er dem hier gewachsen ist, bin ich mir ganz und gar nicht sicher.« Ludwig selbst hatte kein Verständnis für Menschen wie von Hagen, die ihre Aufgaben nicht korrekt und umfassend wahrnahmen. Allein der Zustand von dessen Uniform sprach Bände.

Der König starrte auf den Drachentöter, der auf der Wand hinter seinem Sekretär die Lanze hob, neben ihm ein stattlicher Gefährte. Dessen Gesicht legte sich in Ludwigs Geist wie ein Schleier über das seines Privatsekretärs. Auch der Drachentöter hatte den Drachen nicht allein töten müssen.

»Herr Lohmann«, sagte Ludwig nachdenklich. »Ihr seid doch auch ein alter Militär. Zutreffend?«

»Ja, Eure Majestät.« Lohmann stand jetzt noch strammer als zuvor, obwohl Ludwig gewettet hätte, dass das nicht möglich sei.

»Wart Ihr für Kriminalistik zuständig?« Ludwig hatte sich Lohmanns Lebenslauf nur oberflächlich angesehen.

»Weshalb fragt Ihr, Eure Majestät?«, fragte sein Sekretär zurück.

»Weil es bis zum letzten Jahr Teil der Aufgaben des Militärs war, Verbrechen aufzuklären. Das war, bevor ich diesen fürchterlichen Haufen reformiert und die Gendarmerie ausgegründet habe.« Ludwig erwähnte diese Leistung gern. Schließlich war es scheußlich viel und schockierend eintönige Arbeit gewesen.

»Bravo«, murmelte Wagner.

»Wie meinen, Eure Majestät?« Ludwigs Mann war heute ungewöhnlich begriffsstutzig.

»Ich dachte, Ihr könntet von Hagen über die Schulter schauen, bevor seine Ermittlungen zu fahrig werden oder er dem Mörder aus Dummheit noch Tür und Tor öffnet.« Ludwig achtete nicht weiter auf Wagner.

»Verstehe.« Lohmann bewegte wieder ganz leicht die Finger. »Aber ich befürchte, damit kann ich nicht dienen, Eure Majestät. Ich war Major in der Infanterie. Mit Kriminalistik hatte ich nichts zu tun.«

»Warum seid Ihr aus der Armee ausgeschieden? Keine Lust mehr auf das unstete Soldatenleben?« Wagner schaute Lohmann plötzlich neugierig an. Vielleicht hoffte er auf einen saftigen Skandal oder eine unehrenhafte Entlassung.

»Ich bin nicht ausgeschieden«, entgegnete Ludwigs Sekretär steif. »Ich bin in Reserve.«

»Dann seid Ihr also noch Major, oder wie?« Wagner empfand, Ludwig wusste das, eine starke Faszination für das Soldatenleben.

»Wenn man es genau nimmt, ja«, sagte der Major in Reserve kurz angebunden. Ludwig hatte den Eindruck, er mochte es nicht, von Wagner so befragt zu werden.

»Und weshalb seid Ihr aus dem aktiven Dienst ausgeschieden, Major?«, fragte Wagner ungerührt weiter.

»Das ist eine lange Geschichte, die zu allem Überfluss sehr

unspektakulär ist. Die ist Eure Zeit nicht wert«, wich Paul Lohmann aus.

Ludwig erinnerte sich, dass der ehemalige Soldat bei seinem Antrittsgespräch mit ihm ebenfalls nicht auf diese Frage eingegangen war. Doch Ludwig hatte es ausgereicht, dass er jeden Tapferkeitsorden erhalten hatte, der in Bayern zu vergeben war. Und selbstredend war er von Ludwigs Leuten durchleuchtet worden, bevor er in die Nähe des König hatte kommen dürfen. Vermutlich steckte eine unglückliche Liebschaft dahinter. So etwas kam ständig vor, aber niemand sprach darüber, um den Ruf aller Beteiligten zu schützen.

Der König konnte sich ausgezeichnet vorstellen, dass die Tochter oder Frau eines Garnisonskollegen bei Paul Lohmann schwach geworden war. Er war mit Mitte dreißig im besten Mannesalter, zwar nur mittelgroß, aber gut gebaut mit breiten Schultern und muskulösem Körper, den selbst sein schlichter schwarzer Anzug nicht verstecken konnte. Auch sein Gesicht war einnehmend. Er hatte durchscheinend blaue Augen, eine männlich gerade Nase, ein kantiges Kinn und fast schwarze Augenbrauen, die im interessanten Kontrast zu seinen dunkelblonden Haaren standen. Ja, dieses Gesicht war definitiv eines antiken Helden würdig. Einzig Lohmanns Hände waren seltsam. Sie waren kräftig und wohlgeformt, aber von feinen, längst verheilten Narben übersät, die eigenartig parallel und schnurgerade von den Handgelenken über die Handrücken zu den Fingerspitzen liefen. Wunden, die man sich als Infanterist auf dem Schlachtfeld holte, waren üblicherweise nicht so ordentlich.

Wagner räusperte sich dezent und holte den König damit zurück in die harsche Realität. Ludwigs Wangen wurden heiß. Hatte er seinen Sekretär angestarrt? Der schaute jedenfalls angestrengt auf seine Schuhspitzen, was dafürsprach. Wie erschreckend unhöflich und deplatziert von Ludwig! Daran war nur diese außergewöhnliche Situation schuld.

»Lange Geschichte hin oder her«, sagte Ludwig schnell. »Werter Major, Ihr seid der richtige Mann hier an meiner Seite.

Ich kann Euch mit Euren Erfahrungen und vergangenen Heldentaten in der Schlacht gebrauchen, wenn ich nicht von diesen Deppen meinem zukünftigen Mörder auf dem Silbertablett präsentiert werden will.«

»Selbstverständlich, Eure Majestät. Ich werde Euch unterstützen, wo ich kann.« Irrte Ludwig, oder wirkte sein Sekretär trotz der immensen Ehre wenig erfreut?

Kapitel 5

»Ludwig. Gott sei Dank, du bist gesund. Ich war in solcher Sorge.« Sophie eilte dem König entgegen, der sich mit Paul Lohmann und Richard Wagner in den Festsaal zurückgezogen hatte, in dem alle Fenster geschlossen waren und es dementsprechend stark nach Zigarettenrauch roch. Alle drei Herren standen am Tisch und schienen zu diskutieren.

Richard Wagner und Paul Lohmann deuteten beide einen Diener an, als sie Sophie bemerkten. Ludwig kam ihr mit ausgestreckten Händen entgegen, ergriff ihre und drückte sie. Er war sehr blass, schien ansonsten jedoch wohlauf. Aber er hatte Blutspritzer auf seiner Uniformjacke.

»Wie geht es dir, mein armer Ludwig?« Sophie erwiderte den Druck seiner Hände.

»Ich bin immer noch wie betäubt«, antwortete er, obwohl es nicht den Anschein hatte. Ganz im Gegenteil. Er schien wie belebt. »Ein Attentat auf den König!« Seine Stimme bebte, ob aufgrund echter Emotionen oder Pathos war schwer zu sagen. »Das verdreht die Ordnung der Welt ins Schlimmste.«

»Das ist wirklich unfassbar.« Sophie war immer noch wie vor den Kopf geschlagen. Ludwig war vielleicht ein ungewöhnlicher König, doch sein Volk verehrte ihn. Sie konnte sich nicht vorstellen, wer es auf ihn abgesehen haben könnte.

»Eure Majestät haben viele Feinde.« Wagner hatte sich genähert und war offenkundig anderer Meinung als sie. Das war aus irgendeinem Grund meistens der Fall. Seine Haare waren feucht, und er hatte ein blutverschmiertes Handtuch um den Nacken geschlungen, das Sophie eine Gänsehaut bescherte.

»Das ist das Los des Herrschers.« Ludwig gab Sophies Hände frei und spreizte sein rechtes Bein ab, um seine »Königshaltung« einzunehmen. Das war ein gutes Zeichen. Wenn er posieren konnte, war er wohl nicht allzu mitgenommen.

»Was ist eigentlich genau passiert?« Sophie schaute zu Ludwig auf. »Von Pfistermeister sagte mir, dass von Geersen erschossen wurde.«

»Setzen wir uns, liebe Cousine.« Ludwig geleitete sie zu zwei Stühlen an der Wand und zog einen dritten dazu. Wagner und er setzten sich nebeneinander, nachdem sie gewartet hatten, bis Sophie saß. Ludwigs Privatsekretär stellte sich mit einem gewissen Abstand neben den König, als ob er ihn beschützen müsste. Soweit Sophie wusste, war Ersterer Offizier gewesen. Etwas, das man seiner außerordentlich aufrechten Haltung deutlich anmerkte. Er wirkte, als habe man ihm ein Brett auf den Rücken geschnallt. Nichts gegen eine gute Haltung. Und auch nichts gegen Offiziere – ehemalige und gegenwärtige. Aber mussten sie immer derart streng und emotionslos wirken? War das vielleicht eine Art Männlichkeitsritus, der sie alle verband? Es galt allgemein eher als weibisch und damit kläglich, menschliche Regungen zu zeigen. Eine Einstellung, die sie insgeheim verärgerte.

»Alles ging sehr schnell«, begann Ludwig seinen Bericht. »Von Geersen bewegte sich am Fenster zum Innenhof hin und her, während er so fürchterlich langatmig dozierte. Mein bester Wagner gab ihm dezidierte Gegenworte, wie es genau richtig war. Plötzlich fiel ein Schuss, der natürlich mir gelten sollte, und von Geersen brach getroffen zusammen.« Er holte sein goldenes Zigarettenetui aus der Tasche, klappte es auf und wieder zu, als er sah, dass es leer war.

»Und dann?« Sophie flatterte das Herz selbst im Nachhinein, wenn sie sich die Szene vorstellte.

Wagner bot Ludwig eine Zigarette aus seinem eigenen Etui an, in dessen aufklappbarem Deckel ein Notenschlüssel eingraviert war.

»Danke. Ich passe.« Ludwig schien die Lust auf eine Zigarette vergangen zu sein. Er räusperte sich. »Dann kam der zweite Schuss, der in die Mauer neben mir einschlug. Und dann noch einer. Insgesamt drei. Allesamt Schüsse aus dem Innenhof, die durchs geöffnete Fenster kamen.«

»Wir konnten nichts mehr für von Geersen tun«, ergriff Wagner das Wort. Sophie erlebte ihn zum ersten Mal erschüttert, was ihn ihr gleich sympathischer machte. »Und das, obwohl ich mich über ihn geworfen habe, um ihn zu schützen.« Der Komponist wirkte nachdenklich, als wäre er selbst erstaunt ob seines Mutes. »Fast hätte es mich auch noch getroffen. Kaum auszudenken, welch Verlust das für die Kunst gewesen wäre«, setzte er hinzu.

Sophies neu entdeckte Sympathie verflog augenblicklich.

Ludwig schenkte Wagner einen skeptischen Seitenblick, aber das bemerkte dieser gar nicht.

»Was ist mit dem Schützen? Wurde er gefasst?« Sophie schaute alle drei Männer der Reihe nach an.

»Der Schurke ist geflohen. So ein feiger, hinterhältiger Angriff«, ereiferte sich Ludwig.

»Möge der Meuchler in der Hölle landen und alle Qualen dieser Welt in Ewigkeit erdulden«, ergänzte Wagner.

Paul Lohmann schwieg nur.

»Der arme von Geersen.« Sophie fühlte sich schlecht, weil sie noch vor Kurzem wenig Schmeichelhaftes über ihn gedacht hatte. Und nun war er tot. Das hatte er nicht verdient. Ihr tat Bismarcks Tochter leid, die heute ihren Verlobten verloren hatte und davon im Moment noch nicht einmal wusste. Die Tatsache, dass er einfach zur falschen Zeit am falschen Ort gewesen war, würde es ihr sicher nicht einfacher machen. Sie stutzte. »Woher wissen wir, dass die Schüsse auf Ludwig gerichtet waren? Es waren so viele Menschen im Zimmer. Hätte nicht auch jeder andere gemeint sein können?«

Wagner holte scharf Luft, während Lohmanns Gesicht zu einer noch ausdrucksloseren Miene versteinerte.

»Wer sonst hätte es sein sollen?« Ludwigs Augenbrauen gingen in die Höhe, seine Mundwinkel nach unten.

»Ich …« Sophie lugte Hilfe suchend zu Wagner, der ihrem Blick jedoch auswich.

Lohmann rührte keinen Muskel seines Körpers, sondern schüttelte kaum merklich und ohne Sophie anzusehen den Kopf.

»Niemand natürlich. Was für eine dumme Frage. Die ganze Angelegenheit hat mich aufs Äußerste verwirrt. Verzeih«, murmelte sie.

»Das ist völlig normal«, versicherte ihr Ludwig gnädig. »Selbst ich war zunächst ein wenig perplex. Aber nur ganz kurz. Ich bin schließlich Gefahren gewöhnt.«

»Und was passiert jetzt?« Sophie versuchte, von ihrem Fauxpas abzulenken.

»Doktor Stein ist bei von Geersen. Er untersucht die Leiche und wird ausführlich Bericht erstatten – auch wenn die Todesursache offenkundig ist. Und von Hagen lässt alle ausschwärmen und nach dem feigen Meuchler suchen. Er wird außerdem Straßensperren errichten lassen«, erklärte Ludwig.

»Mir wird ganz schlecht, wenn ich daran denke, dass der Mörder noch frei herumläuft.« Das war nicht gelogen. Ihr war wirklich übel. Wie konnte es sein, dass dieser Tag so eine schreckliche Wendung genommen hatte? Es war, als ob jemand ihre friedliche Welt mit einem Schlag vollständig vernichtet hätte.

Martin von Hagen kam herein und hinkte zu ihnen herüber. Er salutierte und stand vor seinem König stramm. Böse Zungen sagten, dass er für seinen Posten zu gutmütig war und deshalb gern mal einen Bock schoss. Aber im Schloss gab es Gerüchte über jeden, und nicht einmal die Hälfte davon stimmte.

Sophie wurde immer das Herz schwer, wenn sie von Hagen traf. Sie kannte ihn zwar nicht gut, aber er tat ihr wegen seiner schlimmen Kriegsverletzung leid. Sein linkes Bein war nach einer Schussverletzung gelähmt. Es hieß, seine Frau habe ihn deshalb verlassen. Sein Sohn war im Krieg gefallen, und jetzt hatte er nur noch eine Tochter, die er heiß und innig liebte, die aber bereits verheiratet und aus dem Haus war. Zwar hatte sie eine außerordentlich gute Partie gemacht und war mit Finanzminister Funkenberg verheiratet, aber von Hagen war ganz allein.

»Sprich. Was gibt es an Neuigkeiten? Habt Ihr ihn endlich?«, herrschte Ludwig von Hagen an, was Sophie aus Mitgefühl innerlich zusammenfahren ließ.

»Noch nicht, Eure Majestät, aber wir sind mit der Durchsuchung des Palastes fast fertig. Bislang nichts zu vermelden.«

»Und an den Sperren?«, feuerte Ludwig eine neue Frage ab.

»Nur ein paar Landstreicher, Eure Majestät.«

»Was sagt München?«, fragte Ludwig knapp.

»Sie informieren sich noch, was sie tun müssen, um jemand herschicken zu können. Es war von Formularen die Rede, aber das klären sie gerade. Sie werden auch den Innenminister informieren.« Von Hagen wirkte so defensiv, als sei er mit echter Munition unter Beschuss.

»Und was genau habt Ihr dann zu berichten?« Wagner rauchte in Seelenruhe eine Zigarette. Sophie hatte plötzlich das absurde Bedürfnis, ebenfalls einen Zug zu nehmen. Es schien, als besänftigte das die Nerven.

»Wir haben etwas anderes gefunden.« Von Hagen erwähnte nicht, was es war. Er schwitzte, und seine Uniform wirkte zerknittert. Ob er begriff, dass er Ludwig durch seine Schwerfälligkeit ohne Not reizte?

»Was habt ihr gefunden?«, fragte Ludwig ungeduldig.

»Die Waffe.« Ein kleines Lächeln schlich sich auf von Hagens Gesicht.

»Die Mordwaffe?« Ludwigs Stimme wurde lauter.

»Jawohl, Eure Majestät.« Von Hagen reckte die Schultern.

»Wo?« Ausnahmsweise hing der König an von Hagens Lippen.

»Im Innenhof am Brunnen.«

»Und was ist es?« Ludwig sah aus, als ob er die Luft anhielt.

»Ein preußisches Zündnadelgewehr.« Von Hagens Lächeln verschwand.

Einen Moment herrschte Schweigen. Dann sprang Ludwig auf, wobei er seinen Stuhl nach hinten umkippte. »Die Preußen! Diese Schweinekerle. Ich wusste immer, dass die Verhandlungen nur zum Schein waren. Deshalb also musste ich persönlich dabei sein.« Er machte drei Schritte nach rechts, drei nach links und drehte sich einmal um die eigene Achse. »Das haben sie sich so gedacht. Aber sie haben einen Fehler gemacht und ihr eigenes Gewehr benutzt. Das hat auf zweihundertfünfzig Meter nur eine Treffergenauigkeit von fünfundsechzig Prozent. Damit haben sie ihren eigenen Mann erwischt, die Dummköpfe.« Mit Waffen kannte Ludwig sich aus. Er ließ sich auf seinen Platz fallen und fächelte sich Luft zu. »Aber da haben sie sich den Falschen ausgesucht. Das bedeutet Krieg. Informiert den Kriegsminister. Na los, los.« Er scheuchte von Hagen davon, der sich mit einem erleichterten Gesichtsausdruck auf den Weg machte.

Wieder herrschte Schweigen. Diesmal mit einem Hauch von Panik. Sophie lag es auf der Zunge, zu fragen, ob die Preußen wirklich so dumm sein würden, ihr eigenes Gewehr am Tatort zu hinterlassen, wenn sie ein Attentat begingen. Und wenn sie die Körpersprache von Paul Lohmann und Richard Wagner richtig deutete, stellte sich ihnen die gleiche Frage. Aber Ludwigs Miene verriet ihr, dass das nicht der Augenblick war, diesen Gedanken in Worte zu fassen.

Ludwigs Sekretär war offenbar mutiger als sie. Er beugte sich leicht zu Ludwig. »Eure Majestät?«, sagte er leise.

»Ja?« Ludwig war dunkelrot vor Zorn.

»Wir werden weitere Beweise brauchen, dass es die Preußen waren. Das Gewehr reicht nicht. Das kann jeder dort hinterlassen haben.«

Ludwig öffnete den Mund, und Sophie fürchtete bereits um den Soldaten, aber dann schloss Ludwig den Mund wieder. Er schaute zu Wagner, der offenbar mit dem Mut der Verzweiflung zustimmend nickte, dann weiter zu Sophie.

»Herr Lohmann hat recht.« Sie blickte Ludwig direkt in die Augen, um seine Reaktion abzuschätzen.

»Major«, unterbrach Wagner sie und drückte seine Zigarette auf einem Zierteller aus.

»Wie bitte?« Sophie schaute kurz irritiert zu Wagner.

»*Major* Lohmann. Er ist Offizier in der Reserve.« Wagner erinnerte Sophie an die besserwisserische Raupe in *Alice's Abenteuer im Wunderland*, einem Buch, das erst kürzlich erschienen war und das Sophie sehr mochte.

»Ihr könnt mich aber auch gern Herr Lohmann nennen«, informierte Paul Lohmann seine Schuhspitzen. »Wie es Euch beliebt, Eure Hoheit.«

»Danke.« Sophie nahm immer noch leicht befremdet den Faden wieder auf, den sie durch Wagner verloren hatte. »Ich stimme Major Lohmann zu. Wir können nicht die Preußen beschuldigen, ihren eigenen Gesandten erschossen zu haben, und das ohne stichfeste Beweise, Ludwig.« Alles, was ihn davon abhielt, Preußen augenblicklich den Krieg zu erklären, war gut. Und je mehr Zeit ihnen blieb, desto größer wurden die Chancen, die wahren Hintergründe der vertrackten Situation zu ermitteln und einen Krieg gänzlich zu vermeiden. Denn Sophie hatte starke Zweifel daran, dass wirklich die Preußen hinter dem Mord steckten. Es gab einfach keinen einleuchtenden Grund dafür. Sie zweifelte sogar daran, dass Ludwig überhaupt das beabsichtigte Opfer gewesen war. Genauso gut konnte es tatsächlich von Geersen gewesen sein oder auch von Pfistermeister. Der war nicht gerade beliebt. Alles war an diesem Punkt denkbar.

Ludwig stand auf und nahm wieder seine »Königsposition« ein. »Ich werde die Beweise finden und den Schuldigen feststellen. Damit nichts schiefgeht, nehme ich selbst die Ermittlungen in die Hand. Und Ihr …« Er starrte sie alle der Reihe nach an. »Ihr werdet meine ergebene Truppe sein. Ein königlicher Mond und seine Trabanten.«

Sophie, Wagner und der Major wechselten einen verstohlenen Blick, und Sophie fragte sich, wie sie noch verhindern konnten, dass das hier in einem Fiasko endete.

Kapitel 6

Auszug aus dem Tagebuch Ludwigs des II.:

»Einen Krieg zu führen und einen Meuchler zu fangen. O gnädiger Gott, der Du über allem stehst. Ich nehme die schier unmögliche Aufgabe an und folge dem mir von Dir vorgezeichneten Weg in Demut sowie unter Einsatz meiner alles überragenden Geisteskraft. (Notiz: Schneiderin muss unverzüglich Uniform schneidern, die gleichzeitig kleidsam, praktisch und eines Generals und Ermittlers in Personalunion würdig ist. Säbel rechts an der Hüfte und Pistolenversteck in der Mütze?)«

»Ich will den Fundort der Waffe sehen.« Ludwig schob die Brust nach vorne heraus, wobei er erneut bemerkte, wie beengt er sich durch das Behelfskorsett fühlte. Aber das war nicht die Zeit, sich umzuziehen. Wenn er bei der preußischen Heeresreform und der Einführung der Gendarmerie eines gelernt hatte, dann, keine Zeit verstreichen zu lassen, wenn man einen Verbrecher fassen wollte. Je mehr Zeit, desto weniger Spuren, war die Devise der Experten, die er sich damals notiert hatte. Wo war das entsprechende Notizbuch eigentlich? Im Büro?

»Ist es außerhalb dieses Raumes denn sicher für dich?«, fragte seine wunderbare Sophie, die er selten so ernst erlebt hatte. Er kannte sie nur fröhlich, lachend und singend. Aber sie machte sich Sorgen um ihn. Das war nachvollziehbar. »Ich meine, der Attentäter ist noch nicht gefasst. Können wir frei im Schloss herumspazieren?« Die Miene seiner Cousine war angespannt.

»Ich habe keine Angst.« Ludwig drückte die Brust jetzt so stark durch, dass er Rückenschmerzen bekam. Er verschwieg, dass sein Sekretär es für unwahrscheinlich hielt, dass der Attentäter noch im Schloss weilte oder derzeit einen erneuten Anschlag versuchen würde. Und aus irgendeinem Grund vertraute er dessen Einschätzung. Zumindest mehr als der von Hagens.

»Von Hagen sagte zudem, sie sind mit der Durchsuchung fast fertig«, ergänzte Wagner in diesem onkelhaften Tonfall, den er Sophie gegenüber gern anschlug, vollkommen ignorierend, dass sie anwesend gewesen war, als von Hagen das gesagt hatte. »Ihr müsst Euch daher nicht sorgen, liebe Herzogin Sophie. Wir Männer haben alles im Griff.«

Sophie warf dem Komponisten unter gesenkten Lidern einen vernichtenden Blick zu, der Ludwig beinahe zum Lachen gebracht hätte. Seine Cousine mochte es nicht, wenn man gönnerhaft mit ihr umging. Das konnte er bestens nachvollziehen. Er verabscheute es ebenso, wenn einer seiner Minister durchscheinen ließ, dass Ludwig nicht die Geisteskraft hätte, etwas zu verstehen.

»Außerdem hat der feige Mörder keine Waffe mehr«, ergänzte Ludwig, um Sophie die Sorge zu nehmen. »In Ordnung?«

Sophie nickte.

»Dann folgt mir.« Ludwig schritt zur Tür und winkte den Gardisten, sie zu begleiten. Er war mutig, aber nicht tollkühn.

Ludwig verharrte in dem engen Gang vor dem Innenhof, seine Entourage hinter sich im Schlepptau, während einer der

Gardisten die Tür zum Hof aufschloss. Der Mann machte seinen Kollegen ein Zeichen und bat Ludwig, an der Schwelle zu warten, damit sie überprüfen konnten, ob der Hof menschenleer war.

»Was ist?«, rief Wagner von hinten, der als Letzter in der Reihe wartete.

»Sie untersuchen den Innenhof.« Das war Paul Lohmann, der vor dem deutlich kleineren Wagner stand und ihm die Sicht versperrte.

»Wieso das?« Wagner klang angestrengt, als ob er auf Zehenspitzen stünde.

»Um sicherzustellen, dass niemand dort ist«, kam es von Sophie, die direkt hinter Ludwig war.

»Alles gesichert, Eure Majestät«, meldete einer der Gardisten schließlich, nachdem er und seine Kollegen den Hof einmal abgegangen waren und sämtliche Ecken durchsucht hatten.

»Wollen wir?« Sophie schob sich neben Ludwig.

»Gern.« Er reichte ihr den Arm und trat gemeinsam mit ihr aus dem Schatten heraus an den Springbrunnen, der im röter werdenden Licht der Abendsonne lag. Nach dem, was heute passiert war, kam Ludwig der Ort trotz des schönen Sonnenscheins düster und feindselig vor. Er hatte die Neugestaltung des Platzes vor ein paar Jahren bei einem renommierten Architekten in Auftrag gegeben. Alles, was er dabei ersehnt hatte, war ein Ort, der in der Hektik des Hofstaates eine Oase der Ruhe, einen Rückzugsort für ihn bildete. Das war ihm zwar gelungen, aber offenbar hatte er gleichzeitig ein perfektes Versteck für Wahnsinnige geschaffen.

Der abgeschlossene Hof war rundherum von einem Kreuzgang mit herrlichen Fresken an Wänden und Decken umgeben, der jede Menge Nischen und Säulen bot, um es einem Verbrecher zu ermöglichen, dahinter zu lauern. Der Brunnen in der Mitte des Platzes war einer von Ludwigs Lieblingsorten im Schloss, aber ebenfalls wie für schändliche Taten gemacht. Auf dem runden Beckenrand prangten fast menschengroße Figuren aus der römischen Götterwelt, hinter denen der Attentäter nur hatte abtauchen müssen. Da war zum Beispiel Hermes, der fliegende Götterbote, der, beide Arme gehoben, ins Wasser zu springen schien, oder Venus, die Göttin der Schönheit und Liebe, die sich mit wallendem Haar liegend am Wasser rekelte.

»Was sinnierst du?«, riss Sophie ihn aus seinen trüben Gedanken.

Ludwig schilderte ihr, was ihm eben durch den Kopf gegangen war.

»Dafür kannst du nichts. Du wolltest einen schönen Ort schaffen, und das ist dir gelungen. Wenn andere diesen für böse Zwecke nutzen, ist das nicht deine Schuld«, entgegnete sie resolut.

»Aber ich fühle mich trotzdem, als hätte ich den Unhold eingeladen, hier zu morden.«

»Das darfst du nicht denken. Diese Einladung wurde nicht von dir ausgesprochen. Das hat jemand anders getan.« Sophie drückte mitfühlend seinen Unterarm.

»Du hast recht, meine liebe Cousine. Was würde ich nur ohne dich tun? Meine Aufgabe ist es, denjenigen zu finden, der diese verwunschene Einladung ausgesprochen hat.«

»Und das wirst du. Schau.« Sophie lenkte Ludwigs Aufmerksamkeit auf seinen Privatsekretär, der einmal um den Brunnen wanderte, dicht über den Rand gebeugt. Bei der Venus stoppte er und beugte sich noch weiter herunter, sodass seine Nase fast den Stein berührte.

»Hier sind Rußspuren.« Der Major richtete sich auf und deutete auf eine Stelle an der Hüfte der Venus.

Ludwig und Sophie eilten zu ihm herüber, während sich Wagner vor der Tür eine Zigarette anzündete.

Tatsächlich waren auf dem hellen Stein dunkle Spuren, die ein wenig wie Ruß aussahen. Ludwig tippte mit dem Zeigefinger vorsichtig dagegen und roch an der Substanz, die an seinem Finger haften geblieben war.

»Eindeutig.« Er hielt Sophie den Zeigefinger hin, doch sie

lehnte dankend ab und reichte ihm stattdessen ein Seidentuch, das sie aus ihrem Ärmelaufschlag gezaubert hatte.

»Nun, dann wissen wir wohl, von wo aus geschossen wurde. Vermutlich hat er das Gewehr hier abgestützt, um besser zielen zu können.« Lohmann zeigte auf die Hüfte der Venus.

»Sehr richtig. Trotzdem hat er nicht getroffen. Und zwar gleich drei Mal nicht.« Ludwig säuberte seinen Zeigefinger mit dem Seidentuch und verharrte. »Vielleicht sollten wir nach einem Einäugigen suchen lassen?«

»Womöglich, Eure Majestät.« Ludwigs Sekretär wirkte überraschenderweise nur mäßig überzeugt.

»Und als er fertig war, hat er das Gewehr fallen lassen«, fuhr Ludwig fort und gab Sophie das zarte, jetzt deutlich verschmutzte Gewebe zurück. Vermutlich hatte sie seinen klugen Vorschlag zum Einäugigen überhört.

»Teuflisch, teuflisch. Einäugige sind bekanntermaßen Wesen der Nacht. Ihnen ist alles zuzutrauen«, mischte sich Wagner ein, der alles mit anhören konnte.

»Aber warum hat er aufgehört, zu schießen, wenn er sein Ziel noch nicht getroffen hatte? Er hatte ein weitestgehend freies Schussfeld in das Besprechungszimmer.« Sophie verstaute die Seide wieder in ihrem Ärmel und zeigte auf die Fenster rechts von ihrem Standort, die nach wie vor offen standen. Einer der Gardisten hatte seitlich davon Stellung bezogen.

»Vielleicht hat ihn etwas oder jemand gestört.« Major Lohmann spähte ebenfalls zu den Fenstern hinüber, die Augen zusammengekniffen.

»Aber was?«, wandte Sophie sich an Ludwigs Sekretär. »Ob ihn jemand gesehen hat?«

»Denkbar, Hoheit«, entgegnete dieser.

»Vielleicht ist jemand vom Hofstaat, ein Diener oder eine Magd, in eins der angrenzenden Zimmer getreten, und er konnte sein Werk nicht unbeobachtet fortsetzen?«, mutmaßte Sophie.

»Oder«, Ludwig wollte auch wieder etwas beitragen, »Gott

hat seine schützende Hand über mich gehalten.« Wahrscheinlicher war, dass der Täter ihn, also Ludwig, unter dem Tisch, unter dem er sich versteckt hatte, nicht mehr in die Schusslinie bekommen hatte und deshalb den Anschlag abgebrochen hatte, aber das behielt er wohlweislich für sich.

»Das ist natürlich auch denkbar, mein Ludwig«, sagte Sophie vage.

»Aber wenn ich mir das hier so ansehe, dann ist er ein hohes Risiko eingegangen.« Paul Lohmann trat ein wenig vom Brunnen fort, drehte sich langsam im Kreis herum und ließ seinen Blick über den ganzen Innenhof samt Gardisten schweifen.

»Weshalb?« Sophie folgte ihm und drehte sich mit, sodass Ludwig sich plötzlich ausgeschlossen fühlte, weil er noch am Brunnen stand.

»So gut das Versteck auch war, es ist ebenso eine Falle. Wäre er entdeckt worden, wäre er aus dem Innenhof nicht mehr herausgekommen.« Der Major hatte seine Drehung beendet und wies auf den einzigen Zugang, vor dem Wagner eben seine Zigarette auf dem Boden austrat.

»Das war wagemutig. In der Tat. Oder ihm fehlt nicht nur ein Auge, sondern auch ein halbes Gehirn.« Ludwig verschränkte die Arme und wartete, dass Sophie und sein Sekretär zu ihm zurückkamen.

»Oder er war sich aus irgendwelchen Gründen sicher, dass ihn hier niemand entdecken würde.« Sophie runzelte die Stirn und kehrte gemeinsam mit Major Lohmann zu Ludwig zurück.

»Wie sollte das gehen, Hoheit? Es gibt hier überall Fenster«, mischte Wagner sich unverhofft wieder ein.

»Was Ihr nicht sagt«, zischte Sophie erbost, aber so leise, dass nur Ludwig und dessen Sekretär sie vernehmen konnten.

Ludwig verkniff sich ein Grinsen, während der Major so tat, als hätte er nichts gehört.

»Kann man mich sehen?« Lohmann bückte sich hinter die Venus.

»Bleibt so.« Ludwig wanderte einmal um den Platz und begutachtete die Venus und seinen Sekretär aus allen Winkeln. »Vom Besprechungsraum aus nicht«, urteilte er schließlich. »Von den anderen Räumen nur, wenn man genau hinschaut oder weiß, dass Ihr dort seid.«

»Und jetzt?« Lohmann erhob sich so weit, wie es jemand getan hätte, der ein Gewehr auf der Hüfte der Venus ablegen wollte, um zu schießen.

Ludwig wiederholte die Prozedur nochmals. »Aus dem Besprechungszimmer ist es so beinahe dasselbe«, sagte er, nachdem er fertig war. »Die anderen Figuren verdecken die Sicht fast vollständig.«

»Und von den anderen Zimmern?«, fragte Sophie.

»Von denen aus kann man den Major ausgezeichnet sehen.« Ludwig deutete auf die Fenster der anderen Zimmer, die dem Besprechungsraum gegenüberlagen.

»Welche Zimmer liegen noch mal am Innenhof? Also, außer dem Besprechungsraum«, sagte Sophie, halb als Frage, halb laut nachdenkend.

»Der Vorratsraum für Lebensmittel und einige andere Lagerräume für Möbel und ähnliche Dinge, die kaum genutzt werden.« Lohmann kam hinter der Venus hervor und gesellte sich mit gebührendem Abstand wieder zu Sophie und Ludwig.

»Das heißt, der Mörder war, während er angelegt und geschossen hat, vom Vorratsraum und den Lagerräumen aus gut sichtbar«, stellte Sophie fest.

»Das erklärt aber noch nicht, wie er überhaupt in den Innenhof gekommen ist.« Wagner manövrierte sich direkt zwischen Ludwig und Sophie, sodass die drei beinahe Nase an Nase standen. Er bot Ludwig eine Zigarette an.

»Er muss durch eins von den Zimmern gekommen und durch ein Fenster geklettert sein. Für die Eingangstür benötigt man einen Schlüssel, und die Tür war eben verschlossen.« Sophie legte ein wenig Abstand zwischen sich und Wagner.

»Gut beobachtet.« Ludwig wählte eine Zigarette aus Wagners goldenem Etui, zündete sie mit seinem eigenen neuen Feuerzeug an und verstaute dieses anschließend wieder in seiner Tasche.

»Allerdings mag es sein, werte Herzogin, dass die Gardisten die Tür erst nach dem Attentat verschlossen haben und sie vorher offen war.« Wagner steckte sein Etui in einer Imitation von Ludwig zurück in seine Brusttasche.

»Möglich, werter Herr Wagner.« Sophie hob ihre zarten Schultern. Sie hatte sich so gut im Griff, dass nur Ludwig bemerkte, dass das »werter« einen Hauch Ironie enthielt.

»Ich glaube, sie ist üblicherweise verschlossen, weil Kommandant von Hagen das aus Sicherheitsgründen so will«, warf der Major hilfsbereit ein.

»Wer hat denn den Schlüssel für den Innenhof? Und kommt in die anderen Zimmer jeder herein? Oder braucht man dafür auch Schlüssel?«, hakte Sophie nach. Ein weiterer guter Gedanke. Sie war heute ausgezeichnet in Form. Vermutlich hatte der Ärger über Wagner das aus ihr herausgekitzelt.

»Den Schlüssel für den Hof hat der Kastellan, und der gibt ihn dem, der ihn haben will. Wer sonst noch einen hat, weiß ich nicht«, erklärte Ludwigs Sekretär.

»Der Vorratsraum ist üblicherweise verschlossen. Es sei denn, es steht ein Fest an und es müssen ständig Vorräte in die Küche gebracht werden«, sagte Ludwig, der das deshalb wusste, weil er oft nachts Hunger bekam und deshalb inzwischen einen eigenen Schlüssel für den Vorratsraum besaß. Er nahm einen Zug von der Zigarette und schaute dabei versehentlich nach rechts über die Schulter des dort postierten Gardisten in das Besprechungszimmer. Zum Glück war die Leiche fortgeschafft worden. Nur Blutflecken auf dem Boden erinnerten an das Unglück.

Ludwig schob den Gedanken an das Geräusch, das von Geersen gemacht hatte, als er blutend auf dem Boden gelegen hatte, von sich. Er konnte später sentimental werden. Jetzt hatte er einen Mord aufzuklären.

Mit etwas Anstrengung konzentrierte er sich wieder auf

seine Gefährten. »Ich gehe davon aus, dass die Gefahr, aus der Vorratskammer und den Lagerräumen entdeckt zu werden, nicht groß war. Dort wird selten jemand sein.«

»Dem mag so sein«, pflichtete Major Lohmann ihm bei, die Hände auf dem Rücken verschränkt. »Aber ich bleibe dabei: Das Risiko war unvernünftig hoch, Eure Majestät.«

»Weil?« Ludwig reichte Wagner die halb aufgerauchte Zigarette, der sie für ihn austrat.

»Selbst wenn der Täter mit viel Glück hierhergelangt ist und ihn dabei niemand gesehen hat, musste er auch wieder aus dem Schloss heraus. Und das, nachdem die Schüsse gefallen waren«, gab Lohmann zu bedenken.

»So hoch ist das Risiko auch wieder nicht, Herr Major. In dem ganzen Tumult sind alle nur in Richtung der Schüsse gelaufen und haben vermutlich auf nichts anderes geachtet. Es ging sogar das Gerücht um, Seine Majestät sei getroffen worden. Die Verwirrung konnte der Täter nutzen.« Wagner zündete sich eine neue Zigarette an.

»Er musste nur schnell genug sein. Der Weg aus dem Schloss ist von hier aus nicht lang. Höchstens fünfzig Meter. Und etwas weiter unten am Hang konnte er in den Bäumen verschwinden«, stimmte Sophie ihm schweren Herzens zu und wirkte dabei, als ob sie Essig schlucken müsste. »Zudem kann es gut sein, dass er die Kleidung eines Bediensteten trug, dann wäre er in dem Chaos noch weniger aufgefallen.«

»Ich fasse zusammen«, sagte Ludwig feierlich, weil ihm das gebührte. »Wir haben einen einäugigen Täter, von dem wir nicht wissen, ob er mutig oder tollkühn ist. Dieser hat es trotz meiner Leibgarde geschafft, sich mit einer Waffe ins Schloss zu schleichen, in den üblicherweise verschlossenen Innenhof zu gelangen, von dort aus zu morden und wieder zu entkommen. Ach ja, und das Gewehr hat er auch noch entsorgt.«

»Wer sagt, dass es nur einer war?«, gab der Major zu bedenken. »Vielleicht waren es auch mehrere Personen, Eure Majestät.«

»Oder …« Wagner blies seinen Rauch in Richtung des Sekretärs, der das stoisch ertrug. »Vielleicht hatte der Täter Hilfe aus dem Schloss, Herr Major.«

»Ich könnte von Hagen umbringen.« Ludwig hatte das Bedürfnis, sich die Haare zu raufen.

»Irgendwer muss etwas bemerkt haben. Das Schloss war voll mit Menschen.« Sophie sah mit gerunzelter Stirn zur Seite und wedelte demonstrativ mit der Hand. »Der Rauch verursacht mir Kopfschmerzen, werter Herr Wagner.«

»Was möchtest du damit sagen? Also, nicht das mit dem Rauch. Das andere.« Ludwig genoss immer noch Fantasien, in denen er von Hagen mit einem großen Stiefel in den Allerwertesten trat.

»Ich würde vorschlagen, wir befragen alle, die gestern im Dienst waren«, sagte Sophie.

»Das kann ewig dauern.« Wagner trat seine Zigarette mit herabgezogenen Mundwinkeln aus.

»Dennoch. Eine brillante Idee. So werden wir es machen.« Ludwig strahlte Sophie an.

»Der Meinung bin ich natürlich auch«, versicherte Wagner schnell.

»Ich sage dem Kastellan Bescheid und lasse den Festsaal fertig machen.« Der Major zog angesichts Wagners plötzlicher Kehrtwende die Augenbrauen exakt einen Millimeter in die Höhe.

»Ausgezeichnet. Und richtet von Hagen aus, dass ich morgen Punkt elf Uhr alle, die zum Tatzeitpunkt Dienst hatten, im Festsaal sehen will.« Ludwig maß seine Ermittlungsgehilfen mit einem königlichen Blick. »Der Mörder muss gefasst werden. Und er wird von *mir* gefasst werden.« Er machte eine bedeutungsschwangere Pause. »Und wehe dem Judas, falls mich einer von ihnen verraten hat.«

Kapitel 7

»Ich kann nicht fassen, dass du mich ins Dorf geschickt hast und ich den Mord dadurch verpasst habe.« Erika, Sophies Zofe und Ehrenfräulein, stemmte die Hände in die kräftigen Hüften und schaute von ihren fast einen Meter achtzig herab, die in ein schlichtes dunkelbraunes Kleid gewandet waren. Ihre Augenbrauen waren fest zusammengezogen, wodurch sich eine steile Falte auf ihrer Stirn bildete. Das war eine reife Leistung, denn ihr dichtes blondes Haar war zu einem derart festen Knoten am Hinterkopf geschlungen, dass Sophie sich häufig fragte, wie sie ihr Gesicht und vor allem die Stirn überhaupt bewegen konnte.

»Ich konnte doch nicht ahnen, dass ausgerechnet gestern Nachmittag ein Mord geschehen würde. Und außerdem ist das eine Tragödie und keine Sensation, bei der man dabei gewesen sein muss.« Sophie inspizierte mit dem Malkittel über dem Kleid die Pigmentsäckchen, die sie wieder auf dem Tisch aufgereiht hatte. Es war neun Uhr morgens, und sie hatte beschlossen, die Zeit, die bis zu Ludwigs großer Befragung des Hofstaates um elf Uhr blieb, mit Malen zu verbringen. Irgendwie musste sie schließlich besser werden.

»Mag sein, aber du schickst mich immer weg, wenn es spannend wird. Nicht nur dieses Mal.« Erika stellte sich neben Sophies Staffelei, auf der die Leinwand von gestern mit dem seltsam ellipsenförmigen, halb verschneiten Ammersee stand. »Was ist das?« Sie zeigte prompt auf den weißen Fleck in der Mitte des Sees.

»Schnee im Sommer?« Sophie krauste die Nase.

»Warum musizierst du nicht lieber?«, fragte Erika nach einem Moment. »Du hast eine ungewöhnlich schöne Singstimme. Alle loben dich dafür.«

»Weil man sich nicht weiterentwickelt, wenn man immer nur tut, was man schon kann.« Sophie schüttete das Pigment vorsichtig auf einen Porzellanteller, den sie zum Anmischen der Farben zweckentfremdet hatte.

»Das heißt, ich entwickle mich nie weiter, weil ich immer nur eine Zofe sein werde und nichts anderes?«, folgerte Erika aufsässig.

»Das heißt es nicht. Du bist nur verstimmt und suchst Streit, weil du gestern ins Dorf musstest.«

»Genau. Nochmals dazu: Warum bekomme ich immer sinnlose Aufträge im Dorf, wenn es gerade mal aufregend wird?«

»Ich glaube, das kannst du dir denken.« Sophie träufelte etwas Leinöl auf das Pigment.

»Würde ich fragen, wenn dem so wäre?« Erika nahm die braune Flasche mit Terpentin vom Tisch, schraubte sie auf und roch daran. »Was ist das?«, fragte sie mit herabgezogenen Mundwinkeln.

»Lösungsmittel.«

»Fürchterlich.«

»Das ist auch nicht zum duftenden Genuss für feine Nasen gemacht.«

Erika stellte die Flasche zurück. »Ich höre.«

»Willst du es ernsthaft wissen?« Sophie vergewisserte sich, dass die Flasche wirklich zu war. Terpentin verflog leicht.

»Natürlich.«

»Es wird dir aber nicht gefallen.«

»Bitte. Nur zu.« Erika richtete sich zu ihrer vollen Größe auf, wie ein Bär vor der Attacke.

Sophie ließ sich davon nicht einschüchtern. Erika war eher von der bellenden und nicht von der beißenden Sorte. »Ich schicke dich deshalb öfter weg, weil du meiner Mutter immer alles berichten musst, was ich tue.«

»Das ist nicht wahr.« Erika schlug mit der linken Hand leicht auf die Tischplatte, wie um ihre Worte zu bekräftigen, und ließ sie dort ruhen. Ihre Hand war so groß wie die eines

Mannes und verfügte über einen seltsamen, überlangen Daumen.

»Doch, das ist es.« Sophie legte den schmutzigen Löffel auf dem Tellerrand ab. »Meine Mutter hat mir gegenüber sogar zugegeben, dass sie dich nötigt, ihr täglich Depeschen zu schicken.«

»Wie bitte? Das hat sie getan?« Erika sah so fassungslos aus, wie sie sich anhörte.

»Sie wollte mir damit deutlich machen, dass ich unter Beobachtung stehe und mich entsprechend meiner Stellung benehmen muss«, erklärte Sophie. Erika öffnete den Mund, doch Sophie kam ihr zuvor. »Und mir ist klar, dass meine Mutter Furcht einflößend ist. Deswegen verurteile ich dich dafür nicht. Selbst mir zittern jedes Mal die Knie, wenn sie mich mit diesem inquisitorischen Blick misst. Und ich bin immerhin ihre Tochter, nicht ihre Bedienstete.«

»Ich …« Erika räusperte sich. »Es tut mir so leid.«

»Ist schon gut. Ehrlich. Aber du verstehst sicherlich, weswegen du nicht dabei sein kannst, nicht wahr? Meine Mutter darf nicht alles wissen. Das geht einfach nicht. Sonst kann ich mich überhaupt nicht mehr frei bewegen. Und ich habe sowieso nur noch so kläglich wenig Zeit, bis sie mich gegen meinen Willen verheiratet.« Sophie nahm sich einen Pinsel und bürstete ihn mit den Fingern aus.

»Wieso gegen deinen Willen?« Erika schnappte sich den schmutzigen Löffel und einen Lappen, der auf dem Tisch gelegen hatte. »Der Herzog ist reich und soll sehr gut aussehend sein. Was willst du mehr?«

»Er ist engstirnig und eingebildet.«

»Woher weißt du das? Du hast ihn noch nie in Person getroffen.«

»Ich nicht. Aber meine Schwester Sisi. Und sie findet ihn ausgesprochen fürchterlich.«

»Warum das?«

»Weil er glaubt, dass Frauen nur zum Kinderkriegen da sind – und dafür, schön auszusehen. Intellekt oder Kreativität sind nicht gefragt. Entscheidungen dürfen sie nach seiner Meinung nie alleine treffen, weil ihr Geist zu schwach ist. Das ist doch absurd.«

»Aber das denken doch alle von diesen Edelleuten.« Erika gab nicht zu erkennen, woher sie mit den Vorstellungen aller Edelleute so bestens vertraut war.

»Nicht alle«, widersprach Sophie. »Ludwig, zum Beispiel, ist nicht so.«

»Dann hättest du ihn heiraten müssen«, gab Erika ein wenig gehässig zurück. Sie war offenbar aus dem Gleichgewicht, weil Sophie sie dabei ertappt hatte, Spionin ihrer Mutter zu sein.

»Hätte ich ja. Aber es sollte eben nicht sein.« Sophie schaute auf das begonnene Gemälde. »Mehr grau in die Berge, was meinst du?«

»Besser nicht. Die sehen jetzt schon aus, als ob sie in einer permanenten Regenwolke liegen. Aber ich finde, er hätte nicht erst um deine Hand anhalten dürfen, wenn er es nicht ernst gemeint hat. So etwas tut kein Kavalier. Und ein König erst recht nicht.« Erika wirkte stellvertretend für Sophie beleidigt.

»Er hat es in dem Moment durchaus ernst gemeint. Er hatte es wohl nur nicht gut durchdacht.« Sophie nahm den Pinsel und tauchte ihn ins Gelb. »Wir beide hatten das nicht.«

»Wie kann es sein, dass man so was nicht vorher durchdenkt, bitte schön?«

»Meine Mutter hat ihn quasi gezwungen, mir einen Antrag zu machen.«

»Wie hat sie es vermocht, den König zu etwas Derartigem zu *zwingen*?«

»Sie hat ihm zu verstehen gegeben, dass er zu viel Zeit mit mir verbracht und damit andere Verehrer aus dem Feld geschlagen hätte. Weiterhin hat sie ihm suggeriert, dass es an ihm läge, wenn sich für mich niemals ein geeigneter Bewerber fände. Dann hat sie ihm die Wahl gelassen, entweder selbst der Bewerber zu sein oder weniger Zeit mit mir zu verbringen. Da ist er in Panik geraten. Ich finde, das zeigt, wie viel ihm an mir liegt. Und ob du es glaubst oder nicht, ich bin froh, dass er klug genug war, die Verlobung zu lösen. Ich habe ihr auch nur zugestimmt, weil ich Angst hatte, einen Fremden heiraten zu müssen.«

»Und jetzt bekommst du einen Fremden, der auch noch glaubt, Frauen seien nur als Zierde und zum Kinderausbrüten tauglich.« Erika reinigte den Löffel mit dem Lappen und lehnte sich dabei mit dem Bauch an die Tischkante.

»Ich weiß.« Sophie legte den Pinsel weg. Sie hatte auf einmal keine Lust mehr, zu malen.

»Vielleicht kannst du den Herzog vom Gegenteil überzeugen, wenn ihr erst den Bund der Ehe geschlossen habt. Soweit ich mich erinnere, war Kaiser Franz vor der Heirat mit deiner Schwester auch nicht so freigeistig, wie er heute ist.« Es war ein schwacher Versuch Erikas, Sophie aufzuheitern.

»Glaube mir, das hat Sisi Schweiß, Tränen und viele schlaflose Nächte gekostet.« Sophie setzte sich auf den nächsten Stuhl und streckte die Beine von sich. »Am liebsten würde ich überhaupt nicht heiraten«, brach es impulsiv aus ihr heraus. Ihr war klar, dass es undankbar und unschicklich war, diesen Gedanken laut auszusprechen. Sie lebte in Reichtum und Sicherheit. Ihre Mutter versicherte ihr immer wieder, dass viele Frauen alles gegeben hätten, um mit ihr zu tauschen, wenn der einzige Preis für Sicherheit und Wohlstand war, einen Mann zu heiraten, den man nicht mochte. Aber sie konnte nicht anders. Sie hatte das Gefühl, ins Gefängnis zu gehen, wenn sie heiratete. Zudem fürchtete sie sich davor, dass ihr zukünftiger Mann das Recht hatte, ihre Entscheidungen für sie zu treffen. Zwar tat ihre Mutter das auch, aber die hatte wenigstens ihr Bestes im Sinn. Was, wenn das bei Alençon nicht so war? Ihre eigene Mutter war ein beredtes Beispiel dafür, was passierte, wenn man mit dem falschen Mann verheiratet wurde, der einen betrog und vernachlässigte. All das schnürte ihr die Kehle zu, wenn sie darüber nachdachte.

»Sophie?«

»Ja?«

»Hast du mir zugehört?«

»Entschuldige, bitte.« Sophie räusperte sich. »Was hast du eben gesagt?«

»Ich habe dich gefragt, was, um Himmels willen, du mit deinem Leben anfangen willst, wenn du nicht heiratest.«

»Ich will lernen«, entgegnete Sophie mit Inbrunst.

»Lernen? Weißt du nicht schon genug?« Erika machte verdutzt große Augen.

»Ich weiß alles über meine Familiengeschichte, Etikette und wie man eine interessante Gesprächspartnerin und Unterhalterin ist. Aber ich will die wirklich spannenden Dinge lernen.«

»Zum Beispiel?«

»Zum Beispiel, wie funktioniert die Welt? Wie der Körper? Warum denken wir, was wir denken? Warum tun wir, was wir tun? Am liebsten würde ich Medizin studieren.«

»Frauen dürfen nicht studieren. Und du als Herzogin schon gar nicht.« Erika drehte sich ruckartig zu Sophie um und erwischte mit dem Ellbogen ein Säckchen blaues Pigment, das umkippte und seinen Inhalt über den Tisch verteilte.

»Warte.« Sophie stand auf.

»Es geht schon.« Erika machte alles schlimmer, indem sie aus voller Lunge auf die Schicht aus zarten Mineralpartikeln blies.

»Vorsicht!« Sophie sprang hinzu, aber das Unglück war schon geschehen. Eine Hälfte des Tisches war mit einer dünnen Schicht aus Partikeln überzogen, andere tanzten blau glitzernd in der sonnigen Luft und sanken langsam zu Boden.

»Lass nur, ich mache das schon.« Erika legte den Löffel beiseite und wischte über die Schicht auf dem Holz, die dadurch zu einem dichten, etwas schmierigen Film wurde.

»Das geht so nicht. Auf den Tisch ist vorhin Leinöl getropft. Wir brauchen Terpentin, um das wegzubekommen.« Sophie schraubte die Flasche auf, träufelte etwas davon auf einen frischen Lappen und wischte das Malheur mit kreisenden Bewegungen weg. »Sieh mal«, sagte sie, als sie an der Tischkante angekommen war. »Da ist dein Handabdruck.« Sie zeigte auf einen großen, gespreizten Handabdruck mit dem besonders langen Daumen in der Farbschicht.

»Das war ich nicht«, behauptete Erika mit Nachdruck.

»Doch, dort hast du vorhin deine Hand gehabt. Hier ist der Daumen gewesen.« Sophie zeigte auf den deutlich erkennbaren Abdruck.

»Kann sein, dass das ein Daumen ist, aber meiner ist das nicht.« Erika hielt ihren Daumen in die Höhe. »Ich bin doch kein Schlachter.«

»Meiner ist es bestimmt nicht.« Sophie hielt ihrerseits ihre zarte Hand über den großen Abdruck.

»Na, großartig«, schnaufte Erika. »Ich bin grobschlächtig, eine Verräterin und werde als Mensch immer auf der Stelle treten. Gibt es noch etwas, was du mir mitteilen möchtest?« Sie kniff die Augen zusammen. »Nur voran, der Tag ist noch nicht schlecht genug.«

»Nur, dass ich dich bitten würde, gleich im Ort ein paar Erledigungen für mich zu machen.« Sophie lächelte entschuldigend.

Kapitel 8

Auszug aus dem Tagebuch Ludwigs des II.:

»Oh grausames, gleißendes und viel zu frühes Licht der Welt. Wo sind die Gestirne, wo Frau Luna in all ihrer Pracht ...? (Notiz: Gesetzesvorhaben auf den Weg bringen, dass ich nicht vor zwölf Uhr mittags behelligt werden darf?)«

Das Klingen der Glocken des Kirchturms wehte zusammen mit milder und verlockend frischer Luft durch das halb offene Bürozimmerfenster. Ludwig zählte zehn Glockenschläge. Viel zu früh, um den Tag zu beginnen. Es war nach seinem Gefühl gerade erst hell geworden. Aber heute musste er zu dieser nachtschlafenden Zeit seinen Dienst am Herren und sich selbst verrichten. Die Befragung des Hofstaates stand an, und er plante, alles und jeden auf den Prüfstand zu stellen. Aber davor hatte der Teufel die übliche Arbeit gestellt.

Ludwig gähnte und hielt sich etwas verspätet die Hand vor den Mund. Er war nicht allein. Der Kriegsminister Baron von Clauseman, der Innenminister Müller-Hoheim und von Pfistermeister saßen von links nach rechts verteilt vor Ludwigs Schreibtisch, womit der Platz dort fast vollständig ausgeschöpft war. Die Riege der Ministerialen war Ludwig so nah, dass ihm die Melange aus den unterschiedlichen Düften der Herren in die Nase stieg. Herb und nach Gewürzen vom Kriegsminister und alkoholisch-chemikalisch vom Innenminister, von dem es hieß, dass er gern einen zur Brust nahm.

Von Pfistermeister roch dankenswerterweise nur ganz leicht nach Radiergummi.

»Nun dann, die Herren Minister: Was gibt es an Neuigkeiten?« Ludwig streckte seine langen Beine unter dem Tisch aus, vorbei an Siegfried, der dort lag und wie immer vor sich hin schnarchte.

»Das Innenministerium hat eine Depesche von den Preußen bekommen.« Der Innenminister zog mit angelegten Ellbogen ein Papier aus der Aktentasche auf seinem Schoß und legte es auf den Schreibtisch. Müller-Hoheim erinnerte Ludwig immer an einen ausgedörrten Baum, weil die Haut des Ministers so trocken und die Stimme so knarrig wie Äste im Wind war.

»So? Was schreiben die Hunde?« Ludwig machte sich gar nicht erst die Mühe, den Text zu lesen, der sowieso verkehrt herum lag.

»Sie dringen auf sofortige Aufklärung des Mordes. Andernfalls drohen sie mit nicht näher bezeichneten schweren Konsequenzen.« Von Pfistermeister nahm etwas hektisch seine Brille ab und beschaute die Gläser, die blitzsauber waren. Dann legte er die Brille auf seine Knie und griff abwesend an seine Brusttasche. Ludwig unterdrückte ein Schmunzeln. Sophie und er waren sich einig, dass man von Pfistermeisters Gemütslage ausgezeichnet danach einschätzen konnte, wie oft er mit seinem Taschentuch hantierte.

»Welche verlogenen und unverfrorenen Halunken. Sie wissen doch selbst am besten, wer ihn auf dem Gewissen hat«, sagte Ludwig ohne große Emotionen und zog seine Beine an, weil er gegen die Füße des Innenministers gestoßen war.

»Man hört, Bismarck sei außer sich. In Berlin sind deshalb alle in Aufruhr.« Von Pfistermeister holte sein Taschentuch hervor und putzte die Brillengläser. Ohne die Brille wirkte er irgendwie nackt.

»Kein Wunder. Das wäre ich an Bismarcks Stelle auch, wenn ich versehentlich den Verlobten meiner Tochter hätte erschießen lassen. Wie hält sie sich eigentlich? Wissen wir etwas darüber?« Siegfried machte einen Probebiss an Ludwigs linker Schuhspitze, was durch das Leder hindurch zwickte. Er ignorierte das. Ein König kannte keinen Schmerz.

»Ist das wichtig, Eure Majestät?« Der Innenminister umklammerte seine Aktentasche wie einen Rettungsanker. Ludwig hatte gehört, dass er gestern nach dem Attentat einen Weinkrampf erlitten und sich anschließend betrunken hatte. Dabei war er gar nicht dabei gewesen. Nicht einmal sein Ressort war davon betroffen. Deswegen hatte Ludwig das nur für ein absurdes Gerücht gehalten. Aber wenn man die fahlen Wangen und rot geäderten Augäpfel von Müller-Hoheim so betrachtete, mochte man es fast glauben.

»Ist es das etwa nicht, wenn eine Frau ihren Geliebten tragisch verliert?«, entgegnete Ludwig etwas sanfter als üblich. Für einen gelegentlichen Kater hatte er durchaus Verständnis.

»Wie Ihr meint, Eure Majestät. Unser Gesandter in Berlin hat uns dazu allerdings keine Neuigkeiten telegrafiert.« Der Innenminister drückte die Tasche noch enger an sich.

»Bismarck will einen neuen Sondergesandten schicken, der die Lage im Auge behält.« Von Pfistermeister hatte seine Brille jetzt wieder auf der Nase.

»Das könnte ihm so passen. Damit der dann die Chance hat, mit dem Attentäter ungehindert weitermachen zu können. Auf keinen Fall. Hat überhaupt jemand den ständigen Gesandten im Auge? Diesen hinterhältigen Aasgeier in München?« Ludwig versuchte, sich nicht von Siegfried ablenken zu lassen, der ungehemmt weiter an seinem Schuh knabberte.

»Das werde ich sofort veranlassen«, sagte von Pfistermeister zackig.

Der Innenminister warf ihm einen leidenden Seitenblick zu, weil von Pfistermeister sich damit in seine Zuständigkeiten einmischte.

»Ist das ein Problem?« Von Pfistermeister neigte sich vertraulich zu ihm.

»Nein. Keineswegs.« Der Innenminister trug dennoch weiter eine gepeinigte Miene zur Schau.

»Gut, der soll auf Schritt und Tritt beobachtet werden. Ich will tägliche Berichte. Und sobald sich etwas Verdächtiges tut, werde ich sofort informiert. Klar? Ich will den Mörder und seine Hintermänner.« Siegfried arbeitete sich langsam zur Ferse vor. Das musste Ludwig ihm wirklich abgewöhnen.

»Selbstverständlich, Eure Majestät«, versicherte von Pfistermeister.

»Da ist noch etwas, was ich gern besprechen möchte ...« Die Finger des Innenministers zerknautschten das Leder der Tasche, bis sie tiefe Furchen hatte.

»Was? Au!« Ludwig tauchte unter den Tisch zu Siegfried ab, der seinen großen Zeh erwischt hatte. »Nicht so doll«, schalt er ihn. Siegfried sah schwanzwedelnd und kein bisschen reumütig auf und ließ Ludwigs Schuh samt Zeh nicht aus den Zähnen.

»Verzeihung, Eure Majestät«, kam von Pfistermeisters Stimme von oben.

»Wie bitte?« Ludwig tauchte wieder auf.

»Der Herr Innenminister wollte etwas sagen.« Von Pfistermeister lächelte seinen Kollegen an. Der schwieg jedoch.

Ludwig stöhnte innerlich. Wieso konnte dieser Jammerlappen des Inneren nicht ausspucken, was ihm im Hirn herumspukte? Das war ja nicht zum Aushalten. Sein Bauch knurrte. Wenn die weiter so um den heißen Brei herumredeten, schaffte er das Frühstück nicht mehr. Nicht auszudenken.

»Der Herr Innenminister meint, er würde gern seine Hilfe bei den Ermittlungen anbieten«, sagte von Pfistermeister schließlich statt des Innenministers.

»Ach«, machte Ludwig gedehnt. »Soll heißen?«

»Ich habe einen meiner besten Leute aus München hierher beordert, um bei den Ermittlungen behilflich zu sein«, kam es vom Innenminister hinter seiner Tasche hervor.

»Wer ist das?« Ludwig wackelte mit den Zehen, um Siegfried abzuschütteln.

»Baron von Bernheim«, hauchte Müller-Hoheim.

»Ist das nicht der, der mit einer Preußin verheiratet ist? Die

Blonde mit der langen Nase?« Ludwig besaß ein ausgezeichnetes Gedächtnis für wesentliche Details.

»Das mit der Nase mag ich nicht beurteilen. Aber er ist ein sehr verdienter Soldat, der viele Orden errungen hat, Eure Majestät«, antwortete der Innenminister.

»Aber das mit der Preußin stimmt«, stellte Ludwig triumphierend fest.

»Kompliment.« Das kam wieder von Pfistermeister.

»Jedenfalls ist es nicht nötig, dass er kommt«, entschied Ludwig. »Schickt ihn zurück. Ich fürchte, er wäre voreingenommen.«

»Aber sollte nicht irgendjemand bei den Ermittlungen assistieren, Eure Majestät?«, gab von Pfistermeister zu bedenken.

»Nicht nötig. Ich habe alles im Griff. Und ich will, dass die Truppen mobil gemacht werden.« Ludwig schaute zum Kriegsminister, der die ganze Zeit über wie eine stumme Attrappe vor ihm gesessen und sich nicht gerührt hatte. Er war ein Mann mit einem Gesicht wie eine Bulldogge, einem Körper wie ein kleines Rhinozeros und mit Anfang sechzig der Älteste im Raum, wirkte aber mit seinen rosigen Wangen und struppigen schwarzen Augenbrauen um Jahre jünger. Er war bekannt dafür, sich aus allem herauszuhalten, wenn man ihn nicht quasi mit vorgehaltener Waffe dazu zwang, sich zu beteiligen. Auch jetzt starrte er irgendwohin knapp über Ludwigs rechter Augenbraue und wirkte wie das sich totstellende amerikanische Opossum, von dem Ludwig neulich ein Gesandter berichtet hatte. Aber damit würde Ludwig den Kriegsminister nicht durchkommen lassen, auch wenn er für diese Einstellung ebenso wie für einen Kater insgeheim Verständnis aufbrachte.

»Aber, Eure Majestät ...« Der Kriegsminister hustete verhalten.

»Habt Ihr etwas im Hals?«, fragte Ludwig eisig.

»Nein, Eure Majestät.« Verlegen stellte der Kriegsminister das Husten ein.

»Also? Was ist dann mit meinen Truppen?«

»Das werden wir nie durch den Ministerrat bringen.« Der Baron wurde eine Nuance blasser.

»Der Ministerrat wird einer Vergeltung nicht zustimmen, obwohl ein Attentat auf mich verübt wurde?« Ludwigs Blutdruck stieg sprunghaft derart in die Höhe, dass er linksseitig dumpfe Kopfschmerzen bekam.

»Ihr missversteht mich, Eure Majestät ...« Der Kriegsminister brach ab – vermutlich, weil ihm auffiel, dass ein König grundsätzlich nichts missverstand.

»Der Herr Kriegsminister möchte einwenden, dass es für die Preußen verdächtig wirken könnte, wenn wir die Truppen mobilisieren«, sprang von Pfistermeister ein, der sein Taschentuch inzwischen mehrfach um den Zeigefinger gewickelt hatte. »Deswegen würde der Ministerrat an diesem Punkt Schwierigkeiten mit dieser Entscheidung haben.«

»Erklärt Euch etwas deutlicher. Ich verstehe nicht, was Ihr da redet.« Ludwig verstand sehr wohl, wollte es aber nicht gelten lassen.

»Erst wird ihr Sondergesandte ermordet, dann mobilisieren wir das Heer ...« Von Pfistermeister war offenkundig darauf bedacht, dass Ludwig seine eigenen Schlüsse zog.

»Ich gebe zu, das könnte so wirken, als ob wir das alles geplant hätten. Was wollen wir stattdessen tun?« Ludwig schaute zum Kriegsminister, doch der war wieder in Trance verfallen.

»Wir machen ein paar harmlose Truppenübungen. Das mobilisiert Kräfte, wirkt aber nicht verdächtig. Und in der Zwischenzeit ermittelt Eure Majestät den Täter«, schlug von Pfistermeister vor.

»So sei es. Und ich möchte, dass Ihr wisst, dass der Täter keine Chance hat. Das verspreche ich, so wahr ich hier sitze.« Ludwig spreizte automatisch sein Bein unter dem Tisch nach rechts, was Siegfried mit einem empörten Schnaufer quittierte.

»Selbstverständlich hat er keine Chance«, sagte von Pfistermeister, während der Innenminister über den Rand der Tasche nickte. Der Kriegsminister atmete nur dreimal tief durch.

Eine Stunde später war Ludwigs Laune nach einem ausgiebigen Frühstück aufgehellt. Seine Gemütslage verdunkelte sich jedoch wieder, als er bemerkte, wie viele Menschen vor dem Festsaal auf die Befragung warteten. Es mussten an die fünfzig sein, die dort in Grüppchen oder einzeln herumstanden, sich zum Teil miteinander unterhielten, zum Teil vor sich hinstarrten. Es würde ewig dauern, sie alle zu befragen. Und das, obwohl draußen die Sonne schien und er vor diesem schrecklichen Ereignis geplant hatte, den Tag mit einer Wanderung auf den Tegelberg zu verbringen und anschließend einen längeren Aufenthalt in der Hütte zu genießen. Aber gut. Das war nur aufgeschoben, nicht aufgehoben, auch wenn es schmerzte.

Er fühlte sich drinnen immer unwohl und matt. So, als ob die Luft in Räumen nicht genug Sauerstoff hätte, um ihn zu beleben. Er seufzte und trat an der Schlange der sich vor ihm Verneigenden und Knicksenden vorbei in den Saal. Die goldenen Spiegel an den Wänden reflektierten das Sonnenlicht in wirren Mustern, sodass Ludwig einen Augenblick benötigte, um mehr als Licht und Schatten zu erkennen. Doch dann bemerkte er Sophie, Wagner, Major Lohmann und Kommandant von Hagen, die bereits auf ihn warteten.

Ludwigs Sekretär hatte die lange Tafel herausräumen lassen und dafür an einem Ende des Saals einen normalen Tisch aufgestellt, dahinter ein paar Stühle und davor einen weiteren. Der Major saß ganz links am Tisch, kerzengerade wie immer, einen Stapel Papier und Stifte vor sich. Offenbar beabsichtigte er, die Ergebnisse der Befragungen aufzuzeichnen. Guter Mann. Rechts von ihm saß Sophie, die heute in einem violetten Kleid und mit hochgesteckten Locken reizend aussah. Daneben war ein Stuhl frei, und wiederum rechts davon hatte Wagner sich niedergelassen, der Schatten unter den Augen hatte. Von Hagen stand im Hintergrund. Seine Uniform war ausnahmsweise ordentlich geschlossen, aber er war wieder unrasiert und wirkte angespannt. Wahrscheinlich waren die Nachforschungen anstrengend für ihn, und er hatte keine Zeit zum Rasieren gefunden. Aber das war nicht zu ändern. Für Ludwig war das alles auch kein Zuckerschlecken.

»Eure Majestät.« Ludwigs Sekretär war aufgestanden und hatte den Stuhl in der Mitte zurückgezogen. Er trug heute einen anderen, aber ebenso langweiligen dunklen Anzug wie gestern.

»Bitte, setzt Euch, Eure Majestät. Wir sind bereit, zu beginnen«, sagte Wagner eilig und sehr laut. Ludwig konnte ein kleines Lächeln nicht unterdrücken. Er fand es reizend, wenn Wagner eifersüchtig war.

Der König setzte sich und legte die Finger gefaltet gegen die Brust. Jetzt hieß es, sich auf das feige Attentat und seine Feinde zu konzentrieren. Er war bereit, die Wahrheit herauszufinden.

»Womit fangen wir an?«

Kapitel 9

»Du hast Farbe am Ärmel«, raunte Ludwig Sophie zu, während einer der Diener von Paul Lohmann danach befragt wurde, was er zur Zeit des Mordes getan und gesehen hatte.

»Ich hatte heute früh ein Missgeschick mit Pigment«, flüsterte Sophie zurück, während der Diener befangen etwas von Silberteller polieren murmelte.

»Wie das?« Ludwig wippte unter dem Tisch mit dem übergeschlagenen rechten Fuß stakkatohaft auf und ab.

»Bitte?« Major Lohmann schaute irritiert an Sophie vorbei zu Ludwig, weil der vergessen hatte, leise zu sprechen.

Sophie konnte seinen Lapsus nachvollziehen. Nach mehr als vierzig befragten Personen schwand die Konzentration ungemein. Zumal bislang niemand etwas Ungewöhnliches gesehen oder gehört hatte und das Ganze hier deshalb wie eine atemberaubende Zeitverschwendung anmutete. Sie wunderte sich, dass Ludwig noch nicht aufgestanden und gegangen war. Geduld gehörte gewöhnlich nicht zum Repertoire seiner Eigenschaften.

Wagner war schon vor Stunden eingenickt und schlief mit dem Kopf auf der Brust vor sich hin. Wenn er aufwachte, würde er einen steifen Nacken haben. Nur Major Lohmann schien alert und bei der Sache. Er machte sich Notizen zur Aussage des Dieners, der umständlich schilderte, wie er zum Besprechungsraum gelaufen war, nachdem er den ersten Schuss gehört hatte. Dann beschrieb er, wie er sich auf dem Weg dorthin gedacht hatte, dass vermutlich einer der Jäger sich einen Spaß erlaubt hätte und deren Späße strenger geahndet werden sollten, weil der ganze Hofstaat bei diesen in Aufruhr geriet. Schließlich ging er mit der Geschwindigkeit einer Schnecke dazu über, darüber zu klagen, dass die Jäger zu viel Schmutz und Dreck ins Schloss brächten. Zum Glück legte der Major in diesem Moment den Stift beiseite und bedeutete dem Diener, dass er mit der Befragung fertig sei und der Mann den Saal verlassen könne.

Sophie wartete, bis der Diener fort war.

»Meint Ihr, der Täter ist als Jäger getarnt ins Schloss gekommen? Bei einem Jäger hätten die Wachen sich doch wahrscheinlich nichts gedacht.«

»Aus den Listen hat sich nichts ergeben.« Von Hagen stand schon den ganzen Tag neben der Tür, obwohl Sophie ihm angeboten hatte, sich zu ihr zu setzen. Er sprach so leise, dass sie ihn kaum hörte.

»Obwohl ein einäugiger Jäger wirklich auffallen sollte«, meinte Ludwig abwesend. »Wie viele noch?« Das war an seinen Sekretär gerichtet.

Der las kurz auf einem Blatt etwas nach, auf dem er Namen mit Haken versehen hatte. »Einer. Dann sind wir fertig.«

»Wer ist draußen?« Ludwig sah von Hagen fragend an.

»Ursula«, antwortete dieser. »Die Köchin.« Letzteres war überflüssig. Alle wussten, wer Ursula war. Aber vielleicht kam von Hagen sich genauso überflüssig vor und wollte etwas beitragen. Schließlich hatte Ludwig ihn zum reinen Gehilfen degradiert. Wäre Sophie an von Hagens Stelle gewesen, hätte sie das verärgert, aber er wirkte trotz seiner Anspannung nicht missmutig. Offenkundig war er so gutmütig, wie alle sagten. Ausnahmsweise ein Gerücht, das stimmte. Sie nahm sich vor, möglichst bald mit ihm zu reden, um zu erfahren, ob er etwas über den Mord in Erfahrung gebracht hatte, denn es stand nicht zu erwarten, dass Ludwig dies tun würde.

»In Ordnung. Dann rein mit ihr.« Major Lohmann griff sich ein unbeschriebenes Blatt.

Der Geruch nach Hackbraten wehte mit Ursula hinein. Sophies Magen machte leise Geräusche, und auch Ludwigs knurrte vernehmbar. Wagners Nasenflügel blähten sich, er schlug die Augen auf, guckte sich mit glasigen Pupillen um und schlug sie wieder zu. Ursula, die optisch jedem Klischee einer Köchin entsprach – sie war klein, rund, hatte einen enormen Vorbau und ein Doppelkinn –, setzte sich auf den Stuhl vor dem Tisch und wartete schweigend. Sie war bereits unter Ludwigs Vater am Hof gewesen und hatte Ludwig und seinen Bruder aufwachsen sehen. Ihre Scheu dem König gegenüber war daher nicht so ausgeprägt wie bei anderen Mitgliedern des Hofstaates.

Paul Lohmann bat sie, zu erzählen, was sie getan hatte, als der Mord geschehen war.

»Jo, mei. I woar in da Küchn«, begann Ursula mit ihrer kräftigen Stimme, »und hob des Broudbacken beaufsichtigt. Der Teig ging ned auf. Die Madln hatten mit der Hefe geknausert.« Sie nickte mehrmals bekräftigend.

»Teig?«, fragte Wagner plötzlich laut. Er verharrte einen Augenblick, die Aufmerksamkeit nach innen gerichtet. Sophie vermutete, dass er die Worte der Köchin erst im Stillen übersetzen musste.

»Und dann?« Major Lohmann hielt die Feder schreibbereit über sein Papier.

»Bitte auf Hochdeutsch, wenn es geht. Der Meister versteht kaum Bayrisch«, fiel Ludwig ein.

»Jawoi.« Ursula strich ihre Schürze glatt, als ginge Hochdeutsch nur ohne Falten im Stoff. »Dann habe ich den Teig für die Schweine vorgesehen«, sagte sie laut und deutlich, als läse sie einen komplizierten Text vor. »Schließlich bin ich losgelaufen und habe neuen gemacht, denn ich weiß, dass Seine Majestät keine harten Semmeln zum Frühstück mag.«

»Frühstück?«, murmelte Wagner nachdenklich, aber nach Sophies Einschätzung eher nicht an jemand bestimmten gerichtet.

»Jo«, antwortete Ursula, die das offenbar für eine Frage an sich hielt. »Ich meine Ja. Der König nimmt sein Frühstück ja erst am Nachmittag ein.«

»Was ich eigentlich wissen wollte, ist …«, übernahm der Major wieder die Gesprächsführung.

»Wohin du gelaufen bist«, griff Ludwig erneut ein, dessen

Miene sich verfinstert hatte. »Den neuen Teig wirst du in der Küche gemacht haben, richtig? Also, wo wolltest du hin?«

»Ich musste doch neue Hefe aus der Vorratskammer holen.« Die Köchin guckte überrascht. »Und als ich grad damit fertig war und in die Küche zurückwollte, kam der Schuss. Und dann noch einer und noch einer. Ich dachte, mich packt's.« Sie schüttelte sich so heftig, dass der Stuhl unter ihr wackelte.

»Und du hast nichts Verdächtiges gesehen?« Ludwig sah gleichzeitig düster und zweifelnd aus.

»Nein. Nichts, Eure Majestät.«

»Aber der Mörder muss im Innenhof gewesen sein, als du in der Vorratskammer warst.« Ludwig lehnte sich über den Tisch, um Ursula besser beobachten zu können.

»Jesses Maria! Ich habe nichts gesehen.« Ursula bekreuzigte sich.

»Sicher?« Ludwig erinnerte Sophie jetzt vage an eine Sturmfront, deren Blitze jederzeit jeden treffen konnten.

Ursula schien das auch zu spüren, denn ihr anfängliches Selbstvertrauen war verschwunden. Sie nickte nur stumm.

»Bei deiner Ehre?«, hakte Ludwig nach.

Ursula blies die Wangen auf, wodurch ihr Gesicht noch runder wirkte, und spähte Hilfe suchend zuerst zu Sophie, die ihr aber nicht helfen konnte, dann zu von Hagen.

Der zuckte mit den Achseln. »Sag einfach, ob du was Verdächtiges gesehen hast, wie der König gefragt hat.«

»Nix. Alles wie immer. Ich schwöre. Auch auf die Bibel, wenn's das wollt, Eure Majestät.« Ursula legte die Hand zum Eid auf die Brust.

»Na gut. Wenn das dein letztes Wort ist, kannst du gehen.« Die Bibel schien Ludwig ein wenig zu besänftigen.

Die Köchin erhob sich und eilte hinaus.

»Sie verheimlicht etwas.« Ludwig wartete kaum, bis die Tür geschlossen war.

»Wie kommst du darauf, mein Lieber?« Sophie dehnte

möglichst unauffällig ihre Schultern, die nach dem langen Sitzen verspannt waren.

»Es ist nicht denkbar, dass sie den Mörder nicht gesehen hat. Sie war in der Vorratskammer genau zur richtigen Zeit am richtigen Ort.« Ludwig tippte zur Akzentuierung seiner Worte auf die Tischplatte.

»Aber was ist, wenn sie gar nicht in den Hof geschaut hat?«, wandte Sophie ein.

»Da müsste sie mit geschlossenen Augen im Zimmer umhergegangen sein. Ich habe gestern Nacht auch noch mal von drinnen nachgesehen, als ich nicht schlafen konnte. Das Fenster ist direkt neben den Vorratsschränken. Man kann den Innenhof nicht *nicht* sehen, wenn man dort etwas ein- oder ausräumt«, sagte Ludwig.

»Allerdings schien zur Tatzeit im Innenhof helles Sonnenlicht, und drinnen war es deutlich dunkler. Da ist es schwer, draußen Einzelheiten zu erkennen. Vor allem, wenn man sich auf etwas anderes konzentriert«, gab Major Lohmann zu Sophies Erleichterung zu bedenken.

»Mag sein. Aber Ursula wusste als eine der wenigen, wo unser Treffen stattfand und vor allem, dass ich daran teilnahm«, erwiderte Ludwig.

»Woher? Ich dachte, diese Kenntnis war nur für die Herren Minister bestimmt – und natürlich für den Herrn Major.« Wagner schien sich kurzzeitig entschlossen zu haben, wieder am Gespräch teilzunehmen.

»Ich hatte sie gebeten, mir Kaffee und Pralinen in den Besprechungsraum bringen zu lassen.« Ludwig strich sich in einer unbewussten Geste über den Magen.

»Das würde erklären, warum der Mörder wusste, dass Eure Majestät dort war.« Wagner war jetzt anscheinend vollständig wach.

»Die komplette Dienerschaft wusste, dass der König bei dem Treffen dabei sein würde. In der Küche haben mich alle darüber ausgefragt, als ich dort meinen Kaffee getrunken habe.« Sophie schaute ihren Cousin von der Seite an.

»Aber das war geheim!« Ludwig wandte den Kopf ruckartig zu ihr.

»Es gibt an diesem Hof keine Geheimnisse. Das weißt du doch.« Sophie wollte sich nicht aus dem Konzept bringen lassen.

»Aber ich weiß auch, dass Ursula Verwandte in Berlin hat«, trumpfte Ludwig auf. »Sie hat vor einiger Zeit Urlaub beantragt, weil sie sie besuchen wollte. Vielleicht hat sie den Täter durch die Vorratskammer in den Innenhof gelassen, die Tat abgewartet und ihn anschließend wieder herausgeschleust.«

»Aber sie ist nicht die Einzige am Hof, die preußische Verwandte hat.« Sophie wurde es angst und bange um ihre arme Ursula. »Selbst deine Mutter ist preußischer Abstammung.« Einen Moment später hätte sie sich ohrfeigen können. Ludwigs Mutter zu erwähnen, war, gelinde gesagt, eine sehr, sehr schlechte Idee. Die Beziehung zwischen Mutter und Sohn war sagenhaft schlecht. Wie zu erwarten, war das Ergebnis kein gutes.

»Was meine Mutter hiermit zu tun hat, kann ich nicht erkennen. Es sei denn, du möchtest andeuten, dass sie etwas mit dem Attentat auf mich zu tun hat.« Ludwig fuhr abrupt in die Höhe.

»Natürlich nicht, Ludwig«, beteuerte Sophie beschwichtigend.

»Zudem kann ich mich nicht erinnern, dich hinsichtlich der Befragungen um deine Meinung gebeten zu haben.« Ludwig zog seine Uniformjacke straff und wandte sich an von Hagen. »Wo ist die Tatwaffe? Im Waffenschrank?«

»Bei Augusto.«

»Wieso das?« Ludwig schien ernsthaft verwirrt.

»Die beiden Männer der Wache, die sie gefunden haben, waren der Meinung, er könne sie untersuchen.« Von Hagen klang, als halte er das für eine absurde Vorstellung.

»Ah.« Ludwig nickte beifällig. »Endlich eine gute Idee. Und, gibt es schon Ergebnisse?«

»Da muss ich Augusto befragen, Eure Majestät«, antwortete von Hagen.

»Dann tut das, um Himmels willen. Ich will morgen früh
Bericht haben. Und Ursula werde ich mir morgen noch einmal
vornehmen. Da ist noch mehr, das fühle ich. Aber jetzt habe
ich Hunger und werde essen.« Ohne ein weiteres Wort verließ
Ludwig den Raum.

Sophie stand ebenfalls auf und blieb unschlüssig stehen.
Sie war verletzt, weil Ludwig sie gemaßregelt hatte, aber auch
verstört. Wenn nichts passierte, warf er Ursula ins Gefängnis.
Und das nur, weil sie die Hefe aus der Vorratskammer geholt
hatte und außerdem Verwandte in Berlin besaß. Ganz abgesehen davon, dass es weiterhin im Raume stand, den Preußen
den Krieg zu erklären. Auch wenn Karlchen ihr heute früh im
Vorbeilaufen gesteckt hatte, dass die Gefahr nicht mehr so
akut war. Dennoch musste sie etwas unternehmen. Aber was?
Noch einmal mit Ludwig zu sprechen, war momentan vertane
Zeit. Dafür kannte sie ihn gut genug. Von Hagen würde auch
keine Unterstützung sein. Nicht, weil der nicht wollte, sondern weil er auf Ludwig überhaupt keinen Einfluss hatte. Sie
konnte sich sogar vorstellen, dass der König exakt das Gegenteil von dem tun würde, was von Hagen vorschlug. Blieben
Wagner und Major Lohmann. Ersterer schied allein deshalb
aus, weil sie ihm nicht traute. Damit blieb nur noch Ludwigs
neuer Privatsekretär übrig. Der hatte gestern den Mut gehabt,
Ludwig darauf aufmerksam zu machen, dass man gegen die
Preußen Beweise benötigte, und Ludwig hatte auf ihn gehört.
Ja, wenn ihr jemand erfolgreich zur Seite stehen konnte, dann
der neue Mann.

Sie wartete, bis Wagner und von Hagen den Saal ebenfalls
verlassen hatten. Dann schob sie ihren Stuhl aus dem Weg
und wandte sich zu Ludwigs Sekretär, der links von ihr damit
beschäftigt war, seine Papiere zu ordnen und in eine große Le-
dermappe zu schieben. Sophie zögerte. Sie war sich unsicher,
wie sie die Angelegenheit ansprechen sollte. Sie war nun mal
eine Frau, und von ihr wurde erwartet, dass sie sich nicht ein-

mischte. Das hatte Ludwig gerade wieder sehr deutlich gemacht. Zudem kannte sie den Major kaum und wusste nicht, wie er auf ihr Ansinnen reagieren würde. Zumindest schien er nicht ihr Gegner zu sein. Andernfalls hätte er ihr weder gestern im Festsaal noch gerade mit Ursula beigestanden. Das musste fürs Erste reichen. Sophie straffte die Schultern.

»Major Lohmann?« Sie wappnete sich vorsorglich gegen seine Zurückweisung oder Herablassung.

»Ja, Eure Hoheit?« Sein Gesichtsausdruck war neutral und ein wenig abgelenkt, als er von seinen Unterlagen aufblickte.

»Ich denke, man sollte die Ermittlungen ein wenig ausdehnen«, begann Sophie vage, um das Terrain zu testen.

»Inwiefern, Eure Hoheit?« Major Lohmann ließ die Aktenmappe auf die Tischplatte sinken und legte seine Hände darauf.

»Ohne Seiner Majestät Unrecht tun zu wollen – aber wie ich gestern schon angesprochen habe, waren noch andere Männer im Raum, die möglicherweise Feinde haben.« Sophie versuchte, nicht auf Paul Lohmanns geschundene Hände zu starren.

»Und, Eure Hoheit?« Er war nicht abweisend, aber auch nicht sonderlich entgegenkommend.

»Vielleicht sollte man deren Feinde einmal unter die Lupe nehmen, anstatt sich nur auf die Preußen zu konzentrieren?«

»Ich glaube, das sollte Seine Majestät entscheiden, meint Ihr nicht?« Major Lohmann verschränkte die Hände hinter seinem Rücken, sodass die Narben aus Sophies Sicht verschwanden.

»Aber der ist bereits auf die Preußen als Täter festgelegt. Ich fürchte, er zieht andere Möglichkeiten gar nicht mehr in Betracht.«

»Nun, vielleicht sind sie es.«

»Vielleicht aber auch nicht. Und wenn sie es waren, dann sind sie erstaunlich dumm vorgegangen.« Sophie unterdrückte den Wunsch, sich auf die Zehenspitzen zu stellen, um sich größer und eindrucksvoller zu machen.

»In welcher Hinsicht?« Dem Major schien nicht bewusst zu sein, dass er Sophie mit seiner militärisch aufrechten Körpersprache ein wenig in die Defensive trieb.

»Lassen wir einmal beiseite, dass sie ausgerechnet ein preußisches Gewehr benutzt und auch noch als Visitenkarte hinterlassen haben, was allein schon nicht einleuchtet.« Sophie lehnte sich automatisch zu Ludwigs Sekretär, weil sie ihn überzeugen wollte. Als sie das bemerkte, wich sie hastig wieder zurück. »Jedenfalls hätte es für die Preußen deutlich günstigere Situationen gegeben, um einen Anschlag auf Ludwig zu verüben.«

»Zum Beispiel, Eure Hoheit?«, fragte der Sekretär, der offenbar gewohnheitsmäßig nur so viele Worte machte, wie gerade nötig waren.

»Er ist ständig draußen in den Bergen, häufig nur begleitet von ein paar Dienern. Wenn ihn die Preußen loswerden wollten, würde es sich anbieten, es dort zu tun. Aber nicht in einem Schloss, das von Menschen nur so wimmelt.«

»Darüber habe ich auch nachgedacht.« Auf Paul Lohmanns Stirn erschien eine nachdenkliche Längsfalte, was ihn für einen Augenblick seltsamerweise etwas weniger streng wirken ließ.

»Ehrlich?«, platzte Sophie überrascht und deshalb wieder viel zu undamenhaft heraus.

»Ja. Das ergibt keinen Sinn.«

»Zudem finde ich keinen Grund, warum die Preußen Ludwig ermorden sollten.«

»Ich glaube, da gäbe es einige Gründe. Zum Beispiel die Tatsache, dass er ihre Vorherrschaft nicht anerkennen will.«

»Aber das geht seit Jahren so. Warum dann genau jetzt das Attentat?«

»Da müsstet Ihr die Preußen fragen, Hoheit«, entgegnete er, aber Sophie bildete sich ein, dass er sich ihrer Logik nicht gänzlich verschloss.

»Ich wage nicht, mir deren Antwort vorzustellen«, sagte Sophie spitz. »Und mal abgesehen davon – was, wenn Ludwig den Preußen den Krieg erklären lässt, weil er von ihnen als Täter nicht abzubringen ist? Das würde viele Soldaten unnötig in den Tod führen. Das könnt gerade Ihr nicht wollen.«

»Das wird der Ministerrat zu verhindern wissen«, sagte Paul Lohmann entschieden.

Sophie hatte den Verdacht, dass Karlchen ihm auch von dem Gespräch zwischen den Ministern und Ludwig heute früh erzählt hatte. Verblüffend wäre das nicht. Es war eben wirklich unmöglich, am Hof ein Geheimnis zu bewahren.

»Und was, wenn ein Unschuldiger oder eine Unschuldige ins Gefängnis muss, weil wir es unterlassen haben, andere Spuren zu verfolgen?«, beharrte Sophie und dachte an Ursula.

»*Wir*, Eure Hoheit?« Major Lohmann hob die Augenbrauen ein winziges bisschen, so wie gestern im Innenhof. Vielleicht war das seine minimalistische Variante, Emotionen zu bekunden.

Sophie ignorierte seinen Kommentar. »Der König würde selbst nicht wollen, dass ein Unschuldiger büßen muss.«

Major Lohmann zögerte einen Moment. »Ich bedaure, aber ich kann Euch nicht helfen.«

»Ihr könnt nicht? Wohl eher Ihr *wollt* nicht, oder?«, sagte Sophie resigniert. Es war immer dasselbe: Alle Männer hatten Angst vor Ludwigs Autorität und Macht.

»Wenn ich ehrlich bin, beides.«

»Na, wenigstens seid Ihr das«, sagte Sophie. »Ehrlich.« Mit hoch erhobenem Haupt verließ sie den Raum. Sie würde es auch ohne ihn bewerkstelligen, Ludwig zu überzeugen, bei seinen Ermittlungen ein weiteres Netz zu werfen. Wenn sie konkrete Anhaltspunkte hatte, dann musste Ludwig sie anhören. Und das würde er auch, da war sie sicher. Sie musste diese Anhaltspunkte nur noch finden. Und sie wusste auch schon, wo sie mit der Suche beginnen würde.

Kapitel 10

Auszug aus dem Tagebuch Ludwigs des II.:

»Kein Fasan zu Tisch wie erhofft. Von Rind bekomme ich grimmige Bauchschmerzen. (Notiz: Weiterer Versuch Ursulas, mich zu beseitigen?)«

Ludwig rieb sich dezent über den vollen Bauch, während er sich langsam zurück zu seinem Büro begab, neben sich den Gardisten, den von Hagen zu seinem speziellen Schutz abgeordnet hatte. Der König war satt und hatte während der Mahlzeit Zeit gehabt, über das nachzudenken, was Sophie gesagt hatte. Vielleicht hatte sie recht, und er hatte vorschnell reagiert.

Jetzt, nachdem der Hunger ihm nicht mehr das Gehirn vernebelte, konnte er sich selbst nicht mehr vorstellen, dass ausgerechnet Ursula die Verräterin sein sollte. Auch wenn sie Rind hatte servieren lassen. Sie stand seit seiner Kindheit im Dienst des Hauses der Wittelsbacher und hatte sich nie etwas zuschulden kommen lassen. Nicht einmal verbranntes Brot. Er würde mit Sophie sprechen und sich entschuldigen, weil er grob gewesen war – unter vier Augen natürlich. Wenn er nur frische Luft schnappen und sich draußen bewegen könnte, dann würde sein Denkvermögen deutlich besser funktionieren. Aber mit einem möglichen Attentäter auf der Pirsch und dem angestrengt wirkenden Gardisten neben sich versprach das keinen Spaß. Leider hatte er von Hagen versprechen müssen, sich nicht alleine aus dem Schloss zu bewegen, solange der Mörder nicht gefasst war. Ein weiterer Grund, den Fall so schnell wie möglich zu lösen.

Energisch schritt Ludwig aus – und stoppte abrupt. Vor seinem Büro standen Finanzminister Funkenberg, einen dicken Stapel Akten auf dem Arm, und Martin von Hagen und unterhielten sich. Zut alors, den Finanzminister hatte er völlig vergessen. Bevor das alles passiert war, hatte er um einen Termin bei Ludwig nachgesucht. Die enormen Kosten für die neue Burg bereiteten ihm Sorgen, aber auch noch vieles andere. In einem Anfall von Nachsicht hatte Ludwig dem zugestimmt, obwohl alle Termine mit Funkenberg ausnahmslos fürchterlich verliefen. Er hatte immer Berge von Kassenbüchern und Aufstellungen dabei, so wie jetzt auch, und erwartete, dass Ludwig sich ihnen mit derselben Gewissenhaftigkeit wie Funkenberg widmete. Und nun kam noch die unselige Sache mit Wagner hinzu.

Ein beleidigter Funkenberg war das Letzte, was Ludwig im Augenblick brauchte. Er wollte nur in sein Büro und gründliche Recherchen in denjenigen Unterlagen betreiben, die beim Mordfall hilfreich sein konnten. Aber die beiden versperrten ihm den Weg dorthin. Zum Glück hatten sie ihn bislang nicht bemerkt.

»Komm«, zischte er dem Gardisten zu und trat hastig den Weg zurück ins Foyer an. Er würde zu Wagner gehen, um sich dort bei einem Gespräch unter Männern zu entspannen – und sich vor Funkenberg verborgen zu halten, bis der aufgab und ging. Schade nur, dass Ludwig jetzt erst mal warten musste, bis er seine kriminalistischen Notizen im Büro suchen konnte. Schließlich tickte die Uhr. Wer wusste schon, was der Mörder an neuem Unheil anrichten würde, solange man ihn in Freiheit ließ. Je länger das alles dauerte, desto gefährlicher wurde die Lage.

Im Foyer prallte Ludwig fast mit von Pfistermeister zusammen, der hektische rote Flecken auf den Wangen hatte.

»Majestät! Welch glückliche Fügung, dass ich Euch hier antreffe.« Er machte einen Diener.

Ludwig verkniff sich ein Seufzen. Er war Funkenberg entkommen und hatte ihn gegen von Pfistermeister eingetauscht. Das Schicksal war nicht immer gnädig. Er gab sich Mühe, seine Irritation zu verbergen. »Was treibt Euch um diese späte Stunde hierher, werter Kabinettssekretär?«

Ludwigs Gardist postierte sich schweigend etwas abseits von ihm an einer Säule und beäugte misstrauisch jeden Passanten, von denen es um diese Uhrzeit glücklicherweise nicht mehr viele gab.

»Die Preußen bringen mich um den Verstand.« Von Pfistermeister tastete auf seiner Brusttasche herum. Ein erstaunter Ausdruck erschien auf seinem Gesicht. Offenbar hatte er sein Taschentuch irgendwo vergessen.

»Weshalb?« Ludwigs Laune besserte sich, weil er einen verwandten Geist in von Pfistermeister erblickte. Die Preußen trieben ihn ebenfalls stetig in den Wahnsinn.

»Sie bestehen auf dem neuen Sondergesandten. Bismarck selbst hat sich eingeschaltet und nochmals betont, wie wichtig es ist, dass der neue Mann unverzüglich anreisen darf. Und mir fällt nichts mehr ein, um das abzuwenden. Ich kann schlecht sagen, dass wir nicht wollen, dass der neue Sondergesandte mit dem Mörder paktiert«, sprudelte es aus von Pfistermeister heraus, der sich dabei nicht einmal Zeit zum Atmen nahm.

»Hmm.« Ludwig runzelte nachdenklich die Stirn. Das konnte er sogar nachvollziehen. Und bessere Ausreden fielen ihm auf die Schnelle auch nicht ein. »Dann lasst ihn eben kommen«, entschied er impulsiv. »Aber er wird keinen Schritt machen ohne meine Kenntnis, verstanden? Ihr seid für ihn verantwortlich.«

»Selbstverständlich, Eure Majestät.« Von Pfistermeister verbeugte sich zweimal hintereinander. »Ich danke Euch.«

»Schon in Ordnung«, winkte Ludwig ab. »Aber nun habe ich eine Frage an Euch.«

»Natürlich, Eure Majestät.« Von Pfistermeister fror in Erwartung von Ludwigs Worten geradezu ein.

Ludwig schaute hinter sich, um zu überprüfen, ob dort auch niemand stand, der mithörte. »Haben wir unter den königlichen Jägern einen Einäugigen?«

»Nicht, dass ich wüsste, Majestät.« Von Pfistermeisters Miene war ein einziges Fragezeichen.

»Haben wir sonst einen Einäugigen im Hofstaat?« Ludwig spähte im Foyer umher, um eventuelle Spione und Feinde auszumachen. Aber sie waren momentan die Einzigen hier. Das bedeutete jedoch nicht, dass nicht irgendwo im Schatten ein Meuchler lauern konnte. Die Macht des Bösen war allumfassend.

»Ich glaube, der alte Kastellan hat nur noch ein Auge«, sagte von Pfistermeister sinnend. »Irgendein Unfall mit einem Besenstiel und einer Leiter.«

»Der ist über achtzig und kann nicht mal mehr seinen Krückstock halten, geschweige denn eine Waffe«, erwiderte Ludwig indigniert.

»Es würde helfen, wenn ich wüsste, was die weiteren Kriterien für die Suche nach einem geeigneten Einäugigen sind.« Von Pfistermeister wirkte ein wenig verschnupft.

»Nicht so wichtig.« Ludwig wollte so wenige Personen wie möglich in seine konkreten Überlegungen einbeziehen, auch wenn er von Pfistermeister mehr als den meisten anderen vertraute. Ludwig würde diesen ominösen Einäugigen auch allein auftreiben. Von Pfistermeister sollte seine Energie lieber darauf verwenden, die Preußen in Schach zu halten. Ludwig gab seinem Gardisten ein Zeichen, dass er weitergehen wollte.

»Selbstverständlich, Eure Majestät.« Von Pfistermeister verneigte sich zum vierten Mal.

Kapitel 11

»Du wirst nicht glauben, wer eben angekommen ist.« Erika platzte mitten in Sophies Frühstück herein, das nur aus einem schwarzen Kaffee und frischem Brot mit Butter bestand. Erika hatte heute ausnahmsweise ihre richtige Zofenuniform angelegt, wie sie es nannte: schwarzes Kleid mit weißen Ärmelmanschetten, weißem Kragen und knielanger, ebenfalls weißer Schürze. Ihr Dutt war wieder so straff gezogen, dass Sophie schon allein vom Hinsehen Kopfschmerzen bekam.

»Wer denn?« Sophie stellte die halb volle Kaffeetasse neben eine benutzte Farbpalette auf den Wohnzimmertisch. »Deine Schwester aus München?«

»Rate noch mal.«

»Deine andere Schwester aus Fürth?« Sophie zeigte auf die dampfende Kanne auf dem Tisch. »Möchtest du einen?«

»Deine Mutter aus Possenhofen. Und danke, nein. Meine Nerven flattern so schon genug.«

Sophie schob ruckartig ihren Stuhl zurück, fuhr in die Höhe und ließ sich kraftlos wieder fallen. »Mutter ist hier? Und *deine* Nerven flattern? Wo ist sie?« Sie schaute unter sich und versuchte, Herrin ihres fast übermächtigen Fluchtinstinkts zu werden, der immer dann hervorbrach, wenn ihre Mutter in der Nähe war. Doch das erwies sich als nicht nötig, denn Sophie hatte die hinteren Stuhlbeine versehentlich auf ihren Rock gestellt, was sie jetzt wie eine straff gespannte Leine an den Sitz fesselte. Sie versuchte, den feinen Stoff unter dem Stuhl herauszubekommen, ohne ihr Kleid zu zerreißen. Es war ein hellgrünes Modell mit dunkelgrüner Bordüre am Hals und den Ärmelaufschlägen, das sie liebte.

»Unten im Salon.« Erika zog vorsichtig den Stuhl nach hinten, nahm Sophie bei den Schultern und half ihr auf die Beine.

»Danke«, sagte die Herzogin, als sie stand, froh, dass ihr Kleid noch heil war. Aber das war typisch. Ihre Mutter brachte sie immer dazu, in Panik zu verfallen und den gesunden Menschenverstand dabei zu vergessen. »Weißt du, warum sie hier ist, Erika?«

»Nein. Aber ich habe einen Verdacht.«

»Welchen?« Sophie hatte selbst einen, aber es schien ihr leichter, wenn Erika ihn aussprach.

»Bestimmt, um dich nach Hause zu holen«, sagte die auch prompt. »Darf ich?« Sie zeigte auf den Brotkorb.

»Bedien dich.« Sophie schob ihr den Korb hin. Ob sie sich verleugnen lassen sollte? Vielleicht konnte sie eine Krankheit vorschützen? Aber das würde Erika nicht mitmachen. Eine andere Verpflichtung? Eine Audienz bei Ludwig? Der würde sie decken, wenn es darauf ankam.

»Ich sage der Herzogin, dass du gleich kommst«, kürzte Erika die Sache ab und biss herzhaft in eine Scheibe Brot.

Kurz darauf trat Sophie ihrer Mutter, der Herzogin Ludovika von Bayern, im Salon entgegen. Diese war in hochgeschlossenes Schwarz gekleidet, ihre Haare waren hochgesteckt und an den Seiten mit zwei diamantenbesetzten Kämmen befestigt. Sie wirkte klein und zart, wie sie da an dem kostbar verzierten runden Tisch saß, über sich einen monumentalen Kronleuchter, dessen Licht ihre Haare schimmern ließ, hinter sich links und rechts zwei Gemälde in goldenen Kunstrahmen. Jemand hatte ihr eine Tasse Tee gebracht, und sie rührte energisch mit einem schmalen Silberlöffel in der goldenen Flüssigkeit.

»Mama. Was für eine Überraschung.« Sophie küsste die kühle, glatte Wange ihrer Mutter.

»Eine gute, hoffe ich?« Ludovika legte den Löffel auf die Untertasse. Sie war einst eine Schönheit gewesen, aber das Leben mit einem Mann, der sie und die Kinder vernachlässigte, hatte in ihren Mundwinkeln und um die Augen Spuren von Traurigkeit hinterlassen.

»Ja, natürlich, Mama«, schummelte Sophie und setzte sich neben sie. Sie liebte ihre Mutter, aber dennoch freute sie sich keineswegs, sie zu sehen.

»Wie schaust du nur aus?« Ludovika deutete auf einen zentimeterlangen Riss in Sophies Rock, der ihr selbst entgangen war.

»Ich habe mich mit dem Rock unter dem Stuhl verfangen.« Sophie sagte im Geiste alle unflätigen Wörter auf, die ihr die Stalljungen als Kind beigebracht hatten.

»Ich vermute, das wäre nicht geschehen, wenn du nicht immer in so unvorteilhafter Hast wärst.«

Sophie schwieg.

»Einerlei. Ich bin hier, um dich nach Hause zu holen. Dort kann das Kleid gerichtet werden.« Ludovika bestätigte damit Erikas Ahnung und Sophies Befürchtung.

»Mutter ...« Sophies Finger begannen zu zittern. Das ging nicht!

»Ja?« Ihre Mutter ignorierte Sophies Unruhe.

»Dafür bist du den ganzen Weg aus Possenhofen hierhergekommen?«, wich Sophie aus.

»Nicht nur dafür. Ich bin auf dem Weg nach Salzburg.«

»Weshalb?«

»Ich treffe mich dort mit deiner Schwester. Das hier ist nur ein Zwischenhalt. Die Kutsche wartet, und es wäre daher schön, du würdest sofort deine Sachen packen.«

»Aber was ist mit unserer Vereinbarung, dass ich den Sommer hier verbringen darf?«, sagte Sophie jetzt doch. »War das nicht mein Lohn für die Zustimmung zur Verlobung?«

Es klopfte und ein Diener kam herein, der fragte, ob die Herzoginnen noch etwas wünschten. Sophie bat ihn um einen Kaffee. Schwarz und stark.

»Deine Zustimmung ist nicht erforderlich, wie du vielleicht

weißt, mein Fräulein Tochter«, sagte ihre Mutter streng, nachdem der Mann sich verneigt hatte und davongeeilt war.

»Natürlich nicht, Mama. Ich meinte nur …«

»Und übrigens wäre ich an deiner Stelle nicht so siegesgewiss. Du bist nicht die einzige adelige Tochter, die dem Herzog von ihrer Mutter schmackhaft gemacht wird.«

»Heißt das, die Verlobung findet vielleicht nicht statt?«, rutschte es Sophie zu hastig heraus. Sie konnte die Hoffnung in ihrer Stimme nicht verbergen.

»Das heißt es hoffentlich nicht. Aber Heiratsverhandlungen sind langwierig, und er muss sich noch endgültig für dich entscheiden, du undankbares Kind«, sagte ihre Mutter seufzend. »Ich an deiner Stelle würde dafür beten, dass er es tut. Du weißt, wie das Leben einer unverheirateten Frau verläuft. Denk an Großtante Viktoria. Der eigene Bruder hat sie wie eine Haushälterin behandelt.« Ludovika schauderte. Sie straffte die schmalen Schultern. »Aber ich bin sicher, dass du die Favoritin des Herzogs bist, sonst hätte er dir das Armband nicht zukommen lassen. Apropos …« Sie nahm Sophies nacktes Handgelenk und hob es leicht an. »Wo ist es?«

»Also …« Sophie formulierte im Geiste unterschiedliche Geschichten und entschied sich schließlich für: »Bei Ludwig.« Ihre Mutter hätte kein Verständnis für die ehrliche Antwort.

»Warum das, bitte?«, fragte ihre Mutter auch prompt.

»Er möchte es seinen Kunsthandwerkern zeigen, weil er es so schön gearbeitet findet«, schummelt Sophie schon zum zweiten Mal und fühlte sich fürchterlich dabei. Aber aus irgendeinem Grund konnte sie ihrer Mutter nie die Wahrheit sagen.

»Ludwigs Kunsthandwerker sind wirklich ausgezeichnet. Das Bild von Augusto ist auch wunderbar geworden. Alençon wird dich übrigens persönlich kennenlernen wollen, sobald er es hat. Davon gehe ich fest aus.« Ihre Mutter strich Sophie eine lose Haarsträhne hinters Ohr.

»Ist das Bild bereits an ihn geschickt worden, Mama?« Sophie entzog sich der Berührung sanft.

»Es wird gegenwärtig für den Transport fertig gemacht. Wir wollen ja, dass es wohlbehalten in England ankommt.« Ihre Mutter griff elegant nach der Teetasse und trank einen winzigen Schluck.

»Dann lass mich wenigstens so lange hierbleiben, bis er mich sehen will, Mama. Ich bitte dich.« Sophie griff so ungestüm nach der Hand ihrer Mutter, dass Tee aus deren Tasse auf die Tischplatte schwappte.

»Kind«, schalt ihre Mutter. »Obacht.« Sie stellte die Tasse ab. »Ich werde dich ganz sicher nicht hierlassen. Nicht, solange ein Mörder frei herumläuft.«

»Ich bin hier völlig sicher, hab keine Sorge.« Sophie zupfte an der Haarsträhne, die ihre Mutter zurückgesteckt hatte.

»Das kannst du nicht wirklich glauben. Und lass deine Haare in Ruhe, Sophie. Du siehst aus, als wärest du in einen Sturm geraten.«

»Das Schloss wird von Ludwigs Leibwache beschützt, die schwer bewaffnet und in Alarmbereitschaft ist. Hier wird keiner mehr hereingelangen, um Ludwig zu schädigen. Und selbst wenn jemand zu ihm vordringen könnte, und da sei Gott davor, bin ich viel zu unwichtig. Auf mich hat es niemand abgesehen.« Sophie zog mutwillig wieder an der Haarsträhne.

»Deine Schwester Sisi ist Kaiserin von Österreich, deine Schwester Marie Königin von Neapel und Sizilien, und du wirst, so Gott will, die Herzogin von Alençon. Das würde ich nicht als unwichtig bezeichnen. Und ich habe schon einmal ein Kind verloren, Sophie. Noch mal würde ich das nicht durchstehen.«

»Mutter ...«

»Bitte, pack deine Sachen. Ich möchte es nicht noch einmal sagen müssen.«

Die Tür zum Salon öffnete sich, und Ludwig stolzierte herein. Seine Mähne war ungekämmt, und er hatte einen offenen Mantel über seinen Pyjama geworfen. Dennoch hielt er sich wie immer sehr aufrecht und schritt kraftvoll, aber ein wenig gestelzt auf sie zu. Seine nackten Füße steckten in Pantoffeln, die wie fast alle seine Schuhe deutliche Zahnabdrücke von Siegfried aufwiesen. Offenbar hatte irgendjemand den Mut gehabt, Ludwig aus dem Schlaf zu reißen, um ihm mitzuteilen, dass Sophies Mutter hier war. Sophie war so froh, ihn zu sehen, dass sie ihm am liebsten um den Hals gefallen wäre.

»Beste Tante.« Er winkte ab, als Sophies Mutter aufstehen und einen Knicks machen wollte, beugte sich zu ihr und küsste sie auf die Wange, wie Sophie es vorhin auch getan hatte. »Wie wunderbar, dich hier begrüßen zu dürfen. Wie geht es dir? Bist du gut versorgt? Ah, ich sehe, du hast schon einen Tee.« Wenn er wollte, konnte er unglaublich charmant sein.

Die Miene ihrer Mutter wurde weicher. Sie hatte schon immer eine Schwäche für Ludwig gehabt, auch wenn sie ihm nachtrug, dass er die Verlobung mit Sophie gelöst hatte. »Es ist auch schön, dich wiederzusehen, mein bester Ludwig«, sagte sie freundlich lächelnd, sodass für einen Augenblick ihre einstige Schönheit auflebte. »Es ist wieder mal zu lange her.«

»Das ist nur zu wahr, liebste Tante. Wie geht es der Familie?« Ludwig nahm neben Sophie Platz. Er konnte überraschende Besuche und nichtssagende Konversationen nicht ausstehen. Was machte er also hier?

»Sie sind zum Glück alle gesund und munter. Sisis Kleine wird bald zwei Jahre. Sie ist reizend«, berichtete Sophies Mutter.

»Wie wunderbar«, entgegnete Ludwig, den Kinder überhaupt nicht interessierten.

»Wie ich höre, macht die neue Burg große Fortschritte?«

»Ja, es ist großartig. Ich zeige dir gern die Baustelle, wenn du mir Zeit lässt, mich vernünftig anzuziehen.« Er schaute mit einem zerknirschten Lächeln auf seinen Pyjama.

»Das ist eine exzellente Idee, lieber Ludwig«, behauptete Ludovika. Sophie unterdrückte ein Grinsen. Sie wusste genau, dass sich ihre Mutter lieber erschossen hätte, als sich die Füße auf einer Baustelle schmutzig zu machen. »Aber ich bin hier, um meine Tochter abzuholen.«

»Weshalb? Ist etwas nicht in Ordnung?« Ludwig hob die Augenbrauen. »Bislang war Sophie hier doch gut untergebracht.«

»Das bezweifele ich nicht, lieber Ludwig. Aber ich mache mir Sorgen wegen des Attentats.« Ludovika schaute sinnend in den Tee, der inzwischen kalt sein musste.

»Du bist gut unterrichtet.« Ludwig zog den Mantel enger um sich. Offenbar war ihm kalt.

»Die Spatzen pfeifen es überall von den Dächern. Ganz Bayern ist in Aufruhr, nicht nur ich«, entgegnete Sophies Mutter mit einem Hauch von Vorwurf.

»Mach dir keine Sorgen, teure Tante. Sophie könnte nirgends sicherer sein als hier. Sie hat ihre eigenen Gemächer, die von einem Gardisten und Erika Tag und Nacht bewacht werden, und ich sorge dafür, dass sich ihr niemand nähert, der unerwünscht ist. Zudem sind wir dicht davor, den Mörder zu fassen.« Ludwig zeigte mit Daumen und Zeigefinger, dass es nur ein halber Zentimeter war, der noch fehlte. »Spätestens morgen haben wir ihn. Es stehen einige letzte Untersuchungen aus. Dann können wir alles beweisen. Und Sophie wird sich bis dahin nicht von mir entfernen. Ich habe jederzeit ein Auge auf sie«, sagte Ludwig in höflichem, aber bestimmtem Ton, der deutlich machte, dass er als König und nicht als Neffe seine Worte formulierte.

Sophie konnte ihrer Mutter ansehen, wie sie mit sich rang. Vermutlich hätte sie ihre Tochter am liebsten einfach gepackt und fortgebracht. Aber Ludwig war der König, und dessen Wünschen konnte sich selbst Ludovika nicht offen widersetzen.

»Das ist wunderbar«, sagte sie daher, auch wenn ihre Miene Resignation statt Freude zeigte.

Der Diener kam mit dem Kaffee für Sophie herein und stellte ihn auf den Tisch.

»Kaffee«, sagte Ludwig erfreut. Sophie reichte ihm die Tasse hinüber. Er nahm sie entgegen, tat einen tiefen Schluck und verzog das Gesicht. »Kein Zucker?«

»Sophie mag es nicht süß«, erklärte Ludovika liebenswürdig.

»Natürlich.« Ludwigs kritische Miene besagte, dass er das überhaupt nicht verstehen konnte. Er schob den Kaffee von sich. »Soll ich dir ein Gästezimmer herrichten lassen, Tante?«

»Nicht nötig.« Sie schüttelte leicht den Kopf. »Ich werde gleich aufbrechen. Der Kutscher hat noch angespannt.« Mit strenger Miene erhob sie sich. »Ich bleibe für ein paar Tage in Salzburg. Auf dem Rückweg komme ich wieder vorbei.« Sie ließ die Botschaft, dass sie Sophie dann mitnehmen würde, wenn der Mörder nicht gefasst war, unausgesprochen.

Ludovika rief nach ihrem Diener, der draußen vor der Tür gewartet hatte.

»Bitte achtet gegenseitig auf euch.« Sie küsste Sophie und Ludwig zum Abschied. Dann rauschte sie davon.

»Du hast mich gerettet«, seufzte Sophie, als Ludwig und sie alleine waren. Sie fühlte sich, als wäre sie von einer hohen Klippe gesprungen und trotzdem heil unten angekommen.

»Keine Ursache. Aber wenn du gestattest, würde ich mich jetzt gerne noch einmal hinlegen. Deine Erika hat mich mitten aus dem schönsten Schlaf gerissen. Ich habe geträumt, ich säße in meinem Schlafzimmer in der neuen Burg, die Sonne schien mir ins Gesicht, und ein Schwan flog an meinem Bett vorbei.« Ludwig rieb sich die Augen.

»Ein Schwan?«

»Ja. Es war seltsam. Erst hat er gleißend hell geleuchtet wie eine Heiligenerscheinung, und dann, ganz plötzlich, ist er mit einem preußischen Gewehr um mich herumgeflattert. Seine Flügelspitzen waren wie kleine, gemeine Spinnenfinger am Schaft. Das war bestimmt ein böses Omen.« Ludwigs Augen waren rot geädert.

»An solche Sachen glaube ich nicht. Und du auch nicht, soweit ich weiß«, erwiderte Sophie.

»Stimmt. Omen sind reiner Aberglauben. Dieses Attentat macht mich irrsinnig. Ich weiß wirklich gerade nicht, wo mir der Kopf steht. Und jetzt hat meine Mutter auch noch einen

Brief geschrieben, in dem sie wissen will, wie es mir geht. Wieso schreibt sie mir einen Brief, wenn sie genauso gut herkommen kann? Und wie soll es mir schon gehen? Denkt sie, ich bin so ein Windbeutel wie der Innenminister, der sich betrinkt, nur weil er von einem Attentat im Schloss hört?« Ludwig zog den Kaffee wieder zu sich heran und trank mit Todesverachtung einen weiteren Schluck.

»Soweit ich weiß, zecht der arme Mann unabhängig vom Anlass, und deine Mutter macht sich genau wie meine Sorgen. Vermutlich nicht einmal zu Unrecht.« Sophie räusperte sich. »Es tut mir leid, dass ich gestern zu unverblümt war. Das mit deiner Mutter war so nicht gemeint.«

»Schon vergeben. Und verzeih, dass ich so harsch zu dir war. Ich war hungrig. Aber nun entschuldige mich.« Ludwig gähnte, erhob sich, raffte seinen Mantel zusammen und schlurfte zum Ausgang. Dort drehte er sich noch einmal zu ihr um und schaute sie zu gleichen Teilen neugierig und besorgt an. »Wieso willst du eigentlich nicht nach Possenhofen? Ist es nur, weil du dort unter der strengen Überwachung deiner Mama stehst?«

Sophie schwieg, weil sie Ludwig nicht die Wahrheit sagen konnte, ihn aber auch nicht anlügen wollte.

»Wenn du es mir irgendwann sagen möchtest – ich habe immer ein offenes Ohr für dich.« Ludwig lächelte sie an.

»Irgendwann, Ludwig.« Sophie lächelte zurück, während sie die Traurigkeit, den Zorn und die Hilflosigkeit niederkämpfte, die der Gedanke an zu Hause in ihr auslöste.

Nachdem Ludwig sich zurück in seine Gemächer getrollt hatte, machte Sophie sich auf den Weg zu Karlchen. Wie gehofft fand sie ihn im Dienerzimmer. Er hatte die Schuhe ausgezogen und die weiß bestrumpften Füße auf einen Stuhl vor sich gelegt. Seine polierten schwarzen Lackschuhe mit den silbernen Schnallen standen neben ihm auf dem Boden.

»Hast du einen Moment für mich? Ich müsste mit dir reden. Sophie stellte sich ganz dicht neben seinen Stuhl, damit die anderen Diener im Raum nicht alles mit anhören konnten.

»Natürlich, Eure Hoheit.« Karlchen sah sie fragend an.

»Lass uns kurz in den Salon gehen. Ich möchte in Ruhe mit dir sprechen, ohne dass jemand hereinplatzt.«

Karlchen nickte, zog mit einem leisen Stöhnen seine Schuhe an, winkte den anderen Dienern beim Aufstehen zu und folgte Sophie.

»Schlamperei«, murmelte er, als er im Salon die Tassen und die kleine Pfütze Tee auf dem Tisch bemerkte. Er machte Anstalten, die Tassen wegzuräumen.

»Setz dich, bitte«, lud Sophie ihn mit einer Handbewegung ein. Wie sollte sie am besten anfangen? Wie machten die Kriminalisten das? Überlegten die sich ihre Fragen vorher?

»Was kann ich für Euch tun, Eure Hoheit?« Karlchen hatte gegenüber Sophie Platz genommen und runzelte die Stirn, als ob die dreckigen Tassen ihm Unbehagen verursachten.

»Was weißt du über von Pfistermeister, den Außenminister sowie den Finanzminister und seinen Assistenten?«, fragte Sophie und zählte dabei die Namen an den Fingern auf.

»Wieso denkt Ihr, dass ich etwas über sie weiß, Eure Hoheit?« Karlchen versuchte vergeblich, ein Lächeln zu unterdrücken, nachdem er sich vom Geschirr losgerissen hatte.

»Weil du über alles unterrichtet bist, was im Schloss und außerhalb passiert. Streite es nicht ab.« Sophie lächelte ebenfalls.

»Bitte, geht mit dieser Weisheit nicht hausieren, Eure Hoheit«, wehrte Karlchen ab, aber Sophie konnte sehen, dass er sich geschmeichelt fühlte. »Sonst muss ich nachher jedem Rede und Antwort stehen. Und außerdem ist es sowieso besser, nicht zu viel zu wissen.«

Es klopfte mehrmals extrem laut und herrisch; gleich darauf trat Erika herein. Sie war außer Atem, und ihr sonst so strenger Dutt saß locker. Ein paar Strähnen waren entwischt und hingen ihr ums Gesicht.

»Ist meine Mutter zurück?« Sophie hob erschreckt die Augen und verfolgte Erikas Bewegungen, als diese herankam.

»Nein. Keine Sorge. Aber sie hat mir vor ihrer Abreise aufgetragen, mich nicht beständig von dir abschütteln zu lassen. Also ...« Erika schaute bedeutsam auf den leeren Stuhl neben Sophie.

Sophie rutschte beiseite, damit Erika sich setzen konnte. Sie schuldete ihr etwas dafür, dass sie Ludwig geweckt hatte. Das hatte Mut erfordert.

»Ich habe nur zwanzig Minuten, Eure Hoheit. Dann muss ich anfangen, des Königs Garderobe zu richten.« Karlchen rieb sich unter dem Tisch unauffällig die linke Wade.

»Was weißt du über von Pfistermeister?«, fragte Sophie.

»Nur das, was jeder weiß. Jurist, Kabinettssekretär, verheiratet, zwei Kinder, etwas reizempfindlicher Charakter, hat einen Tick mit seinem Taschentuch ...«

»Könnte es jemand auf ihn abgesehen haben?«, kürzte Sophie die Sache ab.

Erika sog scharf die Luft ein.

»Ist was?« Sophie schenkte ihr einen kurzen Blick.

»Nichts.« Erika machte eine unschuldige Miene.

»Ihr meint, ob der Anschlag ihm hätte gelten können?«, fragte Karlchen.

»Nur theoretisch.« Sophie hatte Ludwig gegenüber ein schlechtes Gewissen, weil sie hinter seinem Rücken handelte. Und das, nachdem er ihr eben quasi das Leben gerettet hatte. Aber sie tat das auch für ihn.

»Er hat eine Menge Feinde, weil alle sagen, er behindere den Zugang zu dem König und nutze seine Macht zu seinen, also von Pfistermeisters, Gunsten.« Karlchen massierte jetzt seine rechte Wade. »Er hat außerdem einigen Familienmitgliedern wichtige und vor allem gut dotierte Posten in der Verwaltung beschafft. Und es heißt ...« Er hielt inne und musterte

Sophie und Erika ungewohnt streng. »Aber das müsst Ihr bitte für Euch behalten, alle beide, Eure Hoheit und Erika.«

»Ich schwöre.« Erika hob Zeige- und Mittelfinger zum Schwur.

»Ich auch.« Sophie tat es ihr nach. »Allerdings kann es sein, dass ich es Ludwig sagen muss.«

»In Ordnung.« Karlchen setzte sich aufrecht und ließ von seiner Wade ab. »Es geht das Gerücht um, dass von Pfistermeister sich ab und zu dafür bezahlen lässt, bei Ludwig ein günstiges Wort in einer Sache einzulegen.«

»Oh«, stieß Sophie hervor. »Das kann ich kaum glauben. Er ist schon so lange im Dienst. Erst bei Ludwigs Vater, jetzt bei ihm. Meinst du, das ist wahr, Karlchen?«

»Schwer zu beurteilen, Eure Hoheit. Wie gesagt, es ist nur ein Gerücht. Wenn es dafür Beweise gäbe, wäre er vermutlich nicht mehr Ludwigs Kabinettssekretär. Andererseits habe ich in den letzten dreißig Jahren gelernt, dass nichts unmöglich ist.«

»Glaubst du, jemand hasst ihn genug, um ihn beseitigen zu wollen?« Sophie wollte dem Gerücht über von Pfistermeister keinen Glauben schenken. Sie kannte ihn schon so lange, und er war immer anständig zu ihr und auch zu Ludwig gewesen.

»Da fällt mir keiner ein außer von der Pfordten. Er und von Pfistermeister hassen sich inniglich«, sagte Karlchen.

»Wieso das?«, fragte Erika neugierig. Sie zog ein Etui aus ihrer Schürze, klappte es auf und nahm eine Zigarette heraus.

»Seit wann rauchst du?«, fragte Sophie verblüfft.

»Seit heute. Das ist der neueste Schrei unter den Zofen, weil der König raucht.« Erika holte Streichhölzer hervor und zündete sich die Zigarette etwas umständlich an.

Sophie konzentrierte sich wieder auf Karlchen und gab ihm zu verstehen, er möge weitersprechen.

»Von der Pfordten neidet von Pfistermeister dessen Einfluss auf Ludwig. Zudem ist von der Pfordten ein eher konservativer Mensch, der mit von Pfistermeisters liberaler Einstellung in vielen Dingen nicht übereinstimmt.« Karlchen stoppte und stierte zu Erika. Offenbar war er aus dem Konzept gebracht, weil sie die Zigarette so krampfhaft zwischen Zeige- und Mittelfinger eingeklemmt hielt, dass die Zigarette leicht seitlich abknickte.

»Aber deswegen bringt man sich nicht gleich um, oder?«, warf Sophie ein.

»Ich glaube, Männer sind zu allem fähig. Die funktionieren einfach in manchen Situationen nicht richtig«, warf Erika ein.

»Besten Dank«, sagte Karlchen amüsiert. »Aber ich teile deine Auffassung, Erika, dass Männer unter Umständen zu allem fähig sind. Frauen übrigens auch. Aber ich kann mir nicht vorstellen, dass von der Pfordten so weit gehen würde. Er ist gläubiger Katholik. Außerdem ist er kein Militär. Ich bin mir nicht sicher, ob er überhaupt mit einem Gewehr umgehen kann.« Er nahm Erika die Zigarette ab. »Die musst du locker halten. So.« Er zeigte ihr, wie man es richtig machte.

»Was ist mit dem Außenminister Althofen?« Sophie fuhr mit dem Zeigefinger über den Rand der Teetasse, während Erika die Zigarette wieder entgegennahm.

»Schwer zu sagen. Darf ich?« Karlchen nahm ihr die Tasse weg. »Der ist erst seit ein paar Wochen im Amt und noch ein weitgehend unbeschriebenes Blatt.«

»Was weißt du über ihn?«, hakte Sophie nach.

»Nicht viel. Lange und erfolgreiche Laufbahn, war überall auf der Welt stationiert, ist aber kein Berufspolitiker wie von der Pfordten oder von Pfistermeister. Die Wetten stehen noch aus, ob und wie lange Althofen sich in diesem Haifischbecken hält. Allerdings habe ich läuten hören, dass er einen zu guten Kontakt zu den Herstellern von Waffen hat.« Karlchen stellte die dreckige Teetasse ordentlich zur halb vollen Kaffeetasse.

»Kannst du mehr über ihn in Erfahrung bringen?«, fragte Sophie.

»Wenn Ihr es wünscht, Hoheit.« Karlchen hob beide Hände.

Erika nahm einen tiefen Zug und wurde dabei knallrot.

»Alles in Ordnung?« Sophie schaute ihre Zofe skeptisch an.

Erikas Augen schienen aus ihrem Kopf zu treten, dann begann sie zu husten.

»Was ist mit Funkenberg?« Sophie klopfte ihr auf den Rücken, nahm ihr die Zigarette ab und reichte sie an Karlchen weiter, der selbst einen Zug nahm und sie dann in der Teetasse versenkte.

»Über den gibt es etwas Pikantes zu berichten. Auch wenn ich nicht glaube, dass das mit dem Anschlag im Zusammenhang steht, Eure Hoheit. Er hat eine Maitresse in München. Eine Schauspielerin.« Karlchens Augen funkelten.

»Welche ist es?«, brachte Erika zwischen zwei Hustenattacken heraus.

»Sabrina de la Corosso. Sie behauptet, Spanierin zu sein, aber in Wirklichkeit ist sie aus dem Königreich Baden.«

»Ist das die mit den großen Hüten und diesem komisch gemalten Schönheitsfleck?«, fragte Erika mit rauer Stimme. Auf ihren Wangen waren Tränenspuren.

Karlchen nickte. »Exakt dieselbe. Funkenberg hat einen etwas, sagen wir mal, exotischen Geschmack.«

»Was ist mit von Hagen?«, fragte Sophie. »Dessen Tochter ist doch mit Funkenberg verheiratet. Würde von Hagen seinen Schwiegersohn erschießen, weil der seine Tochter betrügt?«

»Ich kann mir nicht vorstellen, dass von Hagen davon weiß. Funkenberg ist diskret mit seiner Affäre, Eure Hoheit. Ich weiß nur davon, weil eine Hausangestellte von der de la Corosso eine Cousine von mir ist. Außerdem würde von Hagen nicht danebenschießen. Von Hagen war im Krieg einer der besten Schützen, die wir hatten.« Karlchen begann auf seinem Stuhl hin und her zu rutschen.

»Was ist mit dem anderen?«, insistierte Sophie hastig, bevor er ihr davonlaufen konnte.

»Welchem anderen, Eure Hoheit?«

»Dem Assistenten von Funkenberg«, sagte Sophie.

»Über den weiß ich nichts, aber wenn Ihr wünscht, dann

höre ich mich auch seinetwegen um, Hoheit. Ich lasse Euch anschließend umgehend wissen, was ich herausgefunden habe.« Er hievte sich langsam und mit knackenden Knien in die Höhe. »Jetzt muss ich aber …« Karlchen räumte die beiden Tassen ab, verbeugte sich vor Sophie und entfernte sich dann.

»Nun?« Sophie drehte sich auf ihrem Stuhl etwas seitwärts, damit sie ihre Zofe besser ansehen konnte.

»Wie bitte?« Erika betrachtete ihr Zigarettenetui, als ob es eine giftige Schlange wäre.

Sophie schaute ebenfalls auf das Etui. »Soll ich das lieber für dich aufbewahren?«

»Das kannst du geschenkt haben, wenn du magst. Ich höre wieder auf«, antwortete Erika entschieden.

»Das scheint mir eine gute Idee zu sein.« Sophie nahm das Etui und öffnete es. Warum sie es mitnehmen wollte, wusste sie selbst nicht genau. Auf jeden Fall gab es jetzt wieder etwas, was Erika ihrer Mutter nicht beichten durfte. »Was muss ich tun, damit du meiner Mutter hierüber nichts berichtest?«, sagte sie zu Erika, während sie abwesend die Zigaretten nachzählte und die Zahl gleich wieder vergaß.

»Was meinst du, bitte? Dass du meine Zigaretten hast?«

»Das auch. Und das, was Karlchen gesagt hat. Meine Fragen, alles.«

»Aber ich kann doch nicht lügen.«

»Du sollst nicht lügen. Du sollst ihr nur nicht alles sagen, was du weißt.«

»Wieso nicht?«, fragte Erika, offenbar auf Zeit spielend.

»Ist das nicht offenkundig? Sie wollte mich gerade schon nach Hause holen, nur weil hier ein Mord geschehen ist. Was glaubst du, was sie tut, wenn sie erfährt, dass ich Erkundigungen einziehe?« Sophie klappte das Etui zu.

»Was heißt hier, *nur* ein Mord?«

»Du weißt, was ich meine.«

»Nein«, sagte Erika fest. »Weiß ich nicht. Hast du denn gar keine Angst, wenn du all diese Fragen stellst? Was ist, wenn die den falschen Leuten zu Ohren kommen?«

»Nein, habe ich nicht.« Sophie stellte zu ihrem eigenen Erstaunen fest, dass es stimmte. Sie fürchtete sich nicht vor dem Mörder. Wieso eigentlich nicht? Hatte sie zu wenig Fantasie, um sich vorzustellen, dass sie selbst in Gefahr geriet, wenn sie ihm zu nahe kam?

»Aber ich kann verstehen, dass deine Mutter Angst um dich hätte, wenn sie es erführe. Die hätte ich an ihrer Stelle auch«, sagte Erika.

»Das stimmt. Ich fürchte, du hast recht.« Sophie dachte nach. »Pass auf. Ich werde gleich Ludwig alles erzählen, und ich bin gewiss, dass er dann die Sache übernimmt und außerdem dafür sorgen wird, dass mir nichts geschieht. In Ordnung?«

Erika zwirbelte an ihrem Schürzenzipfel herum.

»Ich verspreche, ich halte mich aus allem heraus, was gefährlich werden könnte«, sagte Sophie.

»Ich weiß nicht.«

»Du darfst meine Bücher lesen. Alle, die du willst.«

»Auch die derben Liebesgeschichten? Die, die keine Frau mit Bildung lesen sollte? Die, die du immer im Schrank versteckst, wenn deine Mutter da ist?«

»Auch die. Und wenn du damit fertig bist, besorge ich dir neue.«

»Na gut«, stimmte Erika grummelnd zu.

»Danke.« Sophie seufzte erleichtert auf. »Ich schulde dir was.«

»Hoffentlich geht das nicht schief. Sonst verliere ich meine Stelle.« Erika betrachtete einen eingetrockneten Teefleck, der auf dem Tisch verblieben war, wo die Tasse gestanden hatte. »Da wäre noch etwas …«

»Was denn?«

»Ich will mir nicht mehr jeden Tag im Dorf die Füße wund laufen müssen, nur damit ich aus dem Weg bin. Die lachen schon alle, wenn sie mich sehen und ich mal wieder zwei Knöpfe und eine Rolle Garn in einer deiner verrückten Farben wie Bordeauxviolett oder Perlbrombeer kaufen muss, die sowieso keiner kennt und schon gar nicht im Sortiment hat.«

»Akzeptiert«, stimmte Sophie sofort zu. »Du kannst stattdessen oben im Wohnzimmer lesen, wenn du magst.«

»Wieso habe ich das Gefühl, dass ich gerade einen großen Fehler mache?«, murmelte Erika und wischte den Fleck mit ihrem Ärmel weg.

Kapitel 12

Auszug aus dem Tagebuch Ludwigs des II.:

> *»Großes Erstaunen. Ist es imaginabel, dass Papageien besser apportieren als Hunde? (Notiz: Oberstallmeister fragen. Der hat zwar nur Ahnung von Rössern, aber besser als nichts.)«*

Trotz seiner Müdigkeit war Ludwig zu unruhig, um wieder einzuschlafen. Er hatte sich deshalb angezogen und drehte eine Runde nach der anderen durch sein Schlafzimmer, mit Siegfried als Begleitung, der Ludwig von unten anhimmelte und ihm immer wieder freudig zwischen die Füße lief. Brunhilde betrachtete das Ganze etwas distanzierter vom Nachttisch aus, wo sie Sonnenblumenkerne pickte, die Ludwig ihr als kleine Extrabelohnung für ihren Fleiß heute Nacht spendiert hatte.

Er hatte wie geplant damit angefangen, sie zum Apportieren abzurichten. Etwas, das erstaunlicherweise besser klappte als mit Siegfried, mit dem er zuerst geübt hatte. Vor Brunhilde hatte Ludwig zwar noch nie einen Papageien gehabt, aber er hegte den Verdacht, dass sie ein außergewöhnliches Exemplar sein musste. Denn davon, dass andere ihrer Gattung Glitzerndes liebten, hatte er bislang genauso wenig gehört wie davon, dass sie sich als Jagdvögel abrichten ließen.

Ludwig stoppte kurz vor dem Fenster. Der Himmel war bewölkt, und es sah nach Regen, vielleicht sogar nach einem Unwetter aus, wenn er die hoch aufgetürmten, grau-schwarzen Wolken am Horizont richtig deutete. Er löste sich von dem Anblick und marschierte erneut im Kreis herum, diesmal gegen den Uhrzeigersinn. Er musste dringend etwas unternehmen, um den Mörder zu finden. Vor allem, nachdem er Tante Ludovika versprochen hatte, ihn spätestens morgen zu haben. Das war rein aus dem Wunsch entstanden, dass seine Sophie nicht nach Possenhofen zurückmusste. Aber möglicherweise war er ein klein wenig voreilig gewesen, denn ausnahmsweise wurde Ludwig momentan von seiner Brillanz im Stich gelassen. Er hatte keine Idee, wie man den Mörder fangen konnte. Alles, was sie hatten, waren die Mordwaffe und eine Köchin, die nichts gesehen haben wollte, obwohl der Mörder sich wortwörtlich genau vor ihrer Nase befunden haben musste. Ludwig hatte zwar gestern erste weitere Erkundigungen eingezogen, aber bislang keinen passenden Einäugigen gefunden. Selbstredend würde er dennoch nicht aufgeben. Der König stoppte erneut, diesmal direkt vor Brunhilde, die sich nicht beim Essen stören ließ, die Flügel auf dem Rücken dabei leicht abgespreizt. Die Flügel erinnerten Ludwig an den Schwan von heute Nacht, das Gewehr in den gruseligen Federfingerchen.

Die Waffe. Wie konnte er nur so vergesslich sein? Dieser liederliche von Hagen hatte ihm nicht Bericht erstattet, obwohl er ihn dazu angewiesen hatte. Ludwig würde jetzt sofort zu Augusto gehen und sich die Ergebnisse vorlegen lassen. Dann kamen sie wenigstens aus kompetenter Quelle und nicht verwässert oder sinnentstellt durch diesen unglücklichen von Hagen.

Es pochte dreimal lang, dreimal kurz an der Tür. Ludwigs Sekretär kam nach Aufforderung herein und blieb abwartend gleich hinter der von ihm geschlossenen Tür stehen, diverse Papiere und eine Unterschriftenmappe in den Händen. Ludwig fragte sich langsam, ob er nur schwarze Anzüge besaß. Es musste sich ja nicht jeder Mann schmücken, aber bei seinem Sekretär gewann er langsam den Eindruck, dass der sich mit Absicht gesichtslos machte.

»Eure Majestät. Habt ihr wohl geruht?« Der Major deutete eine Verbeugung an.

»Absolut nicht.« Es juckte Ludwig in den Fingern, seinem Sekretär zu zeigen, was er Brunhilde heute Nacht stattdessen beigebracht hatte. Aber er war sich nicht sicher, ob der Soldat Interesse für solche Dinge aufbrachte. Er war eher ein ernsthafter Mensch.

»Das tut mir leid. Darf ich dennoch berichten?« Der Major zog ein einzelnes Blatt hervor und legte es oben auf die Mappe in seinem Arm.

»Wenn es nicht anders geht.« Ludwig nahm seine Wanderung wieder auf.

»Es sind diverse Briefe und Depeschen gekommen. Eure Mutter hat zum zweiten Mal geschrieben. Sie würde sich über ein Lebenszeichen freuen. Der Architekt will wissen, welche Türklinken er für die neue Burg einkaufen soll, und der Intendant in München hat einen, so schreibt er, großartigen neuen Tenor, den Ihr kennenlernen müsst. Außerdem hat der Oberstallmeister eine Frage zur Bestallung und ...«, las Ludwigs Sekretär ab. Offenbar hatte er sich vorher alle offenen Punkte notiert.

»Stopp.« Ludwig blieb stehen.

»Ja?« Der Major verharrte, das Blatt auf der Mappe vor sich ausgestreckt.

»Für diese Dinge habe ich keine Zeit. Kümmert Ihr Euch bitte darum, Major.«

»Ich glaube nicht, dass die Herren *meine* Entscheidung wünschen, Eure Majestät«, entgegnete Paul Lohmann etwas steif. »Und Eure Mutter ...«

»Aber das ist alles, was sie bekommen. Ich muss einen Mörder fangen!« Ludwig stampfte leicht mit dem Fuß auf, was dazu führte, dass Siegfried ihn freudig ansprang.

»Sehr wohl.«

»Und schreibt meiner Mutter, dass ihr geliebter Sohn Herr der Lage und am Leben ist. Wenn ich tot wäre, hätte sich schon jemand bei ihr gemeldet und ihr sein Beileid ausgedrückt.«

»Ich werde das etwas freundlicher formulieren, wenn es recht ist.« Der Major zog einen Bleistift aus der Hosentasche und malte im Stehen und etwas umständlich eine Notiz auf das obere Papier.

»Ja, ja«, winkte Ludwig ab. »Was ist noch?«, fragte er, weil er an Paul Lohmanns Körpersprache erkannte, dass das noch nicht alles war. Siegfried knurrte leise Ludwigs Hosenbein an.

»Funkenberg ist im Salon und möchte mit Euch sprechen, Majestät.« Der Major steckte den Bleistift wieder in die Hosentasche.

»Wimmelt ihn ab.« Ludwig bückte sich und gab Siegfried einen liebevollen Klaps auf den Po.

»Er sagt, es sei wichtig, Eure Majestät.«

»Er will sich nur über Wagner oder die Kosten der Baustelle beschweren. Das kann beides warten.«

»Wie Ihr wünscht. Und nun zur letzten Sache …«

»Noch etwas? Das hört ja nie auf. Meine Güte.«

»Von Pfistermeister hat ein paar Dokumente zum Unterschreiben vorbeigebracht. Außerdem soll ich seine ergebensten Grüße ausrichten. Er fahndet nach Einäugigen für Euch.« Der letzte Satz hatte eine gewisse fragende Qualität.

»Nicht doch.« Ludwig meinte die Dokumente und ignorierte die implizite Frage seines Sekretärs wegen der Einäugigen.

»Es dauert nicht lange, und ich soll ausrichten, dass sie wichtig und sehr, sehr eilig seien«, sagte Lohmann, der sich das mit den Dokumenten offenbar gedacht hatte.

Ludwig stöhnte. »Wo?«

»Im Büro. Auf dem Schreibtisch, Eure Majestät.«

»Um Himmels willen. Ich muss aber auch wirklich alles alleine machen.« Ludwig stampfte aus seinem Schlafzimmer, vorbei an dem neuen Gardisten, der Ludwig heute auf Schritt und Tritt verfolgte, ins Büro, wo tatsächlich drei Aktenmappen auf dem Schreibtisch lagen. »Das soll schnell gehen? Das sind Unmengen«, sagte er unwirsch zu Lohmann, der ihm gefolgt war. Der erwiderte nichts, sodass Ludwig Reue wegen seines scharfen Tons empfand. Sein Sekretär konnte nichts für die Fülle der Aufgaben eines Königs.

Er griff nach seiner Feder und arbeitete sich so schnell wie möglich durch die Dokumentenmappen. Nach der letzten Unterschrift warf er die Feder beiseite und rieb sich etwas Stempelfarbe vom Daumen, die er beim Unterschreiben abbekommen hatte.

»In Ordnung?«, fragte er in versöhnlichem Tonfall.

»Ja, Eure Majestät«. Der Major begann damit, die unterschriebenen Dokumente, die Ludwig auf den Schreibtisch hatte fallen lassen, zu sortieren.

»Ich gehe zu Augusto.« Ludwig schritt in den Gang und winkte dem Gardisten, ihn zu begleiten. Dann fiel ihm noch etwas ein. Er ging zurück ins Büro, vorbei an seinem Sekretär, und suchte aus dem Schrank sein schwarzes Notizbuch heraus, in dem er seine bisherigen kriminalistischen Erkenntnisse festgehalten hatte. Danach eilte er wieder zurück in den Flur. Auf zu neuen Taten.

Nach einem schnellen Lauf durch die Flure des Schlosses betrat Ludwig Augustos Arbeitsräume, den Gardisten kurz hinter sich. Augustos Zimmer war groß, licht und eine, wie Ludwig fand, immer neu inspirierende Mischung aus Atelier und Labor. An den Wänden war kein Stück Mauerwerk frei, weil jede Fläche mit Skizzen von mechanischen Geräten, dem brandneuen Periodensystem der Elemente, Architekturzeichnungen, Körperskizzen etc. zugehangen war. Augusto machte keinen Unterschied zwischen Kunst, Wissenschaft und Technik. Darin war er wie der große da Vinci, dem er nacheiferte. Vor dem Fenster hatte Augusto eine Staffelei, auf der Skizzen von Sophies Porträt standen, und daneben einen kleinen Tisch mit seinen Malutensilien. Halb links davon stand ein mannsgroßes Skelett, das aber, so hoffte Ludwig, nichts mit Augustos Malerei zu tun hatte. In der Mitte des Raumes gab es einen weiteren, deutlich größeren Tisch, auf dem sich in Holzhalterungen Glasphiolen und Reagenzgläser mit diversen Flüssigkeiten und kristallinen Substanzen, Glasflaschen in unterschiedlichen Farben, Größen und Formen, Rundkolben, ein moderner Bunsenbrenner sowie Säcke und Tiegel mit Ludwig nicht bekannten Ingredienzien drängten. Daneben lag Regnault-Streckers *Kurzes Lehrbuch der Chemie*. Etwas, was Ludwig an seine eigene kurze, aber schöne Zeit an der Universität in München erinnerte, wo er unter anderem bei dem berühmten Professor Liebig Chemie studiert hatte.

»Eure Majestät. Was für eine Ehre.« Augusto hockte hinter dem Tisch auf einem Schemel, eine Brille mit dunkelbraunen überdimensionierten Gläsern auf der Stirn, die dort mit einer Art dickem Band gehalten wurde. Er hatte etwas Metallisches auf den Knien, das ein erstaunlich kleiner Dampfkessel zu sein schien.

»Augusto«, setzte Ludwig an, während er auf ihn zuging.

»Stopp! Nicht bewegen, mein König.« Augusto legte den Kessel neben sich und sprang für sein Alter erstaunlich behände auf.

Ludwig hatte früh die Erfahrung gemacht, dass es innerhalb dieses Raumes extrem ratsam war, Augustos Anweisungen zu folgen, und so erstarrte er mitten in der Bewegung, den linken Fuß noch in der Luft. Der Gardist hatte offenbar ebenfalls davon gehört, denn er blieb genauso reglos stehen, den Ausdruck verhaltener Beklemmung auf dem Gesicht. Augusto kam flink um den Tisch herum, bückte sich zu den Füßen des Gardisten und hob etwas auf, das wie eine Billardkugel aus Eisen aussah und in dessen Mitte ein roter Pfeil aufgezeichnet war, der nach oben zeigte.

»Was ist das?« Ludwig bemühte sich, auf seinem Bein nicht zu wackeln.

»Eine dieser Sprenggranaten.« Augusto steckte die Granate nachlässig in die Tasche des hellen Labormantels, den er über seinem Anzug trug.

»Welche dieser Sprenggranaten?« Ludwig traute sich immer noch nicht, sich zu regen.

»Eine von denen, die so fortschrittlich und sicher hätten sein sollen«, gab Augusto fröhlich zurück.

»Hätten sein sollen?« Ludwig spürte, wie sich ein Krampf in seinen erhobenen Unterschenkel schlich.

»Wenn man nicht aufpasst, gehen sie beim leisesten Windhauch in die Luft«, erklärte Augusto.

»Oh«, hauchte der Gardist.

»Nicht meine Entwicklung, wie ich betonen möchte, Eure Majestät. Und du …« Augusto tippt dem Gardisten leicht auf den Metallhelm und zeigte in eine vergleichsweise freie Ecke des Raumes. »Du kannst dort mit deinen großen Füßen stehen, Junge.«

Der Gardist zog die Schultern fast bis an die Ohren und stieg langsam und vorsichtig durch den Raum, als bewege er sich über einen Berg Glassplitter.

»Eure Majestät. Bitte, nehmt Platz.« Augusto wies auf den Schemel, auf dem er zuvor selbst gesessen hatte. Ludwig bewegte sich nun ebenfalls, den Blick nach unten gerichtet, um keine weiteren Sprengfallen zu übersehen, und ließ sich vorsichtig auf dem Sitz nieder. Er schnupperte. Es roch nach etwas Scharfem, Stechendem.

»Wonach riecht es hier?«

»Nichts Schlimmes.« Augusto stellte einen kleinen Hocker neben Ludwig und setzte sich darauf.

»Was genau?«, fragte Ludwig beharrlich weiter, weil seine und Augustos Definitionen von etwas Schlimmem meist beunruhigend weit auseinanderlagen.

»Nur ausgelaufene Salpetersäure. Aber ich habe alles schon gereinigt.« Augusto reichte dem König auf seinem Hocker eben bis zur Schulter.

»Ausgezeichnet.« Ludwig bemühte sich, nichts zu berühren. Er hatte einmal auf Augustos Zusicherung in Sachen Sauberkeit vertraut und es mit einer verätzten Fingerkuppe bezahlt. Er hielt die besagte Kuppe seines linken Ringfingers ans Licht. Die Haut war dort noch immer glatter und härter als das restliche Gewebe.

»Was führt Euch zu mir, Eure Majestät? Die verbesserten Entwürfe für das Heizungssystem in der neuen Burg?«, fragte Augusto.

»Nein, heute nicht«, winkte Ludwig ab, obwohl er die Entwürfe nur zu gern gesehen hätte. »Ich komme wegen der Tatwaffe.«

»Was ist damit?«

»Von Hagen hat sie herbringen lassen, wie ich hörte.«

»Hat er?«, fragte Augusto nach einem Moment des Zögerns.

»Ja. Beziehungsweise nicht von Hagen selbst, sondern zwei seiner Gardisten sollen sie gebracht haben.« Ludwig wusste nicht, wohin mit seinen Beinen, die zu lang für den Schemel waren.

»Ach, richtig. Die beiden waren völlig aufgeregt. Ich musste sie erst mal mit einem schönen heißen Tee beruhigen.« Augusto nickte in Richtung einer großen, mit dampfender Flüssigkeit gefüllten Glaskaraffe, die zwischen den Kolben und Reagenzgläsern stand.

»Leben sie noch?«, erkundigte sich Ludwig ernsthaft besorgt.

»Wer?«

»Meine Gardisten.«

»Denen geht es gut, Eure Majestät. Weshalb?«

»Nur so«, murmelte Ludwig. »Also, was ist mit der Waffe?«

»Die muss ich irgendwo untergebracht haben.« Augusto spähte mit zusammengekniffenen Augen durch das Durcheinander. »Ah, dort.« Er stand auf und bahnte sich seinen Weg zu einer zarten Kommode, die eher in ein Damenfrisierzimmer als in ein Labor gepasst hätte. Vor dieser bückte er sich. Die

Granate fiel aus seiner Tasche und kam mit einem metallischen Klacken auf dem Boden auf. Der Gardist machte ein leises Geräusch, und Ludwig hielt die Luft an, während sein Leben gedanklich an ihm vorüberzog. Nachdem ein paar Sekunden lang nichts in die Luft gegangen war, gestattete er sich einen vorsichtigen Atemzug. Dann tauschte er einen Blick mit dem Gardisten, der grün um die Nase wirkte. Ludwig wollte lieber nicht wissen, wie er selbst aussah.

»So.« Augusto schien nicht zu bemerken, dass die Granate langsam von ihm wegrollte. Er öffnete den unteren Schrank und holte das Zündnadelgewehr hervor, kam mit der Waffe zu Ludwig zurück und legte diese auf den Tisch, nachdem er eine Reihe mit Flüssigkeit gefüllter Kolben achtlos beiseitegeschoben hatte. Aus einem Kolben schwappte etwas farblose Flüssigkeit auf die Tischplatte, was Augusto zwar zur Kenntnis nahm, ihn aber nicht zu interessieren schien.

»Habt Ihr herausfinden können, woher sie stammt?« Ludwig lehnte sich nach vorne, um die Tatwaffe genauer inspizieren zu können, achtete dabei aber eisern darauf, genügend Abstand zu der kleinen Pfütze auf dem Tisch zu halten. Die Waffe war ein Hinterlader mit elegantem Schaft und dem typischen Spanner obenauf. Sie rief bei Ludwig schreckliche Erinnerungen an den Krieg mit den verdammten Preußen hervor.

»Das war ziemlich einfach, mein König«, sagte Augusto.

»Wieso?« Ludwig beugte sich noch dichter über die Waffe.

»Der Hersteller steht auf dem Gewehr.« Augusto zeigte auf die Stelle, an der auf dem Lauf ein paar Buchstaben standen.

»Schwer zu erkennen. Die sind ziemlich abgeschliffen.« Ludwig blinzelte.

»Das ist ein K, das ein P, das ein G und das ein S.« Augusto deutete auf den Lauf.

»Wie könnt Ihr das lesen?«, fragte Ludwig verständnislos, der sich etwas darauf einbildete, dass seine Augen überaus scharf waren.

»Ich habe Vergrößerungsgläser eingebaut. Schutz und Sehhilfe in einem. Wie findet Ihr sie, Majestät?« Augusto nahm die Brille von seinem Kopf und hielt sie Ludwig hin.

Ludwig nahm sie und hielt sich die Gläser vor die Augen. Damit konnte er tatsächlich die einzelnen Buchstaben erkennen. »Heißt das, das Gewehr stammt aus der königlich preußischen Gewehrfabrik Saarn?«, fragte er, ausnahmsweise nicht empfänglich für Augustos geniale Erfindungen.

»Korrekt, Eure Majestät.« Augusto wirkte ein wenig enttäuscht darüber, dass Ludwig sich nicht zu der Brille geäußert hatte.

»Dann ist es ein älteres Fabrikat. Soweit ich weiß, ist die Gewehrfabrik seit ein paar Jahren geschlossen.« Ludwig reichte Augusto die Brille zurück. Er enttäuschte ihn nicht gern, aber das Gewehr war momentan wichtiger.

»Ihr seid ausgezeichnet informiert.« Augusto setzte sich die Brille wieder auf die Stirn.

»Die haben es demnach nicht für nötig befunden, eine neue Waffe zu nehmen. Bin ich denen selbst das nicht wert?«, murmelte Ludwig leise, mehr zu sich selbst als zu Augusto.

»Wer, Eure Majestät?«

»Die Preußen.« Ludwig verlor bei seinem Ärger ein wenig den Faden. Er hatte vergessen, dass Augusto nicht auf dem Laufenden war.

»Die Preußen? Wieso die Preußen?«

»Weil sie die Attentäter sind.«

»Wieso das, Eure Majestät?«

»Das Fabrikat«, erwiderte Ludwig ungeduldig. Musste er das eigentlich jedem erklären? Selbst einem so brillanten Mann wie Augusto?

»Aber das kann man überall bekommen.« Augusto nahm die Brille ab und wischte etwas von der rechten Linse.

»Wie das?«

»Waffen gehen verloren.« Augusto legte die Brille beiseite und machte bei dem Wort *verloren* Anführungszeichen in der Luft. »Oder sie werden gestohlen.«

»Das heißt, jeder kann sich ein solches Gewehr besorgen? Auch hier? In meinem Königreich Bayern?«

»Wenn Ihr ein Gewehr wünscht, kann ich es Euch innerhalb zweier Tage heranschaffen, Eure Majestät. Ich brauche nur das Fabrikat, das Ihr wünscht.«

»Wie bitte? Das ist ja fürchterlich!« Ludwig sackte ein wenig in sich zusammen. Wenn dem so war, wie sollte er dann nachweisen, dass die Preußen hinter dem Attentat steckten? »Wer ist Euer Kontakt, und wie geht die Bestellung vor sich?«, fragte er schließlich.

»Ich kenne ihre Namen nicht, wie Ihr Euch vielleicht vorstellen könnt. Aber man hinterlässt eine Botschaft in einem ausgehöhlten Baum unten am Alpsee, zusammen mit dem Geld. Ein paar Tage später liegt die Waffe an eben jener Stelle.«

»Und man weiß nicht, wer dahintersteckt?«

»Nein. Und man will es auch nicht wissen. Mit diesem Wissen würde man sich keine Freunde bei Leuten machen, deren Feind man nicht sein will.«

»Woher weißt du das alles?«, fragte Ludwig misstrauisch.

»Ich besorge mir auf diesem Weg des Öfteren kleinere Hilfsmittel für meine Experimente. Explosivstoffe, Granaten und Ähnliches. Aber ich setze all dies selbstredend ausschließlich im Dienste der Wissenschaft und Kunst ein«, fügte Augusto hastig an.

»Hmmmm«, machte Ludwig. Dass Augusto bei der Erlangung seiner Forschungsmittel nicht zimperlich vorging, war ihm nicht neu und wirklich einerlei. Aber vielleicht konnte man unten am See dem Verbrecher eine Falle stellen? Ludwig könnte eine Waffe ordern und dann den Ort bewachen lassen, bis der Austausch stattfand. Andererseits, was half das? Selbst wenn er einen der Hehler fasste, wüsste der nicht, von wem die Tatwaffe geordert worden war. Nein. Diese Spur war eine Sackgasse. »Merde alors«, rutschte es ihm heraus.

»Wie meinen, Eure Majestät?« Augusto schien unbeeindruckt von dem Schimpfwort.

»Und die benutzten Patronen?«, ließ Ludwig die Frage unbeantwortet. »Hat Dr. Stein Euch diese zukommen lassen?«

»Hat er, hat er. Aber es sind nur Fragmente, die er aus dem Leib des armen von Geersen bergen konnte. Da ist nichts mehr zu erkennen.«

»Merde, merde«, schimpfte Ludwig erneut. Das war also auch ein totes Gleis. Das war doch nicht möglich! Ein Schloss mit unzähligen potenziellen Zeugen, eine Mordwaffe und ein klares Motiv und trotzdem hatten sie nichts in der Hand.

Er gab dem Gewehr unbeherrscht einen kleinen Schubs, wodurch dessen Lauf das Handbuch der Chemie herunterfegte. Ludwig hob es auf, legte es wieder an seinen Platz und zog gleich darauf die Hand hastig zurück, weil er der Pfütze mit der farblosen Flüssigkeit auf der Tischplatte für seinen Geschmack viel zu nahe gekommen war. Bei dem Gedanken an seine letzte Begegnung mit einer von Augustos Substanzen brannte seine verätzte Fingerkuppe quasi in memoriam. Ludwig lehnte sich zurück und betrachtete wieder die Unterseite seiner Fingerkuppen. Diesmal aber nicht die verätzte, sondern die anderen, die alle noch diese charakteristischen Schleifen, Bögen und Wirbel aufwiesen, die der verletzten fehlten, und auf seinen Daumen, an dem die schwarze Stempelfarbe haftete. Die Bilder vereinten sich mit etwas, was er die Kriminalisten letztes Jahr hatte erzählen hören.

Jetzt wusste er, was als Nächstes zu tun war.

Kapitel 13

»Ah, da bist du. Ich habe dich gesucht, lieber Ludwig.« Sophie versuchte, auf dem Weg durch Augustos Labor nichts Gefährliches mit ihrem sperrigen Reifrock umzureißen. Sie konnte gut darauf verzichten, wahlweise in Flammen aufzugehen oder durch Säure verflüssigt zu werden.

»Mich?« Ludwig saß neben Augusto an dem übervollen Tisch in der Mitte des Labors. Beide hatten aus irgendeinem Grund schwarze Fingerkuppen.

Ein blonder junger Gardist stand in der Ecke. Auch seine Fingerkuppen waren schwarz. Er verneigte sich vor Sophie, genau wie Augusto, der dafür kurz aufstand.

»Ja. Ich müsste dringend mit dir reden. Ich habe Neuigkeiten.« Sophie machte ihren Rock los, der sich an einem Skelett verfangen hatte, das mitten im Weg auf einem Ständer mit Rollen stand. Das war dann wahrscheinlich das zweite Loch im Kleid. Sie schob das Skelett beiseite, wobei sie unweigerlich die gelblichweißen Knochen berühren musste. Hoffentlich war dies nur ein Abguss und nicht echt.

»Ich auch. Du wirst staunen.« Ludwig hob entzückt seine schwarzen Finger in die Höhe.

»Was denn, Ludwig?« Sophie kam näher und stellte sich hinter den König. Der überließ ihr ritterlich seinen Platz.

»Nun. Was ist so interessant?«, fragte Sophie, nachdem sie auf dem Schemel Platz genommen hatte.

»Das hier.« Ludwig nahm ein Blatt vom Tisch, auf dem mindestens zwanzig schwarze Fingerabdrücke von einem großen, einem mittelgroßen und einem kleinen Daumen in drei Reihen aufgebracht waren.

»Versucht es einmal, Principessa.« Augusto hielt ihr ein Stempelkissen hin. Er trug eine dunkle Schutzbrille mit dicken

Gläsern, obwohl Sophie nicht klar war, welche Gefahr von einem Stempelkissen ausgehen sollte.

»Was soll ich versuchen?« Sie zuckte unwillkürlich vor der Farbe zurück.

»Drück bitte deinen Daumen in die Stempelfarbe, liebe Cousine.«

»Wieso das, lieber Ludwig?«

»Damit du deinen Fingerabdruck neben unsere pressen kannst«, erklärte er.

»Und warum möchte ich meinen Abdruck dorthin pressen?«, fragte Sophie ein klein wenig irritiert.

»Bitte. Tu mir den Gefallen.«

»Meinetwegen.« Sophie drückte zuerst ihren Daumen in die Stempelfarbe und dann ihren Daumenabdruck neben die anderen. Ihrer war der mit Abstand kleinste.

»Seht, Principessa, sie sind alle anders.« Augustos Augen waren hinter den Gläsern der Schutzbrille erstaunlicherweise doppelt so groß wie in echt. Er zeigte auf Sophies Abdruck, dann auf einen anderen daneben. »Die Schleifen sind anders gerundet.«

Sophie spähte auf die Abdrücke und bemühte sich, zu erkennen, was Augusto erkannte, aber für sie sahen die alle gleich aus – außer einer. »Der ist anders.« Sie tippte auf einen, bei dem die Schleifen an einer Stelle fast gänzlich fehlten.

»Das ist meiner«, sagte Ludwig. »Das kommt von der Säure.«

»Säure?«, echote Sophie und blickte fragend zu ihm auf.

»Das erzähle ich dir ein anderes Mal, meine Liebe. Jedenfalls habe ich mich daran erinnert, dass mir ein Kriminalist aus München erzählt hat, dass kein Abdruck dem anderen gleicht. Das steht sogar in meinem Notizbuch. Ich habe es extra nachgeschlagen.« Ludwig zeigte auf ein schwarzes Schreibheft, das neben dem Stempelkissen lag. Das war eindeutig eins von denen, die er immer benutzte.

»Und warum genau ist das wichtig?« Sophie brannte es unter den Nägeln, Ludwig endlich all die Neuigkeiten zu erzählen, die sie von Karlchen erfahren hatte. Stattdessen musste sie hier sitzen und dieses Fragespiel spielen.

»Wenn man den Abdruck hat, weiß man, welcher Mensch dazugehört«, erläuterte Augusto etwas kryptisch. »Unsere Finger sondern ein Gemisch aus Fett und Schweiß ab, wenn wir Gegenstände anfassen. Damit hinterlassen wir Abdrücke, insbesondere auf glatten Gegenständen wie zum Beispiel einem Gewehrlauf. Diese Abdrücke kann man mit den geeigneten Mitteln sichtbar machen.«

»Ah.« Sophie konnte nicht verhindern, dass ihre Reaktion verhalten ausfiel.

»Du kommst genau richtig. Wir wollten just in diesem Moment schauen, ob auf dem Gewehrlauf Abdrücke des Täters sind. Meine Idee übrigens«, sagte Ludwig stolz.

»Eine ausgezeichnete Idee Seiner Majestät.« Augusto neigte zum Zeichen seiner Anerkennung leicht das Haupt.

Selbst der Gardist in der Ecke nickte zustimmend.

»Ist das nicht übermäßig grandios?« Ludwig rieb sich begeistert die Hände.

»Absolut, mein Lieber«, behauptete Sophie, obwohl sie das überhaupt nicht fand. Wie sollte das helfen? Selbst wenn jeder Mensch einen anderen Abdruck hatte, wusste man deshalb noch lange nicht, von wem welcher stammte. Es gab keine Kartei, in der Derartiges festgehalten wurde. Anders zum Beispiel als die Kartei mit Porträtfotos von Verbrechern, die die preußische Polizei seit Neuestem führte. Das hatte sie in der Zeitung gelesen. »Womit werdet ihr einen eventuellen Abdruck denn vergleichen?«, fragte sie zögerlich, weil sie einerseits keinen Ärger haben, aber andererseits nicht zulassen wollte, dass Ludwig seine kostbare Zeit verschwendete.

Ludwig und Augusto sahen sie schweigend an, der Erstere mit zusammengezogenen Brauen, der Zweite mit seinen enormen Fliegenaugen hinter der Brille.

»Tja.« Ludwig räusperte sich nachdenklich. »Wir könnten vom gesamten Hofstaat Fingerabdrücke nehmen und diese dann mit denen auf dem Gewehr vergleichen.«

»Ein brillanter Vorschlag, Eure Majestät!«, rief Augusto enthusiastisch. Ludwig und er schauten fragend zu Sophie.

»Das setzt voraus, dass der Täter vom Hof stammt. Wenn es ein Fremder war, hilft es wenig«, wandte sie behutsam ein.

»Aber es ist immerhin eine Chance. Unsere anderen Optionen sind so gut wie ausgeschöpft.« Ludwig erzählte Sophie, dass die Untersuchungen des Gewehrs und der Patronen zu nichts geführt hatten.

»Wegen weiterer Optionen wollte ich sowieso gern mit dir sprechen, Ludwig«, begann Sophie, nachdem er geendet hatte. »Ich denke, es gibt durchaus noch einige …«

»Du hast immer mein Gehör, das weißt du«, unterbrach Ludwig sie. »Aber dies hier geht vor.«

»Wann und wie wollt ihr denn mit der Untersuchung beginnen?« Sophie unterdrückte ihre aufkeimende Ungeduld. Bei Ludwig kam man mit Druck nicht weiter, nur mit sanfter Überredungskunst.

»Wir haben vorher noch ein kleines Problem zu lösen.« Ludwig setzte sich auf die Tischkante.

»Und zwar?« Sophie schob vorsichtig ein Reagenzglas hinter ihm beiseite, dessen Flüssigkeit leicht schäumte.

»Wir wissen nicht, wie wir den Abdruck auf dem Gewehr sichtbar machen sollen.« Ludwig stieß sich nervös wieder ab und stellte sich neben Sophie.

»Selbst flüssiges Wachs ist nicht fein genug, und Graphitstaub habe ich nicht vorrätig.« Augusto zeigte Sophie wie zum Beweis ein Papier mit geschmolzenem Wachs, das einen dicken Klumpen bildete.

»Warum probiert ihr nicht einfach alles durch, was vorrätig ist? Ihr habt eine Fülle von Materialien hier.« Sophie machte eine vage Handbewegung in den Raum.

»Ich fürchte, wir haben nur eine Chance. Wenn ich das falsche Material wähle, dann ist der Abdruck verschmutzt oder sogar unwiederbringlich weggewischt.« Augusto runzelte die Stirn.

»Aber wir sind so nah davor.« Ludwig griff in seine Jackentasche und holte seine Zigaretten hervor.

»Äh, Eure Majestät ...«, machte Augusto warnend.

»Was? Ach so. Natürlich. Ihr habt recht.« Ludwig steckte die Zigaretten eilig wieder ein.

Sophie schaute auf ihre zum Glück noch sauberen Kleiderärmel und anschließend zu Augustos Maltisch, vor dem sie in den letzten Wochen oft genug gesessen hatte. Sie stand auf, ging hinüber und griff ein Beutelchen mit fein gemahlenem Pigment, kam zurück zum Tisch und legte das Säckchen neben das Gewehr.

»Ich bin mir nicht sicher, ob das die richtige Zeit zum Malen ist, Principessa.« Augusto spähte durch seine Schutzgläser in das Säckchen und pustete mit seinem Atem eine Reihe kleiner Partikel in die Luft.

»Das habe ich auch nicht vor.« Sophie erläuterte, wie Erikas Hand- und Daumenabdrücke auf dem Tisch in den blauen Farbpigmenten sichtbar gewesen waren.

»Seid Ihr sicher, dass auch zarte Strukturen abgebildet werden können?« Augusto hatte Farbe im Bart, die beim Sprechen funkelte.

»Nicht hundertprozentig. Ihr habt da ...« Sophie signalisierte Augusto, dass er etwas unter dem Kinn hatte.

»Hier?« Augusto fasste an die besagte Stelle.

Sophie nickte.

»Was sagt Ihr, Majestät?«, fragte Augusto und klopfte sich das Barthaar ab.

»Wir machen es.« Ludwig strich sich mit seiner ausladenden Tristangeste das Haar aus der Stirn.

»Gut.« Augusto nahm den Beutel und schüttete vorsichtig erst etwas Pigment auf den Abzug des Gewehres, dann auf den Lauf und pustete sanft über das Ganze, damit die überzähligen Pigmente entfernt wurden. Auf dem Abzug zeigte sich nichts.

»Dort. Dort ist ein Abdruck.« Ludwig wies aufgeregt mit

dem Finger auf den Lauf, auf eine Stelle relativ nahe am Schaft.

»Sieht aus wie ein Zeigefinger.« Augusto beugte sich tief herunter. Seine Brillengläser machten ein klirrendes Geräusch, als sie mit dem Lauf kollidierten. »Dort ist noch etwas, weiter vorne am Lauf.« Er und Ludwig beugten sich auch über diese Stelle, während Sophie sich einen Augenblick zurücklehnte. Sie war erleichtert. Nicht auszudenken, wenn der Abdruck ihretwegen zerstört worden wäre. Dennoch hielt sie die Chance, dass der Täter aus dem Hofstaat kam, für minimal.

»Und was passiert nun?« Sophies Ungeduld regte sich erneut. Sie wollte endlich mit Ludwig alleine reden.

»Ich werde den Abdruck abzeichnen.« Augusto kramte nach irgendetwas in seiner Tasche.

»Was ist mit einer Fotografie?«, schlug Ludwig vor. »Wäre das nicht einfacher?«

»Ich fürchte, dafür wäre die Bildqualität nicht ausreichend.« Augusto starrte nachdenklich auf einen Silberstift, den er hervorgeholt hatte.

»Wie schnell könnt Ihr alles vorbereiten, Augusto?«, fragte Ludwig eifrig.

»Bis morgen Mittag sollte alles fertig sein, Eure Majestät.«

»Ha. Ganz ausgezeichnet. Dann haben wir ihn.« Ludwig schlug sich mit der Faust in die Handfläche und wandte sich an den Gardisten in der Ecke. »Kannst du bitte Kommandant von Hagen und meinen Privatsekretär holen? Und kein Wort zu niemandem sonst. Verstanden?«

»Eure Majestät …« Der Gardist trat von einem Bein auf das andere.

»Was ist?«, fragte Sophie sanft, bevor Ludwig böse auf den armen Jungen werden konnte.

»Kommandant von Hagen hat mir aufgetragen, Seine Majestät nicht alleine zu lassen. Nicht eine Minute.« Der Gardist war kaum hörbar.

»Was soll mir hier passieren? Ich bin nicht allein. Du kannst gehen«, erwiderte Ludwig umso lauter.

Der Gardist umklammerte seine Waffe derart fest, dass seine Fingerknöchel hervortraten.

»Da fällt mir etwas ein.« Sophie betrachtete nachdenklich seine Finger.

»Was denn?« Ludwig hob fragend die Augenbrauen.

»Vielleicht sollte man zuerst die Abdrücke der Gardisten nehmen, die das Gewehr gefunden haben. Nicht, dass es einer von denen ist, die die Abdrücke hinterlassen haben.« Sophie versuchte, es als reine Anregung zu formulieren, damit Ludwig sich nicht entmündigt fühlte.

»Das ist eine ausgezeichnete Überlegung.« Ludwig nickte glücklicherweise. »Weißt du, wer die Waffe gefunden hat, Gardist?«

»Der Müller Heini und der Meier Franzl.«

»Und auch nur die haben es angefasst? Sicher?«, hakte Ludwig nach.

»Ich war dabei«, gab der Gardist eifrig Auskunft. »Der Müller Heini hat es neben dem Brunnen gefunden, aufgehoben und dem Meier Franzl und mir gezeigt und …«

»Schon gut, schon gut«, unterbrach ihn Ludwig. »Dann hole die beiden ebenfalls. Aber nenne ihnen nicht den Grund. Wir warten.«

»Ja, Eure Majestät.« Der Mann verschwand nach einem letzten Zögern.

Als er weg war, wandte sich Sophie hastig an Ludwig. »Können wir bitte unter vier Augen sprechen, während wir warten, Ludwig?«

»Natürlich, meine Beste.« Ludwig hob wie selbstverständlich die Hände, als habe er nicht die ganze Zeit vorher ihr Ansinnen abgewiegelt.

»Ehrlich? Funkenberg hat eine Geliebte? Und auch noch eine

Schauspielerin? Das ist schockierend. Und mir gegenüber tut er immer so, als sei er der heilige Franziskus der Finanzen. Aber keiner ermordet einen Mann, nur weil der eine Mätresse hat, Sophie. Wenn es danach ginge, würden zwei Drittel des Hofstaates nicht mehr unter den Lebenden weilen.« Ludwig nahm die Verbeugung eines Sophie nicht bekannten Beamten mit einem Nicken zur Kenntnis. Er und Sophie wanderten seit über einer Viertelstunde durch die belebten Flure des Schlosses, um sie herum Bedienstete, die ihren vielfältigen Aufgaben nachgingen. Sophie hatte Ludwig derweil alles über das Gespräch mit Karlchen berichtet.

»Hast du gehört, was ich dir sonst noch erzählt habe? Abgesehen von Funkenbergs Geliebter?« Sophie blieb direkt vor einer der Säulen im Foyer stehen.

»Du meinst, dass die Konservativen, von der Pfordten und so ziemlich jeder andere von Pfistermeister hassen?« Erstaunlich, Ludwig hatte zumindest zugehört. Er lehnte sich näher zu ihr herüber, sodass sie den süßlichen Duft seines Parfüms *Chypre* riechen konnte. »Das ist nichts Neues. Und wenn ich ehrlich bin, ist es mir recht so. Dann halten die Halunken sich wenigstens gegenseitig in Schach, anstatt sich gemeinsam gegen mich zu verbünden.«

»Aber was ist, wenn ihn einer aus dem Weg räumen will, weil er zu viel Einfluss auf dich hat? Einer, der etwas zu verlieren hat?«

»Der Einfluss, den von Pfistermeister auf mich hat, wird übertrieben. Ich bin kein Simpel, dem man seine Meinung aufdrängen kann. Wieso denken nur immer alle, dass ich ein unbegabter König bin, den man in jede Richtung drehen und wenden kann, die einem beliebt?« Ludwig sprach gerade laut genug, dass sie seine Worte mit Mühe verstehen konnte. Offenbar hielt er das Thema nicht für eines, das sie in der Öffentlichkeit diskutieren sollten.

»Das denkt niemand.« Sophie reckte sich in die Höhe und machte sich dadurch größer. Ihr tat der Nacken weh, weil sie bei Ludwig ständig nach oben schauen musste.

»Oh doch, und genau das denkst auch du, wenn du meinst, dass jemand morden würde, damit er von Pfistermeisters Einfluss auf mich beseitigt«, flüsterte Ludwig aufgebracht. »Das hätte ich nicht von dir gedacht.«

»Du weißt genau, dass das nicht stimmt. Mir ist vollkommen bewusst, dass du deine eigenen Entscheidungen triffst. Aber ich weiß auch, dass dich manche politischen Entscheidungen nicht interessieren. Und in diesen Momenten macht von Pfistermeister seine Vorschläge.« Sophie war jetzt ebenfalls empört.

»Wenn man vom Teufel spricht«, raunte Ludwig, der von Pfistermeister mit einem seiner Mitarbeiter beim Vorbeigehen betrachtete, beide tief im Gespräch versunken und die Welt um sich herum nicht wahrnehmend. Auf den Armen trugen sie Akten. Der Kabinettssekretär schaute auf und bemerkte seinerseits Ludwig und Sophie, sagte etwas zu seinem Mitarbeiter und kam alleine herüber, während der Mitarbeiter – nach einem angemessenen Diener in Richtung Ludwig und Sophie – davoneilte.

»Eure Majestät, Eure Hoheit.« Von Pfistermeister verbeugte sich einmal vor Ludwig, einmal vor Sophie.

»Was gibt es, lieber Freiherr?« Ludwig schien die Unterbrechung zupasszukommen, denn er ging allzu bereitwillig auf sie ein.

»Darf ich frei sprechen, Eure Majestät?« Von Pfistermeister wirkte erhitzt.

»Geht es um unser letztes Gespräch?« Ludwig beugte sich zu von Pfistermeister herunter.

»Ja, Eure Majestät.« Von Pfistermeister streckte sich ein wenig. Wahrscheinlich fühlte er sich neben Ludwig genau wie Sophie wie ein Zwerg.

»Selbstverständlich. Ich habe keine Geheimnisse vor meiner Cousine.«

»Sehr wohl, Eure Majestät«, sagte von Pfistermeister, als hätte er nichts anderes erwartet. »Ich möchte berichten, dass ich zwei weitere Einäugige aufgetan habe, Eure Majestät.«

»Tatsächlich? Gute Arbeit. Wer sind sie?«

»Einer arbeitet beim Küchenpersonal. Der andere in den Ställen. Ich war so frei …« Er reichte Ludwig eine dünne Mappe.

Der öffnete sie kurz, warf einen Blick hinein und nickte. »Ganz ausgezeichnet, bester von Pfistermeister. Legt sie bitte bei mir ins Büro.« Ludwig klappte die Mappe zu und reichte sie dem Kabinettssekretär. »Ursula!«, rief er plötzlich. »Warte.«

Ursula, die mit einem Korb vorbeigelaufen war, hielt inne, kam aber nicht heran.

Sophie öffnete den Mund.

»Ich schätze dich, liebe Cousine«, sagte Ludwig schon im Weggehen, »aber du bist auf dem Holzweg. Lass es ruhen. Wir wissen, wer das Opfer sein sollte – und auch, wer die Täter sind. Alles, was wir brauchen, sind Beweise, und die werden wir uns morgen holen.«

Ludwig ließ Sophie mit von Pfistermeister stehen, ging zu Ursula und sprach mit ihr. Die Miene der Köchin hellte sich auf, also konnte es wohl nichts Schlechtes sein, was er zu ihr sagte.

»Ich enteile zu den äußerst anspruchsvollen Preußen, Eure Hoheit.« Von Pfistermeister verneigte sich vor Sophie und ließ sie allein.

Sophie seufzte. Das alles hatte sich keineswegs so entwickelt, wie sie gehofft hatte.

»Ihre Abdrücke sind es nicht, Eure Majestät.« Augusto nickte in Richtung von zwei Gardisten, die mit schwarzen Fingerspitzen vor seinem Tisch standen. Der eine war groß und alt, der andere klein und jung. Sie verbeugten sich vor Ludwig und

Sophie, was diese beinahe synchron mit einem würdevollen Nicken quittierten.

»Bestimmt nicht?« Ludwig ließ Sophie den Vortritt.

Sie bahnte sich konzentriert ihren Weg durch das Chaos in Augustos Labor, nachdem sie Major Lohmann und Kommandant von Hagen mit einem Nicken gegrüßt hatte. Letzterer stand neben Ludwigs Tagesgardisten in der Ecke. Seine Uniformjacke war zerknittert, und er hatte den Riemen des Raupenhelms nicht ordentlich befestigt, sodass ihm die Enden lose unter dem Kinn baumelten. Er schaute wie der sprichwörtliche getretene Hund. Sophie nahm sich nochmals fest vor, bei der nächsten Gelegenheit mit ihm zu sprechen. Vielleicht konnte sie ihn ein wenig aufmuntern und dabei gleichzeitig wichtige Informationen über seine Ermittlungsbemühungen erlangen.

»Bestimmt nicht, Eure Majestät.« Augusto hatte ein Papier mit Fingerabdrücken vor sich liegen und pendelte mit den Blicken zwischen diesem und dem Gewehr hin und her.

»Ausgezeichnet.« Ludwig machte eine huldvolle Handbewegung. »Dann können sie gehen.«

Die beiden Gardisten salutierten und verließen den Raum.

Ludwig ging zu seinem Sekretär, der an der zarten Kommode lehnte, während Sophie sich wieder auf den Schemel neben Augusto setzte. Sie wusste wahrlich nicht, wie sie Ludwig überzeugen sollte. Was konnte sie noch sagen oder tun, um ihn umzustimmen?

»Hat Augusto Euch informiert?«, wandte sich der König an seinen Sekretär.

»Ich spreche mit dem Kastellan über den Festsaal, Eure Majestät, und lasse alles vorbereiten. Dann können wir dort die Abdrücke der Bediensteten nehmen.« Lohmann holte seinen Bleistift aus der Tasche und sah sich suchend um. Augusto reichte ihm schweigend ein Blatt Papier herüber.

Ludwig wandte sich zu von Hagen, während sein Sekretär sich eine Notiz machte. »Das muss vollständig geheim bleiben. Sonst entflieht uns der Schurke eventuell vorher, klar?«

Von Hagen deutete einen militärischen Salut an.

»Außerdem darf morgen keiner von denen, deren Abdrücke wir bereits genommen haben, mit den anderen sprechen können. Klar?«, sagte Ludwig zum zweiten Mal.

»Ich werde meinen Männern auftragen, dass sie die, mit denen wir fertig sind, im Hof warten lassen und bewachen sollen.« Von Hagen schien endlich einmal in seinem Element, das Gesicht lebhaft und wach. »Wann soll es losgehen, Eure Majestät?«

»Um eins am Mittag. Und da ist noch etwas: Ich lasse euch eine Mappe mit den Namen von zwei Einäugigen bringen. Sie stehen unter schwerstem Verdacht. Lasst sie keine Sekunde aus den Augen. Es kann sein, dass ihre Abdrücke auf der Waffe gefunden werden.« Ludwig machte einen Schritt nach vorne und zog in letzter Sekunde seinen Fuß beiseite, bevor der auf dem Boden aufkam.

Sophie bemerkte, dass vor ihm etwas Rundes, metallisch Glänzendes lag, auf das er beinahe getreten wäre. Sie war sich nicht sicher, aber es sah wie eine etwas ungewöhnliche Granate aus. Wieso lag so etwas einfach auf dem Boden herum? Gab es dafür keinen sichereren Ort? Sie bekam eine Gänsehaut und schaute sich in ihrer näheren Umgebung nervös nach weiteren explosiven Gefahrenquellen um. Doch es war schier unmöglich, das umliegende Chaos auf die Schnelle zu überblicken.

Ludwig seinerseits atmete scharf durch die Nase ein. »Ich denke, es ist eine gute Idee, wenn die Waffe und die Abdrücke mit zu mir kommen, sobald Ihr mit dem Abkopieren fertig seid, Augusto«, sagte er. »Bevor sie hier in die Luft gehen.«

Das war ein Vorschlag, dem Sophie nur Beifall spenden konnte.

»Ich muss den Oberstallmeister suchen«, sagte Ludwig, nachdem Sophie und er aus Augustos Labor gekommen waren. »Kannst du vielleicht mit Siegfried Gassi gehen, meine Liebe? Er verbellt die Stuten immer derart, dass ich ihn nicht in die Ställe mitnehmen mag.« Ludwig knöpfte seinen Mantel zu.

»Natürlich. Wo ist er? Bei dir im Schlafzimmer?« Sophie fegte etwas helles Puder unbekannten Ursprungs von Ludwigs Mantelkragen.

»Ja. Und er muss bestimmt schon recht dringend. Danke. Habe ich noch irgendwo was?« Ludwig suchte seinen Mantel nach weiteren Puderrückständen ab.

»Ich hole ihn gleich. Und nein, alles sauber. Aber können wir vorher noch mal kurz reden?« Sophie wollte es nicht aufgeben, Ludwig auf eine andere Spur als die der Preußen zu führen. Und auch die Sache mit den Einäugigen machte ihr große Sorgen. Diese nur deswegen als verdächtig zu behandeln, weil sie ein Gebrechen hatten, schien ihr von Grund auf falsch.

»Ich habe jetzt keine Zeit, meine Liebste«, sagte Ludwig hastig. »Ich muss in den Stall, und dann werde ich mich hinlegen. Die Nacht war kurz.«

»Morgen früh?«

»Wir werden sehen. Komm einfach und klopfe. Wenn ich wach bin, reden wir.« Er klang schon jetzt so, als ob er absichtlich nicht wach sein würde.

»Gern«, sagte Sophie trotzdem. »Dann viel Erfolg beim Oberstallmeister. Was willst du eigentlich dort?« Sie fand es seltsam, dass Ludwig sich während der Mordermittlungen Zeit nahm, zu den Pferden zu gehen.

»Mit ihm über Brunhilde sprechen«, lautete Ludwigs rätselhafte Antwort. »Adieu, meine Beste.« Er eilte mit seinem Gardisten davon. Sophie schaute Ludwig hinterher, wie er mit seinen langen Beinen staksend den Flur entlangeilte. Brunhilde? Was, bitte, hatte der Oberstallmeister mit dem Papagei zu tun? Und wieso beschäftigte Ludwig sich ausgerechnet jetzt mit Nebensächlichkeiten, anstatt gemeinsam mit ihr nach dem Mörder zu fahnden?

Kommandant von Hagen trat aus Augustos Labor und verabschiedete sich mit hängenden Schultern von ihr. Sie verstand, dass Ludwig kein Vertrauen in von Hagens Können hatte, denn bislang hatte er sich als nicht sonderlich fähig erwiesen. Aber wenn sie ehrlich war, hatte Ludwig ihm auch kaum eine Gelegenheit gegeben, sich zu beweisen.

»Kommandant von Hagen?«, rief sie, weil ihr einfiel, dass sie sich vorgenommen hatte, mit ihm zu reden.

»Eure Hoheit?« Er blieb stehen und verlagerte sein Gewicht auf sein heiles rechtes Bein. Seine Augen waren verschwollen. Entweder hatte er wenig geschlafen oder gestern Abend getrunken. Oder beides.

»Ich habe eine Bitte an Euch.« Sophie raffte ihren Rock so, dass man das Loch nicht bemerkte.

»Was kann ich für Euch tun, Hoheit?« Von Hagen salutierte.

»Ich wollte Euch fragen, wie es mit Euren Ermittlungen vorangeht. Vorausgesetzt, dass Ihr darüber mit mir sprechen könnt.«

»Eure Majestät vertraut Euch voll und ganz. Das reicht für mich, Eure Hoheit, um Euch ebenfalls zu vertrauen.«

»Das ehrt mich.« Sophie neigte das Haupt in einer nicht ganz aufrichtigen Geste der Demut.

»Was bei den Befragungen des Hofstaates herausgekommen ist, das wisst Ihr ja. Ansonsten habe ich die während des Attentates Anwesenden mit Ausnahme Seiner Majestät befragt«, berichtete von Hagen diensteifrig. Er wirkte dabei, als freue es ihn über alle Maßen, dass überhaupt jemand mit ihm redete. Sophie musste mit Ludwig sprechen und ihn unauffällig ermahnen, dass er den armen Mann bei den Ermittlungen nicht derart an den Rand drängen durfte.

»Und? Was ist dabei herausgekommen?« Sophie war ganz Ohr.

»Anwesend waren der Herr Außenminister, der Herr Kabinettssekretär, der Herr Finanzminister und sein Assistent sowie Herr Wagner«, begann von Hagen umständlich. »Der Assistent von Herrn Althofen hätte auch anwesend sein sollen, hatte sich aber krankgemeldet.«

»Und was hat er für eine Krankheit?«

»Eine Sommergrippe.«

»Die scheint umzugehen«, erinnerte sich Sophie. »Ihr sagtet, der stellvertretende Kommandant der Gendarmerie in Füssen hat auch eine.«

»Das ist richtig.«

»Und habt Ihr überprüft, ob der Assistent wirklich krank ist?«, fragte Sophie vorsichtig. Vielleicht hegte der Assistent gegen seinen Chef einen persönlichen Groll und hatte ihn deshalb ermordet? »Bitte verzeiht, wenn ich das so offen frage. Ich maße mir nicht an, Euch zu kontrollieren. Ich bin nur interessiert«, setzte sie hinzu, weil sie von Hagen nicht verärgern wollte.

»Natürlich, Eure Hoheit. Er ist unten im Dorf gemeinsam mit Minister Althofen im Hotel untergebracht. Er heißt übrigens Michael Frantzen. Als ich gestern dort ankam, lag er im Bett und sah schrecklich aus. Rote Nase, verschwitzt, matt und müde. Frau Mittermeier, die Inhaberin des Hotels, hat mir versichert, dass er das Bett seit Tagen nicht verlassen hat.« Von Hagen griff sich verstohlen ins Kreuz. Vielleicht bereitete ihm langes Stehen Rückenschmerzen.

»Und was ist mit den anderen Herren? Was hatten die zu berichten?« Sophie hatte zwar keine Rückenschmerzen, aber sie war müde, und ihr Rockgestell fühlte sich langsam so schwer wie Blei an.

»Der Herr Außenminister saß mit dem Rücken zum Innenhof, als das Attentat geschah. Er hat nichts gesehen, außer, dass von Geersen nach dem ersten Schuss getroffen zu Boden ging. Der Herr Außenminister ist daraufhin zu von Geersen gestürzt, um ihm zu helfen.«

»Und von Pfistermeister und Funkenberg?«

»Der Herr Kabinettssekretär hat laut seiner Aussage den König unter dem Tisch in Deckung gebracht und ist dann aus dem Zimmer gelaufen, um die Wachen zu alarmieren.«

»Und Ihr Schwiegersohn?«, fragte Sophie, weil sie es seltsam gefunden hätte, ihn gegenüber von Hagen als »Herr Finanzminister« zu betiteln.

»Er und sein Assistent waren nicht im Raum, als das Attentat passierte.« Von Hagen schob sich seinen schweren Raupenhelm mit dem Pelzbesatz zurück, unter dem ihm heiß zu sein schien.

»Nicht? Ich hatte den Eindruck.« Sophie fächelte sich etwas Luft zu. Es war wirklich schwül.

»Nein. Beide waren auf den Flur getreten, weil sie sich unter vier Augen zu einem Vorschlag besprechen wollten, den von Geersen gemacht hatte.« Von Hagen räusperte sich. »Worüber im Einzelnen gesprochen wurde, darf ich nicht verraten. Der Herr Finanzminister hat mich zum Schweigen verpflichtet. Aber ich darf sagen, dass es um rein finanzielle Angelegenheiten ging, die mit dem Mord nicht im Zusammenhang stehen.«

»Wie lange waren die beiden denn bereits auf dem Flur, als geschossen wurde?«

»Sie schätzen zehn Minuten, vielleicht ein bisschen weniger. Sie wollten dem Gespräch nicht zu lange fernbleiben. Seine Majestät war ungeduldig, es zum Abschluss zu bringen.«

»Zehn Minuten«, murmelte Sophie sinnend. Damit löste sich eine ihrer Theorien, nämlich dass Funkenberg das beabsichtigte Opfer gewesen sein könnte, in Luft auf. Ludwig hatte recht. Zwischen seiner Affäre und dem Mord gab es keinen Zusammenhang. »Und was ist mit Wagner?«, fragte sie. »Er hat gesagt, er sei ebenfalls auf von Geersen zugestürzt.«

»Laut der Aussage des Herrn Kabinettssekretärs stand Herr Wagner direkt neben dem späteren Opfer, als die Schüsse fielen. Beide hatten gerade intensiv miteinander disputiert. Herr Wagner ist über den am Boden liegenden von Geersen gestolpert, als er sich in Sicherheit bringen wollte, und auf das Opfer gefallen.«

»Das ist schrecklich.« Sophie war nicht verwundert über diese neue Erkenntnis. Wagner war ihr noch nie als die Art

Mensch erschienen, der sich schützend auf andere warf. »Wie lange hat es denn gedauert, bis die Wachen im Raum waren?«, fragte sie weiter.

»Vielleicht fünf Minuten.«

»Und haben diese gleich den Innenhof überprüft?«

»Soweit man mir sagte, ist dies sofort erfolgt, nachdem sie die Lage erfasst hatten. Sie mussten sicherstellen, dass der Täter nicht noch dort lauerte. Ich weiß das allerdings nur aus den Aussagen meiner Gardisten. Ich selbst kam erst später dazu.« Von Hagen schob den Helm noch weiter nach hinten, sodass er ihm in den Nacken rutschte.

»Dann hat der Täter höchstens fünf Minuten gehabt, um zu fliehen«, dachte Sophie laut nach. »Eine letzte Frage noch: War die Tür zum Innenhof verschlossen oder offen, als Eure Leute dort nach dem Täter gefahndet haben?«

»Sie war offen. Und das, obwohl ich befohlen habe, dass sie grundsätzlich immer abgeschlossen wird, sobald man den Innenhof verlässt. Wenn ich den finde, der da geschlampt hat, hagelt es Ärger.« Er seufzte tief. »Bitte, sagt Seiner Majestät nichts davon. Ich stehe sowieso schon ganz unten in seiner Gunst.«

»Das kann ich leider nicht versprechen. Wenn es für seine Ermittlungen eine Rolle spielt, muss ich es ihm mitteilen«, sagte Sophie mitleidig. »Wieso sagt Ihr es ihm nicht lieber selbst, wenn Ihr ihm Bericht erstattet?«

»Das würde ich mit Freude. Ich würde ihm überhaupt gerne berichten, was ich bislang herausgefunden habe, aber ich bekomme keine Audienz.«

»Ich rede mit ihm«, versprach Sophie, »und gebe Euch Bescheid, wenn er Zeit hat.«

»Danke, Eure Hoheit.« Von Hagen deutete einen Diener an.

»Gerne«, antwortete Sophie, obwohl sie nicht wusste, wie sie Ludwig dazu überreden sollte. Er mochte von Hagen einfach nicht. Aber vielleicht würde ein bisschen frische Luft helfen, ihren Geist zu klären und die Müdigkeit zu vertreiben.

Erika lümmelte bäuchlings mit einem dicken Schmöker auf dem Sofa herum, als Sophie nach ihrem Spaziergang ins Wohnzimmer kam. »Wo warst du so lange?« Erika schaute von den Seiten auf, den Daumen als Lesezeichen benutzend. »Es ist fast Zeit fürs Abendessen.«

»Ich war in Augustos Labor, und dann habe ich mit Siegfried einen langen Spaziergang gemacht.«

»Allein?«

»Ich bin in der Nähe geblieben.«

»Wie beruhigend, dass der Mörder dich dann in der Nähe umgebracht hätte und nicht etwa weit entfernt«, entgegnete Erika sarkastisch.

Sophie schwieg und sog die Luft ein. »Hast du geraucht? Ich dachte, du wolltest es aufgeben.«

»Ich habe es noch einmal probiert«, erklärte Erika. »Du hattest meine Zigaretten unten im Salon vergessen. Das habe ich als Zeichen gewertet, dass man den Dingen eine zweite Chance geben muss.«

»Na, ich hoffe, die zweite war besser als die erste.«

»Ist bei Augusto etwas in die Luft geflogen? Ursula geht nicht mehr zu ihm rein«, wechselte Erika das Thema.

»Bei meinem letzten Besuch bei ihm war alles in Ordnung.« Sophie betrachtete Erikas Buch. »Wie ist es?«

»Der Comte de la Grange ist ein arroganter Kerl. Das arme Dienstmädchen hat keine Freude an ihm.«

»Ich bin sicher, das wird sich ändern.« Sophie marschierte in ihr Schlafzimmer. Sie war erschöpft, und die frische Luft und Bewegung hatten ihr den Rest gegeben. Vielleicht würde sie das Abendessen ausfallen lassen und sich gleich hinlegen? Allerdings verspürte sie Hunger.

»Deine Briefe liegen auf dem Bett«, rief Erika ihr hinterher.

»Danke, ich sehe sie schon.« Sophie ging zu ihrem Himmelbett, dessen schweres Stoffdach ganz in Ludwigs Lieblingsfarben Gold und Blau gewirkt war. Sie nahm sich die Briefe von der ebenfalls gold-blauen Tagesdecke, setzte sich mit ihnen auf den Frisierstuhl ans offene Fenster und genoss

einen Moment lang den Anblick der atemberaubenden Berg-
und Seekulisse, bevor sie sich den Briefen zuwandte. Einer
war von ihrer Schwester Marie, einer von ihrer besten Freundin Charlotte, die zurzeit mit ihrer Familie in Italien auf Rund-
reise war und ihr von dort eifrig schrieb. Der Letzte war von
Johann.

Sie holte tief Luft, schmeckte die reine Luft aber nicht, weil
ihre Welt plötzlich auf die Größe des Umschlags zusammen-
geschrumpft war. Er war aus schwerem Büttenpapier und mit
dem Wasserzeichen von Johanns Familie versehen. Sie riss
sich mit Mühe von dem Gefühl der Bedrohung und Wut los,
das in ihr aufkeimte. Sie war weit entfernt von Johann. Hier
konnte er ihr nichts tun. Sie sah in die Ferne zu den Bergen,
über denen noch einige dunkle Wolken hingen. Es würde sicher wieder regnen. Sie gab sich einen Ruck, zerriss den unge-
lesenen Brief in viele kleine Schnipsel und warf ihn in den Pa-
pierkorb.

Kapitel 14

Auszug aus dem Tagebuch Ludwigs des II.:

>>*Brunhilde wird mit jedem Tag besser. Was für eine Kunstfertigkeit, welche Finesse und Eleganz. Sie ist die Königin der Psittaciformes. (Notiz: Wo steckt nur der vermaledeite Oberstallmeister? Wegen Unauffindbarkeit kündigen und neuen einstellen?)*<<

Am nächsten Morgen war Ludwig nach einer fast schlaflosen Nacht wieder früh auf. Er setzte sich auf die Bettkante und versuchte, ernsthaft wach zu werden. Es wurde langsam zur Gewohnheit, dass er nicht zur Ruhe kam. Wie er Sophie angekündigt hatte, hatte er sich gestern zwar früh ins Bett begeben, sich dann aber die ganze Nacht umhergeworfen. Er hatte wilde Träume gehabt, war gegen Mitternacht nach einem besonders scheußlichen Traum aufgestanden und hatte stundenlang mit Brunhilde trainiert, bis er schließlich noch einmal Schlaf gesucht und gefunden hatte. Der Schwan hatte ihn kurz vor dem erneuten Aufwachen wieder heimgesucht. Diesmal hatte er einen übergroßen Gardistenhelm nach ihm geworfen und ihn an der Schläfe getroffen. Ludwig tastete unwillkürlich nach der Stelle, aber dort war alles in Ordnung. Vielleicht war es die Mordwaffe, die Augusto gestern Abend gebracht hatte, die Ludwig so unruhig machte und die nun sicher verwahrt gemeinsam mit Augustos Zeichnungen im Schrank eingeschlossen war. Oder vielleicht war es auch die Tatsache, dass sie heute endlich Beweise finden würden. Er spürte es mit jeder Faser seines königlichen Selbst.

Ludwig angelte nach seinen Pantoffeln und fuhr mit den bloßen Füßen hinein. Er stand auf und wäre beinahe über Siegfried gefallen, der zusammengerollt vor dem Bett lag und im Schlaf leise jaulte. Seine Pfoten zuckten. Wahrscheinlich war er im Traum auf der Jagd. Wie der Vater, so der Sohn. Ludwig ging zum Nachttisch, griff sich das Rubinarmband, das Sophie von ihrem Beinaheverlobten bekommen hatte, und hielt es in die Höhe. Brunhilde hatte heute Nacht erneut gezeigt, was in ihr steckte. Es war einfach zu schön.

»Fang!«, rief Ludwig und schmiss das Armband in die Luft.

Brunhilde warf sich wie erwartet voller Eifer in die Luft und schnappte sich das Schmuckstück im Fluge. Sie machte damit eine Runde durchs Zimmer und brachte es zu Ludwig zurück, indem sie auf dem Nachttisch landete und es dort sanft aus dem Schnabel gleiten ließ. Dann schaute sie ihn nach Lob heischend an. Oder vielleicht spitzte sie auch nur auf die Sonnenblumenkerne.

»Ausgezeichnet«, lobte Ludwig sie vorsorglich trotzdem. »Gute, beste Brunhilde.« Er langte nach der Tüte mit den Sonnenblumenkernen und streute ihr ein paar hin.

»*Beste*«, krächzte Brunhilde, die mit allem ohne M immer besser zurechtkam. Sie stolzierte einmal um ihren Käfig herum und flatterte mit den Flügeln. Ludwig hatte den Verdacht, dass sie genau wusste, wie beeindruckend ihre Leistung war.

Es klopfte zweimal lang, zweimal kurz. Das war Karlchens Klopfzeichen. Ludwig verdrehte die Augen. Wenn er um diese Uhrzeit gestört wurde, handelte es sich immer um eine Katastrophe. Entweder eine echte oder eine ministerial gefühlte. Aber zumindest konnte es nicht die Botschaft sein, dass Augusto das Gewehr samt Zeichnungen in die Luft gejagt hatte, denn beides ruhte sicher in Ludwigs Schrank. Wenigstens etwas.

»Was ist?«, rief Ludwig und nahm sich eine Praline. Frühstück war wichtig.

Karlchen steckte den Kopf zur Tür herein. Er war neben Sophie der Einzige, der das durfte, ohne ausdrücklich hereingebeten worden zu sein. »Guten Morgen, Eure Majestät.« Wie schaffte er es nur, um diese frühe Uhrzeit gut gelaunt und frisch auszuschauen?

»Was ist abgebrannt?« Ludwig verkniff sich die nächste Praline. Er wollte zukünftig besser auf seine Figur achten, die tadellos bleiben musste, wenn die Mode noch taillierter wurde.

»Wieso sollte etwas abgebrannt sein, Eure Majestät?« Karl kam mit ein paar energischen Schritten ins Zimmer und zog mit einem Ruck den Vorhang beiseite. Der Himmel war wolkenverhangen, und wie gestern regnete es in Strömen.

»Wenn du um diese Uhrzeit kommst, muss etwas abgebrannt sein«, äußerte Ludwig seine Befürchtungen.

Karlchen ging vom Fenster zum Schrank. »Nein, gar nichts, Eure Majestät. Ich schwöre. Was wollt Ihr heute anziehen?«

»Zivil«, entschied Ludwig. »Weshalb sonst bist du schon hier?«

»Dann weißes Seidenhemd, Euren schönen schwarzen Binder und den dunkelgrauen Gehrock.« Karlchen schaute versonnen in den Schrank. »Das steht Euch und ist elegant, aber nicht übertrieben.« Er holte ein weißes Hemd hervor.

Ludwig liebäugelte mit den Pralinen. Eine weitere konnte kaum schaden, oder?

»Funkenberg ist da und sagt, wenn er jetzt nicht sofort die versprochene Audienz bekommt, wird er das nächste Geld für den königlichen Privathaushalt nicht auszahlen lassen.« Karlchen legte die Kleidung auf dem Bett zurecht.

»Das ist Erpressung.«

»Sehr wohl, mein König.«

»Und du machst mit ihm gemeinsame Sache?«

»Ich denke nur an Eure Schatulle, Majestät.«

»Wieso das?« Ludwig nahm sich eine zweite Praline. Nun musste es aber gut sein.

»Weil daraus zufällig die Gehälter der Diener gezahlt werden«, erwiderte Karlchen fröhlich.

»Er will nur über Wagner schimpfen und mir erzählen, dass die neue Burg zu viel kostet. Auf beides habe ich keine Lust.«

»Dann solltet Ihr das vielleicht als Gelegenheit nutzen, dass zumindest die beiden Herren sich einmal offen miteinander aussprechen können, Eure Majestät. An den Kosten der Baustelle kann man wohl nicht viel ändern.«

»Du meinst ...? Keine schlechte Idee, Karlchen.« Ludwig gab Brunhilde noch ein paar Sonnenblumenkerne aus der Tüte. »Wieso sollen es nicht die beiden miteinander austragen, die das Ganze schließlich angezettelt haben? Und außerdem wird das Funkenberg von der neuen Burg ablenken.« Ludwig klopfte Karlchen auf die Schulter, als dieser jetzt vor ihm stand. »Sehr gut. Und schick bitte jemanden, der Wagner holt und mir außerdem ein Kännchen starken Kaffee bringt.«

»Sehr wohl.« Karlchen verschwand kurz nach draußen. Ludwig konnte ihn dort mit jemandem sprechen hören. Er spürte, wie seine Stimmung sich hob. Vielleicht konnte er heute sogar zwei leidige Themen auf einmal erledigen: den Mörder überführen und Frieden zwischen seinem Finanzminister und Wagner herbeiführen.

Eine Stunde später saß Ludwig gewaschen, frisch onduliert und mit Kaffee gestärkt in seinem Büro, Finanzminister Funkenberg – den heiligen Funkenberg – sich gegenüber. Ein Diener schenkte beiden bereits den zweiten Kaffee ein, da Wagner sich verspätete, und verschwand wie ein stummer Schatten. Ludwig zupfte an der Manschette seines Hemdes und schaute zu seinem Minister, der mit geneigtem Kopf in einem dicken Ordner blätterte, den er auf seinen Knien balancierte.

Funkenberg war optisch völlig nichtssagend: mittelgroß, mittelschwer, mit mausbraunen Haaren und einem Gesicht gesegnet, das man sofort wieder vergaß. Einzig zwei tiefe Falten um die Mundwinkel gaben ihm den Ausdruck, als sei er ständig gekränkt. Etwas, was nach Ludwigs Meinung nicht weit von der Wahrheit lag. Funkenberg war eine Diva unter den Finanzministern, und Ludwig fühlte sich in seiner Gegenwart immer unwohl, weil er das Gefühl hatte, er könne Funkenbergs kritischem Urteil nicht standhalten. Aber heute vergnügte ihn das eher – seitdem er wusste, dass Funkenberg nicht ganz so heilig war, wie er tat.

»Wann wird der große Meister zu uns stoßen, Eure Majestät?« Funkenberg hob den Kopf und blickte den König aus wässrig blauen Augen an. Nein, attraktiv war er wahrlich nicht. Die Schauspielerin musste auf andere Werte achten. Und welche das waren, konnte Ludwig sich vorstellen: Geld und Einfluss.

»Sicher bald«, versicherte Ludwig. »Wie schmeckt der Kaffee?«

»Ausgezeichnet, Eure Majestät«, sagte Funkenberg, dem Ludwig diese Frage nun schon zum dritten Mal stellte. Der Minister räusperte sich. »Solange der Meister fehlt, kann ich ...«

»Dieser Kaffee ist eine ganz eigene, hervorragende Sorte«, redete Ludwig aufs Geratewohl los, obwohl er keine Ahnung hatte, woher der Kaffee stammte und welche Sorte es war.

»Selbstverständlich, Eure Majestät.« Funkenberg klappte den Ordner zu. Vielleicht, weil er merkte, dass er sowieso keine Chance bekam, die Kosten anzusprechen. »Darf ich dennoch die Gelegenheit nutzen, um Seiner Majestät zu versichern, dass ich ein treuer Diener der Krone bin?«

»Das weiß ich, lieber Herr Minister Funkenberg.« Ludwig stöhnte innerlich. Jetzt kam es.

»Der es, bei allem Respekt vor der Weisheit Eurer Majestät,

nicht verdient hat, wegen eines Richard Wagners abberufen zu werden«, sagte Funkenberg da auch schon. »Denn wenn ich die Auszahlung weiterer Gelder an ihn verweigert habe, dann nur, weil dies einen Schaden der Krone bedeutet hätte.« Er faltete die Hände in einer seltsam klerikal anmutenden Geste vor der Brust. Eine Gebärde, die er sich bei von Pfistermeister abgeschaut haben musste – oder umgekehrt. Ob Funkenberg mit seiner Geliebten auch so fromm war? Ludwig bekam eine Gänsehaut bei der Vorstellung, wie Funkenberg fleischlichen Gelüsten nachging.

»Ich bin mir sicher, Ihr wollt nur das Beste«, beschwichtigte Ludwig ihn und verdrängte mit Macht alles aus seinen Gedanken, was mit Amouren und seinem Finanzminister zu tun hatte.

»Seid ihr das?« Funkenberg maß Ludwig mit einem Ausdruck, der den König froh sein ließ, dass draußen vor der Tür sein persönlicher Gardist stand. Funkenberg war offenbar sogar noch gekränkter, als Ludwig angenommen hatte. Wenn das so weiterging, würde er nicht das Opfer eines feigen Meuchlers, sondern seines äußerst verstimmten Finanzministers. Wann kam endlich Wagner? Er brauchte dringend Unterstützung.

Kapitel 15

»Was willst du beim König?« Erika eilte keuchend hinter Sophie den Gang entlang, den Abdruck ihres Kopfkissens auf der linken Wange.

»Ich muss mit ihm reden.« Sophie wünschte sich, die Diener hätten den Flur nicht derart gründlich gewienert. Der Boden war spiegelglatt.

»Renn doch nicht so. Ich komme ja gar nicht mit. Deine kurzen Beine schaffen viel mehr Schritte als meine langen«, japste Erika.

»Es eilt. Und meine Beine sind nicht kurz.«

»Oh, doch, das sind sie. Außerdem dachte ich, du hättest schon gestern mit dem König über Karlchens Informationen gesprochen?« Erika schlidderte versehentlich ein paar Schritte.

»Ich habe es versucht, aber ich bin nicht im Ansatz zu ihm durchgedrungen.« Sophie verlangsamte ihr Tempo etwas, weil sie ebenfalls ins Rutschen geriet.

»Warum hast du gestern Abend nicht noch mal mit ihm gesprochen? Dann hätte ich jetzt nicht in aller Herrgottsfrühe aus den Federn gemusst«, grummelte Erika.

»Es ist gleich zehn Uhr und nicht in aller Herrgottsfrühe«, entgegnete Sophie. »Und Ludwig hat sich gestern zum Oberstallmeister absentiert, um über Brunhilde zu sprechen.«

»Was hat der Oberstallmeister mit Brunhilde zu tun?«

»Wenn ich das wüsste.«

»Ist er böse auf dich?«

»Wer? Der Oberstallmeister?«

»Ludwig.«

»Wieso fragst du? Das ist dir doch sonst egal«, versetzte Sophie.

Erika zuckte im Laufen mit den Schultern. »Nur so.«

Sophie hielt vor Ludwigs Schlafgemach und hob die Hand zum Anklopfen. Hinter ihr räusperte sich jemand. Sie drehte sich zu einem Gardisten um, der neben der Bürotür stand. Fragend wies sie auf das Büro. »Ist er dort?«

»Jawohl. Und der Herr Finanzminister auch.« Der Gardist hob die Hand an den Helm.

»Hoher Besuch. Du kannst da nicht rein.« Erika band sich ihre Schürze im Rücken fester.

»Das ist wahr«, gab Sophie ein wenig enttäuscht zu.

»Was nun?« Erika linste hoffnungsvoll einem Diener hinterher, der ein Tablett mit Kaffee und Brot vorbeitrug.

»Ich warte.« Sophie blieb stehen, wo sie war.

»Und dafür musste ich so früh aus den Federn? Um hier herumzustehen?«

»Hättest du nicht so lange gelesen, wärst du jetzt nicht so müde.«

»Mag sein, aber ich musste wissen, ob der Comte de la Grange das Dienstmädchen zur Frau nimmt.« Erika lehnte sich an die Wand zu Ludwigs Büro.

»Und? Hat er?«

Erika gähnte und nickte.

»Geh nach oben und leg dich hin. Ich komme ohne dich zurecht«, sagte Sophie.

»Später. Erst will ich wissen, ob der König böse auf dich ist.«

Sophie verdrehte die Augen und machte sich seufzend auf eine längere Wartezeit gefasst.

Schon zehn Minuten später ging die Bürotür auf, und Ludwig schaute heraus. »Wo bleibt Wagner?«, sagte er zum Gardisten, bevor er Sophie und Erika bemerkte. »Sophie, meine Liebe. Wartest du auf mich?« Er strahlte sie an, nickte Erika zu, die sich artig verneigte, und trat direkt neben Sophie, sodass sie Schulter an Schulter standen.

»Ja.« Sophie legte den Kopf in den Nacken, um ihm ins Gesicht schauen zu können. Er hatte Schatten unter den Augen. »Ich möchte noch einmal mit dir sprechen.«

»Gerne«, stimmte Ludwig sofort zu, was Sophie nach seinem Verhalten gestern überraschte. Er sah den Gang hinunter. »Ah, da ist ja der Meister!«, rief er laut und flüsterte leise: »Endlich.«

Wagner kam mit wehenden Jackenschößen den Flur heruntergeeilt.

»Bester Freund!«, rief Ludwig ihm entgegen. »Ordentlich Zeit hat er sich gelassen«, flüsterte er Sophie zu.

Erika schnalzte leise mit der Zunge. Sie mochte Wagner nicht, seitdem er sich einmal zu viele Freiheiten ihr gegenüber erlaubt hatte.

»Eure Majestät, Eure Hoheit.« Wagner verbeugte sich vor Ludwig und Sophie, ignorierte Erika und wurde von Ludwig sofort ins Büro komplimentiert.

Nachdem Wagner hineingegangen war, senkte Ludwig die Stimme wieder. »Ich sitze hier fest«, sagte er leise zu Sophie.

»Ich kann warten.«

»Dann gehe am besten in mein Zimmer und warte dort. Das ist bequemer, als hier auf dem Gang zu stehen. Und während du da bist, könntest du vielleicht Brunhilde einfangen. Ich hatte vorhin keine Zeit mehr, sie wieder in den Käfig zu sperren.«

»Gerne, Ludwig.«

»Ich muss dir übrigens nachher unbedingt zeigen, wozu ich sie abgerichtet habe. Es ist ein kleines Wunder.«

»Da bin ich aber gespannt.« Sophie fand es üblicherweise amüsant, sich mit Brunhilde zu beschäftigen, nur den Zeitpunkt empfand sie momentan als etwas unglücklich gewählt. Hatten sie nicht Wichtigeres zu tun?

Erika wirkte, als ob sie ein Lachen unterdrücken müsste.

Der Gardist untersuchte hochkonzentriert sein Gewehr und hielt den Blick gesenkt.

»Ach so, und dein Armband liegt auf dem Nachttisch. Nimm es dir, falls du es benötigst«, sagte Ludwig, dem die Mienen der beiden anderen zum Glück entgingen.

»Danke.« Sophie verzog leicht den Mund. Sie wollte es beileibe nicht wiederhaben, aber sie musste. Wenn ihre Mutter auf dem Rückweg aus Salzburg vorbeikam und danach fragte, würde ihre Lügengeschichte nicht ein zweites Mal herhalten können.

»Kannst du mir bitte vorher noch einen Gefallen tun?«, flüsterte Ludwig nach einem Blick in Richtung Büro.

»Sag es nur«, flüsterte Sophie zurück.

»Gehe bitte zum Major. Er soll in einer Stunde herkommen und vorspiegeln, dass ich eine weitere Audienz habe.«

»Das mache ich gern.« Sophie lächelte, auch wenn sie keine Lust hatte, mit Major Lohmann zu sprechen. Sie war noch ein wenig verstimmt, weil er es abgelehnt hatte, sie zu unterstützen. Aber natürlich wollte sie Ludwig den Gefallen tun.

»Bestens.« Ludwig tätschelte Sophie zum Dank etwas unbeholfen die Schulter. »Danach komme ich gleich zu dir herüber. Drück mir die Daumen, dass das Unmögliche gelingt und ich die beiden Unversöhnlichen versöhne.« Er eilte zurück ins Büro und schloss die Tür.

»Na, dann komm, Erika.« Sophie nickte dem Gardisten zum Abschied zu und zögerte kurz. Wo war noch mal Paul Lohmanns Büro? Ach, richtig. Im Versorgungstrakt. Nicht weit vom Tatort.

»Zu Major Lohmann? Dem schönsten Privatsekretär aller Zeiten?« Erika stieß sich grinsend von der Wand ab.

»Woher weißt du denn, wie die anderen waren?« Sophie wandte sich zum Gehen. »Es gab so viele Vorgänger, ich kann mich mit viel Mühe noch an die letzten drei erinnern.«

»Zofenbulletin. Wir behalten den Überblick.«

»Und du findest ihn wirklich ansprechend?« Sophie schritt

energisch aus, erinnerte sich an die Glätte des Bodens und verlangsamte das Tempo.

»Du nicht?« Erika hielt diesmal spielend Schritt.

»Ich finde ihn von seiner ganzen Art zu spröde, um schön zu sein«, sagte Sophie unbedacht. »Er lacht nie, und ich habe Zweifel, ob er überhaupt weiß, was Humor ist. Außerdem ...« Sie unterbrach sich. Es gehörte sich nicht, über einen Mann zu tratschen wie ein Küchenmädchen.

»Wofür braucht ein Mann Humor, wenn er so gut aussehend und auch noch des Königs Privatsekretär ist? Er ist einer der wichtigsten Männer am Hof.« Erika stibitzte sich im Vorbeigehen einen polierten Apfel aus der Schale eines Dieners.

Sophie bog schweigend in den Flur zum Versorgungstrakt.

»Jetzt sei nicht so herzoginnenhaft.« Erika biss in den Apfel. »Ich verrate es keinem. Heiliges Ehrenwort.« Sie hob den kleinen Finger zum Schwur, weil der Rest ihrer Finger den Apfel umfasste.

»Wie heilig ist dein Kleines-Finger-Ehrenwort?«, fragte Sophie spöttisch.

»Ganz heilig. Lass dir als Beweis dienen, dass ich deiner Mutter gegenüber nichts über den gestrigen Tag habe verlauten lassen«, sagte Erika kauend.

»Hast du ihr überhaupt geschrieben?«

»Durchaus.«

»Was denn, bitte schön?«

»Dass du dich eifrig deinen Studien widmest.« Erika schob sich den kompletten Rest Apfel einschließlich des Kerngehäuses in den Mund und kaute darauf herum. »So«, sagte sie, nachdem sie wieder einen leeren Mund hatte. »Jetzt, wo das geklärt ist – was gefällt dir außerdem nicht an Paul Lohmann?«

»Das ist einerlei. Ich werde den Herzog heiraten, und meine Mutter würde ohnmächtig werden, wenn sie wüsste, dass ich mir über einen Bürgerlichen Gedanken mache.« Sophie blieb vor einer unauffälligen hellen Holztür stehen. »Und wehe, du schreibst meiner Mutter ein Sterbenswörtchen von unserem Gespräch.«

»Nicht ein Wort«, raunte Erika und hob diesmal drei Finger zum Schwur.

Ludwigs Sekretär saß in Hemdsärmeln hinter einem vollen Schreibtisch, die Jacke auf die Stuhllehne gehängt. Seine Haare waren ein wenig durcheinander, als ob er sich beim Nachdenken mehrfach hindurchgefahren wäre, was bei ihm erstaunlich dekorativ wirkte. Sophie bemerkte, wie Erika neben ihr erstarrte, als er aufstand und sich seine Jacke überwarf.

»Eure Hoheit. Erika. Bitte, nehmt Platz.« Er bot ihnen zwei Stühle an, die er schnell vor den Schreibtisch zog.

»Danke.« Sophie setzte sich umständlich, weil ihr Rockgestell kaum in den schmalen Zwischenraum zwischen den Stühlen und dem Schreibtisch passte. Erika hatte es mit ihrem schlichteren Kleid leichter.

»Was kann ich für Euch tun?« Der Major ging um den Schreibtisch herum und nahm seinen Sitz wieder ein, während er die Jacke zuknöpfte. Vor ihm lagen diverse Akten, Briefe, Depeschen und ein fest gebundener schwarzer Ausstattungskatalog, dessen aufgedrucktes Firmensiegel Sophie erkannte.

Sie berichtete dem Sekretär kurz von Ludwigs Bitte.

»Sehr wohl. Ich werde dort sein.« Major Lohmann machte etwas wie eine kurze Habachtgeste im Sitzen, indem er ruckartig den Oberkörper und die Schultern straffte.

»Ausgezeichnet. Dann wollen wir Euch nicht länger lästig fallen. Erika?« Sophie griff ihren Rock und erhob sich halb. Nach der letzten Begegnung hatte sie keine große Lust, mit Major Lohmann mehr als das Nötigste zu sprechen.

Erika rührte sich nicht.

»Einen Augenblick, bitte, Eure Hoheit.« Ludwigs Sekretär

erhob sich ebenfalls halb, weil es sich für ihn nicht gehörte, zu sitzen, wenn Sophie es nicht tat.

»Ja, bitte?« Sophie ließ sich wieder auf ihrem Stuhl nieder.

»Karl hat mich gebeten, Euch etwas auszurichten. Er sagte, Ihr wartet auf die Informationen.« Der Sekretär nahm ebenfalls wieder Platz und warf Sophie einen fragenden Blick zu, vermutlich, um zu erkunden, ob er vor Erika frei sprechen konnte.

»Erika war bei meinem Gespräch mit Karlchen anwesend«, beantwortete Sophie seine stumme Frage. »Sie ist über alles im Bilde.«

Erika verfolgte jede von Paul Lohmanns Bewegungen mit fast religiösem Eifer. Sophie war überrascht und auch ein bisschen belustigt über die Wirkung, die Ludwigs Mann auf ihre Zofe ausübte. Der stutzte, als er Erikas Hingabe bemerkte, und fingerte nervös an seinem Kragen.

»Was gibt es zu berichten?« Sophie gab Erika einen kleinen Tritt gegen den Fuß, ohne dass ihr Gegenüber es sehen konnte.

»Autsch«, machte diese, obwohl es nicht wehgetan haben konnte, und nahm ihre Augen nicht vom Sekretär.

»Karl lässt übermitteln, dass es über Außenminister Althofen vielversprechende Neuigkeiten gibt«, sagte Lohmann etwas zu hastig. Entweder hatte er die stumme Interaktion zwischen Sophie und Erika doch bemerkt, oder Letztere wurde ihm langsam unheimlich.

»Und welche?« Sophie schaute demonstrativ zu Erika.

»Was ist?«, fragte die, als sie aus ihrer Verzückung für einen Augenblick auftauchte.

»Du ...« Sophie fehlten plötzlich die Worte. Wie sagte man dezent: *Höre auf, den Mann anzustarren, der arme Kerl wird bereits ganz hektisch!* Darauf hatten keine höfische Etikette und Erziehung sie vorbereitet. Sie gab auf. Erika war erwachsen und hatte wie jeder Mensch das Recht, sich zum Narren zu machen, wenn sie es wünschte. Und Major Lohmann konnte für sich selbst sorgen.

»Es gibt Ärger zwischen Althofen und seinem Assistenten«, brachte der Major Sophie abrupt wieder zum Thema zurück.

»Worum geht es dabei?« Sophie konzentrierte sich auf den Ausstattungskatalog. Sie wollte Ludwigs Sekretär nicht anstarren. Eine, die das tat, reichte.

»Althofen ist mit seiner Arbeit nicht zufrieden und hat ihm mehrfach mit der Kündigung gedroht. Der Assistent, ein Michael Frantzen, wiederum soll gegenüber Freunden geäußert haben, dass er seinen Chef umbringt, wenn der ihm kündigt. Und jetzt kommt es, Hoheit: Der Assistent hat im letzten Krieg ein Auge verloren.«

»Ist nicht wahr«, rutschte es Sophie heraus. Ihr Blick flackerte vor Überraschung nun doch für einen Moment zu Ludwigs Sekretär.

»Ich war auch verblüfft.« Major Lohmann erwiderte den Blick für eine Sekunde.

»Wusstet Ihr, dass er sich am Tag des Attentats krankgemeldet hat? Er hätte eigentlich an dem unglücklichen Treffen teilnehmen sollen.« Sophie fasste zusammen, was von Hagen ihr berichtet hatte.

Der Major fixierte die Akten vor sich, hörte aber aufmerksam zu.

»Aber wenn er krank ist, kann er nicht der Täter sein. Mit Fieber trifft man keinen Scheunenpfosten«, meldete Erika sich zu Wort, nachdem Sophie fertig war.

»Er könnte die Krankheit vorgetäuscht haben«, sagte Sophie. »Das geht leicht.«

»Oder das Fieber ist der Grund, warum er vorbeigeschossen hat, als er Althofen treffen wollte«, ergänzte Ludwigs Sekretär.

»Ich werde mit Ludwig darüber reden. Der kann von Hagen noch einmal zu ihm schicken. Oder noch besser: Wir gehen selbst ins Dorf und befragen den Assistenten«, entschied Sophie.

»Krank ist krank«, brummte Erika. »Der war es bestimmt nicht. Außerdem, wer bringt schon seinen Chef um, nur weil der sperrig ist.« Sophie versuchte, sich nicht angesprochen zu fühlen. Oder war sie etwa sperrig?

»Wir werden sehen«, ignorierte sie Erikas Einwand. »Das bedeutet jedenfalls, wir haben inzwischen sowohl Motive für einen Mord am Außenminister als auch an von Pfistermeister«, resümierte sie nachdenklich.

»Und an von Geersen«, setzte Lohmann hinzu.

»Warum sollte den jemand töten wollen?«, fragte Sophie.

»Vielleicht, weil jemandem die Verhandlungen mit den Preußen nicht genehm sind. Es gibt genug Menschen hier, die die Preußen hassen. Wenn ich ehrlich bin, bin ich selbst kein großer Freund von ihnen.« Major Lohmann klappte den Ausstattungskatalog auf.

»Warum nicht?« Sophie konnte sich die Antwort denken, wollte aber nichts unterstellen.

»Weil viele gute Freunde von mir im Krieg gegen die Preußen gefallen sind. Und …« Er blätterte im Katalog herum, ohne ihm seine Aufmerksamkeit zu schenken.

»Das tut mir sehr leid«, sagte Sophie leise. Auch sie kannte Familien, die Söhne und Ehemänner verloren hatten.

»Vielen Dank, Eure Hoheit.« Lohmann schob den Katalog beiseite und schien damit gleichzeitig die Erinnerungen wegzuschieben. Seine Miene, die einen Augenblick menschlich gewirkt hatte, verschloss sich wieder und wurde zu der glatten Maske, die er immer zur Schau trug.

»Aber wenn von Geersen das beabsichtigte Opfer war«, lenkte Sophie ab, »warum dann der zweite und der dritte Schuss? Von Geersen war ja schon getroffen.«

»Vielleicht wollte der Täter sichergehen, dass er ihn gänzlich erledigt hatte.« Erika schien aus ihrem von Paul Lohmann induzierten Entzücken gänzlich aufzutauchen.

»Aber von Geersen war am Boden. Der Täter konnte ihn vom Innenhof aus nicht mehr sehen und daher auch nicht mehr ins Visier nehmen. Und mit jeder Sekunde, die der Täter im Innenhof blieb, erhöhten sich die Chancen, dass er entdeckt wurde. Er hatte nach den Schüssen nur fünf Minuten, um zu entkommen. Das ist äußerst knapp«, entgegnete Sophie.

»Mag sein. Aber vielleicht wollte er einen möglichst grandiosen Abgang hinlegen und schlicht Angst und Schrecken verbreiten«, schlug Erika vor und zog den offenen Ausstattungskatalog zu sich herüber.

»Ich möchte mich bei Euch entschuldigen, Eure Hoheit«, sagte der Major zu Sophie, während Erika eine Doppelseite betrachtete, die Reihen von Fotografien mit unterschiedlichen Türklinken zeigte. »Ich habe vorgestern nicht gründlich genug erklärt, warum ich Euch bei Euren Nachforschungen nicht unterstützen wollte. Ich war müde. Aber dennoch war es ein Versäumnis, daher möchte ich das nachholen.«

»Bitte.« Sophie machte eine hoffentlich elegante Handbewegung.

»Ich habe gesagt, ich würde Euch nicht helfen, weil ich nicht hinter dem Rücken des Königs agieren will. Ich bin ihm zur Loyalität verpflichtet. Und nur ihm.«

»Das ist selbstverständlich. Das bin ich ebenso. Aber ich glaube, auch ein Monarch kann ein wenig Eigeninitiative seiner Mitarbeiter gebrauchen. Wohldosiert meinetwegen, aber nichtsdestotrotz«, entgegnete Sophie.

»Die ist schön.« Erika zeigte auf eine Türklinke, die wie eine kleine, dicke Putte gestaltet war.

»Du magst dicke Engel an Türgriffen?« Sophie reckte den Hals, um das hässliche Ding besser ausmachen zu können. Die Fotografien waren recht klein.

»Warum nicht? Welche gefallen Euch denn?« Erika hielt erst Sophie, dann Paul Lohmann den Katalog hin und lächelte ihn dabei mit ihren gesunden weißen Zähnen an.

»Wenn ich das nur wüsste. Für mich sehen die alle wenig überzeugend aus«, antwortete er ernst. »Welche findet Ihr denn angemessen, Eure Hoheit?«

»Wofür?«

»Für die Neue Burg Hohenschwangau. Der König möchte, dass ich ihm Vorschläge für Türklinken unterbreite.«

»Und Ihr meint, ich weiß, welche er bevorzugt?«

»Vermutlich besser als ich.« Der Major nahm den Katalog von Erika entgegen, legte ihn vor sich und schaute mit einer Mischung aus Erstaunen und vollständigem Unverständnis darauf. »Ich meine, wieso reicht ein normaler Knauf nicht aus? Und wer sucht sich, bitte schön, Blitze als Türklinken aus?«

»Niemand, dem etwas an seinen Handflächen liegt«, entgegnete Sophie.

Major Lohmann runzelte die Stirn. Richtig. Humor war nicht seine Sache.

»Mir gefallen sonst noch die Blumen«, erklärte Erika.

»Zu wenig ritterlich«, sagte Sophie automatisch. Innerlich verdrehte sie die Augen. Sie konnte nicht fassen, dass sie hier saß und über Türklinken redete.

Eine Viertelstunde später war Sophie zurück vor Ludwigs Gemächern. Sie war alleine. Erika hatte sich nach oben ins Bett getrollt, was Sophie die Muße gab, ihre Überlegungen im Mordfall einmal systematisch zu ordnen und das anstehende Gespräch mit Ludwig zu durchdenken.

Sie war aufgeregt wegen der Neuigkeiten zu Althofens Assistenten, aber auch verunsichert. Erstens wollte sie verhindern, dass Ludwig den Mann gleich festnehmen ließ, nur weil ihm ein Auge fehlte, und zweitens waren insgesamt so viele Facetten zu bedenken. Sie hatte sich von Major Lohmann Papier und Feder geben lassen und plante, in Ludwigs Zimmer in Ruhe alles aufzuschreiben, was sie bislang wusste. Diese Vorgehensweise half ihr in anderen Lebenslagen häufig weiter. Ach ja, und Brunhilde sollte sie ja auch noch einfangen, hatte Ludwig sie gebeten.

Sie stutzte kurz an der Tür. Der Gardist von vorhin war nicht mehr an seinem Platz. Sollte er Ludwig nicht beschützen? Jederzeit? Sophie ging zum Büro und lauschte. Sie konnte dumpf Wagners und Ludwigs Stimmen hören, ohne einzelne Worte ausmachen zu können. Dort schien alles in Ordnung zu sein. Sie kehrte auf die andere Seite des Flures zurück. Vermutlich musste auch ein Gardist ab und zu einem persönlichen Bedürfnis nachgehen. Hauptsache, er beeilte sich. Sonst gab es Ärger mit von Hagen, wenn der herausfand, dass die Wache nicht auf ihrem Posten war.

Sie drückte die Tür zu Ludwigs Gemächern auf und schloss sie sanft wieder hinter sich. Plötzlich beschlich sie das unbestimmte Gefühl, nicht alleine zu sein. Eine Bewegung ließ sie nach links sehen. Dort stand an Ludwigs Schrank, nach vorne gebeugt und in voller Uniform, aber ohne seinen Helm, von Hagen. Er bemerkte Sophie und straffte die Schultern. Aus irgendeinem Grund hatte er seine weißen Galahandschuhe an. War heute ein Feiertag, den sie vergessen hatte?

»Eure Hoheit.« Von Hagen machte einen Schritt nach vorne und gab den Blick auf das Gewehr frei, das hinter ihm auf dem Boden lag, daneben ein einfaches Tuch aus Baumwolle.

»Ich wusste nicht, dass Ihr hier auf Ludwig wartet …« Sophie brach ab. Irgendetwas stimmte nicht. Ludwig hätte es von Hagen nie erlaubt, hier alleine zu verweilen. Das war nur Sophie und Karlchen gestattet. Alle anderen ließ Ludwig im Ankleidezimmer, im Büro oder sonst wo auf ihn warten, aber nicht hier in seinem privaten Refugium. Außerdem hatte Sophie von Hagen versprochen, ihm Bescheid zu geben, wenn Ludwig sich für ihn Zeit nahm, und das hatte sie noch nicht getan. »Was tut Ihr hier, Kommandant?«, fragte sie und kam sich gleichzeitig dumm vor. Aber sie hatte das Gefühl, etwas sagen zu müssen.

Von Hagen holte statt einer Antwort eine schwarze, schrecklich aussehende Pistole aus seiner Jackentasche hervor und legte auf Sophie an. Blatt und Feder glitten ihr aus den Fingern. Wie alle Adeligen war sie von Kindesbeinen an auf der Jagd gewesen und konnte auch selbst eine Jagdwaffe führen. Aber nie hatte jemand einen Lauf auf sie gerichtet, schon gar nicht in der Absicht, ihr zu schaden oder sie zu töten. Sie öffnete den Mund. Ludwig war gleich nebenan, wenn er sie hörte, würde er kommen.

»Wenn Ihr schreit, schieße ich«, sagte von Hagen, der ihre Absicht erkannte. Seine Stimme klang anders. Energischer, nicht so unsicher und abwesend wie sonst. Auch seine Mimik war ungewohnt. Zielgerichtet und fokussiert. Sophies Herz begann zu rasen. Das hier war nicht der harmlose von Hagen, den sie seit Jahren kannte. Das war ein anderer Mann. Einer, der gefährlich war. Und um das zu erkennen, hätte sie nicht die Waffe gebraucht, deren Lauf direkt auf ihr Herz zielte.

»Hier herüber.« Von Hagen zeigte zum Bett.

Sophies Glieder waren plötzlich schwer wie Blei.

»Macht schon, Hoheit«, herrschte von Hagen sie an und winkte mit dem Lauf der Waffe.

»Wenn Ihr schießt, sind sofort alle hier. Ludwig und Wagner sind gleich nebenan.« Sophie bewegte sich nicht. Selbst wenn sie es gewollt hätte, hätte sie es nicht gekonnt.

»Das hilft Euch dann nur bedauerlicherweise nicht mehr.« Von Hagen kam langsam näher, die Pistole weiter im Anschlag. Selbst sein Humpeln war nicht so ausgeprägt wie sonst.

Die Furcht brachte nun doch Leben in Sophie, und sie wich zurück, bis sie mit dem Rücken gegen die Tür prallte.

»Wenn Ihr mir gehorcht, lasse ich Euch leben. Ich hege keinen Groll gegen Euch«, sagte von Hagen, dessen Augen keine Emotionen zeigten.

»Ich glaube Euch kein Wort«, flüsterte Sophie. Wenn er sie leben ließ, musste er sich auf eine lebenslange Flucht begeben. Wenn er sie tötete, konnte er unentdeckt und in Freiheit bleiben. Er musste nur behaupten, dass der Attentäter wieder zugeschlagen hatte. Das würde keiner infrage stellen.

»Dann glaubt mir eben nicht. Es ist einerlei.« Von Hagen machte einen weiteren Schritt auf sie zu.

Eine Bewegung über Sophie ließ sie aufmerken. Brunhilde schaukelte auf der Kronleuchterkette und schaute fast philosophisch gelassen auf von Hagen hinunter. Aber der Papagei würde sie nicht retten können. Das Einzige, was Sophie retten konnte, war sie selbst. Sie musste Zeit gewinnen, um nachzudenken und einen Plan zu entwickeln, wie sie von Hagen überwältigen konnte, ohne ihm dabei zum Opfer zu fallen.

»Warum tut Ihr das?«, fragte sie und versuchte gleichzeitig, eine Waffe zu finden. Doch es gab nichts außer dem offenen Vogelkäfig auf dem Tisch neben dem Bett, daneben die Tüte mit den Sonnenblumenkernen, die fast leere Pralinenschale und ihr Rubinarmband.

»Glaubt Ihr, das werde ich Euch sagen? Euch, der Favoritin des Königs?« Von Hagen stand jetzt unmittelbar vor ihr.

Sophie wollte ihm ausweichen, aber von Hagen presste sie mit unerwarteter Geschwindigkeit roh gegen das Holz der Tür, sodass sie sich nicht rühren konnte. Er drückte ihr den Lauf der Pistole an die Schläfe und dirigierte sie damit zu Ludwigs Schlafplatz. Dort nahm er mit der freien Hand ein Kissen vom Bett. Sophies Schultern sackten herunter. Sie war verloren. Die Kirchturmuhr schlug elf Uhr.

Kapitel 16

Auszug aus dem Tagebuch Ludwigs des II.:

> *»Grand Malheur. Wagner und Funkenberg zerren aufs Ärgste an meinen geschundenen königlichen Nerven. (Notiz: Festungshaft für beide möglich? Gleich neben den Preußen?)«*

Ludwig hatte es satt. Seine Friedensbemühungen waren auf ganzer Linie gescheitert. Er riss sich unwillkürlich an seinen formidablen Stirnlocken. Dann ließ er die Hand sinken. Wieso sollte er sich verunstalten? Besser wäre es, Funkenberg und Wagner die Haare auszureißen. Die beiden waren das Problem, nicht er. Der Meister wäre sogar in Reichweite. Er stand nur einen halben Meter entfernt am Fenster neben Ludwigs Schreibtisch, die Arme vor der Brust verschränkt. Den erzürnten Funkenberg hingegen hätte Ludwig nur vors Knie treten können. Der saß ihm immer noch gegenüber, unbeweglich wie eine Statue und bleich vor Wut – im Gegensatz zu Wagner, der bis gerade wie eine Aufziehfigur durch das Büro gewandert und knallrot vor Zorn war. Ludwig hatte mehrfach versucht, die beiden Kontrahenten zu einem friedlichen Austausch zu bringen, doch er hatte bei beiden auf Granit gebissen.

Just in diesem Moment betrachtete Funkenberg Wagner mit einem Gesichtsausdruck, der Wasser innerhalb von Sekunden hätte gefrieren lassen können. »Ihr habt versucht, meine Karriere zu zerstören.« Seine Stimme war genauso eisig wie seine Miene.

»Nicht ich habe damit angefangen.« Wagner war entweder unbeeindruckt von den menschlich frostigen Temperaturen, oder er bemerkte sie schlicht nicht. Ludwig tippte auf Letzteres. Ihm war schon bei anderen Gelegenheiten aufgefallen, dass sein Freund nicht empfänglich für die emotionalen Schwingungen anderer Menschen war. Das war bei Ludwig zum Glück anders. Der König hatte ein ausgezeichnetes Gespür für diese Dinge.

Ludwig nahm eine frische Zigarette zwischen die Finger, unterließ es aber, sie anzuzünden. Sein Hals kratzte bereits von dem ganzen Rauch. Er öffnete den Mund.

»Ihr habt behauptet, ich würde zu viel Geld für das Orchester in München ausgeben. Dabei versteht Ihr nichts von Kunst, werter Herr Minister. Nichts«, fauchte Wagner, ehe Ludwig zu Wort kommen konnte.

Funkenberg machte Anstalten, darauf etwas Hitziges zu erwidern.

»So kommen wir nicht weiter. Ich bin mir sicher, das war ein Missverständnis. Minister Funkenberg hat nur seine Aufgaben wahrnehmen wollen. Es ist seine Pflicht, die Ausgaben gering zu halten, nicht wahr?«, warf Ludwig eilig ein. Er kam sich gänzlich verlogen vor. Schließlich war er es, der sonst mit diesem knauserigen Funkenberg darüber stritt, dass Ludwig angeblich zu viel Geld ausgab.

»Ganz richtig, Eure Majestät. Genau das ist meine Aufgabe.« Der Finanzminister betonte das Wort »Aufgabe« und maß Ludwig mit einem Blick, der fast genauso schlimm war wie der, mit dem er Wagner eben bedacht hatte. Ludwig spannte den Oberkörper an. Es gehört sich nicht für einen Untergebenen, seinen König so anzusehen.

Es klopfte. Gott sei Dank, das musste der Major sein. Ludwig legte die Zigarette ab, stand auf und eilte zur Tür. »Major Lohmann«, sagte er hocherfreut zu seinem Sekretär, der wie erwartet im Flur stand, einen dicken Ordner als Alibi unter dem Arm.

»Ihr habt Euren Termin um elf Uhr, Eure Majestät«, sagte

Ludwigs Mann laut und deutlich, vermutlich damit Funkenberg und Wagner es gut hören konnten.

»Natürlich«, antwortete Ludwig genauso laut und deutlich. »Der Termin. Um elf. Dass es schon so spät ist, war mir nicht bewusst.« Er drehte sich zu Wagner und Funkenberg, die sich beide böse anstarrten. »Ich denke, wir müssen unseren weiteren Austausch leider verschieben, meine Herren. Die Pflicht ruft.«

»Aber Ihr habt die Unterlagen noch nicht gesehen, die ich mitgebracht habe, Eure Majestät. Und ich verlange eine Entschuldigung von Herrn Wagner«, begehrte Funkenberg auf.

»Und ich habe kein ausreichendes Budget fürs Orchester. Außerdem gibt es keinen Grund, mich zu entschuldigen«, gab Wagner zurück.

»Wie ignorant Ihr seid«, zischte Funkenberg.

»Bitte, lasst die Unterlagen wie immer von Pfistermeister zukommen«, wies Ludwig Funkenberg an. »Und wegen des Budgets und der anderen Themen werden wir noch einmal sprechen müssen.«

»Sehr wohl, Eure Majestät.« Funkenberg neigte den Kopf.

»Ja, Eure Majestät.« Wagner schob kämpferisch das Kinn nach vorne.

»Nun denn.« Ludwig verharrte abwartend am Ausgang. Doch weder Wagner noch Funkenberg machten Anstalten, zu gehen. Wo war nur der bedingungslose Gehorsam dem Souverän gegenüber geblieben? Das wäre Ludwig dem XIV. sicher nicht passiert.

»Meine Herren«, ertönte Lohmanns Stimme aus dem Flur. »Ich darf Sie bitten, Seine Majestät jetzt zu verlassen. Er muss sich auf den neuen Termin vorbereiten.«

Funkenberg hatte ein Einsehen, denn er stand auf, nahm seine Unterlagen, verbeugte sich und schritt zur Tür. Wagner eilte augenblicklich hinterher. Leider kamen beide zur selben Zeit am Ausgang an. Jetzt stand Funkenberg rechts, Wagner links, der König in der Mitte. Ludwig hatte sofort das Gefühl, in ein Kriegsgebiet geraten zu sein, in dem Blicke wie Geschosse über die königliche Armee – also ihn – fegten. Schnell, aber angemessen majestätisch, trat er zu Paul in den Korridor und wartete darauf, dass Funkenberg und Wagner ihm nachfolgten. Doch keiner von beiden wollte dem anderen den Vortritt lassen, sodass sie beide vor der Tür in einem Patt verharrten.

Ludwig rollte innerlich mit den Augen, schenkte ihnen ein huldvolles Nicken und schritt zu seinem Schlafgemach. Sollten die beiden sich alleine die Köpfe einschlagen. Er hatte alles versucht, was in seiner Macht stand. Er hoffte nur, sein Büro bliebe unversehrt.

Ludwigs Sekretär öffnete die Tür zu Ludwigs Schlafzimmer und ließ ihn als Ersten eintreten, wie es sich schickte. Der trat forsch herein, froh, endlich den beiden Widersachern entgangen zu sein. Die Kirchturmuhr schlug elf Uhr.

Kapitel 17

Sophie starrte von Hagen an, der mit dem Rücken zum Bett vor ihr stand und mit der Pistole aus einem Abstand von ungefähr anderthalb Metern direkt auf ihr Herz zielte, das Kissen unter den Arm geklemmt, grässliche Entschlossenheit im Blick. In Sophies Ohren rauschte es. Wie durch Watte hörte sie, wie die Zimmertür links hinter ihr geöffnet wurde.

»Bitte nach Euch, Eure Majestät«, erklang Major Lohmanns Stimme, und Ludwigs Schritte, die sie überall erkannt hätte, kamen näher. Der Duft von seinem Parfüm wehte zu ihr herüber. Sie ließ von Hagen nicht aus den Augen, der die beiden Männer natürlich ebenfalls bemerkt hatte. Er schwenkte den Lauf ein wenig in die Richtung von Ludwig und seinem Sekretär, sodass Sophie sich traute, für einen Moment vorsichtig aus dem Augenwinkel über die Schulter zu spähen.

Ludwig befand sich noch in der Nähe der Tür und schaute sich mit gerunzelter Stirn um, den Mund leicht geöffnet. Offenbar fiel es ihm schwer, von Hagen mit der Waffe in der Hand und Sophie zu einem sinnvollen Bild zu verschmelzen. Major Lohmann, der gleich hinter Ludwig stand und die Finger noch an der Türklinke hatte, schien sich schneller zu fangen, denn sein Blick wanderte zu Sophie und wieder zurück zu von Hagen.

»Schließt die Tür«, sagte von Hagen. »Sofort.«

Der Sekretär zögerte. Von draußen auf dem Gang drangen Stimmen herein. Eine davon war eindeutig Wagners durchdringendes Organ. Der Meister ereiferte sich offenbar immer noch über irgendetwas.

»Die Tür. Sonst erschieße ich die Herzogin.« Von Hagen richtete die Waffe wieder auf Sophie, die hinter sich tastete, um sich abzustützen. Sie hatte das Gefühl, sich nicht länger aufrecht halten zu können. Aber hinter ihr war nichts außer Luft.

Der Major schloss vorsichtig die Tür.

»Ich verlange zu wissen, was hier vor sich geht«, herrschte Ludwig von Hagen an. »Und nehmt sofort die Pistole von meiner Cousine, Ihr grober Mensch.« Empört stemmte er die Hände in die Hüften.

»Schweigt«, bellte von Hagen.

»Wie bitte? Schweigt? Und das zu Eurem König?«, rief Ludwig konsterniert.

»Was geht hier vor, von Hagen?« Lohmann kam langsam näher.

»Keine Bewegung, nicht einen Schritt. Sonst stirbt sie.« Von Hagen atmete flach und schnell.

»Nicht schießen.« Ludwigs Sekretär blieb stehen. Er streckte seine Arme aus und zeigte seine Handflächen, wahrscheinlich, um von Hagen zu beruhigen und ihm zu signalisieren, dass er keine Absicht hatte, ihn anzugreifen.

»Was ist das für ein Benehmen? Unerhört. Ich sagte, legt die Waffe weg, von Hagen!«, donnerte Ludwig dazwischen.

An von Hagens Schläfen liefen Schweißperlen herunter, und die Pistole, deren Lauf jetzt auf Ludwig zeigte, zitterte deutlich. Er wirkte wie ein Mann, der kurz davorstand, die Kontrolle zu verlieren. Und wenn er das tat, würde zumindest einer von ihnen sterben.

»Macht keine Dummheiten, Kommandant«, mahnte Lohmann, der das ebenso zu sehen schien.

»Wir sind zu viele für dich. Gib auf, du Schurke!«, rief Ludwig.

Sophie stöhnte innerlich. Sie liebte Ludwig, aber Zurückhaltung war nicht seine Stärke.

»Wenn Ihr nicht tut, was ich sage, dann werdet Ihr hier alle nicht lebend rauskommen«, zischte von Hagen.

»Was willst du?« Lohmanns erhobene Hände zitterten kein bisschen. Das war unheimlich. Niemand konnte in so einer Situation gelassen bleiben.

»Ihr bleibt, wo Ihr seid. Und Ihr …« Von Hagen wies mit dem Lauf wieder auf Sophie. »Ihr bindet den beiden die Handgelenke.«

»Was?« Sophie konnte nicht verhindern, dass ihre Stimme bebte. Sie wäre gern mutig und furchtlos gewesen. Aber die Wahrheit war: Sie hatte schreckliche Angst. Um sich und ihr Leben. Aber auch um das von Ludwig und Major Lohmann.

»Im Schrank ist eine Leibbinde.« Von Hagen deutete mit dem Kinn auf das Möbelstück. »Die silberne. Na los.« Er trat neben sie, stieß ihr die Waffe in den Rücken und schob sie damit vorwärts.

Sophie ging zögerlich an Lohmann und Ludwig vorbei zum Schrank. Vom Schrankboden schaute ihr Siegfried entgegen, den von Hagen mit einem von Ludwigs Seidenhemden wie eine kleine Mumie eingewickelt und verknotet hatte, sodass nur seine Nase und die hervorstehenden Augen hervorschauten. Er vermittelte den Eindruck extremer Kränkung ob dieser Behandlung. Sophie schaute suchend an ihm vorbei in den Rest des Schrankes. Im mittleren Fach lag neben Ludwigs Hemden eine Art silberne Schärpe oder Bauchbinde, wie Herren sie zum Frack trugen. Sie nahm sie heraus, drehte sich zu von Hagen um und hielt sie fragend in die Höhe. Der bedeutete ihr, damit zu Ludwig und Major Lohmann zu gehen.

»Ihn zuerst.« Er zeigte auf den Sekretär. Sophie trat an Lohmann heran und hob die Schärpe.

Kapitel 18

»Ihn zuerst.« Der Verräter von Hagen zeigte mit seinem mehrschüssigen Perkussionsrevolver auf Major Lohmann. Der Revolver war brandneu, und ein Teil von Ludwig hätte gern einmal ausprobiert, wie es sich mit der neuen Trommel schoss. Ein anderer Teil von ihm war gekränkt, weil von Hagen Ludwig offenkundig für weniger gefährlich hielt als den Major. Wie konnte das sein? Er war der König, und wenn hier jemand gefährlich war, dann er. Nicht sein Sekretär, auch wenn der noch so heldenhaft gebaut war. Ludwig wurde so wütend, dass er sich an seiner eigenen Spucke verschluckte und hustete. Von Hagen hielt den Revolver in die Höhe und zielte auf Ludwigs Brust.

»Oh«, machte Ludwig unwillkürlich und vergaß, zu husten.

Von Hagen starrte ihn mit Mord in den Augen an, und Ludwig bekam eine Gänsehaut. Von Hagen war also der Attentäter? Wie hatte der seine wahre bösartige Natur und schändlichen Pläne nur so lange verbergen können? Und was hatte er nun mit ihnen vor? Er wollte sie selbstverständlich erledigen, beantwortete Ludwig sich seine Frage sofort selbst. Ansonsten wären des Mörders Tage auf Erden gezählt.

Sophie begann, die silberne Leibbinde um Lohmanns Handgelenke zu wickeln. Sie tat dies langsam und umständlich, wahrscheinlich wollte sie ihnen Zeit verschaffen. Aber um was zu tun? Wenn Ludwig schrie, schoss von Hagen. Das war klar. Sich auf ihn zu stürzen, war nicht möglich. Er war zu weit entfernt. Außerdem hatte Ludwig kein gesteigertes Interesse daran, von Kugeln durchsiebt zu werden. Also was tun? Was?

Der Major und Sophie waren nur eine Körperlänge von

ihm entfernt, so nah, dass Ludwig die Anspannung in Sophies Gesicht erkennen konnte. Er musste sie retten. Erstens, weil sie ihm lieb und teuer war. Aber auch, weil Ludovika ihn, König hin oder her, umbringen würde, wenn ihrer Tochter in seiner Obhut etwas zustieß. Und seinen Sekretär musste Ludwig ebenfalls retten. Der sollte möglichst auch nicht sterben.

Von Hagen bewegte sich mit der Waffe im Anschlag weg vom Bett in die hintere Ecke des Raumes ans Fenster, wobei er abwechselnd Sophie und Lohmann sowie Ludwig fixierte. Noch immer hielt er das Kissen unter dem Arm. Vermutlich wollte er es als Schalldämpfer verwenden. Ludwig konnte sich nicht vorstellen, was von Hagen mit den Preußen gemeinsame Sache hatte machen lassen. Schließlich hatte er seine Beinverletzung eben diesen Preußen zu verdanken. Aber was auch immer der Grund dafür war – es würde für ihn ein Leichtes sein, sie alle nacheinander zu ermorden, sobald sie erst mal gefesselt wären. Deshalb durften sie sich nicht fesseln lassen. Auf keinen Fall! Das musste unter Aufbietung aller Kräfte verhindert werden.

Ludwig schaute sich nach einer Waffe um, entdeckte aber nichts. Dann erregte eine Bewegung über ihm seine Aufmerksamkeit. Es war Brunhilde, die auf der Kette vor sich hinschaukelte, den Kopf geneigt, als ob sie auf etwas wartete. Ludwig spähte zum Nachttisch, wo das Rubinarmband lag. Unauffällig spähte er weiter zu von Hagen, der jetzt am Fenster stand, ein paar Meter von Sophie und dem Major entfernt. Erstere ließ das lange Gewebe fallen, entschuldigte sich bei von Hagen und hob es auf. Ludwig nutzte die Gelegenheit und schob sich geräuschlos zum Nachttisch, der zum Glück nicht weit weg war. Er griff sich langsam und vorsichtig das Armband. Es fühlte sich kalt an, als er die Faust darumschloss, bevor er es sorgsam hinter seinem Rücken verbarg. Sophie hatte die lange Stoffbahn nun mehrmals um Lohmanns Handgelenke gewickelt und war dabei, den Stoff festzuziehen. Ludwig spürte, wie sein Herz heftig klopfte. Er musste handeln. Jetzt oder nie.

»Fang!«, brüllte er und warf das Armband in von Hagens Richtung. Der zuckte zusammen, vermutlich, weil er dachte, er würde angegriffen. Seine Pistole schwenkte einen Augenblick beiseite, während Brunhilde wie ein Falke im Sturzflug auf das Armband hinunterstieß und von Hagens Sicht für einen kurzen, kostbaren Augenblick versperrte. Sophie duckte sich geistesgegenwärtig zur Seite weg. Der Major warf sich mit seinen gefesselten Händen und seinem ganzen Körper gegen von Hagen und brachte diesen mit dem Ansturm aus dem Gleichgewicht. Beide gingen zu Boden, und ein Donnerschlag hallte plötzlich durch das Zimmer. Aus der Waffe hatte sich ein Schuss gelöst.

Kapitel 19

Sophie sprang beiseite, als sie Ludwig rufen hörte. Weg von der Waffe, weg vom Kommandanten. Sie reagierte aus reiner Intuition und hatte keine Idee, was Ludwig vorhatte. Brunhilde flatterte wild und begeistert gackernd hinter etwas Glitzerndem her, das vor von Hagens Füßen landete. Sie stieß wie ein Adler darauf herab. Von Hagen wich einen Schritt zurück und zielte auf Brunhilde, offenbar nicht sicher, ob das ein Angriff war und wenn ja, von wem. Lohmann nutzte die Gelegenheit und stürmte mit gesenktem Kopf an Sophie vorbei. Er warf sich gegen von Hagen. Sie gingen in einem Gewühl aus Armen und Beinen zu Boden. Ein krachender Schuss löste sich aus der Waffe. Sophie duckte sich instinktiv neben den Schrank, obwohl das unlogisch war. Einem Schuss konnte man nicht ausweichen. War jemand getroffen? Sie schaute mit zitternden Knien an sich herunter. Kein Blut. Kein Schmerz. Sie schien unverletzt. Sie wandte sich zu Ludwig, der zur Tür eilte, diese aufriss und nach der Wache schrie. Dann blickte sie zu von Hagen und Lohmann, die auf dem Boden miteinander rangen. Der kleinere von Hagen war halb unter Ludwigs Sekretär begraben, doch von Hagen hatte die Waffe nicht losgelassen. Er hielt sie mit ausgestrecktem Arm weit von sich über seinen Kopf. Lohmann versuchte seinerseits, an die Pistole zu gelangen, aber die Leibbinde, die sich immer noch um seine Handgelenke wand, beschränkte ihn in seinen Bewegungen. Von Hagen schaffte es, die Waffe millimeterweise und unter großen Anstrengungen nach unten, auf Lohmanns Gesicht, zu richten.

Sophie keuchte vor Angst. Ludwig war aus dem Zimmer verschwunden und rief draußen auf dem Flur weiter nach der Wache. Sie war hier auf sich allein gestellt. Brunhilde flatterte einmal mehr durch die Luft, landete auf dem Nachttisch und machte Anstalten, in ihren Käfig zu klettern, Sophies Armband im Schnabel.

Der Käfig. Der war aus Messing und schwer genug. Sie stürzte zum Nachttisch, griff sich den Vogelkäfig, rannte damit zu den beiden Kontrahenten, hob den Vogelkäfig mit aller Kraft in die Höhe und betete, dass sie den richtigen Mann treffen würde. Dann ließ sie das schwere Metallgestell hinuntersausen.

Einen Moment schien gar nichts zu geschehen, doch dann machte von Hagen einen Laut, der eine Mischung aus Stöhnen und Schluckauf war, und sackte schlaff in sich zusammen, die Wange praktischerweise seitlich auf das Kopfkissen absenkend, das neben ihn gefallen war.

»Die Waffe!« Lohmann stützte sich mit den gefesselten Händen auf von Hagens Brust ab.

Sophie ließ den Käfig fallen, griff sich das monströse Mordwerkzeug und warf es weit von sich. Der Revolver schlitterte unter das Bett. Im selben Augenblick kamen zwei bewaffnete Wachen hereingestürmt, gefolgt von einem wutschnaubenden Ludwig sowie Funkenberg und Wagner, die weniger besorgt als neugierig wirkten.

»Nehmt den Verräter fest!« Ludwig zeigte auf von Hagen, der mit ausgestreckten Armen und Beinen auf dem Boden lag.

Die beiden Wachen machten kurzen Prozess. Wenn es sie wunderte, dass sie den Chef ihrer eigenen Wache festnahmen, dann zeigten sie es zumindest nicht. Sie griffen von Hagen unter den Achseln und zogen ihn mit einem Ruck in die Höhe, sodass er zwischen ihnen beiden zum Stehen kam, noch halb betäubt von dem Schlag mit dem Käfig.

Sophie beugte sich zu Paul Lohmann herunter, der auf dem Boden kniete, und löste den Stoff von seinen Armen.

»Seid Ihr unverletzt, Hoheit?« Paul Lohmann rieb sich die Handgelenke. Er hatte eine blutende Wunde auf der Stirn.

»Ja«, sagte sie, obwohl sie das Gefühl hatte, alles wie durch

Watte zu spüren. »Und Ihr, Major?« Sie reichte ihm die Hand, um ihm beim Aufstehen zu helfen.

»Ich denke, ja.« Er nahm ihre Hand, kam in die Höhe und gab sie augenblicklich wieder frei, sobald er stand.

»Hier.« Sophie reichte ihm ihr neues Seidentuch, das sie heute Morgen in ihren Ärmelaufschlag gesteckt hatte.

»Danke, Eure Hoheit.« Der Major nahm es entgegen und tupfte sich damit über die blutende Stirn.

»Ich denke, der Dank gebührt Euch«, sagte Sophie, was selbst für sie seltsam formell klang. Aber wie bedankte man sich dafür, dass jemand einem das Leben gerettet hatte?

»Wofür?« Major Lohmann schaute sie skeptisch an.

»Dafür, dass Ihr Euch mit gefesselten Händen auf einen bewaffneten Mörder geworfen habt.« Sophie versuchte, es nicht wie einen Vorwurf klingen zu lassen. Es war mutig, aber auch ziemlich tollkühn gewesen.

»Wenn Ihr es so sagt, klingt es irgendwie überragend dumm«, entgegnete der Major, der die stumme Botschaft offenbar verstanden hatte.

»Das könnte man wohl sagen.« Sophie lächelte ihn vorsichtig an.

»Ich denke, auch ich schulde Euch meinen Dank, Hoheit. Ohne Euren beherzten Einsatz mit dem Käfig ...« Er lächelte zurück. Ein kleines, kaum wahrnehmbares Lächeln, aber immerhin.

Sophie nickte und wandte sich ab. Sie klaubte Siegfried aus dem Schrank, wickelte ihn aus Ludwigs Hemd und setzte den Mops behutsam ab. Offensichtlich erleichtert darüber, endlich befreit zu sein, drehte der kleine Hund schwanzwedelnd ein paar Pirouetten um sie herum. Dann nahm sie den Käfig, der eine deutliche Delle aufwies, wo er mit von Hagens Stirn kollidiert war, stellte ihn ordentlich auf den Nachttisch und öffnete die Tür, damit Brunhilde hineinkonnte.

Plötzlich gaben Sophies Beine unter ihr nach, und obwohl es sich nicht schickte, ließ sie sich erschöpft auf das Bett des Königs sinken.

Kapitel 20

Auszug aus dem Tagebuch Ludwigs des II.:

»Puh.«

»Sophie, meine Liebe, alles in Ordnung?«, fragte Ludwig seine Cousine, die mit großen Augen auf seinem Bett saß.

»Ja«, behauptete sie matt, obwohl sie leichenblass war.

»Bei Euch auch?« Ludwig schaute seinen heldenhaften Privatsekretär prüfend an.

»Ja, Eure Majestät.« Der Major presste sich ein Taschentuch an die Stirn.

»Siegfried?« Ludwig schaute auf den Mops zu seinen Füßen herab.

Der bellte und sprang auf und ab. Allerdings wirkte er nicht ganz so enthusiastisch wie sonst. Kein Wunder, der Arme war in Gefangenschaft gewesen. Neben allem anderen würde von Hagen auch dafür büßen. Niemand fesselte den königlichen Mops!

»Brunhilde?« Ludwig blickte suchend umher.

»Sie ist gesund und munter«, kam es schwach von Sophie, die in Richtung des Käfigs zeigte, auf dem Brunhilde umherturnte und der eine heftige Delle aufwies.

»*›unter*«, stimmte Brunhilde, die Heldin der Lüfte, zu. Ludwig würde ihr einen ganzen Sack Sonnenblumenkerne für ihre Tat spendieren müssen. Und bei Sophie und seinem Sekretär musste er sich ebenso bedanken. Auch wenn Ludwig nicht ganz klar war, was eigentlich vorgefallen war, während er die Wachen geholt hatte. Aber das konnte er später erfahren. Zunächst musste er sich dem Unhold widmen, der all das Unheil angerichtet hatte.

Ludwig trat zu den Wachen und von Hagen. »Du verdammter Verräter. Erkläre dich.«

Von Hagen hob nicht einmal den Kopf.

Ludwig packte seine Haare, zog sein perfides, treuloses Haupt nach oben und gab ihm links und rechts ein paar leichte Watschen, damit er wach wurde. Von Hagens Blick wurde aufmerksamer und verschlagener, aber er schwieg weiter. Ludwigs Brust war voller Feuer. Wie konnte dieser Unmensch es wagen, ihn mit Schweigen zu strafen? Zum ersten Mal wünschte er sich, dass die Folter in Bayern nicht vor mehr als fünfzig Jahren abgeschafft worden wäre. Dann hätte er jetzt … Er riss sich mühsam zusammen. Zumindest hatte von Hagen eine dicke Schwellung auf der Stirn, was Ludwig mit Genugtuung erfüllte.

»Was hast du nur getan? Bist du von Sinnen? Willst du unsere Familie ruinieren?« Funkenberg, den Ludwig völlig vergessen hatte, drängelte sich am König vorbei und rüttelte seinen Schwiegervater an den Schultern.

»Das hast *du* bereits getan«, erwiderte von Hagen spöttisch, dessen Wächter Funkenberg gewähren ließen.

»Ich? Wieso ich?« Funkenberg stellte das Schütteln ein.

»Weil du ein Feigling bist. Du hast meine Tochter nicht verdient.«

»Was hat Lili damit zu tun?«, fragte Funkenberg verständnislos. Da ging es ihm wie Ludwig. Der verstand auch kein Wort von den treulosen Lippen von Hagens.

»Er hat das Attentat auf von Geersen begangen«, kam es aus Sophies Richtung. »Da sind wir uns einig, oder?«

»Natürlich.« Ludwig nickte.

»Und er wollte seine Abdrücke von der Tatwaffe wischen.« Sophie wies auf das Tuch, das auf der Erde neben der Tatwaffe lag.

»Aber was hätte das dem Verräter geholfen? Augusto hat Zeichnungen von den Abdrücken gemacht«, sagte Ludwig.

»Ich vermute, die Zeichnungen werden wir in seiner Jackentasche finden«, erwiderte Sophie. Von Hagens gepeinigter Gesichtsausdruck zeigte, dass sie damit ins Schwarze getroffen hatte.

»Und wir sind ihm bei alledem in die Quere gekommen. Deshalb wollte er uns beseitigen.« Major Lohmann hatte etwas Blut an der Braue, das am Taschentuch vorbeigelaufen war.

»Das ist offenkundig. Er hat die Waffe oft genug auf mich gerichtet«, sagte Ludwig finster.

»Den König?«, stöhnte Funkenberg, den Ludwig nur von hinten sah. »Du wolltest den König erschießen?«

»Den auch«, kommentierte der Major mit einem Funken Humor.

»Warum nur? Warum?« Funkenberg schüttelte fassungslos den Kopf.

»Ja.« Ludwig schob Funkenberg beiseite und bohrte seinen Zeigefinger in von Hagens Brust. »Warum wolltest du mich erschießen? Mich! Was denkst du dir dabei?«

»Er wollte nicht Euch erschießen, Eure Majestät, sondern wirklich von Geersen.« Ludwigs Sekretär kam langsam herüber.

»Wie meinen?« Ludwig hob erstaunt die Augenbrauen. Von Hagen hatte eindeutig die Waffe auf ihn gerichtet gehabt.

»Nicht jetzt«, griff Sophie ein, deren Gesichtsfarbe sich langsam wieder belebte. »Major Lohmann meint, im Verhandlungszimmer.«

»Bitte?« Ludwig runzelte die Stirn.

»Ich vermute, er wollte die Verhandlungen mit den Preußen sabotieren«, erläuterte der Major und stellte sich neben Ludwig.

»Und wie geht so was besser, als wenn der Sondergesandte während der Verhandlungen ermordet wird«, nahm Sophie den Faden auf.

»Was denkst du, was Lili dazu sagen wird?« Funkenberg

wich ein Stück von seinem Schwiegervater zurück, den die Wachen immer noch an den Armen festhielten.

»Sie wird sagen, dass ihr Vater ein Mann ist, der einsteht für das, woran er glaubt«, ergriff von Hagen das Wort. »Anders als ihr Gatte.«

»Und woran glaubst du, du Wahnsinniger? Daran, dass ein Attentat auf die Preußen deine Freunde oder deinen Sohn wiederauferstehen lässt? Oder dein Bein heilt?«, schnaufte Funkenberg, der jetzt etwas abseits von Ludwig stand.

»Daran, dass wir gestorben sind, um die Preußen zu besiegen! Aber ihr verhandelt mit ihnen. Ihr händigt ihnen unsere Leben auf dem Silbertablett aus, ihr Feiglinge«, fauchte von Hagen.

»Warum dann der zweite Schuss und der dritte, he? Die waren doch für mich.« Ludwig griff sich eins von von Hagens Abzeichen und riss es von der Uniform.

»Die waren für den da, weil mein lieber Schwiegersohn zu schwach ist, seine Probleme allein zu lösen.« Von Hagen sah um Ludwig herum zu Richard Wagner, der das Ganze entspannt aus der Nähe der Tür betrachtet hatte. Der Komponist wirkte zufrieden, wahrscheinlich, weil sein Erzfeind Funkenberg sich nach diesem Vorfall endgültig von seiner Karriere verabschieden konnte.

»Ich?« Wagner schreckte auf. »Was?«

»Ihr wolltet den Meister töten?« Ludwigs Unterkiefer klappte gänzlich unköniglich nach unten. »Das auch noch?«

Von Hagen schwieg.

»Verdient hat er es. Mit all seinen Lügen und Intrigen hat er Lili krank gemacht. Sie hat nur noch geweint, weil sie fürchtete, ich würde meinen Posten verlieren«, brach es böse aus Funkenberg hervor.

Wagner kniff die Augen zusammen, stürzte plötzlich nach vorn zu Funkenberg und schubste ihn. »Du hast versucht, mich umzubringen!«

»Das habe ich nicht.« Funkenberg schubste zurück.

»Doch, du hast gemeinsame Sache mit ihm hier gemacht.

Und heute hast du den König abgelenkt, damit dein Schwiegervater hier ungestört seinen bösen Taten nachgehen konnte.« Wagner schubste Funkenberg erneut.

»Das ist nicht wahr. Er hat mich unter Druck gesetzt, ich solle mit dem König sprechen und eine Entschuldigung verlangen. Für Lili. Mehr nicht.« Funkenberg versuchte, Wagner vors Knie zu treten, aber der wich rechtzeitig zurück.

»Und wärst du nicht über von Geersen gestolpert, lägest du jetzt dort, wo du hingehörst«, sagte von Hagen spöttisch zu Wagner. »Im Leichenhaus. Deine Musik ist wie dafür gemacht.«

»Du Schuft. Meine Musik ist für die Ewigkeit!« Wagner stürzte sich voller Rage und wie ein rachsüchtiger Engel auf den Schurken von Hagen. Siegfried sprang bellend hinzu und umrundete die beiden.

Ludwigs Hirn taumelte. Von Geersen war das richtige Opfer gewesen? Nicht er? Wie das? Und Wagner? Von Hagen hatte den großen Meister töten wollen? Das war unglaublich.

»Dafür wirst du hängen«, verkündete Ludwig, aber keiner hörte ihm zu.

Wagner gab von Hagen eine schallende Ohrfeige. Der wollte sich auf ihn stürzen, aber die beiden Wachen hielten ihn zurück.

»Ihr schlagt meine Familie nicht, Ihr widerlicher Intrigant. Das hier ist alles Eure Schuld.« Funkenberg kam von hinten herangeeilt und gab Wagner einen Tritt in den Allerwertesten. Ludwig hatte nicht geahnt, dass Funkenberg so beweglich war.

Wagner fiel durch die Wucht des Trittes gegen von Hagen, stützte sich an dessen Brust ab und drehte sich zu Funkenberg um. »Was kann ich dafür, dass Euer Schwiegervater verrückt ist? Na ja, das scheint wohl in der Familie zu liegen«, sagte er spöttisch.

Die beiden Wachen sahen von Wagner und Funkenberg zu Ludwig und wieder zurück.

»Oh mei«, sagte einer von beiden.

Funkenberg verpasste Wagner einen Kinnhaken. Offenbar hatte der Schlag gesessen, denn der Meister taumelte gegen eine der Wachen und rieb sich stöhnend das Kinn. Dann gab er einen unartikulierten Schrei von sich und boxte Funkenberg vor die Brust, wodurch der nach hinten stolperte. Der Minister fing sich aber schnell, attackierte Wagner und legte ihm beide Hände an die Gurgel. Wagner wurde dunkelrot, machte erstickte Laute und versuchte vergeblich, sich zu befreien.

»Sollen wir, Eure Majestät?« Der Major verfolgte das Ganze reglos, das blutige Seidentuch in der Hand.

»Einen Moment noch.« Ludwig wartete, bis Wagner noch ein wenig dunkler geworden war, dann nickte er seinem Sekretär zu. »Bitte.«

Der steckte das Tuch ein, umrundete den aufgedrehten Siegfried und löste vorsichtig, aber kraftvoll Funkenbergs Finger von Wagners Hals, indem er sie nacheinander auseinanderbog. Funkenberg ließ sich auf den Boden fallen und schlug die Hände vors Gesicht. Seine Schultern zuckten.

»Ich bring dich um, du verdammter Finanzfeigling!«, brüllte Wagner, der sich den Hals rieb und offenbar wieder mehr als genügend Luft bekam.

»Führt von Hagen ab, und überstellt ihn nach München ins Gefängnis«, befahl Ludwig den Wachen. »Funkenberg steht unter Hausarrest, bis ich weiß, ob er mit seinem Schwiegervater gemeinsame Sache gemacht hat.«

Kapitel 21

Sophie tupfte Farbe auf die fast jungfräuliche Leinwand. Sie hatte das alte Bild aufgegeben und sich entschlossen, es mit einem neuen zu versuchen. Diesmal sollte es ein Schwan werden. Ihr Spaziergang unten am See am Tag des Attentates und Ludwigs Träume hatten sie dazu inspiriert. Seitdem war viel passiert.

Ludwig und Major Lohmann hatten einiges zu tun. Nachdem klar gewesen war, dass nicht die Preußen hinter dem Attentat steckten, hatte Ludwig doch den Ermittler aus München angefordert, der die Beweise gesichert und Zeugen befragt hatte. Von Hagen war ins Gefängnis gebracht worden und wartete dort auf seine Verhandlung. Außerdem hatte von Pfistermeister Ludwig überredet, dabei zu helfen, die Preußen zu besänftigen, die außer sich waren. Sie hatten einen neuen Sondergesandten geschickt, der laut Ludwig deutlich schlimmer als von Geersen war. Genau mit diesem tagte Ludwig gerade, sehr zu seinem Leidwesen. Draußen schien die allerschönste Sonne, und der König hatte sich bitter beklagt, dass er schon wieder ans Schloss gefesselt war.

Erika spazierte herein, einen dicken Wälzer unter dem Arm. »Gibt es etwas Neues aus München?«

Sophie schaute nur flüchtig auf. »Major Lohmann hat mir eine Nachricht zukommen lassen.«

»Und was schreibt er?« Erika bekam rosige Wangen bei der Erwähnung von Ludwigs Sekretär.

»Kommandant von Hagen hat offiziell gestanden.« Sophie malte dem Schwan einen rechten Flügel.

»Nach allem, was war, hätte Bestreiten wohl auch nicht mehr viel geändert«, sagte Erika und schlenderte zum Tisch.

»Das stimmt. Und es kommt noch hinzu, dass Ursula ihn

vom Tatort hat kommen sehen. Gleich nach den Schüssen. Sie hat sich nur nichts dabei gedacht, weil sie glaubte, er wäre auf dem Weg, um die Ursache der Schüsse zu erforschen. Ludwig hatte also doch recht damit, dass sie mehr wusste, als sie zuerst ausgesagt hat. Auch wenn sie es nicht mit böser Intention verschwiegen hat.«

»Sie ist aber trotzdem außer sich und macht sich Vorwürfe. Genau wie Lili, von Hagens arme Tochter. Die isst nicht mehr und sieht aus wie ein Geist, heißt es.« Erika legte das Buch ab und begann, die Pigmentsäckchen auf dem Tisch nach ihren Farben zu ordnen.

»Weißt du, was mit ihrem Mann geschehen ist? Steht er noch unter Hausarrest? Dazu hat Major Lohmann nichts geschrieben.« Sophie malte den zweiten Flügel, der fast doppelt so groß wie der andere geriet.

Erika stellte zwei rote Säckchen nebeneinander. »Das Zofenbulletin sagt Ja. Aber er behauptet nach wie vor steif und fest, dass er mit der Sache nichts zu tun hatte. Was sagt denn von Hagen dazu?«

»Der sagt, dass sein Schwiegersohn an seinem bösen Vorhaben nicht beteiligt war. Er will alles alleine geplant haben. Er wollte von Geersen töten, damit die Verhandlungen mit den Preußen abgebrochen werden. Wagner hat er wegen dessen Fehde mit seinem Schwiegersohn ins Visier genommen. Aber auch, weil er wusste, dass das den Verdacht davon ablenken würde, dass durch das Attentat die Verhandlungen mit den Preußen sabotiert werden sollten.«

»Und hat er gestanden, woher das preußische Gewehr stammt?«

»Das hat er vor einiger Zeit einem preußischen Soldaten gestohlen, der zu einer Delegation in München gehörte. Der hat den Diebstahl zwar seinem Vorgesetzten gemeldet, aber der hat es nicht weitergegeben, weil er keinen Ärger wollte und sich nicht sicher war, ob sein Soldat das Gewehr nicht nur verloren hatte.«

»Das bedeutet, von Hagen hat alles von langer Hand geplant?«

»So scheint es. Und offenbar hielt er die Gelegenheit während des Treffens für günstig, weil Wagner zufällig mit anwesend war.«

»Und was passiert nun mit Funkenberg?« Erika hatte jetzt alle Farbsäckchen sortiert.

»Wenn es keine Beweise gibt, müssten sie ihn aus dem Hausarrest entlassen.«

»Aber seinen Status und sein Amt kann er vergessen«, stellte Erika fest.

»Weshalb sagst du das? Er könnte doch wirklich unschuldig sein.«

»Es geht das Gerücht um, dass Seine Majestät ihm nicht glaubt. Er hat das dem Vernehmen nach von Pfistermeister in einer Audienz mitgeteilt.«

»Woher stammt diese Information? Von Pfistermeister hat doch sicher nicht getratscht, oder?«

»Karlchen hat bei der Audienz Getränke serviert.«

»Der arme Funkenberg.« Sophie legte den Pinsel weg und rieb sich die Farbe mit einem Lappen von den Fingern. Vielleicht sollte man ihm unter die Arme greifen und mit Ludwig sprechen? Sie dachte an ihre letzten Erfahrungen. Nein, das würde sie den Gendarmen überlassen. Bis auf Weiteres hatte sie genug von Abenteuern. Nicht auszudenken, was diesmal passieren würde, wenn sie sich einmischte.

»Weißt du übrigens, dass du unter den Zofen Heldenstatus genießt?« Erika grinste.

»Weshalb das?« Sophie unterbrach das Reinigen ihrer Finger für einen Moment.

Erika schaute Sophie anerkennend an. »Weil du von Hagen mit dem Vogelkäfig erledigt hast.«

»Danke für das Kompliment«, sagte Sophie leichthin. »Aber so heldenhaft kam ich mir dabei nicht vor.« Und noch immer wachte sie Nacht für Nacht schweißgebadet auf, weil sie in ihren Träumen immer wieder von Hagen mit seiner Waffe vor sich sah.

Ludwig kam die Treppe hochgepoltert, seinen Sekretär im Schlepptau, der den Ausstattungskatalog dabeihatte. Major Lohmanns Schramme war nur noch ein rosafarbener Streifen auf der Stirn. Beide Männer kamen zu Sophie und Erika herüber.

»Ich brauche eine Pause«, stöhnte Ludwig. »Der neue Sondergesandte verlangt Reparationen. Er droht mir mit allerlei innovativem Ungemach, wenn wir nicht zahlen. Aber wir haben kein Geld – und ich keinen vertrauenswürdigen Finanzminister, der welches auftreiben könnte. Ich habe von Pfistermeister unten gelassen. Jetzt kann er sich beweisen.«

»Das ist ausnahmsweise ein echtes Desaster mit einem großen D«, kommentierte Sophie und wischte sich mit dem Tuch Farbe vom Handrücken.

»Bitte?« Ludwig betrachtete abwesend Sophies Leinwand.

»War nichts Wichtiges, mein Lieber.« Sie schaute sich um. Einer fehlte in der Runde. »Was macht denn der große Meister Wagner? Ihn habe ich seit seinem Gerangel mit Funkenberg nicht mehr gesehen.«

»Er hat sich zum Schmollen in seine Villa nach München zurückgezogen. Er sagt, er könne nie wieder Musik komponieren, er sei ein gebrochener Mann«, erwiderte Ludwig ungewohnt pointiert.

»Und ist er das?«, fragte Sophie skeptisch. »Gebrochen?«

»Ich denke, er ist eher beleidigt. Und der wahre Grund, warum er in München ist und nicht hier, ist der, dass er eine neue Geliebte hat.« Ludwig runzelte die Stirn, den Blick auf Sophies Bild gerichtet. Ob wegen der Geliebten oder des Schwans, war für Sophie nicht deutlich.

»Eine Geliebte?«, warf der Major fragend vom Tisch ein, wo er die Malutensilien betrachtete.

»Jawohl. Die Frau eines seiner besten Freunde. Und das, obwohl er mir Stein und Bein geschworen hat, dass er mit dieser Cosima nichts hat.« Ludwig schüttelte den Kopf. »Ich bin zutiefst enttäuscht von ihm.«

»Liszt?«, hakte Sophie überrascht nach.

»Was, Liszt? Von dem bin ich nicht enttäuscht, nein. Von Wagner«, sagte Ludwig.

»Cosima von Bülow, geborene Liszt?«, insistierte Sophie. »Ist sie die Affäre?«

»Eine Tochter des großen Komponisten und Pianisten Liszt?«, fragte Ludwigs Sekretär. Sophie hatte nicht gedacht, dass er sich für Musik interessierte.

»Ja, genau die.« Ludwig begutachtete das Bild eingehend. »Was soll das sein, meine liebe Sophie?«

»Ein Schwan, sieht man das nicht?« Sophie hängte ihr Putztuch oben an die Staffelei.

»Vielleicht willst du dich im Schwanensaal inspirieren lassen und noch mal nachschauen, wie die echten aussehen?« Ludwig spielte auf die Bilder von der Schwanenrittersage an, die sich an den Wänden im Esszimmer befanden.

»Oder ich suche mir ein anderes Hobby«, entgegnete Sophie niedergeschlagen.

»Nicht doch. Dein Schwan ist zu schön«, neckte Erika sie aus dem Hintergrund.

»Zumindest ist er ziemlich ungewöhnlich.« Major Lohmann schaute über Erikas Schulter auf den Schwan. Die Miene des Privatsekretärs war so betont ernst, dass Sophie den Verdacht nicht unterdrücken konnte, dass er sie hochnahm.

»Wie kamst du darauf, einen Schwan zu malen?«, fragte Ludwig.

»Unter anderem wegen deiner Träume«, erklärte Sophie.

»Gute Idee. Und noch besser ist, dass du das Gewehr und den Helm weggelassen hast.« Ludwig griff sich an die Schläfe. Dann räusperte er sich. »Ich wollte dich übrigens fragen, welche Türklinken du für die neue Burg bestellen würdest. Mein bester Sekretär kann sich nicht entscheiden.«

»Vielleicht Schwäne?«, machte Sophie einen gut gemeinten Versuch, weil das Bild sie darauf brachte.

»Die gibt es nicht«, warf Paul Lohmann ein. »Ich habe nachgesehen. Blitze, Blumen und normale Vögel, aber keine Schwäne.« Der Major klang immer noch völlig verständnislos ob der Tatsache, dass jemand sich derart die Türgriffe verunstaltete.

»Alles zu wenig ritterlich«, sagte Ludwig. »Aber Schwäne an sich gefallen mir. Der Schwanenritter war schon immer mein liebster.«

Karlchen kam herein und schnaufte wegen der Treppen. »Herzogin Sophie. Eure Mutter hat sich angekündigt. Sie weiß von der Sache mit dem Käfig und ist außer sich.«

»Ich war es nicht. Ich habe nichts verraten.« Erika hob abwehrend die Hände.

»Oh nein.« Sophie machte reflexartig eine Bewegung, stolperte über ihren eigenen Rocksaum und musste von Ludwig aufgefangen werden. »Das hat mir gerade noch gefehlt.«

Kapitel 22

Auszug aus dem Tagebuch Ludwigs des II.:

»Mörder gefasst. Ich bin genial. (Notiz: Die Türklinken sind alle nichts. Aber Schwäne und die neue Burg ... Hmmm. Ritterschwanburg? Heiligenschwanburg? Schwanberg? Mir fällt schon etwas ein.)«

ENDE

Kirsten Kaiser

König Ludwig und der gläserne Dolch

Ein Fall für Herzogin Sophie und den Märchenkönig

Kapitel 1

»Das sind Keulen, meine Damen, und keine Zauberstäbe, mit denen man Rosen in Feen verwandelt. Wie oft muss ich das wiederholen?« Die achtzigjährige Gräfin Wallau marschierte zackig wie ein General, der die Truppen abschreitet, vor Herzogin Sophie und Erika, Sophies Zofe, über den taufeuchten Rasen im menschenleeren Park von Schloss Berg. Die normalerweise hellgelbe, dreistöckige Barockfassade mit den zinnenbestückten Ecktürmen war im Lichte des Sonnenaufgangs rosig eingefärbt. Hinter der Gräfin schimmerte das glatte Wasser des Würmsees, rechts von ihr dufteten die Rosen aus einem der gepflegten Beete und das leise Plätschern des Springbrunnens auf dem Schlossvorplatz betonte die ansonsten vollkommene Stille des jungfräulichen Tages. Alles in allem ein wunderbar friedvoller Morgen, wenn die griesgrämige Gräfin und der aufgezwungene Frühsport nicht gewesen wären.

Sophie seufzte leise, hob ein wenig ratlos ihre zwei massiven Turnkeulen vor der Brust in die Höhe und spähte aus den Augenwinkeln zu Erika hinüber, die nur einen Meter neben ihr stand.

»Was ist mit den Rosen?« Erika schaute ihrerseits perplex von den Turnkeulen in ihren Händen zur Gräfin. Sophies Zofe trug wie diese ein schwarzes, knöchellanges Kleid mit Matrosenkragen, darunter eine Pumphose, ebenfalls in Schwarz, die an den Knöcheln zusammengebunden war.

»Ich meine: nicht schlackern, anheben!«, erklärte die Gräfin nur einen Hauch weniger kryptisch. Sie hatte dieselbe Kleidung wie Sophie und Erika angelegt, aber sich zusätzlich an ihren Kragen einen sternenförmigen, goldenen Orden gesteckt.

Erika hielt ihre Keulen zitternd knapp auf Oberschenkelhöhe. »Die wiegen Kilos. Das ist viel zu schwer.«

»Selbstmitleid ist missbrauchte Atemluft.« Die Gräfin bohrte bei jedem Schritt ihren altmodischen Krückstock in die Erde und schaute *en passant* zu Sophie, die vorstehenden Augen skeptisch zusammengekniffen. »Mehr Elan, Hoheit, wenn ich bitten darf.«

»So?« Sophie wuchtete die Keulen mit ausgestreckten Armen und so viel – oder vielmehr wenig – Energie auf und ab, wie sie um diese indiskutable Tageszeit aufbringen konnte.

»Nennt Ihr das Elan?« Die Gräfin wartete nicht auf eine Antwort, sondern schüttelte den weißhaarigen Kopf. »Ihr seht aus wie ein schlafender Pfau, der gleich vorne überkippt.« Sie drehte sich um und marschierte in die Richtung zurück, aus der sie gekommen war.

»Ich bin kein schlafender Pfau, höchstens ein übermüdeter«, grummelte Sophie leise, nachdem die Gräfin in sicherer Entfernung schien. Sie fragte sich, ob der Pfau eine Anspielung auf ihre Haare war. Die fielen offen ihren Rücken bis zur Taille herunter, weil Sophie sich keine Zeit zum Frisieren genommen hatte, und standen aus irgendeinem Grund elektrisch geladen nach allen Seiten ab, was mit viel Fantasie wie ein Pfauenrad aussehen mochte.

Die Gräfin stoppte ihren Marsch und drehte sich um. »Übermüdet sind nur Menschen, die keine Ziele im Leben haben.«

»Die hat aber wirklich ausgezeichnete Ohren für ihr Alter«, flüsterte Erika. Sie neigte sich beim Sprechen seitlich zu Sophie herunter, die einen guten Kopf kleiner war.

»Aber hat sie eben tatsächlich gemeint, dass ich keine Ziele im Leben habe?«, flüsterte Sophie empört zurück und musste ein Gähnen unterdrücken.

Die Gräfin warf ihr einen tadelnden Blick zu, ob wegen des Flüsterns oder des Gähnens, war Sophie nicht klar. Sie versuchte dennoch pro forma, die hölzernen Ungetüme schneller zu bewegen.

Erika fluchte leise, als ihr eine Keule aus den Fingern glitt und beinah auf den Fuß fiel.

Die Gräfin, auf ihren Stock gelehnt, schenkte ihr einen strafenden Blick.

»Hoppla.« Erika hatte ihre herabgefallene Keule aufgehoben und dabei ihren Rock mit in die Höhe gezogen, sodass man ihre Hosen bis zu den Knien sehen konnte.

»Erbärmlich«, urteilte die Herzogin knapp und nahm ihre Wanderung wieder auf.

Sophie nieste zwei Mal hintereinander, ließ die Keulen erleichtert aufs Gras sinken und tastete in ihrem Ärmelaufschlag nach ihrem Taschentuch.

»Was ist, Hoheit?« Die Gräfin unterbrach ihre Wanderung und bohrte ein weiteres tiefes Loch in den feuchten Rasen, das die Gärtner um den Verstand bringen würde. »Wir sind nicht fertig. Noch zehn Wiederholungen.«

»Verzeiht mir. Die Rosen.« Sophie zog ihr Taschentuch aus ihrem Ärmel.

»Was ist mit ihnen?« Die Gräfin warf einen flüchtigen Blick auf das nächstgelegene Blumenbeet.

»Sie bringen mich zum Niesen, Gräfin.« Sophie putzte sich die Nase.

»Ihr vertragt keinen Rosenduft?« Die ohnehin schon gefurchte Stirn der Gräfin zog sich noch mehr zusammen. »Das ist absurd.«

Sophie rollte innerlich mit den Augen.

Die Gräfin nahm ihre Wanderschaft wieder auf und knurrte: »Da seid Ihr genau richtig hier, Eure Hoheit.«

Sophie schaute zur Roseninsel hinüber, die in der Mitte des Würmsees lag, und seufzte stumm. Vor Rosen mangelte es auf Schloss Berg wahrlich nicht.

Erika wartete, bis die Gräfin einige Schritte entfernt war. »Ich kann nicht fassen, dass deine Mutter uns so einer Tyrannin überantwortet hat. Hat dein Brief sie nicht erreicht?«

»Doch, ich habe alles versucht, glaube mir. Nach der Sache mit dem Vogelkäfig war es Benimmunterricht bei der Gräfin oder Rückkehr nach Possenhofen.« Sophie behielt die Gräfin im Auge, die grimmig eine einzelne Zigarre aus ihrer Rocktasche pfriemelte.

Erika nickte verständnisvoll. Sie wusste genau, worauf Sophie anspielte. Vor wenigen Wochen erst hatte es einen Anschlag auf Schloss Hohenschwangau gegeben, bei dem Ludwig beinahe getötet worden wäre. Er und Sophie hatten den Täter fassen können, doch dabei musste Sophie auf eine Art mit einem Vogelkäfig handgreiflich werden, die ihre Familie – und besonders ihre Mutter – mit größtem Entsetzen erfüllt hatte. Wenn es nach jener ginge, wäre Sophie daher längst vom Hof entfernt und nach Hause befördert worden, doch Ludwig hatte Gott sei Dank mal wieder ein beschwichtigendes Wort bei Sophies Mutter eingelegt.

»Aber bist du sicher, dass deine Mutter wollte, dass man uns mit Körperertüchtigung und Schlafentzug drangsaliert? Was hat das, bitte schön, mit Benimmunterricht zu tun?« Erika führte schwächliche Bewegungen mit den Keulen, die man selbst mit gutem Willen nicht als körperliche Ertüchtigung bezeichnen konnte.

»Das ist eine ausgezeichnete Frage, die ich leider nicht beantworten kann. Aber Hauptsache, ich bin hier in Berg und nicht zu Hause. Wir sollten uns glücklich schätzen, dass wir keine Eier im Hühnerstall einsammeln müssen wie meine Freundin Charlotte, die auch schon mit der Gräfin Bekanntschaft schließen durfte.« Sophie unterdrückte ein Gähnen. »Ich wünschte nur, die Gräfin wäre nicht so eine passionierte Frühaufsteherin.«

»Eier? Wirklich?« Erika verzog das Gesicht. »Wie lange musste sie das durchstehen?«

»Zwei Monate. Seitdem isst sie keine mehr.« Sophie bemühte sich, den Mund beim Sprechen so wenig wie möglich zu bewegen, obwohl die Gräfin mit ihren Streichhölzern beschäftigt war, die in der lauen morgendlichen Brise immer wieder ausgingen.

»Ach du meine Güte«, flüsterte Erika. »Meinst du, wir

müssen das hier ebenfalls derart lange ertragen? Sie quält uns erst vier Tage, aber es kommt mir wie eine Ewigkeit vor.«

»Ich fürchte, das entscheidet die Gräfin. Mama hat ihr *Carte blanche* gegeben. Aber du kannst dich nach wie vor aus der Affäre ziehen, Erika. Du musst nicht mit mir mitleiden.«

»Nichts da«, sagte Sophies Zofe entschieden. »Mitgefangen, mitgehangen.«

»Achtung«, murmelte Sophie, weil die Gräfin sich wieder in Bewegung setzte, die angezündete Zigarre im Mundwinkel, dicke Rauchschwaden auspaffend.

»Puhh.« Erika rümpfte demonstrativ die Nase, als die Gräfin bei ihnen angekommen war.

Sophie musste grinsen, weil Erika selbst rauchte, wenn auch nur Zigaretten und keine Zigarren.

Die Gräfin nahm die Zigarre aus dem Mund und bellte: »Was ist hier so amüsant? Zehn zusätzliche Wiederholungen.«

»Das ist unfair«, schimpfte Erika.

»Zwanzig Wiederholungen.« Die Gräfin blies Erika den Rauch genüsslich ins Gesicht.

Eine knappe Stunde später stiegen Erika und Sophie nebeneinander erschöpft die schmale Wendeltreppe in den ersten Stock in Schloss Berg hinauf. Ludwig II., König von Bayern, Sophies Ex-Verlobter und Cousin, hatte ihnen Gemächer in der selten genutzten Wohnung der Königinmutter zur Verfügung gestellt.

»Ich bin derart geschunden. Ich könnte mich gleich nochmals hinlegen.« Erika hatte ihre Keulen unter den Arm geklemmt und wischte sich mit einem Ärmel den Schweiß von der Stirn.

»Tu das, wenn du möchtest.« Sophie fasste ihre Keulen fester, damit die nicht gegen ihre Oberschenkel schlugen. Sie hätte sich ebenfalls gern den Schweiß aus dem Gesicht gewischt, hatte jedoch keine Hand frei.

»Legst du dich noch einmal hin?« Erika nickte einer grauhaarigen Frau in Zofentracht zu, die von oben kommend mit einem angedeuteten Knicks an ihnen vorbeieilte.

»Nein, ich glaube nicht. Wer war das?« Sophie versuchte, der Zofe nicht zu auffällig hinterherzusehen.

»Das war die Zofe von der Wallau. Und wenn du dich nicht hinlegst, dann ich ebenfalls nicht. Was wünschst du sonst heute zu tun?« Erika hob fragend die Augenbrauen.

»Bist du schon dazu gekommen, meinen Schwan auszupacken?«

»Das Bild steht oben im Wohnzimmer auf der Staffelei. Dass es den Umzug hierher unbeschadet überstanden hat, grenzt an ein Wunder, so wie die Fahrleute mit dem Gepäck umgegangen sind. Ich habe übrigens gesehen, dass die Schwanenflügel jetzt beide gleich groß sind. Du machst Fortschritte.« Erika bewegte ihre rechte Schulter ein wenig. »Ich glaube, mein Arm ist taub.«

»Wer ist taub?«, fragte Sophie abwesend, die darüber nachdachte, ob sie dem ersten Schwan einen zweiten zur Seite stellen sollte. Damit konnte sie den misslungen Umriss des ersten teilweise überdecken. Und Schwäne kamen ja üblicherweise in Paaren.

»Mein ...« Erika stolperte über ihre eigenen Füße.

Von oben kam ihnen Major Paul Lohmann, Ludwigs Privatsekretär, mit müdem Gesicht entgegen. Er trug wie fast immer einen dunkeln Anzug und ein schlichtes weißes, gestärktes Hemd mit einem schwarzen Binder. Auf den ersten Blick wirkte er damit eher wie ein Verwaltungsbeamter oder Gerichtsassessor, aber seine militärisch-steife Haltung und knappe Sprache verriet ihn schnell als ehemaligen Soldaten.

»Obacht.« Sophie hielt Erika mit einer Hand am Ärmel fest und versuchte gleichzeitig, ihre eigenen Keulen unter der Achsel festzuklemmen, was mehr schlecht als recht gelang. Deren poliertes Holz war zu glatt.

»Eure Hoheit, Erika.« Major Lohmann stoppte ein paar Stufen über ihnen und machte eine Verbeugung.

»Major Lohmann. Ich dachte, Ihr seid in Hohenschwangau.« Sophie konnte sich ein Lächeln nicht verkneifen, das zu gleichen Teilen Ludwigs Sekretär und Erika galt. Erika hatte eine große Vorliebe für den Major. Vor allem für dessen breite Schultern, sein einnehmendes Gesicht, die hellblauen Augen und das dunkelblonde Haar, das ihm in die Stirn fiel. Humor war zwar nicht seine Stärke, aber nachdem er Sophie und Ludwig das Leben gerettet hatte, ließ sie auf den Major nichts mehr kommen.

»Das war ich bis gestern Nacht auch, aber nun ist dort alles erledigt, Hoheit«, sagte der Major.

»Dann seid Ihr aber recht früh unterwegs dafür, dass Ihr gestern so spät angekommen seid.« Sophie bemerkte aus den Augenwinkeln, wie Erika Paul Lohmann mit beinahe religiöser Inbrunst anstarrte.

»Der König hat am Mittag einen wichtigen Termin, den ich für ihn vorbereiten muss.« Die Wangen des Majors röteten sich ein wenig.

Sophie fand es reizend, dass ihn Erikas Aufmerksamkeit verlegen machte.

»Darf ich, Hoheit?«, fragte er, nachdem er Sophies etwas unglückliche schiefe Haltung, mit den Keulen an die Hüfte geklemmt, bemerkt hatte.

»Bitte bedient Euch, Major«, entgegnete sie lächelnd. »Ich bekomme schon einen Krampf in der Seite.«

Ludwigs Sekretär befreite Sophie von ihren Keulen, trat zu Erika und nahm auch deren Keulen an sich.

»Danke«, hauchte die ungewöhnlich zart und versuchte, sich ein paar lose Strähnen in den sonst immer strengen, blonden Dutt zu stecken.

»Worum geht es denn, Major?« Sophie wurde bewusst, dass sie in ihrem verschwitzten Zustand, dem komischen Turnkleid und den abstehenden Haaren nicht unbedingt damenhaft aussehen musste, aber das war nicht zu ändern.

»Beim Termin des Königs, Hoheit?« Major Lohmann legte wieder einen angemessenen Abstand zwischen sich und Erika und Sophie, indem er ein paar Stufen nach oben stieg.

»Ja«, sagte Sophie. »Ich dachte, Ludwig wollte sich ein wenig ausruhen nach den letzten Anstrengungen.«

»Davon weiß ich nichts. Ich weiß nur, dass der König den Finanzminister zu sich einbestellt hat.« Der Major ließ einen Diener vorbei, der die Treppe herunterkam und es schaffte, sich im Laufen vor Sophie und dem Major zu verbeugen, ohne an Geschwindigkeit zu verlieren.

»Weshalb das?« Sophie trat ebenfalls beiseite, um den Diener auf der schmalen Treppe vorbeizulassen. »Ich dachte, Ludwig ist immer noch nicht gut auf ihn zu sprechen.«

»Ich habe den Verdacht, das hat an Wichtigkeit ein wenig verloren«, sagte Major Lohmann sanft, »angesichts der Tatsache, dass Seine Majestät dringend liquide Mittel benötigt.«

»Dass der sich hertraut.« Erika hatte es geschafft, die letzte lose Strähne im Dutt unterzubringen.

»Der König?«, fragte der Major überrascht.

»Der Funkenberg mit seiner Affäre«, gab Erika zurück.

»Nun, ja, seine Frau hat ihm vergeben, sagt man.« Das hatte Sophie von Karlchen gehört.

»Glaub ich niemals«, sagte Erika. »Die hat nur keine andere Wahl.«

»Wie geht das Unterrichtsprogramm voran?«, wechselte der Sekretär das Thema und schaute bedeutsam auf die Keulen auf seinem Arm.

Sophie war bereits aufgefallen, dass er für Klatsch und Tratsch nichts übrighatte. »Es ist sehr ...« Sie suchte nach dem richtigen Wort.

»Schreckenerregend?«, soufflierte Erika hilfsbereit.

»Herausfordernd«, legte Sophie sich fest.

»Kein Wunder, wenn Ihr die hier stemmen müsst.« Der Major hob im klaren Widerspruch zu seinen Worten die Keulen mühelos an.

»Wir üben noch«, kommentierte Erika ein wenig verstimmt. »Aber bald können wir das auch.«

»Nichts anderes habe ich angenommen.«

»Und wie geht es mit dem neuen Pferd?« Sophie wäre unhöflich vorgekommen, sich nicht nach dem Befinden des Majors zu erkundigen, nachdem er das bei ihr getan hatte. Und da sie quasi nichts über ihn wusste, schien das Pferd ein akzeptables Thema zu sein.

»Bescheiden, wenn ich ehrlich bin, Eure Hoheit«, entgegnete er.

»Inwiefern?«, fragte Erika.

»Es gab einen Grund, weshalb ich bei der Infanterie und nicht den Berittenen war.«

»Und zwar?« Sophie warf Erika einen warnenden Blick zu, den diese allerdings nicht wahrnahm.

»Pferde und ich, das ist eine ungünstige Kombination.« Der Major verzog fast unmerklich die Mundwinkel. Minimalismus musste sein zweiter Vorname sein.

Erika schien einen Moment zu überlegen, dann stemmte sie die Hände in die Hüften und fragte ungläubig und zugleich entzückt: »Ihr habt Angst vor Pferden?«

Major Lohmann zuckte mit den Schultern. »Nur, wenn ich drauf sitze.«

Kapitel 2

Auszug aus dem Tagebuch Ludwig des II.:

>>*Oh, Vater im Himmel, der du die Erde, die Gestirne und die Taschenuhren geschaffen hast: Ist es wahrlich zu viel verlangt, dass sich meine imbecilen Minister eine anschaffen mögen? (Vermerk: Automatische Absetzung von Ministern, die Termine versäumen? Evtl. Vordruck für Absetzung entwerfen lassen?)*<<

>>Es ist erst halb zwei und ich bin eigens aufgestanden, damit ich den unheiligen Funkenberg empfangen kann. Und wo bleibt der Mensch?<< Ludwig II. von Bayern drehte seine nunmehr dritte Runde durch das sogenannte Ministerzimmer im ersten Stock von Schloss Berg.

>>Ich verstehe das wahrlich nicht, Eure Majestät. Er hätte seit einer halben Stunde hier sein müssen.<< Ludwigs Kabinettssekretär Freiherr von Pfistermeister stand am Tisch und starrte auf die Tischplatte. Er war in einen akkuraten schwarzen Dreiteiler gekleidet und zerknüllte nervös sein legendäres Taschentuch zwischen den Fingern.

>>Ist er aber nicht, und ich verlange zu wissen, warum, von Pfistermeister. Das ist Eure Aufgabe.<< Ludwig schritt zum dreiundzwanzigsten Mal an dem riesigen Wandgemälde >>Huldigung der Jungfrau von Orleans vor König Karl VII.<< von Professor Gyula Benczúr vorbei.

>>Ich kann mir das nicht erklären, Eure Majestät. Sein Assis-

tent hat den Termin schriftlich bestätigt«, erklärte von Pfistermeister in Richtung Tischplatte, die recht alt und verkratzt
war und einen Wachsfleck aufwies.

»Könnt Ihr freundlicherweise deutlicher sprechen?« Ludwig kehrte zu von Pfistermeister zurück.

Siegfried, der königliche Mops, schaute kurz aus seinem
Korb unter dem Tisch hervor und gähnte. Er war Ludwigs
Sorgenkind. Sigi lernte das Apportieren nicht, obwohl Ludwig
stetig mit ihm übte. Ob er durch Ludwigs begnadete Papageiendame Brunhilde und deren ungewöhnliche Apportiertalente
eingeschüchtert war?

»Ich habe eine Eildepesche nach München ins Ministerium
schicken lassen, Eure Majestät«, sagte von Pfistermeister in
Ludwigs Überlegungen hinein. »Aber ich fürchte, wenn er den
Termin mit Euch vergessen hat, wird er mindestens anderthalb Stunden hierher benötigen.«

»Länger. Allein die Bahnfahrt und das Übersetzen dauern
so lange. Ich hoffe, Ihr erwartet nicht, dass ich, König von Gottes Gnaden, so lange auf den miesen Misseläter warte? Und
setzt Euch um Himmels willen. Ihr macht mich wahnsinnig.«
Ludwig wippte auf den Zehenspitzen, um seine Energie loszuwerden.

»Selbstredend müsst Ihr nicht warten, Eure gnädigste Majestät.« Von Pfistermeister steckte sein Taschentuch ein, setzte
sich, schlug das eine Bein über das andere und wippte mit
dem Fuß.

»Wenn er den Termin vergessen haben sollte, war er die
längste Zeit Finanzminister. Ich war nach allem, was war, gnädig genug darin, ihn in Amt und Würden zu belassen.«

Von Pfistermeister holte sein Taschentuch wieder aus der
Brusttasche und glättete es abwesend auf seinem Schoß. »Das
war fürwahr gnädig, Eure Majestät. Allerdings ...«

»Allerdings was?« Ludwig öffnete das Fenster, dann
schloss er es wieder und drehte sich *stante pede* um, weil die
gleißende Sonne ihn unangenehm blendete. Und dennoch –

wie gern wäre er dort draußen. In der sauberen, frischen Luft an den Gestaden des Sees …

»Wir brauchen ihn, Eure Majestät. Niemand versteht die Fallstricke der Finanzen wie er.« Von Pfistermeisters Tuch war nun so spiegelglatt wie der See vorm Fenster.

»Das macht ihn nicht sakrosankt. Mich warten zu lassen ist Majestätsbeleidigung. Wenn er nicht in fünf Minuten hier ist, dann gehe ich zu meinem Sekretär und plane mit ihm den heutigen Abend weiter.«

»Das Essen mit Eurer Cousine auf der Roseninsel?«, lenkte von Pfistermeister ab, der wie immer über fast alles informiert war, was am Hof passierte.

»Eben jenes. Und es ist nicht nur ein schnödes Mahl. Mitnichten. Es wird zuerst eine Theateraufführung und im Anschluss *Tristan und Isolde* geben. Ich weiß, wie sehr meine Cousine das Theater generell und die Musik von Wagner im Besonderen liebt.«

Es klopfte.

»Das wird der Herr Minister sein«, sagte von Pfistermeister erleichtert.

»Herein«, rief Ludwig und straffte die Schultern.

Ein Mann um die vierzig mit auffälligem Rouge auf den Wangen trat herein und verneigte sich. »Eure Majestät, verzeiht die Störung. Aber Ihr batet darum, über den heutigen Abend informiert zu werden.«

»Ja, Herr Valenski, was ist?«

»Der Dirigent hat die Partitur für *Tristan und Isolde* verlegt und findet sie nicht wieder. Und meine Darstellerin der Maria Stuart ist heiser. Sie trinkt literweise Fencheltee, aber man kann sie trotzdem kaum hören.« Der Mann wirkte, als ob er gleich ohnmächtig würde.

Von Pfistermeister hob erstaunt die Augenbrauen. Ludwig atmete schwer aus und stütze sich auf dem zerkratzten Holztisch ab. An diesem Morgen ging aber auch alles schief. Rudolph Valenski war der Regisseur der *Maria Stuart* und verantwortlich für die Veranstaltung heute Abend auf der Roseninsel.

»Was sollen wir nur tun, Eure Majestät?« Valenski rang die Hände.

»Geht zu Major Lohmann, meinem Privatsekretär. Ich komme so bald nach, wie die Geschäfte es zulassen. Dann reden wir«, entschied Ludwig.

»Sehr wohl, Eure Majestät. Wie es beliebt.« Valenski verneigte sich und zog die Tür hinter sich zu.

Ludwig hob die Hand an seine rechte Schläfe. »Mein Kopf hämmert«, rutschte es ihm heraus, obwohl ein wahrer König keinen Schmerz kannte.

»Habt Ihr mit Dr. Stein gesprochen, Eure Majestät?«

»Der war vorhin hier und hat mir ein Pulver gegeben, das überhaupt nicht hilft. Aber er kommt morgen früh wieder, dann werde ich etwas anderes verlangen. Ich hoffe, mir platzt bis dahin nicht der Schädel. Es ist viel zu erledigen, wie ihr seht.« Ludwig massierte sich kurz die schmerzende Stelle. »Allein eine neue Partitur bis heute Abend aufzutreiben bedarf eines kleinen Wunders.«

»Kann der Meister Euch nicht eine senden, Eure Majestät? Er weilt in München, wie ich hörte.« Von Pfistermeister meinte Richard Wagner, den genialen Komponisten und Ludwigs musikalischen Protegé.

»Und da bleibt er auch«, knurrte Ludwig. »Ich will von ihm nichts sehen und hören.«

»Die Sache mit Cosima Liszt, Eure Majestät?«

»Eben jene. Seine«, Ludwig machte Anführungszeichen in der Luft, »›gute Freundin‹. Ha! So gut, dass sie ein Kind von ihm erwartet.« Er stemmte die Hände in die Hüften. »Wenn ich bedenke, dass ich seine Ehre schriftlich und in aller Öffentlichkeit verteidigt habe. Wie konnte ich nur derart leichtgläubig sein.«

»Ihr habt seinen Beteuerungen geglaubt, Eure Majestät, das ehrt Euch.« Von Pfistermeister schaute Ludwig durch seine Brille an und steckte gleichzeitig sein Tuch ein.

»Nein«, sagte Ludwig. »Das ehrt mich nicht. Das macht mich zum Deppen. Denn außer mir haben alle gewusst, dass er in die Frau seines besten Freundes verliebt ist und diese Liebe derart skandalös auslebt. Hinter meinem Rücken gelacht hat man über mich. Aber mich macht keiner zum Deppen, von Pfistermeister. Wagner ist Persona non grata. Und wehe, er kommt hierher. Dann bin ich unabkömmlich. Ich habe den Wachen Order gegeben, ihn abzuwimmeln.«

»Wie Ihr wünscht, Eure Majestät«, kommentierte von Pfistermeister sanft. Ludwigs Kabinettssekretär war kein großer Freund von Richard Wagner. Aber das lag daran, dass von Pfistermeister unsäglich unmusikalisch war.

Ludwig griff sich eine Praline aus der Kristallschale auf dem Tisch, um sich zu beruhigen. Er hatte Ursula, die Köchin, angewiesen, in jedem Zimmer einen Vorrat bereitzustellen. Die kulinarisch begnadete Ursula gehört Gott sei Dank zu den Bediensteten, die Ludwig in jede seiner Residenzen folgten.

»Gibt es einen speziellen Anlass für den heutigen Abend mit Herzogin Sophie?« Ludwig gewann langsam den Eindruck, dass sein Kabinettssekretär sich nur nach solchen Nichtigkeiten erkundigte, weil er dem unheiligen Funkenberg Zeit verschaffen wollte.

»Das ist der Dank dafür, dass sie heldinnenhaft mein königliches Leben mitgerettet hat. Auch, wenn ich selbst, der Major und Brunhilde ebenfalls einen großen Teil dazu beigetragen haben, wie ich nicht unerwähnt lassen möchte.« Ludwig tastete seine Jacke nach seiner Taschenuhr ab. Die fünf Minuten mussten fast um sein.

»Und der Major?«

»Was ist mit ihm?« Ludwig wunderte sich über die Frage. Er hatte sich vorher nie nach Ludwigs relativ neuem Sekretär erkundigt. Von Pfistermeister spielte eindeutig auf Zeit.

»Was für eine Belohnung hat er für seine glanzvolle Rolle im Fall von von Geersen erhalten?« Von Geersen war der preußische Sondergesandte, der vor einigen Wochen auf Schloss Hohenschwangau ausgerechnet vom Chef der königlichlich-bayrischen Leibwache ermordet worden war. Ludwig und Sophie hatten den Mörder gestellt, aber waren dabei selbst in Gefahr geraten. Es war in großem Maße Paul Lohmann zu verdanken, dass sie mit dem Leben davongekommen waren.

»Ich habe ihm ein wunderbares Pferd geschenkt. Einer meiner Lieblinge. Der Major war außer sich vor Freude, auch, wenn er es nicht deutlich gezeigt hat. Ihr wisst ja, wie er ist.« Ludwig verzog die Stirn in royale Falten des Unmutes. »Und ich bin mir bewusst, was ihr tut, von Pfistermeister. Ihr schindet Zeit.«

Pfistermeister neigte das Haupt in einer Geste, die alles bedeuten konnte. Er war Politiker durch und durch.

»Ich wollte den Major zusätzlich befördern, aber das hat er abgelehnt.«

»Wieso das?« Von Pfistermeister blickte wieder auf.

»Wenn ich das nur wüsste. Aber er war diesbezüglich ungewöhnlich deutlich.« Ludwig dachte nach. »Habt Ihr Kenntnis, wieso er aus dem aktiven Dienst ausgeschieden ist, und was es mit den seltsamen Narben auf seinen Händen auf sich hat?«

»Nein, Eure Majestät. Aber selbstverständlich kann ich für Euch Erkundigungen einziehen, wenn es Euch beliebt, Eure Majestät?«

Ludwig richtete seinen Blick auf den schlafenden Siegfried, der im Traum mit den Füßen zuckte. Ludwig wollte gern erfahren, warum der Major über seine Vergangenheit nicht sprechen wollte. Und diese seltsam geraden Narben, die von dem Handrücken zu den Fingerspitzen liefen. Die bekam man nicht auf dem Schlachtfeld. Aber Ludwig war nicht sicher, ob er derart in die Privatsphäre seines Sekretärs eindringen wollte. Und dass der über jeden Zweifel erhaben war, das hatte er mehr als deutlich gemacht. Zudem war Paul Lohmann vor Antritt seines Dienstes einer systematischen Überprüfung unterzogen worden und sein früherer Vorgesetzte war voll des Lobes gewesen. Wahrscheinlich schickte er seinen Kabinettssekretär deshalb nur auf eine Geisterjagd, bei der nichts herauskam außer langweilige Gerüchte, die keiner benötigte. Und der hatte wahrlich andere Dinge zu tun. Zum Beispiel den andauernden Unmut der Preußen zu besänftigen. Ludwig kratzte sich an der Nase. Er würde heute Abend mit seiner Sophie darüber sprechen. »Ich lasse es Euch wissen, bester Freiherr. Und nun reicht mir eure Uhr. Ich scheine meine verlegt zu haben.« Der Minister fügte sich ergeben, und Ludwig klappte dessen goldene Taschenuhr auf. »Zeit, die Abberufungspapiere fertig zu machen.«

Kapitel 3

Sophie steckte sich ein paar Haare hinters Ohr, die nicht in der komplizierten Flechtfrisur bleiben wollten, und beäugte sich kritisch im großen Standspiegel, der in einer Ecke des Schlafzimmers stand. Sophies Kleid war aus hellrosa Seide, hatte einen weiten Reifrock und betonte ihre schmale Gestalt. Aber die zarte Farbe hob leider hervor, dass sie Schatten unter den Augen hatte, und ließ sie ein wenig blass wirken. Sollte sie in ihrem zarten Alter nicht wie das blühende Leben aussehen? Doch sie hatte nach wie vor Albträume, wie von Hagen mit der Waffe vor ihr stand, wachte davon auf und konnte nicht mehr einschlafen. Und die kurzen Nächte wegen des Frühsports taten ihr Übriges. Sie hatte überlegt, Ludwigs Leibarzt um ein Schlafmittel zu bitten, weil der sowieso fast jeden Tag hier war. Aber sie konnte sich nicht dazu durchringen, über ihre Albträume zu sprechen. Sie zuckte mit den Schultern und versuchte, diesen und den Gedanken an den elendigen Johann zu verdrängen. Darin wurde sie langsam gut.

Sie wandte sich ab und ging ins Nachbarzimmer zu Erika. Die lag mit einem Buch auf dem Bauch auf der Couch, die Lider halb geschlossen, die Füße auf einem Schemel, vor sich auf dem Tisch ihr fast neues Zigarettenetui, Zündhölzer sowie ein Aschenbecher, in dem schon ein gerauchter Zigarettenstummel lag.

»Ich gehe jetzt«, sagte Sophie.

Erika zuckte hoch und fixierte Sophie etwas benommen. »Soll ich nicht lieber mitkommen?«

»Ludwig hat darauf bestanden, dass wir alleine bleiben. Du weißt ja, wie er ist. Er mag es nicht, so viele Menschen um sich herum zu haben.«

»Ich verstehe. Aber dieses Detail sollte ich besser nicht deiner Mutter schreiben, wenn ich ihr den täglichen Bericht über dich depeschiere.«

»Ich glaube, du kannst Mutter die Wahrheit schreiben. Wir werden nicht wirklich alleine sein. Es sind Heerscharen an Schauspielern und Musikanten auf der Insel. Karlchen selbst wird uns bei Tische aufwarten. Es bleibt alles schicklich.«

»Ich sage immer die Wahrheit. Nur manchmal lasse ich Informationen weg, die stören könnten.« Erika nahm sich eine Zigarette aus dem Etui, zündete sie an und legte das abgebrannte Streichholz in den Aschenbecher.

»Das ist eine feinsinnige Unterscheidung, die ich begrüße.« Sophie verneigte sich gespielt. Sie sah auf die Uhr auf dem Kaminsims. »Ich muss mich beeilen.«

»Bleibe nicht zu lange und trink nicht zu viel Wein.« Erika nahm einen Zug und pustete den Rauch aus.

»Jawohl, Mutter.« Sophie verabschiedete sich von ihrer Zofe, eilte in Richtung Westen aus dem Schloss und lief den Laubengang zum Anleger nach unten.

Ludwigs achtzehn Meter langes und zirka drei Meter breites Dampfschiff mit den großen Schaufelrädern, die »Tristan«, lag am Privatsteg. Der Kapitän hatte die Motoren befeuert, sodass dicker Rauch aus dem Schornstein quoll. Der König hatte das Schiff nach dem Tod seines Vaters übernommen und von Maximilian in Tristan umbenannt, weil damals Wagners Tristan und Isolde in München aufgeführt worden war, ein Werk, das Ludwig ungemein schätzte. Sophie hoffte nur, dass es heute keine Musik von Wagner gab. Sie war dafür nicht in Stimmung. Sie schaute wieder zur Tristan, weil sich dort etwas bewegte. Auf dem Vordeck harrte ein Diener in Livree vor dem blauen Zelt aus, das dort errichtet war, die Arme hinter dem Rücken verschränkt.

»Meine Liebe.« Ludwig hatte vor dem Steg auf sie gewartet. Er hatte sich in seiner blauen Gala-Uniform mit den weißen engen Hosen und den auf Hochglanz gebrachten schwarzen Stiefeln schick gemacht und kam ihr frisch onduliert und nach seinem schweren Parfüm duftend entgegen. »Meine liebe, liebe Cousine«, wiederholte er, ergriff Sophies rechte Hand und deutete einen Handkuss an. »Du siehst ganz blendend aus.« Er ließ sie wieder los.

»Danke, Ludwig, mein Lieber.« Sophie fiel auf, dass Ludwig, wie sie, ein wenig blass wirkte. »Ich bin schon ernstlich aufgeregt, was du dir hast für mich einfallen lassen.«

»Du wirst es lieben, glaube mir. Ich habe am Casino eine Bühne aufbauen lassen. Nur für uns beide.«

»Wie wunderbar, Ludwig.« Unauffällig überprüfte Sophie, ob sie ein frisches Taschentuch in den Ärmelaufschlag gesteckt hatte. Das Casino lag direkt am Rosarium, in dem gefühlte tausend unterschiedliche Rosenarten um die Wette dufteten.

»Wollen wir, meine Liebe?« Ludwig reichte ihr den Arm.

»Eure Majestät, wartet, bitte«, kam von Pfistermeisters Stimme von hinter ihnen, bevor Sophie seinen Arm ergreifen konnte. Sie drehte sich gleichzeitig mit Ludwig um. Zu ihrer Überraschung eilte der Kabinettssekretär auf sie zu. Er wirkte gehetzt. Eile war bei ihm zwar der Normalzustand, aber Sophie bekam dennoch ein mulmiges Gefühl in der Magengrube. Es gab keinen Grund für ihn, um diese späte Stunde hier zu sein, es sei denn, etwas war passiert. Hoffentlich hatte man die Verhandlungen mit den Preußen nicht abgebrochen; die waren verärgert genug.

»Was will er Grundgütiger?« Ludwig betrachtete den Herannahenden mit strenger Miene.

Sophie zuckte nur mit den Schultern.

»Eure Majestät, Eure Hoheit.« Von Pfistermeister verneigte sich, als er bei ihnen war. Er hatte eine Depesche in der Hand.

»Was treibt Euch um diese Zeit hierher, werter Freiherr?« Ludwig reckte den Kopf und nahm seine »Königshaltung«

ein: aufrechter Stand, Brust hervorgedrückt und ein Bein abgespreizt.

»Es ist etwas passiert«, keuchte von Pfistermeister.

»Bitte nicht wieder ein toter Sondergesandter.« Ludwig wich einen kleinen Schritt zurück, bemerkte dies, ging wieder nach vorne und nahm seine Haltung von eben ein.

»Funkenberg.« Von Pfistermeister war bleich, abgesehen von ein paar roten Flecken, die seine Wangen und Stirn zierten.

»Akzeptiert der Bursche seine Abberufung etwa nicht?« Ludwig furchte die Stirn, die Mundwinkel herabgezogen.

»Er hat sie gar nicht erhalten«, eröffnete von Pfistermeister Ludwig.

»Wieso nicht? Ich habe ausdrücklichen Befehl gegeben, von Pfistermeister.« Ludwigs Mundwinkel waren jetzt quasi am Kinn.

Sophie schaute ihn aus den Augenwinkeln an.

»Was ist, meine Beste?« Ludwig drehte den Oberkörper zu ihr und beugte sich zu ihr herab. Offenbar war sie nicht so unauffällig gewesen, wie gehofft.

»Ich habe nicht gewusst, dass du Funkenberg abberufen hast.« Sophie reckte sich auf die Zehenspitzen. Neben Ludwig kam sie sich immer wie eine Puppe vor.

»Er ist unzuverlässig.« Ludwig richtete sich wieder auf, was bei seinen über eins neunzig Metern beeindruckend wirkte.

»Und verstorben«, ließ von Pfistermeister die Bombe platzen.

»Wie bitte?« Sophie holte tief Luft vor Überraschung.

»Herzversagen?« Ludwig wirkte weniger mitgenommen als interessiert. »Wäre kein Wunder bei all den Aufregungen. Aber das hat er sich selbst zuzuschreiben. Er hätte ja nicht intrigieren und mit einer Schauspielerin techtelmechteln müssen.«

»Kein Herzversagen«, schnaufte von Pfistermeister. »Stiche in den Brustkorb, Eure Majestät.«

»Was? Mit einem Messer?«, sagte Ludwig.

»Womit gestochen wurde, kann ich derzeit nicht sagen, Eure Majestät. Aber was immer es war, es hat ihn zuverlässig getötet.«

»Wieso tut er so was?« Ludwig winkte beiläufig dem Kapitän zu, der in seiner schmucken blau-weißen Uniform auf Deck erschienen war. Vermutlich fragte er sich, wo seine Fahrgäste blieben.

Von Pfistermeister stutzte. »Wie bitte, Eure Majestät?«

»War es ein Unfall oder – Gott bewahre – ein Mord?«, mischte Sophie sich ein, die aus Erfahrung wusste, dass die beiden jetzt gut und gern zehn Minuten aneinander vorbei sprechen konnten.

»Ich weiß derzeit nur wenig, Eure Hoheit.« Von Pfistermeister hielt die Depesche wie eine Fahne hoch. »Hier steht, dass er erstochen aufgefunden wurde. Seine Frau hatte sich Sorgen gemacht, weil er gestern nicht zum Abendessen erschienen war, und ihn in der Nacht suchen lassen.«

»Und wieso erfahren wir das erst jetzt?« Ludwig wirkte ungnädig. »Hätte ich das gewusst, hätte ich mir heute Mittag nicht die Beine in den Bauch gestanden und auf ihn gewartet.«

»Ich vermute, man hat nicht sofort an uns gedacht, Eure Majestät«, sagte von Pfistermeister. »Zumindest der Innenminister war seit heute Vormittag informiert.«

»Na, großartig«, stöhnte Ludwig. »Als ob der einen Unterschied macht.« Er runzelte die Stirn. »Also hat sich der Funkenberg selbst ins Jenseits gebracht?«

»Ich weiß es nicht, aber ich vermute, ein Selbstmord war es nicht, Eure Majestät.« Von Pfistermeister steckte das Telegramm ein und holte stattdessen ein Taschentuch aus der Brusttasche.

Sophie bemerkte, dass es ein Neues war. Blau-golden gewebt mit einer kleinen Krone in der Mitte.

»Schönes Taschentuch, ausgesprochen vaterländisch«, kommentierte Ludwig, dem das offenkundig ebenfalls aufgefallen war. »Hattet ihr vorhin nicht ein anderes?«

»Danke, Eure Majestät. Ich habe neuerdings immer ein Ersatztuch für Notfälle bei mir. Meine Frau hat es mir eigens gefertigt.« Von Pfistermeister lächelte versonnen. Offenbar hatte er ein gutes Verhältnis zu seiner Frau, was Sophie einen feinen Stich der Eifersucht spüren ließ, weil sie an ihren ungeliebten Beinahe-Verlobten denken musste.

»Und wieso glaubt Ihr das?«, sagte Ludwig zu von Pfistermeister, der davon nichts ahnen konnte.

»Was bitte, Eure Majestät?«

»Dass es kein Selbstmord war?«, erläuterte Ludwig.

»Ich kann mir nicht vorstellen, dass sich jemand selbst ersticht«, antwortete von Pfistermeister.

»Der Cousin eines alten Spielkameraden von mir hat das durchaus hinbekommen«, entgegnete Ludwig. »Das ist zwar Jahre her, aber ich erinnere mich deutlich daran. Er war unglücklich verliebt. Da sieht man mal, wo die Liebe einen hinbringen kann.«

»Tatsächlich, Eure Majestät«, kommentierte von Pfistermeister einen Hauch zweifelnd.

»Absolut.« Ludwig strich sich eine Haarsträhne aus dem Gesicht, die der milde Wind hineingeweht hatte. »Das war eine Sauerei, kann ich Euch sagen, weil er anfänglich ständig danebengestochen hat. Es soll wie in einem Schlachthaus ausgesehen haben.«

»Ludwig«, rutschte es Sophie entsetzt heraus, der lebhafte Bilder vor ihrem inneren Auge erschienen.

»Ich bitte um Verzeihung, meine Liebe«, sagte Ludwig und nickte ihr zu.

»Ich bin kein Experte in diesen Dingen«, lenkte von Pfistermeister ab. »Aber die Gendarmerie und die Amtsanwaltschaft haben die Ermittlungen aufgenommen. Ich gehe davon aus, dass sie herausfinden werden, ob es ein Unfall, ein Mord oder ein Selbstmord war. Übrigens ist Euer Leibarzt auch involviert, Eure Majestät. Er soll dem Vernehmen nach heute Nacht die Leichenöffnung durchführen.«

»Dr. Stein?«, sagte Ludwig. »Hoffentlich versäumt er deshalb seine Visite morgen früh bei mir nicht.« Er nickte von Pfistermeister zu. »Dann haltet mich auf dem Laufenden, bester Freiherr.«

»Selbstverständlich, Eure Majestät.« Von Pfistermeister zögerte kurz. »Ich werde veranlassen, dass die Witwe Funkenberg ein Kondolenztelegramm erhält, Euer Einverständnis vorausgesetzt, Eure Majestät.«

Ludwig machte eine zustimmende Handbewegung. »Die Frau kann ja nichts dafür, dass sie einen Schweinehund geheiratet und einen zum Vater hat.«

Der Kabinettssekretär verneigte sich und eilte von dannen.

Sophie sah im hinterher, bis er verschwunden war, dann zu Ludwig, der schweigend neben ihr verharrt hatte, offenbar in Gedanken versunken.

»Der Halunke hat sich also tatsächlich umgebracht«, sagte Ludwig unvermittelt. »Hätte nicht gedacht, dass er den Mut dazu hat. Aber nach all den Skandalen nachvollziehbar.«

Sophie stutzte kurz. Dann sagte sie: »Er hatte jedenfalls Grund genug. Aber ich bin gespannt, was die Untersuchungen ergeben. Dr. Stein wird sicher etwas herausfinden. Ich stelle es mir jedenfalls sehr schwierig und unangemessen schmerzhaft vor, mich selbst zu erstechen. Nicht auszudenken …« Sophie konnte sich beim besten Willen nicht vorstellen, dass sich jemand freiwillig erstach, aber sie wollte Ludwig gegenüber nicht derart deutlich werden.

»Schmerzhaft in jedem Fall, da hast du recht, meine Liebe. Aber absolut nicht so unglaublich, wie es scheinen mag.« Ludwig holte sein Zigarettenetui aus der Tasche, entnahm eine Zigarette, zündete sie mit seinem Feuerzeug an, tat einen tiefen Zug und stieß den Rauch durch die Nasenlöcher wieder aus. Er betrachtet die Dampfschwaden, die aus dem Schornstein des Tristan stiegen, und den Kapitän, der jetzt an der Reling lehnte und mit einem Matrosen sprach.

»Es ist schon in Ordnung«, sagte Sophie. »Mir ist auch nicht nach Unterhaltung, mein Lieber.«

»Du bist nicht böse, wenn wir unser Diner und die Galavorstellungen verschieben?« Ludwig schaute sie nachdenklich an.

»Nein«, sagte Sophie. »Ich bin nicht böse. Und sich heute Abend zu amüsieren, käme mir ohnehin verwerflich vor.«

»Aber es ist nicht aufgehoben, nur verschoben, das verspreche ich. In ein paar Tagen holen wir das nach, meine Beste.« Ludwig trat seine Zigarette auf dem Boden aus. »Erst dieser von Hagen mit seinem hinterhältigen Attentat, nun sein Schwiegersohn. Was ist nur mit dieser Familie verkehrt?«

Kapitel 4

Auszug aus dem Tagebuch Ludwigs des II.:

»Ärzte. Segen für die Gesundheit oder hinterhältige Medikamentenmeuchler? (Vermerk: Vorkoster für Pillen und Tinkturen einstellen?)«

»Wie sind die Schmerzen heute, Eure Majestät? Hat der Nachtschlaf Euch gutgetan?« Karlchen, Ludwigs in die Jahre gekommener, weißhaariger Leibdiener, betrat unter Verbeugungen den blauen Salon, in dem Ludwig zusammen mit Brunhilde auf die Ankunft von Dr. Stein wartete.

»Nicht besser. Ich kann mich kaum konzentrieren, weil es in meinem Hirn derart wummert. Verflucht!« Ludwig, der in einem der blauen Polstersessel am Tisch saß, dem der Raum seinen Namen verdankte, schob die Regieanweisung von sich, die er Valenski geschrieben hatte.

»*Verflucht, verflucht, verflucht*«, kommentierte Brunhilde, Ludwigs grün-gelber Amazonenpapagei, unangemessen fröhlich und turnte mit manischer Energie auf dem Kronleuchter herum. Ihr neuer goldverzierter Käfig stand unbenutzt auf dem Tisch zwischen Ludwigs Akten, Haufen von losen Papieren, leeren Kaffeetassen und dem halb vollen Pralinenteller.

»Mir scheint, sie lernt das falsche Vokabular, Eure Majestät.« Karlchen kam heran und schaute milde missbilligend auf das Chaos auf dem Tisch.

Ludwig ignorierte Karlchens Blick. Denn das, was wie

Chaos wirkte, war königlich-kreative Arbeitsorganisation. »Bist du mit Siegfried draußen spazieren gewesen?«

»Ich war über eine Stunde mit ihm am See. Er ruht jetzt bei Euch im Schlafzimmer, Eure Majestät. Ich sehe gleich wieder nach ihm.« Karlchen stapelte ein paar Papiere, die wild durcheinander lagen.

»Nein, stopp. Das gehört nicht auf den Stapel. Da hin.« Ludwig wies aufs Geratewohl auf einen anderen Stapel Papiere rechts von ihm.

»Sehr wohl, Eure Majestät.« Karlchen legte die Papiere auf den von Ludwig favorisierten Stapel.

»Den Rest kannst du so liegen lassen. Ich finde mich sonst nicht mehr zurecht.« Ludwig rieb sich die Schläfe. »Ist Dr. Stein schon gemeldet?«

»Noch nicht, Eure Majestät. Aber er wird sicher bald kommen. Er ist für ein Uhr mittags angekündigt.« Karlchen richtete sich auf und machte ein bedeutungsvolles Gesicht.

»Was gibt es Neues?«, fragte Ludwig, weil er wusste, was diese Miene bedeutete.

»Die Darstellerin der Maria Stuart hat sich bei Valenski krank gemeldet.«

Ludwig stöhnte. »Das fehlt mir noch. Hat der verdammte Tee nicht geholfen?«

»Ich weiß nichts von einem Tee, Eure Majestät. Aber sie hat eine schlimme Halsentzündung. Der Arzt hat ihr das Sprechen verboten.«

»Das darf doch nicht wahr sein.« Ludwig warf sich eine Praline in den Mund. »Wer gibt denn jetzt die Maria Stuart für meine Sophie?«

»Soll ich in der Stadt nach einem Ersatz herumfragen?«, bot Karlchen an. Er kannte in München fast jeden.

»Ich bitte darum. Aber nur erstklassige Damen mit ausgezeichnetem Ruf. Sonst bekomme ich wieder Beschwerdepost von meiner königlichen Mutter.«

»Weshalb das, Eure Majestät?« Karlchen hob die Augenbrauen, sodass die blassen Sommersprossen auf seiner Stirn tanzten.

»Sie findet es unter meiner königlichen Ehre, wenn ich mich mit Damen zweifelhafter Moral herumtreibe. Und Schauspielerinnen sind in ihrer Welt generell verdächtig, von zweifelhafter Moral zu sein.« Ludwig verzog das Gesicht. »Aber wiederum. Wen interessiert schon, was meine Mutter meint.«

»Ich werde dennoch auf den Ruf der Damen achten, Eure Majestät. Die Königinmutter sollte man nicht ohne Not verärgern.« Karlchen verneigte sich, verließ aber den Raum nicht.

»Was gibt es noch?« Ludwig beäugte den Pralinenteller, aber blieb diesmal eisern.

»Gerüchte aus München, über jemanden, den ihr gut kennt, Eure Majestät.« Karlchens Stimme war ominös.

»Wen denn?« Ludwig legte die Regieanweisung über den Pralinenteller, damit er die köstliche Schokolade nicht sehen musste. Brunhilde kam nach unten geflattert und setzte sich oben auf ihren Käfig, Sophies Rubinarmband im Schnabel. Die hatte nicht das Herz gehabt, es Brunhilde wegzunehmen, weil die alles Glitzernde innig liebte. Ludwig vermutete inzwischen, dass sie eine Elster zu ihren Vorfahren zählte.

»Meister Richard Wagner«, gab Karlchen bekannt.

»Ach«, machte Ludwig. »Gerüchte über den sind ja wahrlich nichts Ungewöhnliches. Es ist hoffentlich nichts, was sein Kind oder diese fürchterliche Cosima betrifft? Sonst ärgere ich mich nur wieder über diesen treulosen, ehrrührigen, hinterhältig-heimtückischen Lügner und Betrüger.« Ludwig konnte es nicht verhindern, dass sein Blick über die Alabasterstatuen glitt, die auf hohen Sockeln den Raum zierten und unter anderem Siegfried, Tannhäuser, Parzival, Lohengrin, Tristan und den Fliegenden Holländer darstellten. Zu allem Überfluss drängte sich ihm anschließend auch noch die Büste von Wagner höchstpersönlich auf, die auf dem Ofensims stand.

»Nichts dergleichen, Eure Majestät. Richard Wagner wurde quasi im Morgengrauen vom Gendarmen ins Amtsgericht geleitet und dort offiziell befragt«, legte Karlchen genüsslich eine neue Kohle ins Feuer.

»Wieso? Ist er wieder pleite?«

»Nicht, dass ich wüsste. Es ist wegen des Mordes an Finanzminister Funkenberg.«

»Wie bitte? Was hat Wagner damit zu tun?« Ludwig sprang auf, sodass Brunhilde krächzend aufflatterte und das Armband fallen ließ.

»Es heißt, er könne der Täter sein.« Karlchen ging ein paar Schritte zurück und lehnte sich an den Sockel, auf dem die Büste des Tannhäuser thronte.

»Aber das ist doch absurd. Wie kommen die, bitte schön, auf ihn?« Ludwig nahm das Armband und legte es in den Käfig, damit es nicht verloren ging. Sophie hatte es von ihrem Beinaheverlobten Herzog Alençon bekommen und der erwartete sicher, es einmal an ihr zu sehen.

»Ich vermute, es hat eine Rolle gespielt, dass Wagner gedroht hat, Minister Funkenberg umzubringen. Vor Zeugen.«

»Ich weiß. Ich war einer von ihnen. Aber das war doch nur im Eifer des Gefechtes, weil dessen verdorbener Schwiegervater Kommandant von Hagen es auf Wagner abgesehen hatte und den beinahe ins Jenseits katapultiert hätte. Wagner ist kein Mörder.« Ludwig ließ sich wieder in seinen Sessel sinken.

»Es heißt, der leitende Ermittler sähe das anders.« Karlchen wechselte zur Statue vom Fliegenden Holländer. Ludwigs Diener stand nicht gern lange auf demselben Fleck, weil er es mit den Knochen hatte.

»Und wer ist dieser leitende Ermittler??«

»Er heißt Erich Gennach, Eure Majestät.«

»Das ist aber nicht der Baron mit der preußischen Frau mit der langen Nase. Der, der die restlichen Ermittlungen gegen von Hagen übernommen hat, nachdem wir ihm den Mörder auf einem Silbertablett serviert hatten. Er hat sich nicht einmal dafür bedankt, dass wir seine Arbeit getan haben«, sagte Ludwig verschnupft.

»Der ist mit seiner Familie nach Berlin gegangen.«

»Wie bitte? Nach Berlin? Wann? Er war doch gerade noch da.«

»Kürzlich erst. Aber es war wohl bereits länger geplant.«

»Ich wusste doch, dass der Kerl ein Verräter ist. Habe ich es nicht gesagt, Karlchen?«, sagte Ludwig entrüstet. »Und wer ist der Neue? Dieser Gennach?«

»Er ist seit fast zwanzig Jahren Kriminalist und hat den Ruf, sehr genau zu sein. Außerdem soll er Republikaner sein. Oder zumindest extrem liberal. Aber darüber spricht keiner offen.« Karlchen rieb sich unauffällig die Lendenwirbelsäule.

»Und so einer ermittelt in dieser heiklen Sache? Das kann doch nicht wahr sein.« Ludwig wusste, dass Karlchen auf seine Leiden nicht angesprochen werden wollte, und hielt sich daran.

»Er ist der Beste. Das meint zumindest der Innenminister.«

»Das hat der Innenminister auch von dem vermaledeiten Preußenfreund behauptet«, grummelte Ludwig. »Soweit ich weiß, kennt der Innenminister sich am besten mit Weinen und anderen Alkoholika aus, aber nicht mit Mordermittlungen, der Windbeutel.« Ihm fiel verspätet noch etwas ein. »Wagner ist hoffentlich nicht festgesetzt worden, oder? Das wäre nicht in meinem Sinne.«

»Nein, Eure Majestät. Er ist wieder in seinem Haus in München, so hört man.«

Es klopfte zaghaft.

»Herein«, rief Ludwig heftig, immer noch in Wallung.

Ludwigs Leibarzt Dr. Aloisius Stein öffnete die Tür und verbeugte sich auf der Türschwelle. »Darf ich eintreten, Eure Majestät?«, sagte er so leise, dass Ludwig raten musste, was der Arzt gesagt haben konnte. Wobei das zugegebenermaßen in dieser Situation keine größere geistige Herausforderung darstellte.

»Kommt herein, Doktor Stein.« Ludwig winkte ihn herein.

»Danke sehr, Eure Majestät.« Dr. Stein schob sich mit gekrümmten Schultern ins Zimmer, den Blick gesenkt wie eine gescholtene Fünfjährige.

Ludwig unterdrückte ein Seufzen. Sein Leibarzt war eine anerkannte Koryphäe seiner Zunft, aber so schüchtern, dass es zum Fremdschämen war. Vielleicht lag es daran, dass er mit seinen großen blauen Augen, blonden Locken, zarten, fast mädchenhaften Gesichtszügen und kleinem, weichem, etwas rundlichem Körper trotz seines Alters von irgendetwas um die vierzig wie ein korpulenter kindlicher Engel wirkte und ihn deshalb selten jemand beim ersten Zusammentreffen ernst nahm. Das konnte durchaus Auswirkungen auf die Psyche haben. Dr. Stein stellte klirrend seinen schwarzen Arztkoffer neben dem Tisch auf dem Parkett ab. Hoffentlich verhieß das Klirren ein stärkeres Mittel als das nutzlose Pulver, das Ludwig gerade einnahm.

Brunhilde flog auf die Tasche und machte es sich auf dem metallenen Bügel bequem.

»Du kannst gehen, Karlchen.« Ludwig nickte seinem Diener zu, der sich verneigte, das Zimmer verließ und die Tür sanft hinter sich schloss.

»Wie ist das werte Befinden, Eure Majestät?« Der Arzt hatte rosige Wangen, um die ihn manche Dame beneidet hätte.

»Schlecht«, sagte Ludwig knurrig. »Das Pulver hilft nicht.«

»Dann versuchen wir etwas Neues, Eure Majestät.« Der Arzt beugte sich nach unten zu seiner Tasche und starrte Brunhilde unschlüssig an, die seinen Blick seelenruhig und mit schief gelegten Kopf erwiderte.

»Einen Moment.« Ludwig stand auf, bevor die beiden sich in alle Ewigkeit anstierten, nahm das Armband aus dem Käfig und ließ es über Brunhildes Kopf hin und her baumeln. Es verfehlte seine Wirkung nicht. Brunhilde flatterte auf Ludwigs ausgestreckte Hand, von wo aus er sie samt Armband in den Käfig setzte.

»Er ist gut trainiert, Eure Majestät«, sagte Dr. Stein das erste Mal in hörbarer Lautstärke, offenbar beeindruckt, was Ludwigs Zorn auf ihn ein wenig verrauchen ließ.

»Sie ist eine Papageiendame. Und sie kann sogar apportieren«, sagte Ludwig nicht ohne Stolz. Schließlich hatte er ihr das beigebracht. Und das hatte ihm, Sophie und dem Major das Leben gerettet.

»Faszinierend, Eure Majestät.« Dr. Stein betrachtete Brunhild einen Augenblick schweigend, die jetzt das Armband im Sand verscharrte, was sie ungefähr zehn Mal am Tag tat. Dann riss der Arzt sich los, kramte in seiner Tasche, richtet sich auf und hielt eine braune Flasche in die Höhe. »Drei Tropfen vor dem Schlafengehen, Eure Majestät. Dazu Bewegung an der frischen Luft und genug Schlaf.«

»Warum die Tropfen nur vorm Schlafengehen?« Ludwig hätte am liebsten jetzt schon welche genommen. Er setzte sich wieder. »Es ist ein potentes Mittel, das sehr müde macht, Eure Majestät«, klärte der Arzt ihn auf.

»In Ordnung.« Ludwig nahm die Flasche nicht an sich, sodass der Arzt sie auf die Tischplatte neben den Käfig stellte.

»Was kann ich noch für Euch tun, Eure Majestät?«, sagte der Arzt, der Ludwigs Schweigen offenkundig missverstand.

»Ihr habt die Leicheneröffnung bei Funkenberg vollzogen, nicht wahr? Was hat diese ergeben? Und wie kommt ihr darauf, dass Richard Wagner den Minister ermordet hat?« Ludwig machte aus seiner Skepsis keinen Hehl.

»Das«, hauchte Dr. Stein, »wird alles in dem schriftlichen Bericht stehen, den ich den Ermittlern zu fertigen habe, Eure Majestät.« Er bemerkte Ludwigs ungnädigen Gesichtsausdruck. »Aber ich kann Euch den Inhalt gern vorab zusammenfassen, Eure Majestät.«

»Bitte.« Ludwig machte eine königliche Handbewegung. »Fasst zusammen.«

»Er wurde durch vier Stiche in den Brustkorb getötet, die mit großer Wucht geführt wurden«, begann Dr. Stein. »Einer hat die linke Herzkammer durchstoßen, sodass er innerlich verblutet ist.«

»Und womit wurde er erstochen?« Ludwig spielte mit seinem goldenen Füllfederhalter.

»Das Mordinstrument war zirka fünfzehn Zentimeter lang und muss ungewöhnlich glatt gewesen sein. Es könnte ein

Dolch oder etwas in der Art gewesen sein, das ist nicht genau zu sagen ...«

»Kann es ein Selbstmord gewesen sein?«, unterbrach Ludwig den ärztlichen Redefluss. »Der Cousin eines alten Spielkameraden von mir hat das gemacht.«

»Das ist gar nicht so absurd, wie es scheint.« Der Arzt wurde bleich. »Also nicht, dass ich meine, dass Eure Majestät absurd sind ... Nur, dass es mehr Menschen gibt, als man denkt, die sich mit einem Messer selbst zu Tode bringen.« Er schaute schnell atmend zu Brunhilde, aber die war damit beschäftigt, ihr Gefieder zu säubern.

»Schon gut, schon gut«, beruhigte Ludwig ihn.

»Es gibt jedoch zwei Punkte, die gegen die Selbstmordthese sprechen«, sagte der Arzt, nachdem er sich gefangen hatte. »Der erste ist, dass die Hände und Unterarme des Toten diverse Wunden, verursacht durch einen spitzen Gegenstand, aufweisen.«

»Er hat sich gewehrt«, schlussfolgerte Ludwig scharf wie die Mordwaffe. »Und gibt es keine andere Möglichkeit, wie er sich diese Schnitte zugezogen haben kann? Ein Unfall? Vielleicht ein scharfes Rasiermesser oder ein aus der Hand gerutschtes Schwert, in das er versehentlich gestürzt ist?« Ludwig gab innerlich zu, dass das hochgradig unwahrscheinlich war, aber er wollte nichts ungefragt lassen.

»Nein, Eure Majestät. Die Schnittflächen sind charakteristisch.«

»Woher wisst Ihr das?« Ludwig verschränkte die Arme.

»Es ist nicht meine erste Leichenöffnung. Ganz im Gegenteil. Und da die Anwaltschaft mich oft deswegen anfragt, habe ich in der Vergangenheit diverse Versuche an Leichen unternommen, um zu sehen, wie sich bestimmte Handlungen am Äußeren der Toten abbilden. Ich habe danach einen ganzen Katalog an Verletzungen und Todesarten gefertigt, Eure Majestät.« Dr. Steins blaue Kinderaugen glänzten.

»Das ist eindrucksvoll.« Ludwig war gegen seinen Willen beeindruckt. Soweit er wusste, gingen die meisten anderen

Mediziner nicht halb so akribisch vor. »Und was ist der zweite Punkt, der gegen einen Selbstmord spricht?«

»Der Tatort.«

»Inwiefern?«

»Er wurde auf der Straße gefunden. In der Nähe des Ministeriums.«

»Auf der Straße? Nicht zu Hause oder im Büro?« Aus irgendeinem Grund überraschte das Ludwig.

»Das ist richtig, Eure Majestät.«

»Hättet ihr das nicht gleich sagen können?«, sagte Ludwig unwirsch. »Dann scheidet ein Selbstmord aus. Niemand bringt sich selbst auf der Straße um. Aber umso mehr kann ich nicht glauben, dass Wagner der Mörder sein soll. Der Meister lungert nachts nicht in einer Gasse. Wie kommt Ihr darauf?«

»Das ist nicht meine Schlussfolgerung.« Dr. Stein zog den Kopf ein. »Ich habe lediglich gemutmaßt, dass ein kleiner Mann der Mörder gewesen sein muss.«

»*örder*«, warf Brunhilde hilfreich dazwischen.

»Genau«, sagte Ludwig zu ihr. »Wieso das?«, fragte er anschließend seinen Arzt.

»Wieso, was? Oh, bitte verzeiht.« Der Arzt war offensichtlich abgelenkt von Brunhildes Sprachkünsten. Er strich sich nervös über das Jackett, das ein wenig über seinen Bauch spannte. »Das lässt sich an den Stichkanälen ersehen, Eure Majestät.«

Ludwig hob interessiert die Augenbrauen.

»Man kann an der Form und dem Verlauf der Wunden die Aufwärtsbewegung des Stiches erkennen. Ausgehend von der Größe des Toten, vermute ich, dass der Täter zwischen eins fünfzig und eins fünfundsechzig sein dürfte.«

»Und da kommt man ausgerechnet auf Richard Wagner? Er ist doch nicht der einzig etwas kleinere Mann im Königreich.«

»Aber der Einzige, der dem Opfer mit dem Tode gedroht hat«, entgegnete der Arzt und brach betreten ab. »Ich meine ...«

»Schon gut, schon gut«, sagte Ludwig. Ihm fiel noch etwas ein. »Könnte es denn eine Frau gewesen sein?«

»Das ist hochgradig unwahrscheinlich, Eure Majestät.« Dr. Stein wirkte inzwischen so erschöpft, als sei er von München hierher gerannt.

»Weshalb?« Ludwig hatte wenig Mitleid. Wer die Ehre hatte, den König zu verarzten, musste stark genug sein, um ein paar Fragen auszuhalten.

»Es braucht eine gewisse Körperkraft, um das Messer in den Leib eines Menschen zu rammen, die eine Frau aus meiner Sicht nicht hätte. Zudem begehen Frauen so gut wie nie Morde mit einem Messer oder Dolch. Sie bevorzugen Gift oder eine andere Methode, die sie als sauberer empfinden.«

»Gift ist sauber?« Ludwig schüttelte sich. Wenn ihn einer umbringen sollte, dann bitte nicht mit Gift, bei dem man sich lange quälen musste. Lieber ein sauberer Schnitt mit dem Messer oder ein gut gezielter Schuss – und *finito*.

Ludwig spielte mit seinem Ärmelaufschlag und zog das Seidenhemd darunter heraus, sodass es schick ein wenig hervorblitzte. Er musste zugeben, dass unter den gegebenen Umständen Wagner verdächtig war. Doch mit Sicherheit hatte ein so ranghoher Beamter noch andere Feinde. So sehr sein Vertrauen in Wagner momentan beschädigt war, der Meister war kein Mörder. Das war nicht möglich. Nicht bei einem Genie, dessen Kunst deutlich zeigte, dass dessen Schöpfer an das Gute, Hehre und Edle im Menschen glaubte. Genau wie Ludwig. Und das Gute würde siegen. Dafür würde er sorgen. Aber er benötigte weitere Informationen, das war ihm soeben deutlich geworden. Ein Detail wie der Tatort und die Waffe konnten den gesamten Fall entscheiden. Er würde den Ermittler einbestellen und ihn zum Wo und Wie der Tat befragen. Dabei konnte er ihm gleich mitteilen, dass Wagner kein Mörder war. Niemand sollte Ludwig nachsagen, dass er seinen Bürgern Gerechtigkeit verwehrte. Und seien es noch solche lügenden und ehebrechenden Schufte wie Richard Wagner.

Kapitel 5

Sophie stieg langsam die Treppe ins zweite Obergeschoss zu Ludwigs Blauem Salon empor. Sie war ordentlich zurechtgemacht, die Haare von Erika hochgesteckt, und trug ein elegantes grünes Kleid. Leider war dessen Korsett derart eng, dass es das Atmen behinderte und vor allem ihr Muskelziehen im Brustbereich verstärkte. Sie stöhnte leise, hob die Hand mit ihrem Fächer und ließ sie wieder sinken. Selbst sich frische Luft zuzuwedeln war zu anstrengend. Es war kein Wunder, dass sie sich fühlte, als habe man sie vom Kopf bis zu den Füßen durch die Mangel gedreht: Die Gräfin hatte im Morgengrauen wieder zum Frühsport antreten lassen, das Programm mit den Keulen verdoppelt, obwohl Erika und Sophie nicht einmal mit dem Ursprünglichen zu Rande gekommen waren, und zusätzlich Knie- und Rumpfbeugen eingeführt. Sophie fragte sich langsam, ob die Frau sie zu Gladiatoren ausbilden wollte. Zu allem Überfluss hatte die Gräfin angekündigt, dass ab morgen Abend Etiketteunterricht hinzukäme. Sophie verzog das Gesicht, weil sie einen leichten Krampf in der linken Wade verspürte. Sie machte sich ein wenig Sorgen, was Etikette im Vokabular der Gräfin bedeuten mochte. Stundenlang mit einem Buch auf dem Kopf auf- und ablaufen, um die aufrechte Haltung zu trainieren? Sollte dem tatsächlich so sein, so wäre Sophie allerdings bestens dafür gerüstet. Ihre Mutter hatte sie dieser eintönigen Prozedur als Kind fast jeden Tag unterzogen, sodass sie im Schlaf mit einem dicken Lexikon herumspazieren konnte, ohne es zu verlieren.

Sophie stoppte vor der Tür von Ludwigs Salons, klappte ihren Fächer zusammen und ließ ihn am Band um ihr Handgelenk hängen. Dann klopfte sie mit ihrem verabredeten

Klopfzeichen an, damit Ludwig wusste, dass sie es war. Nachdem er sie dazu aufgefordert hatte, trat sie ein.

Der König saß rauchend hinter dem Tisch auf dem einzigen Zweisitzer im Raum, die Sessel neben ihm waren leer. Der Tisch war mit Akten und Dokumenten bedeckt, die kreuz und quer lagen, in der Mitte ein halb voller Aschenbecher und daneben der unvermeidliche, gut gefüllte Pralinenteller. Vor dem Tisch stand ein großer Mann, den Rücken zu ihr gewandt. Er war korpulent, hatte schütteres dunkelblondes Haar, einen schwarzen, etwas zerdrückten Hut unter dem Arm, trug einen abgetragenen grauen Anzug sowie abgewetzte braune Schuhe, die nicht zum Anzug passten und deren Sohlen heruntergelaufen waren. Neben ihm stand eine ebenso abgewetzte Aktentasche auf dem Boden.

»Ich störe.« Sophie blieb gleich hinter der Tür stehen, obwohl der Aufzug des Fremden sie neugierig machte und sie gern gewusst hätte, wer das war. Üblicherweise gaben sich die Menschen Mühe mit ihrer Kleidung, wenn der König ihnen Audienz gewährte.

»Aber absolut nicht, meine Liebe.« Ludwig wirkte trotz seiner Liebenswürdigkeit erregt und hatte seine steile Missbilligungsfalte auf der Stirn. »Ihre Hoheit Herzogin Sophie in Bayern«, stellte er sie dem Fremden mit einer fließenden Handbewegung vor.

»Eure Hoheit.« Der Mann wandte sich halb zu Sophie um und verneigte sich einen gefühlten Millimeter.

»Das ist Brigadier Erich Gennach, der soeben aus München gekommen ist«, sagte Ludwig mit leichtem Unwillen in der Stimme. Es war für Sophie offenkundig, dass zwischen den beiden etwas vorgefallen sein musste. Die Spannung in der Luft war spürbar.

»Angenehm.« Sophie neigte den Kopf ebenfalls nur einen Millimeter.

»Bitte setz dich zu mir, meine Liebe.« Ludwig zeigte auf einen der leeren Sessel rechts von sich.

Sophie ging zu Ludwig hinüber, wodurch sie die Gelegenheit bekam, den Besucher in Ruhe zu betrachten. Er war Mitte vierzig, hatte ein rundes, nicht sehr attraktives Gesicht mit einer zu großen Nase, ein paar Pockennarben auf den Wangen, aber wache braune Augen, die alles um sich herum wahrzunehmen schienen und keine Verunsicherung zeigten. Das war nach Sophies Erfahrungen entschieden ungewöhnlich. Die meisten von Ludwigs Besuchern waren in seiner Gegenwart gehemmt und ängstlich, einen Fehler zu begehen.

»Der Brigadier«, begann Ludwig, als Sophie saß, die Hände im Schoß um den Fächern gefaltet, »wollte mich über den aktuellen Ermittlungsstand in Sachen Funkenberg informieren. Ich habe ihm mitgeteilt, dass Wagner nicht der Mörder ist.« Ludwig drückte seine Zigarette energisch aus.

»Es bleibt abzuwarten, was die Ermittlungen ergeben, Eure Majestät«, kam es von Gennach.

»Was möchtet Ihr damit ausdrücken, Brigadier? Sprecht Klartext.« Ludwig lehnte sich zurück, als wolle er Distanz zwischen sich und dem Brigadier schaffen, obwohl der Tisch sie ohnehin trennte.

»Die Zeichen deuten derzeit alle auf Richard Wagner.« Gennach legte seinen Hut auf der Tischkante ab. Das war ein kompletter Bruch der guten Form. Andererseits war es bereits einer gewesen, ihn mit seinem Hut in der Hand stehen zu lassen.

»Und welche sind das?« Ludwig betrachtete den Hut wie eine giftige Schlange. »Nur die Tatsache, dass er im Eifer des Gefechtes Funkenberg gedroht hat?«

»Nicht nur das, Eure Majestät.« Gennach verschränkte die Arme auf dem Rücken.

»Dass er klein ist? So wie viele andere Menschen in diesem Königreich auch?« Ludwig bewegte beiläufig einen Hefter nach vorne, der den Hut auf die äußerste Ecke des Tisches schob.

»Auch das ist noch nicht alles, Eure Majestät.« Gennach ignorierte den Hut und ließ stattdessen den Blick durch den Raum schweifen. Sophie hatte den Eindruck, er missbilligte, was er sah. Dabei war der Raum mit seinen blauen Tapeten und Polstermöbeln sowie den schönen Statuen nicht übermäßig protzig. Im Gegenteil. Er war eher schlicht und gemütlich wie das ganze Schloss.

»Dann belehrt uns, bitte.« Ludwig lehnte sich in die Polster zurück, nachdem er den Ordner als Mauer hochkant vor sich auf den Tisch gestellt hatte.

»Das Opfer wurde in einer Seitenstraße vom Ministerium aufgefunden, Eure Majestät. Er wurde vermutlich dort getötet, wenn man nach den Blutspuren geht. Und …«

»Scheidet ein Raubmord aus?«, unterbrach Ludwig ihn.

»Es wurde nichts entwendet, Eure Majestät. Und das, obwohl er eine wertvolle Taschenuhr und Bargeld in nicht unerheblicher Menge bei sich trug.«

»Was hatte er ansonsten bei sich?« Sophie hatte den Eindruck, Ludwig fragte das nur, weil er neugierig war und in dem Wissen, dass das nichts zur Sache tat.

»Alte Liebesbriefe, ein paar Aktenvermerke, Rechnungen und eine Kopie eines eingelösten Barschecks, der auf sein Konto lief. Außerdem zwei beschriebene Taschenkalender und eine alte Schreibfeder«, zählte Gennach auf.

»Der Mann muss enorm volle Taschen gehabt haben«, murmelte Ludwig leise vor sich hin. Er sah über den Ordner zu Gennach. »Aber vielleicht hatte er noch etwas dabei, das ihm gestohlen wurde. Etwas, auf das Ihr nicht kommt, weil Ihr nichts davon wisst.«

»Woran denkt Ihr, Eure Majestät?«

»Dies und das, wer weiß«, lavierte Ludwig auf die vage Art herum, die Sophie mitteilte, dass er schlicht einen Versuchsballon gestartet hatte.

»Das wird sich ebenfalls im Laufe der Ermittlungen zeigen, Eure Majestät.«

»Und Zeugen für die Tat gibt es keine, Brigadier?«, erkundigte Sophie sich, um sicherzugehen.

»Nein, Eure Hoheit. Bislang keine. Aber wir suchen nach ihnen und befragen die Nachbarn.«

Sophie schüttelte ungläubig den Kopf. »Wie kann das sein. Die Gegend ums Ministerium ist doch üblicherweise belebt.«

»Der Mord hat in der Nacht stattgefunden, nachdem im Ministerium alle im Feierabend waren, Eure Hoheit. Dr. Stein schätzt den Todeszeitpunkt auf zwischen zehn Uhr nachts und Mitternacht.« Gennach machte nicht den Eindruck, als störte es ihn, von einer Frau befragt zu werden. Das sprach in Sophies Augen für ihn, auch, wenn Ludwig ihn offenkundig nicht leiden konnte.

»Aber ihr glaubt doch nicht, Brigadier, dass Wagner sich spät in der Nacht in eine dunkle Gasse schleichen und dort den Finanzminister töten würde?« Ludwig spähte kurz zu Wagners Büste. »Das muss selbst Euch absurd erscheinen.«

»Irgendjemand hat es getan und Herr Wagner verweigert die Aussage, wo er sich am fraglichen Abend aufgehalten hat, Eure Majestät.«

»Er verweigert die Aussage?« Ludwig gab dem Ordner vor sich einen kleinen Schubs, der Gennachs Hut vom Tisch fegte.

»Das ist korrekt, Eure Majestät.« Gennach beachtete den Hut zu seinen Füßen nicht.

»Das kann tausend Gründe haben«, sagte Ludwig, der sich schnell wieder gefangen hatte. Aber seine Miene war nicht mehr ärgerlich, sondern eher nachdenklich.

Sophie war überrascht, dass Wagner keine Auskunft gab. Üblicherweise nutzte der jede Gelegenheit, über sich zu sprechen. »Wer hat ihn denn zuletzt gesehen?«

»Herrn Wagner, Eure Hoheit?« Gennach schaute ihr jetzt direkt in die Augen.

Sophie meinte dort einen Funken Humor zu sehen. »Nein, ich meinte Minister Funkenberg«, erklärte sie freundlich.

»Das versuchen wir herauszufinden, Eure Hoheit«, entgegnete Gennach.

»Und wie, bitte schön?«, mischte Ludwig sich wieder ein.

»Wir befragen derzeit die Mitarbeiter im Ministerium, Eure Majestät.«

»Und was ist bei der Befragung herausgekommen?« Ludwig kramte unter seinen Sachen auf dem Tisch herum.

»Es gibt bislang keine definitiven Ergebnisse, Eure Majestät. Ihr erlaubt?« Erich Gennach bückte sich und hob den Hut auf.

»Weshalb nicht? Das ist nicht irgendein Opfer. Er ist der Finanzminister. Nach der Sache mit von Geersen sehen wir im Ausland aus, als ob es hier nicht sicher sei. Das kann ich nicht auf mir sitzen lassen. Ihr müsst alle Energie auf den Fall konzentrieren. Ich hoffe, das ist Euch bewusst?« Ludwig zog sein Etui unter einer Akte heraus und zündete sich eine neue Zigarette an.

»Das ist es, Eure Majestät.« Gennach legte den Hut erneut auf den Tisch, nachdem er wieder hochgekommen war. »Der Herr Innenminister war deutlich, was das angeht.«

»Was ist dann Eure Entschuldigung, dass wir noch keine Ergebnisse aus dem Ministerium haben?« Ludwig wirkte, als ob es ihm in den Fingern juckte, den Hut wieder vom Tisch zu stoßen.

»Ich musste die Ermittlungen unterbrechen, als ich die königliche Order bekam, Bericht zu erstatten, Eure Majestät.«

Ludwig ignorierte den unausgesprochenen Vorwurf Gennachs, aber seine Finger um die Zigarette verkrampften sich. »Und was ist mit der Mordwaffe? Wurde sie gefunden?«

»Nein, Eure Majestät. Wir vermuten, dass der Täter sie mitgenommen hat.«

»Was glaubt Ihr, was es war? Dr. Stein sagte, die Klinge war seltsam glatt.«

»Das wissen wir derzeit nicht, Eure Majestät. Eine nicht allzu lange Stichwaffe, um die fünfzehn Zentimeter. Wir denken an einen Dolch.«

»Kein Schwert?«, beharrte Ludwig.

»Ein Dolch oder ein Messer«, wiederholte Gennach.

»Ich fasse zusammen. Ihr wisst bislang wenig. Aber, dass Wagner der Täter war, steht für Euch fest?«, schnaufte Ludwig. »Das wird vor keinem Gericht der Welt halten.«

»Wir halten Herrn Wagner bislang nicht für den Täter«, stellte Gennach klar. »Nur für den Hauptverdächtigen.«

»Reine Semantik«, knurrte Ludwig.

Gennach bückte sich und zog eine schmale Akte aus seiner Tasche, die er auf den Tisch legte. »Das mag sein, Eure Majestät. Aber bislang hat er ein Motiv, kein Alibi und die Täterbeschreibung passt auf ihn. Das sind Kopien unserer bisherigen Erkenntnisse, Eure Majestät.«

Ludwig nickte nur.

»Habt Ihr weitere Fragen, Eure Majestät? Ich würde mit Eurer Erlaubnis gern zu den Ermittlungen zurückkehren.« Gennach griff nach dem Hut.

Sophie fragte sich langsam, ob der Mann einen unbewussten Wunsch nach sozialer Ächtung hatte.

»Ihr seid entlassen«, knurrte Ludwig und wartete schweigend, bis der Brigadier sich nach einer minimalen Verbeugung entfernt hatte.

»Was für ein unmöglicher, renitenter und vollends inkompetenter Mensch.« Ludwig sprang auf, kaum, dass der Brigadier das Arbeitszimmer verlassen hatte, und kippte den Ordner um. »Hast du bemerkt, wie ungehörig er sich vor Dir verbeugt hat? Das war ja kaum ein Nicken. Skandalös. Er ist bestimmt Republikaner, wie Karlchen sagt. Und dann diese Andeutung, dass er Besseres zu tun habe, als mir Bericht zu erstatten. Dem König!« Ludwig nahm sich im Stehen eine Zigarette aus dem Etui und zündete sie sich an. »Und diese Bemerkungen über

Wagner. Glaubst du nicht, dass dieser Gennach ein gehöriger Ignorant ist?«

Sophie stand ebenfalls auf und ging umher, was eine Wohltat für ihre verkrampften Muskeln war. »Ich bin nicht sicher, lieber Ludwig.«

Ludwig bekam den Rauch offenbar in die falsche Kehle und hustete.

»Ich gebe zu, dass die Verbeugung nicht gerade höflich ausgefallen ist. Aber ansonsten fand ich ihn relativ auskunftsfreudig und er machte keinen inkompetenten Eindruck.« Sophie hüpfte ein paar Mal leicht auf der Stelle.

»Du hast schon verstanden, was er gemeint und nicht gesagt hat, richtig? Was ist mit dir?« Ludwig fiel Sophies Hüpfen etwas verspätet auf.

»Krampf im Bein«, gab Sophie zu. »Und ich habe verstanden, was er uns sagen wollte, nämlich, dass wir uns nicht in die Ermittlungen einmischen sollen.«

»Das ist unerhört. Ich mische mich nicht ein. Ich bin der Staat. Alles, was ihn betrifft, betrifft mich.« Ludwig drückte seine halb gerauchte Zigarette aus und zündete sich eine neue an. »Wird das Bein besser?«

»Langsam, ja. Aber meinst du nicht, er hat recht? Er ist der Experte, nicht wir.«

»Und wo waren die sogenannten Experten, als wir von Hagen gefasst haben?«

Sophie wanderte zum Fenster. Am Horizont zogen Wolken auf. Es würde regnen. »In München oder hatten die Sommergrippe.«

»Siehst du. Und wir sind sehr gut ohne sie zurechtgekommen«, sagte Ludwig hinter ihr.

»Gut scheint mir relativ.« Sophie sah wieder das kalte Metall der Waffe von von Hagen vor sich und bekam eine Gänsehaut. Sie straffte die Schultern und drehte sich zu Ludwig zurück. Sie würde nicht zulassen, dass die Erinnerung sie sogar tagsüber verfolgte.

»Was meinst du? Wir haben ihn doch gefasst, oder?«, kam

es von Ludwig, den offenbar keine schlechten Erinnerungen plagten. »Alles in Ordnung?« Er fixierte sie kritisch.

»Ja, alles in Ordnung.«

»Sicher? Du wirktest abwesend.«

»Ja, wirklich, mein Lieber«, entgegnete Sophie mit Nachdruck.

»Wie du meinst. Jedenfalls werde ich das nicht auf mir sitzen lassen.« Ludwig atmete geräuschvoll den Rauch aus.

»Was willst du unternehmen, Ludwig?«

»Diesen renitenten Gesichtsausdruck, als ich ihm sagte, dass Wagner es nicht war, hast du den gesehen?« Ludwig warf den Kopf in den Nacken. »Ich werde beweisen, dass Wagner unschuldig ist, indem ich den wahren Täter finde. Das schulde ich Wagner und seiner Kunst.« Ludwig stellte sich in seine Königsposition und hielt die Zigarette wie eine Waffe vor sich.

»Willst du wirklich deine kostbare Zeit darauf verwenden? Du hast doch so viele wichtige Dinge, um die du dich kümmern musst.« Sophie hob die Augenbrauen. Sie hatte kein gutes Gefühl, wenn Ludwig sich in die Ermittlungen mischte.

»Du siehst doch, dass man diesem neuen Ermittler nicht trauen kann.«

»Warum bestellst du nicht einen anderen Ermittler?«, schlug Sophie vor, obwohl sie nichts gegen den Brigadier hatte.

»So gern ich auch möchte, ich kann ihn nicht einfach abberufen. Das würde so aussehen, als ob ich das nur tue, weil Wagner mein Freund ist und ich die Ermittlungen behindern will. Und außerdem muss ich die Liberalen im Parlament bei Laune halten. Gennach scheint einer von denen zu sein. *Merde.*« Ludwig stampfte leicht mit dem Fuß auf. Dann bückte er sich, um seine Zigarette aufzuheben, die ihm dabei abhandengekommen war.

»Aber bist du dir so sicher, dass er mit Wagner falschliegt? Es ist seltsam, dass Wagner nicht zu Protokoll gibt, wo er zur Tatzeit gewesen ist.« Sophie sah ein, dass sie Ludwig bedauerlicherweise nicht von seinem Vorhaben abbringen konnte, den Täter eigenhändig ausfindig zu machen.

»Vielleicht redet er nicht darüber, weil ihn etwas Wichtiges davon abhält?«, mutmaßte Ludwig und warf die Zigarette mit Schwung in den Aschenbecher.

»Was kann denn wichtiger sein, als sich in einer Mordermittlung zu entlasten?« Sophie nahm sich eine Praline. Seitdem sie Gymnastik machte, hatte sie ständig Hunger.

»Das ist eine gute Frage, die du ihm stellen wirst, meine Liebe.« Ludwig nahm sich ebenfalls eine Praline und zeigte auf eine weitere auf dem Teller. »Nimm eine von denen mit Schokokrokant. Das sind die besten.«

»Wieso ich?« Sophie machte unwillkürlich einen Schritt zurück.

»Weil er in München ist und du weißt, dass ich dorthin nur im Notfall reise. Außerdem bin ich nicht bereit, ihn unter den aktuellen Umständen mit meiner Anwesenheit zu ehren. Hier.« Ludwig hielt ihr kauend eine Krokantpraline entgegen.

»Aber ich weiß doch nicht, was ich tun soll, Ludwig.« Sophie nahm die Praline, aber legte sie wieder auf den Teller. Das stimmte zwar nicht, aber das Letzte, was sie wollte, war in neue Ermittlungen verwickelt zu werden. Erstens hatte sie kein Bedürfnis danach, erneut mit einer Waffe bedroht zu werden, und zweitens wollte sie sich nicht ausmalen, wie viele Gräfinnen sie an die Seite gestellt bekäme, wenn ihre Mutter herausfände, dass Sophie erneut als Quasiermittlerin fungierte.

»Ich gebe dir den Major mit«, sagte Ludwig. »Der wird dir helfen. Ihr könnt gleich morgen früh nach München fahren.«

»Ich habe meinen Frühunterricht bei der Gräfin Wallau«, wandte Sophie ein. »Den darf ich nicht versäumen, sonst bekomme ich Ärger mit Mama.«

»Der ist doch in aller Herrgottsfrühe. Dann fahrt ihr eben danach.« Ludwig stopfte sich frohgemut die von Sophie verschmähte Praline in den Mund.

Sophie kniff die Lippen zusammen. Irgendwann musste

Ludwig merken, dass sie nicht wollte. »Allein mit dem Major kann ich nicht reisen. Das schickt sich nicht.«

»Dann nimm Erika als Anstandswauwau mit. Und wenn ihr in München seid, könnt ihr gleich mit Funkenbergs Frau sprechen. Wir müssen mehr über seine letzten Tage erfahren. Seine Freunde und Feinde und so weiter. Ich werde mir derweil die Akte vornehmen und sehen, was sich aus dieser ersehen lässt. Dünn genug ist sie ja.« Ludwig griff nach der Akte, die Gennach dagelassen hatte.

Das wurde ja immer schlimmer. Die arme Frau hatte genug um die Ohren, als dass Sophie und der Major sie jetzt im vermutlichen schlimmsten Augenblick ihres Lebens behelligten. »Aber wie soll ich denn auf sie zugehen? Ich kann ihr schlecht auf die Nase binden, dass ich für dich im Mordfall ihres Mannes ermittle. Das wäre schrecklich taktlos.«

Ludwig klappte die Akte langsam zu. »Du hast recht, meine Sophie. Das könnte etwas taktlos wirken. Dann tue ihr gegenüber, als ob du in meinem Namen kondolierst, und frage sie dabei heimlich aus.«

»Aber …« Sophie hatte keine Vorstellung, wie sie die Trauerende heimlich ausfragen sollte.

»Muss ich dich wirklich bitten?« Ludwig machte eine strenge Miene und legte die Akte wieder ab.

»Natürlich nicht, Ludwig.« Sophie senkte den Kopf. Ihr war klar, dass Ludwig sie brauchte. Und zwar nicht, weil er sich weigerte, nach München zu fahren. Sondern vielmehr, weil seine Gedanken dazu neigten, manchmal in recht seltsame Gefilde abzuwandern, Sophie war eine der wenigen, die ihn davon abhalten konnten, auch noch entsprechend zu handeln. Aber wie konnte sie das bloß vor ihrer Mutter geheim halten? Sie hob den Kopf wieder. Wenn sie schon Ärger bekam, dann wollte sie wenigstens wissen, warum. »Weshalb ist es dir so wichtig, den Mörder zu finden, mein Lieber?«

Ludwig schwieg.

»Ludwig«, drängte Sophie sanft, aber bestimmt.

»Ich …« Er räusperte sich. Dann sah er ihr in die Augen. »Das bleibt unter uns?«

»Natürlich. Das weißt du.«

»Wagner ist mein Freund und Protegé. Wenn er verurteilt wird, dann werde ich mit verurteilt, weil ich ihm mein Vertrauen geschenkt habe. Und das kann ich nicht hinnehmen. Es denken sowieso schon alle, dass ich ein Fantast und kein würdiger König bin. Einer, der sich von Wagner ausnutzen und an der Nase herumführen lässt.«

»Das denkt keiner.«

»Oh, doch meine Liebe. Aber ich werde Ihnen beweisen, dass ich ein Mann bin, der weiß, was er tut.« Ludwig schob in einer leichten Abwandlung seiner Königspose das Kinn nach vorne und stellte sein Bein aus.

Sophie hätte ihn am liebsten in den Arm genommen, aber das schickte sich nicht. Sie war froh, dass sie seine Bürde nicht tragen musste. Sie straffte die Schultern. Nun denn, sie hatten einen Mörder gefasst. Vielleicht konnten sie einen zweiten fangen. »In Ordnung, Ludwig. Ich fahre nach München, wenn du es willst.«

Ludwig klatschte in die Hände. »Schön. Dann ist alles geklärt. Wir werden den wahren Mörder finden. So wahr ich hier stehe.« Er nahm sich die Akte und ließ sich in einen der Sessel fallen.

Kapitel 6

Auszug aus dem Tagebuch Ludwig des II.:

> *»Oh schnöde, unbedarfte Geister, deren Stift sich in Miniatur auf das Blatt verirrt. Ist ihr Verstand so klein wie ihre Buchstaben? (Vermerk: Erlass vorbereiten lassen, dass Mordermittlungsakten zwingend Leselupen beizufügen sind?)«*

Ludwig murmelte einen Fluch, während er, nur in Hemd, Hose und Socken auf der Bettkante sitzend, die aufgeschlagene Ermittlungsakte studierte. »Dich meine ich nicht«, sagte er zu Brunhilde, die auf seinem Kleiderschrank hockte. »Und dich auch nicht.« Siegfried schnarchte vor dem Bett und reagierte nicht. »Diese Nichtsnutze.« Ludwig blätterte erneut über den vorläufigen Bericht von Dr. Stein, die Liste der Habseligkeiten des Toten, das Protokoll der Zeugenaussage von Funkenbergs Frau sowie Richard Wagners, das gerade eine halbe Seite umfasste. Ludwig war die Akte so intensiv durchgegangen, dass er wieder Kopfschmerzen hatte. Aus seiner Sicht enthielt sie fast nur Ungenauigkeiten, Bagatellen und Verdrehtheiten. Ein Ermittler, nicht Gennach, hatte Wagner als undurchsichtig bezeichnet. Er hatte zudem die Szene, in der Richard Wagner dem Minister Funkenberg vor ein paar Wochen in Hohenschwangau bedroht hatte, so sinnentstellend wiedergegeben, dass man meinte, Wagner sei ein Schläger und Grobian und das, obwohl Funkenberg zuerst zugeschlagen hatte. Das Ganze war äußerst und absolut besorgniserregend und schockierend. Falls die Strafverfolgung im ganzen Königreich so arbeitete, dann Gnade Gott den Bayern. Gut, dass Ludwig und Sophie sich der Sache höchstpersönlich annahmen. Er blätterte weiter und stoppte auf der einzigen Seite, die ihm interessant vorkam: Es war eine Zeichnung des Tatortes. Er hielt die Akte in die Höhe und studierte diese aufmerksam und mit zusammengekniffenen Augen, weil die Beschriftung nur millimetergroß und extrem verschnörkelt war. Gab es mystische Zwerge mit klitzekleinen Federhaltern in der Gendarmerie? Oder wer schrieb dermaßen klein und obskur?

Ludwig klebte mit der Nase fast am Papier, das leicht nach Chemikalien roch. Offenbar war der Tatort eine Sackgasse gewesen. Der Fundort von Funkenberg war umgeben von Häuserwänden und hatte nur einen Zugang: eine schmale Gasse, die von der deutlich breiteren und belebteren Hauptstraße abging. Ludwig schaute nochmals auf das Kreuz, das Funkenbergs Fundort bezeichnete, dann legte er die Akte beiseite, stand auf, nahm sich eine Zigarette vom Nachttisch und zündete sie sich an, obwohl ihm der Hals vom ganzen Tabak kratzte. Er rauchte nachdenklich ein paar Züge, während er langsam im Zimmer umherging. Was hatte Funkenberg um diese nachtschlafende Zeit an diesem stockdunklen und verlassenen Ort getan? Falls er auf dem Weg nach Hause vom Ministerium gewesen sein sollte, dann führte der sicher nicht über eine Sackgasse.

»Merde«, murmelte Ludwig leise. Der Gedanke lag nahe, dass Funkenberg dort auf jemanden gewartet hatte. Oder jemand hatte ihn unter einem Vorwand dorthin gelockt. Egal, was der Fall gewesen war, beides deutete darauf hin, dass er seinen Mörder gekannt haben musste. Denn wer ging mit einem Fremden in eine dunkle und menschenverlassene Gasse? Mitten in der Nacht? Ludwig unterbrach seine Gedanken, weil Karlchen hereinkam.

»Ist es schon so spät?« Ludwig schaute aus dem Fenster, vor dem ein Halbmond über dem Horizont stand.

»Es ist halb zwei.« Sein Diener sah müde aus. »Und ich

dachte, Ihr wollt Euch umkleiden für die Nacht, Eure Majestät?«

»In Ordnung.« Ludwig drückte seine Zigarette im Aschenbecher auf dem Nachttisch aus. Ihm war klar, dass Karlchen gern ins Bett wollte, nicht er, Ludwig. Aber eine Sache musste er zuvor mit ihm besprechen. »Deine Cousine arbeitet bei der de la Corosso, nicht wahr?« Ludwig hob die Arme an, damit Karlchen ihm das Oberhemd über den Kopf ausziehen konnte, etwas, das wegen Karlchens geringer Körpergröße nur gelang, wenn Ludwig sich dabei nach vorneüber beugte.

»Das ist zutreffend, Eure Majestät. Sie ist dort Hausmädchen.« Karlchen zog kräftig das Hemd über Ludwigs königliches Haupt, bis Karlchen das Kleidungsstück in den Händen hielt.

Siegfried kam angeschossen und bellte das Hemd wie ein Verrückter an.

»Dieser schändliche von Hagen.« Karlchen schüttelte den Kopf. »Einen harmlosen Hund mit einem Hemde zu fesseln. Er ist traumatisiert, der Arme.« Karlchen spielte darauf an, dass der Mörder von Hagen bei seinen finsteren Machenschaften Siegfried aus dem Weg geschafft hatte, indem er ihn mit einem von Ludwigs Hemden gefesselt und in dessen Schlafzimmerschrank gesperrt hatte.

»Du sagst es. Die Welt geht vor die Hunde.« Ludwig schaute seinem Mops dabei zu, wie der das Hemd anknurrte, und zog dabei die königliche Hose aus. Er dachte kurz nach. »Sag bitte der Schneiderin, sie möge mir neue Hemden machen. In Creme, nicht in Weiß und mit einem anderen Kragen, als diese hier haben.« Er reichte Karlchen die Hose. »Kennen Hunde den Unterschied zwischen Weiß und Creme?«

»Bestimmt, Eure Majestät.« Karlchen ging zum Kleiderschrank und legte Hemd und Hose gefaltet hinein.

»Nun ist aber Schluss«, befahl Ludwig seinem Mops, der weiterhin laut bellend umhersprang. »Nimm dir ein Beispiel an Brunhilde und schau, wie gesittet sie ist.« Ludwig zeigte auf den Amazonenpapagei, der sich nicht bewegte, sondern alles gleichmütig betrachtete, ein Auge offen, eins geschlossen.

Siegfried bellte einmal und verzog sich schmollend unter das Bett.

Ludwig bekam ein schlechtes Gewissen. Er wusste, dass Siegfried keine Vergleiche mit Brunhilde vertrug. »Es war nicht so gemeint, Sigi.«

»Eure Majestät?« Karlchen war zurück und hielt ihm das lange Nachtgewand aus Seide entgegen, das Ludwig anzog, wenn es draußen heiß war.

»Was weißt du über die la Corosso?« Ludwig griff nach seinem Nachthemd.

»Das, was jeder in der Gesellschaft weiß, Eure Majestät.«

»Und was weiß jeder? Lass dir nicht alles aus der Nase ziehen, Karlchen.« Ludwig zog sich das Nachthemd über. Es roch frisch gewaschen. Nach Seife und Sonne.

»Sie behauptet, dass sie aus Spanien sei, dabei ist sie aus dem Königreich Baden.« Karlchen ging erneut zum Schrank, holte Ludwigs von Siegfried angeknabberte Pantoffeln heraus, kam damit zurück, bückte sich mit einem verstohlenen Griff in den Rücken und stellte diese vor Ludwig zurecht.

»Was noch?« Ludwig fuhr in die Hausschuhe.

»Sie lebt in München, arbeitet in einer der unzähligen Theatertruppen hier im Königreich, deren Namen ich vergessen habe, und hatte eine seit Kurzem öffentlich bekannte Affäre mit dem leider verschiedenen Finanzminister.«

»Liebe oder Geld?« Ludwig hatte selbst eine Vermutung. Funkenberg war weder gutaussehend noch charmant gewesen. Da blieb nicht mehr viel.

»Ich tippe auf Geld, mein König. Sie scheint einen Hang zum schönen Leben zu haben, wenn ich meiner Cousine glauben darf. Und wenn man ihr weiter glauben darf, ist die Dame deshalb ständig in akuter Geldnot.«

»Was heißt das? Akute Geldnot?«

»Meine Cousine musste neulich einen Monat auf ihr Gehalt warten und wurde ständig mit neuen, kreativen Ausreden vertröstet. Und in München munkelt man, dass die anderen Gläubiger bei der de la Corosso ebenso Schlange stehen. Wenn sie so weitermacht, bekommt sie ernsthafte Schwierigkeiten.« Karlchen ging zum Nachtisch und öffnete eine Porzellandose mit Sonnenblumenkernen, die neben dem Pralinenteller stand. »Bislang hat sie der Minister aus jeder finanziellen Misere gerettet. Aber ohne ihn – wer weiß, was mit ihr geschieht.«

»Glaubst du, sie wird uns ein paar Fragen zu Funkenberg und ihrer Beziehung beantworten?« Ludwig ging zum Vogelkäfig, nahm das Armband heraus und wedelte kurz damit. Brunhilde kam angeflattert und kletterte in den Käfig. Ludwig streute ihr ein paar Sonnenblumenkerne als Belohnung auf den Boden und legte den Schmuck daneben.

Karlchen schloss die Käfigtür und zog das bereitgelegte dunkle Gute-Nacht-Tuch darüber. »Soweit ich weiß, war sie in der Sache mit von Hagen gegenüber den Gendarmen sehr auskunftsfreudig. Das ist der Grund dafür, weshalb ihre Affäre aufgeflogen ist. Meine Cousine denkt, dass ihre Chefin sich bewusst war, dass die Liebschaft an die Öffentlichkeit geraten würde.«

»Wieso hätte sie das wollen sollen? Ich bin kein Experte, aber hält man Liebschaften mit verheirateten Partnern nicht eher geheim?«

»Wer hätte was wollen sollen, Eure Majestät? Meine Cousine?«

»Natürlich nicht, Karlchen. Wo ist dein Kopf? Die Schauspielerin. Wieso wollte sie, dass die Affäre publik wird?« Ludwig ging zurück zum Bett, wo Karlchen dabei war, Siegfried darunter hervorzulocken.

»Das entzieht sich meiner Kenntnis, Eure Majestät. Aber ich kann meine Cousine fragen. Vielleicht weiß sie etwas.«

»Und lass dir auch sonst alles berichten, was es zu berichten gibt. Ich will alles über sie wissen. Jedes dunkle Geheimnis. In Ordnung?«

»Selbstverständlich, Eure Majestät.« Karlchen zog Siegfried unter dem Bett hervor und verfrachtete ihn in sein Körbchen neben Ludwigs Bett. Karlchen kam ächzend wieder auf die Beine.

»Willst du nicht doch einmal mit Dr. Stein sprechen?« Ludwig machte sich langsam Sorgen um Karlchen.

»Nicht nötig, Eure Majestät. Es geht schon wieder.« Karlchen streckte zum Beweis die Arme aus.

»Auf meine Kosten. Ich zahle.«

»Wirklich nicht, Eure Majestät.«

»Weshalb nicht? Was kann es schaden?«

»Was würden die anderen Diener sagen, wenn ich auf Eure Kosten einen königlichen Arzt besuche. Die würden denken, ich wäre größenwahnsinnig geworden«, wehrte Karlchen ab.

»Es ist doch einerlei, was die anderen sagen.« Ludwig setzte sich aufs Bett.

Karlchen schwieg störrisch, sodass Ludwig seufzte und das Thema wechselte. »Was weißt du über den Assistenten von Funkenberg?«

»Nichts, Majestät. Nur, dass er sehr höflich ist, wenn man ihm begegnet. Zu höflich.«

»Was heißt das?«

Karlchen zuckte nur die Achseln und beäugte die offene Akte auf der Matratze neben Ludwig neugierig.

Ludwig klappte die Akte zu und sah seinen Diener wegen seiner Neugier milde strafend an. »Egal. Den werde ich selbst unter die Lupe nehmen, dann sehe ich, was du meinst. Richte bitte dem Major gleich aus, er möge dem Assistenten und der de la Corosso ein Telegramm zukommen lassen, dass ich morgen mit ihnen hier in Berg sprechen möchte.«

»Glaubt Ihr, es ist nicht ein wenig spät dafür, Eure Majestät? Ich könnte mir vorstellen, der Major schläft schon.«

»Dann weck ihn«, sagte Ludwig ungehalten. »So ein paar Telegramme sind ja keine große Sache und schnell erledigt.«

Kapitel 7

»Seid Ihr bereit für unsere große Reise, Major?« Sophie trat neben Major Lohmann, der kerzengerade vor der königlichen Kutsche stand, jede Menge Akten auf dem Arm. Er hatte seinen obligaten Anzug an, aber ausnahmsweise war dieser dunkelblau, anstelle von Schwarz, dezent modern und saß wie angegossen.

»Mehr oder weniger, Eure Hoheit.« Der Major machte eine Verbeugung vor Sophie und betrachtete im Anschluss skeptisch die vier vor die Kutsche gespannten Pferde.

»Franzel, einen guten Morgen.« Sophie nickte dem Kutscher zu, der in Livree auf dem Kutscherbock saß und Kaffee aus einem dicken Emaillebecher trank, die Peitsche quer über den Knien.

»Euch auch, Hoheit Sophie.« Franzel verbeugte sich, strahlte sie an und zeigte dabei eine breite, aber sympathische Zahnlücke.

»Muss es denn eine Kutsche sein, Hoheit?« Der Major zeigte dezent auf das Gefährt.

»Hättet Ihr lieber den Zug genommen?« Sophie fühlte sich ein wenig schuldbewusst. Hoffentlich hatte der Major nicht selbst dann Angst vor Pferden, wenn sie der Kutsche vorgespannt waren. Aber da sie in München zwei unterschiedliche Ziele anfahren mussten, war ihr eine Kutsche sinnvoller und bequemer erschienen als der Zug, und so hatte sie Ludwig darum gebeten.

Der Major riss seine Aufmerksamkeit von den Tieren los. »Nein, das ist vollkommen in Ordnung. Außerdem ist es nur für eine Strecke. Ich muss nach unseren Besuchen noch etwas erledigen und nehme den Zug zurück.«

»In München?«, fragte Sophie neugierig.

Der Major betrachtete schweigend seine gut geputzten Schuhe, dann wieder die Zugtiere, die alle außer einem stoisch gelassen auf ihren Mundstücken herumkauten.

»Ihr seid nicht mit Pferden aufgewachsen, nehme ich an?«, wechselte Sophie das Thema, weil keine Antwort von ihm kam, und schaute kurz zum Eingang des Schlosses, wo Erika auf sich warten ließ.

»Nein«, sagte der Major einsilbig wie immer. »Obwohl meine Schwestern begeisterte Reiterinnen waren und sind«, fügte er zu Sophies Erstaunen freiwillig hinzu.

»Schwestern?« Sophie betonte das N. »Wie viele habt Ihr? Und sind sie älter oder jünger?« Sie war entschlossen, seine relative Mitteilungsfreude auszunutzen.

»Drei und alle älter.«

»Ihr seid also das Nesthäkchen. Das muss eine harte Schule gewesen sein.«

»Schlimmer als die Armee, wenn ihr mich fragt, Hoheit.«

Sophie lächelte. »Das kenne ich. Ich bin das jüngste Mädchen von neun Geschwistern. Und bis heute werde ich entsprechend behandelt. Manchmal fühle ich mich, wie das Kind meiner älteren Geschwister und nicht wie ihre Schwester.«

»Ich hoffe für Euch, Ihr musstest wenigstens nicht für Tanzkurse herhalten, Hoheit.« Der Major zuckte ein wenig zusammen, weil eins der Pferde den Kopf ruckartig nach oben warf und laut schnaubte.

»Musstet Ihr das?« Sophie legte dem Pferd die Hand auf die Nüstern, damit es sich beruhigte.

»Ich habe heute noch Albträume von Walzern. Und nicht nur das. Im Alter zwischen vierzehn und achtzehn wurde ich von meinen Schwestern gezwungen, jedes Theaterstück, jede Oper und Operette zu besuchen, die in München und näherer Umgebung gegeben wurde.«

»Aber das war bestimmt recht unterhaltsam, oder habt Ihr Euch nichts daraus gemacht?«

»Das erste Mal schon. Aber beim zweiten und dritten Mal ließ die Freude deutlich nach. Habt Ihr keine Angst, dass es beißt?« Der Major deutete auf das Pferd, das den Kopf still hielt und wieder völlig entspannt schien.

»Keine Sorge. Es ist nicht schlecht gelaunt, es will nur aufbrechen, denke ich. Seine Ohren sind ruhig, seht Ihr?« Sophie streichelte das warme Fell des Tieres. »Weshalb ein zweites und drittes Mal? Hat einmal nicht gereicht?«

»Weil meine geliebten Schwestern sich weigerten, zusammen gesehen zu werden, Hoheit. Also musste ich mit jeder einzeln die Vorstellungen besuchen.«

»Wieso das? Verstehen sie sich nicht?«

»Sie verstehen sich ausgezeichnet. Ich bin mir sicher, sie wollten mich nur quälen.«

Sophie musste lächeln. Das Lächeln ging in ein Gähnen über und sie hielt sich die freie Hand vor den Mund. »Entschuldigung. Das ist das ungewohnte frühe Aufstehen.«

»Gab es wieder Sonnenaufgangsunterricht?«

»Und wie. Mir zittern immer noch die Beine von der Anstrengung. Heute haben wir Seilspringen gelernt.«

»Wenn das so weiter geht, seid Ihr bald eine echte Amazone, Hoheit.« Der Major schaute zu Franzel auf, der seinen Kaffeebecher geleert hatte und ihn unter dem Bock verstaute. »Ist eine Amazone bei Euch etwas Gutes?«, fragte Sophie interessiert.

»Absolut etwas Gutes«, entgegnete der Major. »Bei Euch nicht, Hoheit?«

»Ich vermute schon«, sagte Sophie nachdenklich. »Aber ehrlich gesagt fühle ich mich momentan eher wie die kleine Schwester der Amazonen.« Sie lächelte. »Einen Vorteil hat der Frühsport allerdings: Ich habe noch nie so viele herrliche Sonnenaufgänge gesehen.« Sie unterdrückte ein erneutes Gähnen. »Ich wünschte nur, ich wäre wach genug, um sie zu genießen.«

»Da seid ihr ja. Ich habe euch schon überall gesucht.« Erika war unbemerkt neben Sophie und den Major getreten. »Ihr glaubt nicht, wie umständlich es war, die Unterschrift vom König auf dieses Porträt zu bekommen.« Sie hatte einen großen Bastkorb auf dem Arm, in dem Blumen und ein signiertes Bildnis von Ludwig steckten. »Morgen, Franzel.« Erika winkte Franzel zu, der das Winken erwiderte. »Wann geht es los?«

»Sobald Ihr wünscht«, sagte Franzel.

»Sind wir angekündigt, Herr Major?« Sophie streichelte das Pferd ein letztes Mal und beugte sich zu Erikas Korb, um an den schönen Blumen zu riechen. Zum Glück waren es keine Rosen, sondern weiße Lilien.

»Ich habe im Auftrag des Königs heute Nacht ein Telegramm an Wagner und die Witwe Funkenberg geschickt, Hoheit. Sie erwarten uns.« Der Major ging zum Einstieg der Kutsche und öffnete etwas umständlich die Tür, weil seine Akten ihn behinderten.

»Die freuen sich sicher«, murmelte Erika leise an Sophies Ohr.

»Wie bitte?«, sprach der Major Erika direkt an.

»Oh, Verzeihung ... ähmm ...« Erika wurde zur Abwechslung blass und nicht rot. Sophie hoffte, dass sie sich bald an die Gegenwart des Majors gewöhnte.

Der Major ließ Sophie und Erika den Vortritt und nahm gegenüber Platz. Seine diversen Unterlagen legte er neben sich auf die Sitzbank. »Ihr erlaubt, Hoheit?«, sagte er mit einem Blick zu Sophie.

»Natürlich.« Sophie schloss die Augen, während er die erste Akte aufschlug. Sie würde die Fahrt nach München nutzen, um sich auszuruhen.

»Es macht keiner auf.« Erika stellte das Offensichtliche fest. Der Major hatte mehrfach geklopft, und es war niemand gekommen, um zu öffnen. »Ich denke, die warten auf uns?« Sie schaute zum Major, der zwischen ihr und Sophie auf dem Bürgersteig vor Wagners Haus in München stand.

Franzel hatte sie direkt vor dem Haus abgesetzt und wartete am Ende der Straße auf sie, wo er mit seinem ausladenden
Fahrgerät nicht den Verkehr behinderte.

»Das sollte man meinen.« Der Major klopfte nochmals
kräftig an die Haustür.

»Er hat die Depesche, die uns ankündigt, sicher bekommen?« Sophie musterte die prächtige zweigeschossige Villa,
die in einer der besten Gegenden von München lag und für
deren Kosten Ludwig aufkam.

»So hat man mir versichert.« Der Major öffnete den Kragen
seiner Jacke ein klein wenig. Es war früher Mittag, schwül-
warm und vollkommen windstill in der Stadt.

»Ist er nicht sonst um die Jahreszeit am Würmsee?« Erika
fächerte sich höchst unschicklich mit Ludwigs Porträt Luft zu,
das sie aus dem Korb auf ihrem Arm geholt hatte.

»Das habe ich auch gehört. Aber Ludwig war überzeugt,
dass er hier ist, und der wird es wissen.« Sophie versuchte,
sich geistig an den Würmsee zu versetzen und den frischen
Wind zu spüren, der dort wehte, während eine Mietdroschke
laut klappernd auf dem Kopfsteinpflaster hinter ihnen vorbei-
fuhr.

»Vorsicht, Hoheit.« Der Major zog sie am Arm ein wenig
nach vorne, weil die Droschke fast ihre ausladenden Röcke gestreift hätte.

»Danke, Major.« Sophie seufzte. »Wenn das so weitergeht,
bin ich geschmolzen.«

»Nicht nur du«, sagte Erika. »Es ist kaum zum Aushalten.«

»Ich habe den Eindruck, Herr Wagner will nichts davon
wissen, dass er hier ist.« Der Major deutete dezent nach oben
in den ersten Stock, wo sich hinter einem offenen Fenster die
Gardine bewegte.

»Hmmm«, sagte Sophie nachdenklich, stellte sich direkt
unter das Fenster und legte den Kopf in den Nacken. »Da
wird der König aber enttäuscht sein, dass wir nicht empfangen werden«, rief sie so laut, dass man es hoffentlich bis in
den ersten Stock hören konnte.

Major Lohmann legte den Kopf ebenfalls in den Nacken. »Wenn das keine Strafe nach sich zieht.«

»Wasser und Brot im Isoldenturm sind fürchterlich.« Sophie ignoriert den befremdeten Blick einer vorbeieilenden Dame, die ein Kleinkind an der Hand hielt, das versuchte, auf seinen kurzen Beinen mit ihren langen mitzuhalten.

»Und außerdem sehen wir, dass jemand hinter der Gardine steht.« Erika richtete den Zeigefinger nach oben.

Der Vorhang wurde mit einem Ruck zugezogen.

»Ich höre etwas.« Sophie neigte einen Augenblick später lauschend den Kopf. »Irgendjemand kommt die Treppe herunter.«

»Jemand mit mächtig schweren Füßen«, kommentierte Erika, während sie Ludwigs Porträt in den Korb zurücklegte.

Kurze Zeit später wurde die Tür geöffnet. Ein zartes blutjunges Dienstmädchen mit schwarzem Kleid, weißer Schürze und Häubchen ließ sie unter vielen Entschuldigungen ein und führte sie in einen Salon im Erdgeschoss.

Dort saß der berühmte Komponist Richard Wagner am Klavier, ein Barett dekorativ schräg auf dem Haupt und in eine rotsamtene Hausjacke gewandet. Er stand auf und verneigte sich, als Sophie und der Major eintraten. Erika war mit dem Hausmädchen in der Küche verschwunden.

»Bitte nehmt Platz, Hoheit. Herr Major.« Wagner lud sie mit einer eleganten Geste zum Sitzen ein. Seine Miene zeigte absolut keine Freude, sie zu sehen. Er wirkte eher wie jemand, dem man eben auf die Füße gespuckt hatte.

»Danke sehr«, murmelte Sophie, weil die Höflichkeit es gebot. Der Major verneigte sich nur schlicht. Sie war auch nicht eben froh, hier zu sein. Erstens, weil sie fand, dass Wagner zur Abwechslung einmal selbst hätte ausbaden sollen, was er sich einbrockte, ohne, dass Ludwig ihn stetig errettete, und zweitens, weil das Zimmer auf sie bedrückend wirkte. Es war nicht klein, aber dunkel und klaustrophobisch. Ein Eindruck, der dadurch entstand, dass in dem Zimmer sage und schreibe drei

Tischchen, vier Sessel, ein Piano und diverse Kommodenschränke versammelt waren. Zudem stand überall Zierrat wie Bilder, kleine Porzellanfiguren, Spitzendecken und Ähnliches, sodass jede erdenkliche Fläche belegt war. Sophie konnte sich nicht vorstellen, dass ein Mensch wie Wagner wusste, dass Porzellanfiguren überhaupt existierten, daher nahm sie an, dass hier die Hand einer Frau im Spiel gewesen war. Vermutlich die der bei Ludwig nicht eben beliebten Cosima.

Sophie nahm neben dem Kamin auf einem der braunen Polstersessel Platz. Der Major wählte den Sessel neben ihr, während Wagner sich wieder auf seinen Schemel ans Klavier setzte. Sophie unterdrückte einen überraschten Ausruf, denn der Sessel war so weich, dass sie quasi bis zur Hüfte in den Polstern versank.

»Was führt Euch hierher, werte Herzogin, werter Major?« Wagner schenkte Sophie keine Aufmerksamkeit, sondern schlug gedankenverloren ein paar Töne an.

»Der König schickt uns.« Sophie schob sich unauffällig mit beiden Händen auf den Armlehnen in die Höhe.

»Und weswegen, wenn ich fragen darf, Hoheit?« Wagner nahm die gebundenen Noten herunter, die auf dem Piano lagen, und blätterte darin. »Ich habe ihm in der letzten Zeit des Öfteren meine Aufwartung gemacht. Er war stets unabkömmlich.«

»Er hat viel zu tun, wie Ihr Euch sicher vorstellen könnt. Die Staatsgeschäfte.« Der Major faltete die vernarbten Hände vor der Brust. Wenn Sophie sich nicht irrte, lag ein Hauch von Missbilligung in seiner Stimme.

»Das hat ihn bislang nicht davon abgehalten, mich, seinen Freund und treuesten Diener, zu sehen, werter Herr Major.« Wagner stellte die aufgeschlagenen Notenblätter auf den Halter am Klavier und schaute in den verzierten Spiegel, der neben dem Klavier auf einem Beistelltisch stand und sein herbes Antlitz mit der markanten Nase reflektierte.

Sophie und der Major wechselten einen schnellen Blick, während Wagner sein Barett zurechtrückte. Entweder Wagner wusste wirklich nicht, weshalb er bei Ludwig in Ungnade gefallen war, oder er stellte sich erfolgreich dumm. Sophie schob sich wieder in die Höhe, weil der Sessel wie eine Rutschbahn war. Es war nicht ihre Sache, Wagner aufzuklären.

»Der König sorgt sich um Euch.« Der Major schlug eine andere Route ein.

»Weshalb?« Wagner strich konzentriert seine Hausjacke glatt, was Sophie den letzten Rest gab. Es war unhöflich, sich ständig anderen Dingen als seinen Gästen zu widmen.

»Die unglückliche Sache mit Minister Funkenberg«, sagte sie lauter als nötig, um Wagner aus der Andacht seiner selbst zu reißen.

Das Dienstmädchen kam mit einer Kanne Schwarztee und kleinen Sahnetörtchen auf einem Tablett herein. Sie stellte alles auf einen niedrigen, runden Tisch zwischen den Sesseln und dem Klavier, nachdem sie die zuvor dort befindlichen Theaterprogramme auf den leeren Sessel direkt neben Sophie geräumt hatte.

Wagner kippte sich großzügig Milch in den Tee, nachdem er das Dienstmädchen fortgeschickt hatte. »Was gibt es dazu zu sagen, Eure Hoheit?«

»Was es dazu zu sagen gibt?« Sophie verlor kurz den Faden, weil Wagner nicht einmal tat, als sei er vom Ableben des Ministers betroffen. Sie betrachtete die diversen Opern- und Konzertprogramme auf dem Sessel neben sich, um sich zu sammeln. Obenauf lag eins für einen Klavierabend mit Schubert-Liedern.

Wagner stand auf, nahm die Programmheftchen an sich und verstaute sie in einem Sekretär am Fenster.

»Wir haben gehört, dass Ihr zu einer Befragung bestellt wurdet.« Sophie hatte sich gefangen.

»Das ist richtig«, sagte Wagner, der sich wieder auf seinen Klavierschemel gesetzt hatte, sich sorgsam ein kleines Törtchen aussuchte und auf den Teller legte.

»Es heißt, dass Ihr nicht preisgeben wollt, wo Ihr in der

Mordnacht wart.« Der Major schenkte Sophie und sich eine Tasse Tee ein.

»Und was, wenn nicht?«, brauste Wagner auf, von einer Sekunde in Rage.

»Es scheint kein zielführendes Vorgehen zu sein, wenn man sich eines Mordverdachtes entheben will. Milch und Zucker, Hoheit?«, sagte der Major sanft, der sich von Wagners Reaktion nicht einschüchtern ließ.

»Nur Milch, danke«, entgegnete Sophie.

»Ob zielführend oder nicht, entscheide nur ich, werter Major.« Wagner sprach »werter« wie eine Beleidigung aus.

»Aber wollt Ihr dem König nicht die Sorge um Euch nehmen?« Sophie trank einen Schluck Tee, der ausgezeichnet war, jedoch dazu führte, dass ihr noch wärmer wurde, als ihr ohnehin war.

»Ihr könnt dem König ausrichten, dass er sich nicht sorgen mag, Hoheit. Es geht mir ausgezeichnet.« Wagner rutschte vor Aufregung beinahe sein Teller vom Schoß.

Sophie verzog leicht das Gesicht, bevor sie sich wieder unter Kontrolle hatte. Sie war sicher nicht Wagners Botin. »Vielleicht möchtet Ihr ihm das bei Gelegenheit selbst ausrichten?«

»Wie Ihr wünscht, Hoheit.« Wagner stand erneut auf, ging zum Sekretär und holte ein schmales Paket aus harter Pappe heraus und verschloss es, indem er nachlässig eine Samtschleife darum band. »Bitte gebt dies dem König, Eure Hoheit.« Er reichte Sophie das Päckchen. Die überlegte, ob sie sich allen Ernstes von Wagner zum Boten degradieren lassen sollte, verneinte das, und verschränkte die Arme vor der Brust.

Der Major stand auf. »Gebt es mir. Ich nehme es mit.« Er nahm das Paket an sich und blieb gleich stehen. Offenbar war er wie Sophie der Auffassung, dass Wagner sich nicht mehr erklären würde. Sie hatte keine Idee, warum nicht. Aber aus ihrer Sicht sprach es nicht für den Meister. Beschwerlich wie eine Greisin stemmte sie sich aus dem Sessel in die Höhe. Das war ein Schlag ins Wasser gewesen. Und dabei kam nun erst der Besuch, den sie wirklich fürchtete.

Der Salon von Funkenberg war größer, heller und nicht so zugestellt wie der von Richard Wagner, aber dennoch spürbar ein Ort der Trauer. Die dunklen Samtvorhänge waren halb zugezogen und ein Porträt von Funkenberg, das auf dem Kaminsims stand, war mit einem schwarzen Trauerflor halb verhängt. Seine Witwe, Elisabeth – oder Lili – Funkenberg, saß schweigend mit einer leichten Decke über den Beinen in einem Lehnstuhl vor dem Feuer, das trotz der brutalen Außentemperaturen im Kamin brannte. Sie betrachtete abwesend die Flammen. Sie war Ende zwanzig, klein, zierlich, blond und überraschend attraktiv mit einem Schmollmund und einer zarten geraden Nase.

Sophie musterte Funkenbergs Bild, neben dem jetzt das von Ludwig signierte stand, weil sie nicht wusste, wie sie die Befragung beginnen sollte. Wenn es nur nicht so unglaublich heiß im Salon gewesen wäre. Es fiel ihr schwer, sich zu konzentrieren. Auch der Major, der neben ihr auf dem Sofa saß, hatte eine gesunde Gesichtsfarbe angenommen. Was sollte Sophie nur sagen? Hier war eine Frau, die ihren Mann verloren hatte. Und als wäre das nicht schlimm genug, so war der Vater der Witwe Funkenberg, Kommandant von Hagen, ein verurteilter Mörder, der bald hingerichtet werden würde. Und ohne Ludwig, den Major und Sophie wäre von Hagen nicht gefasst worden. Die ganze Situation war schrecklich und sie wollte diesen Besuch nur so schnell wie möglich hinter sich bringen und aus dieser künstlichen Sahara entkommen.

Die Witwe regte sich, als habe sie Sophies Gedanken gespürt, und sah ihr direkt in die Augen. Ihre waren grün und erstaunlich scharf. »Darf ich offen sein, Eure Hoheit?« Sie zog die Decke ein wenig höher über die Beine, sodass die Spitzen ihrer schwarzen Schnürstiefel freigelegt wurden.

»Ich bitte darum, liebe Witwe Funkenberg.« Sophie war froh, dass die Witwe sprach.

»Weshalb seid Ihr hier, Eure Hoheit? Doch nicht, um Euer Beileid auszudrücken.« Lili Funkenberg musterte Sophie konzentriert und schenkte dem Major keinen Blick, obwohl der eben unter sich einen kleinen braunen Stoffhasen hervorzog, dem ein Ohr fehlte.

»Wie darf ich das verstehen?«, spielte Sophie auf Zeit, weil sie nicht wusste, wie sie darauf reagieren sollte. Der starre Blick der Frau machte sie nervös.

»Ich meine, der gnädige König hat über seinen Kabinettssekretär ein Beileidstelegramm geschickt.« Funkenbergs Witwe hatte eine erstaunlich kräftige Stimme. »Und allein das hat mich angesichts der Umstände überrascht, wenn auch erfreut.«

»Der König ist ein gerechter Mensch. Er weiß, dass Ihr mit den Taten Eures Vaters nichts zu tun hattet.«

Die junge Frau starrte wieder in die Flammen, die ihr Gesicht in ein hübsches weiches Licht tauchten, das nicht zu ihrem gequälten Gesichtsausdruck passte. »Damit steht er leider alleine da. Ich musste den Bäcker und den Schneider wechseln, weil beide sich weigern, mich zu bedienen. Man sagt mir nach, es sei unmöglich, dass ich nicht gewusst habe, was mein Vater plant.«

»Das tut mir sehr leid.« Sophie konnte sich vorstellen, wie sich das anfühlen musste. Sie selbst war nach der gelösten Verlobung mit Ludwig Gegenstand allermöglichen abstrusen Theorie gewesen und hatte darunter gelitten. Zum Glück waren die Gerüchte mit der Zeit eingeschlafen.

»So sind die Menschen. Wenn sie jemanden finden, der schwächer ist als sie, rotten sie sich gegen ihn zusammen.« Die Witwe schaute wieder auf. »Hätte ich gewusst, was mein Vater vorhat, hätte ich ihn aufgehalten. Und zwar nicht, weil mir am Leben dieses von Geersen gelegen hätte, sondern an dem meines Vaters.« Sie hatte beim Sprechen einen tiefen Zug links und rechts vom Mund. »Aber ihr seid nicht hier, um meinen Klagen zuzuhören. Was kann ich für Euch tun?«

Sophie zögerte einen Moment, dann gab sie sich einen Ruck. Elisabeth Funkenberg wirkte nicht wie jemand, der Rücksichtnahme wollte. Warum es nicht mit Direktheit versuchen?

»Wir sind hier, weil Seine Majestät nicht glauben kann, dass Richard Wagner Euren Mann ermordet hat.« Sophie fühlte sich, als spränge sie kopfüber in einen Abgrund. Sie betrachtete die Witwe, die keine Regung zeigte.

»Weshalb nicht, Eure Hoheit?« Elisabeth Funkenberg wirkte nicht aufgebracht, wie Sophie befürchtet hatte, nur nachdenklich. »Er hat gedroht, ihn zu töten.«

»Er ist eher ein Mann des Wortes als der Tat.« Der Major hatte sich den Hasen auf den Oberschenkel gestellt, der dort leicht abgenickt hockte.

»Was heißt das? Er redet nur und handelt nicht? Das passt nicht zu dem, was ich von ihm weiß.« Die Witwe mied es, den Major anzusehen.

»Ich denke, wenn Ihr Wagner kennen würdet, dann wüsstest Ihr, was der Major meint«, griff Sophie ein. »Wagner ist …« Sie machte eine lange Pause. Dann beschloss sie, ihre Zurückhaltung abzulegen und ehrlich zu sein. Das hatte die arme Frau verdient. »Wagner ist arrogant, egoistisch und geht metaphorisch über Leichen, wenn es seinen Interessen dient. Aber er würde vermutlich denken, jemand umzubringen sei unter seiner Würde.« Sophie fühlte sich einerseits schlecht, weil sie wusste, dass solche Offenheit nicht der Etikette entsprach, aber andererseits gut, als habe sie einen kleinen Kampf gegen ihre Erziehung gewonnen.

»Aber es war nicht unter seiner Würde, mit seiner üblen Nachrede und Intrigen die Karriere meines Mannes zu beschädigen.« Elisabeth zog die zarten Brauen zusammen.

»Das wiederum passt zu Herrn Wagner«, kommentierte Major Lohmann zu Sophies Überraschung. Sie hatte nicht gewusst, dass er zu Wagner eine ähnlich kritische Einstellung wie sie hatte. Noch erstaunlicher war, dass er sie kundtat.

»Danke, dass Ihr das sagt. Diese Familie hat durch Herrn Wagner viel gelitten und es tut gut zu hören, dass er nicht überall als das übermenschliche Idol gilt, zu dem manche ihn machen.« Elisabeth schaute zum ersten Mal direkt zum Major und wirkte ein wenig überrascht, den Hasen auf seinem Bein zu entdecken.

Die Tür zum Salon wurde aufgestoßen. Ein kleines blondes Mädchen in einem weißen Nachthemd, das nicht älter als drei Jahre sein konnte, kam ins Zimmer gelaufen, die Wangen rosig vom Schlafen und einen Teddy an den runden Bauch gedrückt. Sie lief zu ihrer Mutter, die sie auf ihren Schoß setzte und ihr einen Kuss auf die Wange gab. »Das ist Mariechen.« Elisabeth Funkenberg strich ihrer Tochter über das flaumige Haar. Die Kleine machte sich los, rutschte von ihrem Schoß und wackelte auf ihren kurzen Beinen zum Major, den sie nachdenklich von unten betrachtete, bevor sie den Teddy fallen ließ und ihm die Ärmchen entgegenreckte.

Der Major zuckte ein wenig zurück. »Möchte sie den?« Er hielt ihr abwehrend den Hasen entgegen.

»Sie möchte auf Euren Schoß, Major«, sagte Sophie lächelnd.

»Das stimmt.« Die Miene der Witwe wurde weich. »Macht es Euch etwas aus?«

»Natürlich nicht.« Der Major legte den Hasen beiseite und strafte seine Worte Lügen, indem er die Kleine aufhob, als sei sie ein Fass mit Nitroglyzerin. Die gluckste leise und offenbar zufrieden, während er sie auf die äußerste Spitzen seiner Knie setzte.

Von draußen kam ein Kindermädchen herein, erschrak bei dem Anblick von Sophie und Herrn Lohmann und machte einen hastigen Knicks. »Ich bitte tunlichst um Vergebung. Sie ist mir weggelaufen, weil sie keinen Mittagsschlaf machen will.« Sie knickste erneut in alle Richtungen.

»Ist schon gut.« Elisabeth Funkenberg winkte ab. »Sie kann bleiben.«

Das Kindermädchen machte entschuldigende Laute und verließ den Raum.

»Was kann ich für Euch tun?«, erkundigte Elisabeth, nachdem das Kindermädchen weg und die Tür wieder geschlossen war.

»Ihr könntet uns ein paar Fragen beantworten, wenn Ihr dazu in der Lage seid.« Der Major schaute über den Kopf der Kleinen. Die hatte ihren Hinterkopf schwer gegen seine Brust fallen lassen, die Beinchen ausgestreckt, den Daumen im Mund.

»Sie scheint Euch zu mögen.« Ihre Mutter lächelte zum ersten Mal und für einen Augenblick schien ihr Schmerz von ihr abzufallen.

»Das überrascht mich.« Der Major sah auch so aus. »Üblicherweise machen Kinder einen weiten Bogen um mich.«

»Das kann ich kaum glauben«, rügte ihn Elisabeth Funkenberg sanft. »Aber bitte fragt, bevor sie es sich zu gemütlich auf Euch macht, sonst wird das Geschrei gleich groß, wenn Ihr uns verlasst.«

»Gibt es jemanden, der Eurem Mann wegen seines Berufes Übles wollte? Hatte er Feinde?«, übernahm Sophie.

»Außer Herrn Wagner?«

»Ja, außer dem?« Sophie schob den Gedanken an das narzisstische Genie beiseite, weil er sie gereizt macht.

»Nicht, dass ich wüsste.« Elisabeth Funkenberg schien kurz nachzudenken. »Obwohl, das Verhältnis zwischen meinem Vater und meinem Mann war nicht das Beste. Aber ...«

»Genau.« Sophie sprach nicht aus, dass der Vater von Elisabeth Funkenberg als Mörder ausschied, denn der befand sich im Gefängnis und wartete auf seine Hinrichtung.

»Niemanden sonst?« Der Major schien etwas irritiert, weil ihn das Kind mit großen Augen von unten betrachtete.

»Mein Mann hatte nicht nur Freunde, allein aufgrund seiner beruflichen Tätigkeit. Aber ich glaube kaum, dass ihm jemand nach dem Leben getrachtet hätte.«

»Hätte er mit Euch darüber gesprochen, wenn dem so gewesen wäre?« Sophie zog an ihrem engen Oberteil, das ihr in der Hitze langsam, aber sicher die Luft nahm.

Die Witwe neigte das Haupt. »Noch bis vor Kurzem hätte ich das bejaht und gesagt, mein Mann und ich hatten keine Geheimnisse voreinander. Aber es scheint, ich bin widerlegt.«

Sophie wusste, was die Witwe andeutete. »Es tut mir aufrichtig leid.«

»Wer kann uns Auskunft geben, ob Euer Mann Feinde hatte?« Der Major war entweder frei von Mitleid für eine betrogene Ehefrau oder bemüht, das Thema zu wechseln.

»Sein Assistent, Wilhelm Marquardt, vermute ich.« Die Witwe stand auf, goss Wasser aus einer Karaffe in ein Glas, das beides auf einem niedrigen Beistelltisch gestanden hatte, und reichte Sophie das Glas.

»Ich danke Euch.« Sophie nahm es entgegen und trank einen Schluck.

»War Euer Mann in der letzten Zeit anders als sonst?«, sagte der Major.

»Natürlich. Die Sache mit Wagner und die Sorge um seine Karriere haben ihn mitgenommen. Er war erzürnt und oft außer Haus.« Die Witwe lachte ein bitteres Lachen, während sie sich wieder setzte. »Ich dachte, er arbeitet, aber wie sich herausstellte, war er bei dieser Schauspielerin.«

»Habt Ihr Anlass zu glauben, dass Euer Mann deswegen getötet wurde?« Sophie nahm einen weiteren Schluck.

»Wegen einer Affäre?« Die Witwe schüttelte den Kopf. »Warum sollte das jemand tun? Und bevor Ihr fragt, ich habe ihn nicht umgebracht. Obwohl ich es mir gewünscht habe, nachdem ich von der Affäre erfahren habe.«

Sophie schwieg, weil sie nicht wusste, was sie sagen sollte.

»Könnt Ihr uns sagen, wo Ihr zur Tatzeit wart?« Der Major, schien abgehärteter als Sophie zu sein.

»Die Gendarmen haben mich das schon gefragt.« Elisabeth Funkenberg zog sich wieder die Decke über die Beine.

»Und was habt Ihr geantwortet?« Sophie leerte das ganze Glas. Jetzt fühlte sie sich besser.

»Dass ich den ganzen Abend und die Nacht hier war.«

»Kann das jemand bestätigen?«, sagte der Major. Die Kleine hatte die Augen geschlossen und schnarchte mit geöffnetem Mund leise vor sich hin.

»Nicht direkt. Die Kinder waren im Bett, das Kindermädchen hatte seinen freien Abend und die Köchin war nach Hause gegangen.« Elisabeth erhob sich erneut, legte die Decke auf ihren Stuhl, ging zum Major und griff sich die Kleine, die mit einem leisen Grunzen aufwachte.

»Was ist mit Eurem Mädchen?« Der Major wirkte erleichtert, das Kind los zu sein. »Wohnt das nicht hier?«

»Die war schon im Bett. Wir sind ein ruhiger Haushalt. Spätestens um zehn Uhr schlafen hier alle. Entschuldigen Sie bitte einen Moment.« Sie öffnete die Tür, rief nach dem Kindermädchen, händigte ihr das schlafende Kind aus und kam zu ihnen zurück.

»Wann habt Ihr die Gendarmen rufen lassen?«, fragte der Major, nachdem die Witwe wieder saß.

»Ich bin gegen Mitternacht aufgewacht und mein Mann war nicht bei mir. Da wusste ich, dass etwas nicht stimmt. Er ist immer nach Hause gekommen. Selbst während seiner Zeit mit dieser ...« Für einen Augenblick konnte man den Zorn sehen, den die Frau fühlte. »Jedenfalls habe ich den Gendarmen rufen lassen. Der hat bis vier Uhr morgens gebraucht, um hierher zu kommen. Dann hat es ein paar weitere Stunden gebraucht, bis er endlich eine Suchmannschaft zusammenhatte. Ich möchte lieber nicht daran denken, dass mein Mann während dieser Zeit am Leben war und hätte gerettet werden können, wenn man schneller gehandelt hätte.« Sie starrte wieder ins Feuer, das neues Holz vertragen konnte.

Von draußen kam Kindergeschrei herein und eine Sekunde später das gleiche Kindermädchen, diesmal mit einem brüllenden Säugling auf dem Arm.

»Ich fürchte, wir haben Euch zu lange aufgehalten.« Sophie erhob sich und stellte das leere Wasserglas auf den Beistelltisch.

Die Witwe Funkenberg nahm das Kind von dem Kindermädchen entgegen und wiegte es, bis das Schreien langsam versiegte. Sie sah zu Sophie hoch, das Baby an sich gedrückt. »Versprecht mir, dass Ihr den Mörder findet, Hoheit, wer auch immer es war. Ich will, dass er seine gerechte Strafe erhält.«

Sophie nickte. »Das verspreche ich.« Sie wusste nicht, ob sie das Versprechen würde halten können. Aber alles andere wäre ihr falsch vorgekommen.

Der Major verbeugte sich zum Abschied.

Im Gang wartete Erika auf sie, die die Zeit in der Küche verbracht hatte.

Auf dem Weg nach draußen begegneten sie einem attraktiven dunkelhaarigen Mann Mitte dreißig, in einer Militäruniform, der sich eben hereinführen ließ und sich im Vorbeigehen vor ihnen verneigte. Sophie drehte sich nach ihm um, nur um zu sehen, wie ihn die Witwe an der offenen Salontür mit einem liebevollen Kuss auf die Wange begrüßte.

Sophie sah aus dem Fenster der Kutsche, während sie durch München fuhren. Sie hatte Erika das Wichtigste berichtet, was sich im Salon zugetragen hatte.

»Glaubst du, sie hat die Wahrheit gesagt?« Erika war wieder ihr altes, forsches Selbst, weil der Sitz ihnen gegenüber leer war.

»Wieso glaubst du, dass sie das nicht getan hat?« Sophies Magen knurrte vernehmbar.

»Na, sie hat doch zugegeben, dass sie ihn gern umgebracht hätte.« Erika holte ein belegtes Brot aus dem Korb und reichte es Sophie.

Die biss hinein. Käse mit Schinken. »Du bist meine Lebensretterin«, sagte sie, nachdem sie gekaut und den Bissen heruntergeschluckt hatte.

»Weiß ich. Und wenn ich sie wäre, hätte ich ihn umgebracht für das, was er mir angetan hat. Außerdem hat sie kein Alibi. Sie hätte sich nachts aus dem Haus schleichen können und auf dem Weg nach Hause auf ihn warten können, und dann«, Erika machte eine Geste, als ob sie etwas aus dem Korb zog und damit auf etwas einstach, »Bamm.«

»Du weißt, dass die Gendarmerie davon ausgeht, dass eine Frau nicht die Täterin sein kann?« Sophie biss wieder ein großes Stück Brot ab.

»Wieso das nicht?«

»Sie sind der Meinung, dass Frauen dafür nicht genug Kraft haben.« Sophie zog skeptisch die Augenbrauen hoch.

»Woher weißt du das?«

»Ludwig hat mir das erzählt. Und er weiß es von Dr. Stein, der die Meinung der Ermittler teilt, was das betrifft.«

»Aber wir beide wissen, dass das Unfug ist, oder?«

»Ich weiß nicht. Ich denke, man benötigt tatsächlich relativ viel Kraft dafür. Keine Ahnung, ob ich jemanden erstechen könnte.«

»Ich hätte die bestimmt«, sagte Erika. »Die Männer gefallen sich doch immer nur so darin, uns für schwach zu halten, weil sie sich dann stärker fühlen können.«

Sophie teilte ihre Meinung über die Männer. Sie war sich nur nicht sicher, ob sie genug Kraft hätte, einen Menschen zu erstechen. Allein der Gedanke daran, es zu versuchen, verursachte ihr eine Gänsehaut. »Meinst du?«

»Glaub mir, das schaffst selbst du.« Erika grinste.

»Zumindest mit Keulen könnte ich jemanden erschlagen, wenn das mit dem Frühsport so weitergeht.« Sophie grinste zurück. Dann schwieg sie einen Moment, weil ihre Gedanken zurück zur Witwe wanderten. »Hast du den gut aussehenden Mann gesehen, der kam, als wir gingen?«

»Ja«, sagte Erika. »Und ich weiß auch, wer das ist.«

Sophie hob überrascht die Augenbrauen.

»Ihr Schwager. Er kommt jeden Tag, um ihr beizustehen, sagt das Hausmädchen. Es wird gemunkelt, sein Interesse ginge über das rein familiäre hinaus.« Erika machte eine Pause. »Meinst du, er ist der Grund für das Ableben des lästigen Ehegatten?«

»Wer weiß«, sagte Sophie. Sie musste Ludwig davon berichten, denn es schien nicht ausgeschlossen. Auch, wenn sie sich aus ganzem Herzen wünschte, dass die Witwe nichts mit der schlimmen Tat zu tun hatte.

Kapitel 8

Auszug aus dem Tagebuch Ludwig des II.:

»*Schmierige Schnurrbärte, somnambule Minister in spe und eine erneute Verschwörung gegen mich. Hört das niemals auf? Mein armes, armes Königreich. (Vermerk: Heute nichts. Bin zu erschöpft.)*«

»Es ist eine Ehre, Eure Majestät. Eine Ehre. Ich bin Euer untertänigster Diener.« Wilhelm Marquardt, Funkenbergs Assistent, verneigte sich mehrfach in einem solchen Tempo, dass Ludwig beim Zusehen schwindelig wurde. Der Assistent hatte mindestens zehn dicke Akten bei sich, die er eng an sich presste und wie durch Hexerei nicht verlor.

Ludwig murmelte etwas, das hoffentlich wie ein königliches Willkommen klang. Er hatte kein Frühstück gehabt, sodass seine Begeisterung, sich mit diesem Marquardt auseinanderzusetzen, in Grenzen hielt.

»Mit Verlaub, Eure Majestät. Wo soll ich sie ablegen?« Der Assistent schaute auf den Tisch im blauen Salon, auf dem sich das Chaos nicht gelegt hatte.

»Was ist das?« Ludwig spürte, wie seine Augenbrauen in die Höhe wanderten. Er war dem Mann zuvor begegnet. Aber dennoch war er immer wieder überrascht, wie man sich mit einem derart enormen Schnauzer verunstalten konnte, dessen ungleiche blonde Enden fast bis ans Kinn reichten.

»Die Akten, die sich auf dem Schreibtisch des Herren Ministers befanden, Eure Majestät.« Das blonde Walross dienerte erneut.

»Vielleicht lag es daran, dass der Schnurrbart die Hälfte vom Gesicht des Mannes verdeckte. Aber der Kerl wirkte schmierig und endlos hinterhältig. Ludwig hatte ein untrügliches Bauchgefühl, wenn es um Menschen ging, und lag so gut wie immer richtig. Ein Jammer, dass er zu groß war, um der Täter zu sein. Er hätte mit seinem *Air de L'Heimtücke* einen perfekten Mörder abgegeben. Doch möglicherweise war er beim Mord in die Knie gegangen? Ha! Ein brillanter Gedanke, den er Brigadier Gennach mitteilen lassen musste.

»Eure Majestät? Wo möchten Sie die Unterlagen haben?« Der Schmierige räusperte sich. Sein Parfüm war so süß, dass es kaum zum Aushalten war.

»Warum sollte ich die überhaupt haben mögen?«, sagte Ludwig etwas unwirsch. »Ich bin kein Beamter, wie Ihr ahnt.«

»Gott bewahre, Eure Majestät.« Der Kerl wäre beinahe über seine eigenen Füße gefallen und das, obwohl er stand. »Euer Privatsekretär sagte, Ihr verlangt nach Ihnen, Eure Majestät.«

»Tue ich das?«

Marquardt nickte ergeben.

»Dann legt sie auf den Boden neben dem Tisch.« Ludwig wies auf eine relativ freie Stelle.

»Sehr wohl, Eure Majestät.« Der Assistent bückte sich und legte sie schnaufend ab. Körperlich gut in Form war er nicht. Ob er eine Attacke aus der Hocke überhaupt geschafft hätte? Einerlei. Es war Zeit, die Fragen zu stellen. Sie hatten genug getrödelt.

»Setzt Euch«, kommandierte Ludwig, nachdem der Assistent die Akten ordentlich gestapelt hatte. »Ich möchte euch etwas fragen.«

»Natürlich, Eure Majestät. Immer zu Diensten, Eure Majestät.« Der Mann verneigte sich im Sitzen, nachdem er sich auf dem Polstersessel niedergelassen hatte, der sich auf der anderen Seite des Tisches befand.

»Ist Euch am Minister in letzter Zeit etwas Merkwürdiges aufgefallen? Irgendetwas, das als Erklärung dienen kann, weshalb ihn jemand umgebracht hat?«

»Darüber habe ich schon nachgegrübelt, seitdem ich von dem schrecklichen Ereignis erfahren habe. Aber es war alles wie immer, Eure Majestät. Wir hatten viel zu tun. Der Herr Minister und ich waren oft genug als Erste im Büro und haben es als Letzte verlassen. Ich war immer an seiner Seite.« Der Assistent wirkte selbstgefällig.

Ludwig überlegte, wie gern er Siegfried auf den Mann gehetzt hätte. Nicht bis zum Tode. Nur zum Anknabbern. »Und womit hat sich der Herr Minister beschäftigt?«

»Die Jahresabrechnung der Staatsfinanzen stand an. Das ist immer ein unglaublicher Aufwand, die Rechnungen zu überprüfen. Wenn ihr wüsstet, Eure Majestät. Vor allem die Großbaustellen und die Personalkosten in der Verwaltung sind ein Drama. Ich weiß nicht, warum die Leute nicht verstehen, wie man Belege ausstellt und ordnet.«

»Was noch?«, stoppte Ludwig ihn, bevor der Mann anfing, ihm alle Schwierigkeiten eines Buchhalterlebens aufzuzählen. Er hatte selbst genug und ungleich größere Schwierigkeiten des Königlebens zu erdulden. Das reichte ihm.

»Herr Minister Funkenberg war vom Vorsitzenden des Ministerrates von der Pforten angehalten, diverse Themen aus der Vergangenheit aufzuarbeiten und Bericht zu erstatten. Ich hatte den Eindruck, dass der Vorsitzende dem Herrn Minister Funkenberg nicht mehr vertraute und ihn auf die Art loswerden wollte. Also indem er ihn mit Arbeit überhäuft hat.«

»Um was für Themen aus der Vergangenheit ging es dort?«

»Um alles, bei dem die Preußen auch nur ansatzweise beteiligt waren. Ich kann Euch sagen, Eure Majestät, das waren unendlich viele Vorgänge. Die Auflistung ist in den Akten. Die Vorgänge selbst sind im Archiv. Aber ich kann Sie Euch besorgen, Eure Majestät.« Ludwigs Besucher lächelte wieder dieses zu freundliche Lächeln, das Ludwig aus tiefstem Herzen hasste, obwohl der Mann maximal eine Viertelstunde im Raum war.

»Das ist momentan nicht nötig. Und wenn doch, dann kommt mein Sekretär auf Euch zu.« Er dachte nach. »Gibt es sonst etwas, das Ihr mir sagen wollt? Etwas Gewichtiges, das helfen mag, den Mörder zu fangen?«

Der Assistent neigte den Kopf und schwieg bedeutsam.

»Ja?« Ludwig verließ seinen Fensterplatz ungern, aber ging dennoch zum Tisch und seinem Sessel zurück.

»Ich weiß nicht, ob ich darüber sprechen sollte, Eure Majestät.«

»Natürlich sollt Ihr das.« Ludwig nahm wieder Platz und schlug die Beine übereinander. Der Schnurrbart des Assistenten hatte ein paar zu lange Haare, die über der Oberlippe herausstachen. Ludwig juckte es in den Fingern, sie mit einem großen Messer abzuschneiden, plus ein bisschen Haut.

Marquardt zog eine Miene, die so unschuldig wie die einer madonnenhaften Heiligen war, wenn eine von diesen einen derart unmöglichen Schnurrbart besessen hätte. »Ich möchte niemanden zu Unrecht beschuldigen, Eure Majestät.«

»Ich bin mir sicher, das werdet ihr nicht. Also redet.«

»Vielleicht wisst Ihr, dass es neben mir einen zweiten Assistenten gibt. Ich bin der Erste, Eure Majestät.« Nach Ludwigs Meinung verriet es einen deutlichen Mangel an Funkenbergs Urteilskraft, wenn er einen solchen Kerl zu seinem ersten Assistenten auserkor. »Wenn man es genau nimmt, bin ich für die schwierigen Themen zuständig. Willi macht die einfachen Sachen, Eure Majestät.«

»Nennt bitte ein Beispiel.«

»Ich kümmere mich um die Rechnungen, die Bilanzen und so weiter. Willi um die privaten und gesellschaftlichen Themen des Herrn Ministers. Zum Beispiel führte Willi dessen Terminkalender oder organisierte seine abendlichen sozialen Engagements, Eure Majestät.«

»Welche sozialen Engagements?«

»Der Herr Minister war in einem Verein engagiert, der die

Wohnungsfürsorge für die Benachteiligten der Gesellschaft zum Ziel hat, Eure Majestät.«

»Ach?« Das hatte Ludwig nicht gewusst. »Das ist sehr lobenswert. Und gab es dort in letzter Zeit Veränderungen oder Probleme?«

»Nach der Geschichte mit der Madame«, der Assistent räusperte sich, »hat der Herr Minister sein Amt als Schatzmeister des Vereins aufgeben wollen, aber man ließ ihn nicht. Offenbar dachte man, dass nur der Herr Minister der schwierigen finanziellen Lage dort gerecht werden konnte.«

»Weshalb war die Lage dort so schwierig?«

»Spenden waren verschwunden, Eure Majestät.«

»Hat der Herr Minister nachgeforscht, wer Zugriff auf die Spenden hatte?«

»Wir haben alle Mitglieder befragt, aber er hat niemanden überführen können. Willi war ihm dabei übrigens keine große Hilfe. Ich habe den Herrn Minister unterstützen müssen, obwohl es Willis Ressort gewesen wäre, Eure Majestät.«

»Richtig«, besann sich Ludwig. »Was ist denn nun mit diesem Willi? Wie ist überhaupt sein Nachname?«

»Schmitz. Und er hat sich in letzter Zeit seltsam verhalten, Eure Majestät.«

»Inwiefern?«

»Er ist schon im Normalfall kein gewissenhafter und zuverlässiger Mensch, aber in der letzten Zeit ist er ständig unkonzentriert und fahrig gewesen, hat oft gefehlt. Und wenn Ihr ihn sehen könntet, Eure Majestät. Das schlechte Gewissen scheint ihm aus den Augen.«

»Würdet Ihr ihm einen Mord zutrauen?«

»Wie ich schon sagte, ich möchte niemanden zu Unrecht beschuldigen«, sagte der erste Assistent auf die Art, die klarmachte, dass er genau das tat.

»Wo war er am Tag des Mordes?« Ludwig zündete sich eine Zigarette an. Er brauchte etwas zu tun, das ihn von diesem Ekel vor sich ablenkte.

»Nicht im Büro, wo er hätte sein sollen.« Marquardt zog jetzt eine Miene wie eine Mutter, die ihr Kind betrauert.

»Er hat gefehlt? Unentschuldigt?«

»Er hat gefehlt, Eure Majestät. Ob entschuldigt oder nicht, das entzieht sich meiner Kenntnis. Meldungen über Fernbleiben wegen Krankheit hat der Herr Minister selbst entgegengenommen, Eure Majestät.«

»Ich fasse zusammen. Der Mann ist unkonzentriert, hat am Mordtag gefehlt, vielleicht entschuldigt, vielleicht unentschuldigt, und sieht aus, als ob er ein schlechtes Gewissen hat.« Das war keine aufsehenerregende Information, fand Ludwig, der geneigt war, dem Kerl nichts zu glauben. Dennoch fragte er vorsorglich: »Wie groß ist Willi?«

»Wie groß, Eure Majestät?«

»Ja, wie ich sagte.« Ludwig hatte angenehme Vorstellungen, wie er den Schnurrbart seines Gastes um einen Laternenpfahl wickelte und den Mann daran hisste.

»Nicht sehr groß, Eure Majestät.«

Ludwig saß automatisch ein wenig aufrechter. »Was heißt das?«

Er zeigte auf seine Schulter. »Er geht mir im Stehen bis hier, Eure Majestät.«

»Das heißt, er ist so um die eins sechzig bis eins fünfundsechzig?« Ludwig machte seine Zigarette im Aschenbecher aus.

»Das könnte passen, Eure Majestät. Denn viel her macht er nicht. Aber ich kann ihn fragen, wenn Ihr wünscht.«

»Auf keinen Fall«, sagte Ludwig schnell. Er dachte nach. Die Größe würde passen. Also war möglicherweise der zweite Assistent der Täter. Aber vielleicht auch nicht. Vielleicht war es auch der erste, der sich während des Mordes hingekniet hatte. Ludwig seufzte, weil ihm der Kopf schwirrte und sein Magen sich meldete. Aber er riss sich zusammen. Er schuldete es der Untersuchung, alle Hinweise zu verfolgen. »Gab es sonst etwas Außergewöhnliches in der letzten Zeit beim Herrn Minister?«, fragte er daher.

Marquardt dachte eine geraume Weile nach, was bei Ludwig den Wunsch weckte, ihm in den Allerwertesten zu treten, um seine Gedanken zu beschleunigen. »Nur ein Besucher am Tag seines Todes, Eure Majestät, den ich nicht zuordnen konnte.«

»Warum sagt Ihr das erst jetzt? Wer war das? Und wann war er bei Funkenberg?«

»Er kam gegen Mittag und blieb ungefähr eine Stunde. Ich weiß das deshalb so genau, weil er kam, als ich zur Mittagspause ging, und als ich zurückkehrte, verließ er gerade den Herrn Minister, Eure Majestät.«

»Und sein Name?«

»Seinen Namen kenne ich nicht. Aber ich kann unten beim Pförtner nachfragen lassen. Der hat eine Namensliste aller Besucher, Eure Majestät.«

»Steht der Besucher denn nicht im Kalender?«

»Nein. Leider nicht. Anscheinend hat der Minister den Termin selbst gemacht, nicht der Willi, Eure Majestät.«

»Wie sah der Besucher aus?«

»Klein und irgendwie verschlagen, Eure Majestät.«

»Wie klein?«

»Ungefähr so, Eure Majestät.« Der Schmierige zeigte wieder zu seiner Schulter.

Ludwig stieß vor Aufregung eine leere Kaffeetasse um, aus der zum Glück nur ein kleines Rinnsal auf den Tisch lief. Ein Fremder, den keiner kannte und der ausgerechnet einen Tag vor dem Mord aufkreuzte. Das konnte kein Zufall sein. Er war sich sicher.

Obwohl. Halt. Obacht.

Er musste einen offenen Geist bewahren. Er atmete tief durch. Er würde den Ermittler auf den zweiten Assistenten und den unbekannten Besucher ansetzen. Herr im Himmel: Alles, aber wirklich alles musste man alleine machen.

Ludwig schüttelte den Kopf, während er mit einem Winken und königlichen Dank Funkenbergs ersten Assistenten hinauskomplimentierte, in der Hoffnung, ihn nie wiederzusehen.

Nachdem der Assistent sich mit mehrfachen Verbeugungen aus dem Raum entfernt hatte, ließ Ludwig Karlchen rufen. »Was ist mit der de la Corosso? Wann kommt sie?«

»Sie hat ein Telegramm geschickt. Sie ist heute leider unabkömmlich, Eure Majestät.«

»Unabkömmlich? Für mich?«

»Sie hatte vor zwei Wochen einen Bühnenunfall und muss sich heute zur Kontrolle beim Arzt vorstellen. Aber sie kommt gleich morgen Mittag, Eure Majestät.« Karlchen schnupperte. »Was riecht hier so streng?«

»Das ist Eau de Verräter«, klärte Ludwig ihn auf. »Lass bitte die Tür auf, wenn du gehst, damit es durchziehen kann.«

Von Pfistermeister steckte seinen Kopf zur offenen Tür hinein. »Eure Majestät, darf ich es wagen?«

Ludwig überlegte, ob und wie er fliehen konnte. Der Freiherr kam immer mit schwierigen Angelegenheiten und Ludwig hätte gern gegessen. Doch ihm fiel auf die Schnelle keine Ausrede ein, sodass er von Pfistermeister notgedrungen hereinbat.

Karlchen warf Ludwig einen mitleidigen Blick zu und entfernte sich.

»Was ist es heute, werter Kabinettssekretär?« Ludwig nahm sich vor, Erika um eine deftige Brühe und zum Nachtisch um gefrorene Früchte zu bitten. Außerdem frisches Brot und ein wenig Fasan?

»Wir müssen einen Nachfolger für den armen Minister Funkenberg bestimmen, Eure Majestät.« Von Pfistermeister schnaufte und setzte sich auf einen Wink des Königs ihm gegenüber. Wie schaffte der Mann es nur, immer außer Atem zu sein, selbst, wenn es nichts zu rennen gab?

»Hat das nicht Zeit?« Ludwig hatte derzeit genug anderes zu erledigen. Vielleicht lieber gefrorene Pralinen anstelle von Früchten? Und Trüffel anstelle des Fasans?

»Nicht, wenn Ihr nicht auf sämtliche Zahlungen in den nächsten Monaten verzichten wollt, mein König.« Von Pfistermeister holte das neue blau-goldene Taschentuch aus seiner Brusttasche.

»Oh«, sagte Ludwig. Das wollte er nicht. Sein Magen grummelte. »Und wen schlagt Ihr vor?«

»Der Vorsitzende des Ministerrates hat eine Liste erstellt, Eure Majestät.« Von Pfistermeister wedelte mit einem gefalteten Blatt, das er ebenfalls aus seiner Tasche geholt hatte, entfaltete es und legte es vor Ludwig auf den Tisch, der danach hastig griff. Je schneller er einen dieser Trottel auswählte, umso eher kam er zu Ursula in die Küche.

»Es steht nur ein Name auf der Liste.« Ludwig drehte das Blatt vorsichtshalber um, um zu sehen, ob auf der Rückseite etwas stand. Aber die war leer.

»Das ist korrekt.« Von Pfistermeister holte sein altes, weißes Taschentuch hervor und wickelte die beiden Tücher umeinander.

»Nichts gegen Baron von Freienfels.« Ludwig ließ das Blatt langsam sinken, »aber er ist ausgesprochen betagt.«

»Er ist kaum fünfundsiebzig.«

»Ein feines Alter. Ich hoffe selbst, es zu erreichen. Aber das Amt ist ungemein nervenaufreibend, meint Ihr nicht? Es könnte ein wenig irritierend und vor allem wenig zielführend sein, wenn der Finanzminister während der Besprechungen ständig einnickt, wie der Baron es dem Vernehmen nach häufig tut.«

Von Pfistermeister schwieg. Ein seltener Vorfall.

»Wen haben wir noch, von Pfistermeister? Das Königreich hat sicher viele tüchtige Männer, die dem König dienen wollen.« Ludwig fuhr sich durch die Haare, die ausgezeichnet lagen.

Von Pfistermeister räusperte sich. »Das ist nicht so einfach, Eure Majestät.«

»Und wieso nicht? Sind alle fähigen Männer plötzlich von einer großen Flutwelle erfasst worden und ich habe davon nichts gehört?«

»Das nicht, mein König.« Von Pfistermeister schaute auf die beiden ineinander verschlungenen Tücher, als frage er sich, wie er sie jemals wieder auseinanderbekommen möge. »Aber es gibt keine weiteren Bewerber.«

»Wie bitte? Unmöglich. Das ist ein Scherz, von Pfistermeister.« Ludwig stand auf, eilte um den Tisch zu seinem Kabinettssekretär und stellte sich breitbeinig vor ihn.

»Leider nein, Eure Majestät. Von der Pforten hat alle Kanäle angezapft, aber ...« Von Pfistermeister zog minimal die Schultern hoch.

»Dann hat er die falschen Kanäle angezapft.«

»Wie Ihr meint, Eure Majestät«, murmelte von Pfistermeister.

»Das ist eine Verschwörung gegen mich.« Ludwig stemmte die Hände in die Hüften. Ihm war heiß vor Wut.

»Mit welchem Ziel, Eure Majestät?« Von Pfistermeister klang sanft wie ein Dompteur, der sich in Unterhosen im Löwenkäfig wiederfand. Aber das würde ihm nicht helfen.

»Welches Ziel? Welches Ziel? Woher soll ich das wissen? Sabotage, Revolution, sucht Euch etwas aus.«

Von Pfistermeister hatte bei seinem Versuch, die Tücher zu entwirren, beide zu einem festen Tau verschweißt.

Ludwig atmete tief durch. Sein Hunger war verflogen. Zumindest beinahe. Er ging zurück zu seinem Platz und ließ sich schwer darauf fallen. Wahrscheinlich war Funkenberg genau zu diesem Zweck getötet worden. Nämlich damit Ludwig der ewig schlafende Baron untergejubelt werden konnte. Und dann würden die Verräter zuschlagen und den Finanzhaushalt sprengen.

»Eure Majestät?« Von Pfistermeister hatte das blau-weiß-goldene Tau eingesteckt. »Wie wollen wir weiter vorgehen?«

»Weiter vorgehen?« Ludwig wurde mit seiner überragenden Geisteskraft klar, dass es nichts brachte, wenn er offenlegte, dass er die Verschwörung aufgedeckt hatte. List und Tücke waren erforderlich. List und Tücke. Und dann. Zack. Den Feind überführen und aufs nächste Schafott. »Ich denke über den Baron nach.« Ludwig nickte von Pfistermeister huldvoll zu, obwohl er innerlich kochte. »Und nun entschuldigt mich. Das Mittagessen ruft.«

Kapitel 9

»Das kann er getrost behalten. Jemand, der die Wünsche seines Souveräns nicht respektiert, erhält nicht das Privileg, ihm etwas zu schenken. Und diese läppische Schleife. Was soll das? Ein Weihnachtsgeschenk im Sommer?« Ludwig verschränkte die Arme vor der Brust und marschierte dergestalt zu Wagners Büste auf dem Ofen, die er grimmig betrachtete.

»Er sagte, ich solle es dir geben, mein Bester. Von Weihnachten hat er nichts erwähnt.« Sophie saß im blauen Salon am Tisch, das Paket von Wagner vor sich. Sie hatte es dem Major abgenommen. Es hatte keinen Sinn ergeben, dass er es einmal durch München schleppte, während sie es in der Kutsche bequem mitnehmen konnte. Sie unterdrückte ein Gähnen. Soeben hatte sie Ludwig berichtet, was in München vorgefallen war, und er hatte ihr sein Gespräch mit dem Assistenten von Funkenberg in bunten Farben geschildert. Sie war müde und verschwitzt und hätte sich gern für die Nacht bereit gemacht, aber es stand die Etikettestunde mit der Gräfin an. Etwas, wofür sich Sophie absolut nicht begeistern konnte.

»Sophie?«, holte Ludwigs Stimme sie aus ihrem Selbstmitleid.

»Ja, Ludwig.« Sie schaute auf.

»Gib mir mal bitte die Stola, die über der Sessellehne hängt.« Ludwig reckte ihr die Hand entgegen.

Sophie drehte sich um. Tatsächlich hing eine Stola auf ihrer Lehne, ein Monstrum aus weißer Spitze. »Was willst du damit?« Sie reichte ihm die Stola.

»Ein paar Verbesserungen vornehmen.« Ludwig wand die Stola um Wagners Marmorstirn, sodass dieser wie ein Pirat mit einer Vorliebe für zarte Stoffe ausschaute. »So, das ist besser.«

Sophie musste trotz ihrer Müdigkeit lachen. »Das steht ihm besser als sein Barett. Ist die von deiner Mutter?«

»Ja. Ich finde, hier hat sie wenigstens einen Nutzen.«

»Vielleicht sollten wir ihm zusätzlich einen Bart malen?«, sagte Sophie ein wenig boshaft, aber Wagner war ihr zu sehr auf die Nerven gegangen.

»Bring das nächste Mal deine Farben mit.« Ludwig grinste.

»Wird erledigt.« Sie stupste das Paket an. »Aber was tue ich hiermit?«

»Ich werde es ihm zurückschicken. Lass es einfach hier liegen.«

Sophie erhob sich halb. »Kann ich sonst noch etwas tun?«

»Nein, meine Liebe, du hast genug getan. Du siehst müde aus. Ruhe dich aus.«

»Schön wäre es. Aber ich muss zum Etikettetraining bei der Gräfin.« Sophie raffte ihre Röcke, damit sie am Tisch vorbei kam.

»Du Arme. Viel Glück.«

»Danke, mein Lieber.«

Sophie verließ das Zimmer. Draußen im Flur traf sie auf Erika, die auf sie gewartet zu haben schien.

»Da bist du ja. Komm.« Sophies Zofe hatte eine äußerst selbstgefällige Miene, was Sophie sofort misstrauisch werden ließ.

»Wohin?« Sophie stoppte abrupt und wäre mit den Füßen beinahe in ihren Röcken hängen geblieben.

»In die Küche.« Erika schritt bereits in die Richtung aus.

»Aber ich muss zur Gräfin.«

»Es dauert nur eine Sekunde und ist wichtig.« Erika marschierte weiter. Offenbar vertraute sie darauf, dass Sophie ihr folgte.

»Meinetwegen.« Sie hob wieder ihren Rock an, um besser laufen zu können. Vielleicht konnte sie Ursula um einen Teller Suppe bitten, wenn sie schon einmal in der Küche war.

»Ursula.« Sophie betrat mit Erika die Küche und nickte der Köchin zur Begrüßung freundlich zu.

»Eure Hoheit.« Ursula reichte ihren Kochlöffel, mit dem sie in einem dampfenden Topf auf dem Herd gerührt hatte, an einen Küchengehilfen, wischte sich ihre Hände an der Schürze ab und eilte Sophie entgegen. »'s is ois vorbereitet.«

»Was denn, bitte schön, Ursula? Etwas zu essen?« Der Geruch nach leckerem Eintopf war so intensiv, dass Sophie das Wasser im Mund zusammenlief.

»Nix zua essen, Eure Hoheit. Des, wos Erika woite.« Ursula zeigte auf ein ganzes, geschlachtetes Schwein, das in der Mitte der Küche auf dem großen Tisch thronte, daneben rohe Karotten und Selleriescheiben.

»Ich soll ein Schwein essen?« Sophie ging zum Tisch, obwohl ihr klar war, dass das Tier dann vermutlich zubereitet gewesen wäre. Sie schaute um Information heischend zu Erika, aber die kramte rechts von ihr in einer Schublade im Geschirrschrank herum.

»Habe welche gefunden.« Erika kam mit ein paar scharfen Messern zu Sophie an den Esstisch.

»Erklärung bitte«, verlangte Sophie matt, als Erika vor ihr stand, drei scharfe Messer am Griff gepackt.

»Wie lang war die Mordwaffe, sagtest du?« Erika hielt ihr die Messer mit der Klinge nach vorne entgegen.

»Ungefähr fünfzehn Zentimeter laut Ludwig.« Sophie wich unwillkürlich aus, sodass sie gegen Ursulas gut gepolsterte Gestalt prallte, die ebenfalls an den Tisch gekommen war.

»Vorsicht, Hoheit Sophie.« Ursula hielt Sophie an der Schulter fest.

»Hier.« Erika reichte Sophie ein Messer, die anderen legte sie auf den Tisch neben das Schwein.

Sophie hielt das Messer mit der Spitze zu Boden zeigend vor sich. »Und nun?«

»Jetzt versuchst du, ob du das erstechen kannst.« Erika wies auf das tote Schwein.

»Wie bitte?« Sophie ließ vor Überraschung das Messer fallen, das klirrend auf den Fliesen aufkam, nur ein paar Zentimeter neben ihren Fußspitzen.

»Stich auf das Schwein ein.« Erika bückte sich und hob das Messer auf.

»Warum, bitte schön?« Sophie spürte, wie sich ihr Mund verzog.

»Wenn du es schaffst, das Schwein umzubringen, dann schafft die Witwe es auch.«

»Welche Witwe soll welches Schwein umbringen?« Ursula bekreuzigte sich.

Erika stibitzte sich eine Karotte vom Tisch. »Lange Geschichte.«

»Ich ermorde kein Schwein«, sagte Sophie energisch. »Niemals.«

Erika drückte ihr das Messer in die Hand. »Du musst nur hineinstechen. Der Metzger hat es schon umgebracht.«

»Nur? Wenn das so einfach ist, warum machst du es dann nicht?« Sophie hielt Erika das Messer hin.

»Weil ich zu groß und kräftig bin. Wir brauchen jemand, der so klein und schlank wie die Witwe ist.« Erika wich dem Messer aus.

Sophie zögerte.

»Wenn es nicht geht, hast du dazu beigetragen, die Witwe Funkenberg als Verdächtige auszuschließen«, lockte Erika sie.

Ursula stand eine Mischung aus Verwirrung und Verständnislosigkeit ins Gesicht geschrieben.

»Das ist eine wahrlich gute Idee, Erika«, kam es von hinter ihnen aus der offenen Tür.

Sophie und Erika drehten sich um, während Ursula zum Herd zurückeilte und sich auf dem Weg erneut vorsorglich gleich mehrfach bekreuzigte.

Ludwig kam hereinstolziert und schnupperte. »Das riecht ausgezeichnet hier.« Er stellte sich neben Erika und Sophie und musterte das Schwein. »Allerdings geht das nicht so, wie ihr euch das vorstellt. Sophie, wenn du von oben herab stichst, hast du dein Körpergewicht als Unterstützung. Das war beim Mord anders. Du«, er winkte den bulligen Küchenjungen, der beinahe so groß wie Ludwig war, heran. »Nimm das Schwein und halt es so, dass sein Kopf auf einen Meter siebzig ist.«

Der Küchenjunge riss die Augen auf und zögerte kurz.

»Na, los«, griff Ursula ein. »Du hosd doch ghört, wos da Kini gsogt hod.«

Der Junge kam zum Tisch herüber und machte Anstalten, das Schwein anzuheben.

»Warte«, stoppte Ludwig ihn, »es ist besser, wir ziehen dir etwas über.« Er eilte aus der Küche und kam mit dem Oberteil einer Ritterrüstung zurück, das jemand kürzlich poliert haben musste, so glänzte es. »Zieh die an.« Er hielt sie dem Küchengehilfen hin. »Das Messer dürfte zwar zu kurz sein, um durch das Schwein hindurchzustoßen, aber Vorsicht ist die Mutter der Porzellankiste.«

Der Junge nahm schweigend das Oberteil und zwängte sich mit Erikas Hilfe hinein, die es in seinem Rücken zusammenband.

»Fertig.« Erika betrachtete den Jungen mit gerunzelter Stirn. Dann versuchte sie, die nicht mehr ganz saubere Schürze glatt zu ziehen, die sich unter dem engen Metall hervorwölbte und den Jungen aussehen ließ, als trage er ein Tanzröckchen.

»Lass«, winkte Ludwig ab. »Das ist kein Schönheitswettbewerb.« Er nahm das Messer vom Tisch, das Erika vorhin ausgesucht hatte, und hielt es Sophie hin.

»Wenn mich einer von euch an meine Mutter verrät, sind wir geschiedene Leute.« Sophie nahm das Messer und ging zögerlich zu dem Jungen, der das Schwein hochgehoben hatte und so hielt, dass dessen Kopf vor seinem war.

Aus dem Hintergrund hörte sie ein leises: »Jessas Maria« von Ursula, dem Sophie nur zustimmen konnte.

Sie stemmte beide Füße in den Boden, atmete ein, hob das Messer, dann ließ sie es sinken. »Wo ist beim Schwein das Herz?«

»Hier.« Ludwig zeigte auf eine Stelle, die sich in der Mitte vom Brustkorb befand.

»Dort.« Ursula zeigte vom Herd mit dem Kochlöffel auf eine andere Stelle eher am Bauch.

Sophie seufzte leise. Sie hob das Messer, zielte auf den Bereich unter dem Rippenbogen und stach zögerlich darauf ein. Das Messer prallte wie an einer elastischen Mauer ab. Das fühlte sich schrecklich an. Weich und nachgiebig, aber dennoch fest genug, um Gewalt zu erfordern.

»Nochmals«, forderte Erika sie auf.

Sophie zögerte und betrachtete den Küchenjungen, der hinter dem Kadaver deutlich vernehmbar schnaufte. Das Tier musste schwer sein.

»Und jetzt mit Elan und von unten nach oben«, kommandierte Ludwig.

»Du klingst wie die Gräfin«, murmelte Sophie. Sie holte Luft, kniff die Augen zusammen, stellte sich vor, es wäre Frühgymnastik, und stach mit aller Kraft von unten nach oben in den Körper des Schweins. Mit einem widerlichen Geräusch drang das Messer ein. Sophie öffnete die Augen einen Spalt weit, um zu sehen, wo.

»Hohelt«, kam die konsterniert klingende Stimme der Gräfin Wallau von der Tür.

Sophie unterdrückte einen Fluch, zog das Messer aus dem Schweineleib, drehte sich zum Eingang, genau wie Erika und Ludwig, und versuchte, das blutige Messer hinter ihrem Rücken zu verstecken. Seit wann hatte die Gräfin dort gestanden?

»Ich bin überrascht«, bemerkte die Gräfin, was vermutlich die Untertreibung des Jahres war. Sie hatte ein Monokel ins Auge geklemmt und stützte sich wie immer auf ihren unvermeidlichen Stock.

»Wir wollten … «, versuchte Sophie eine Erklärung.

»Stopp.« Die Gräfin hielt eine Handfläche in die Höhe. »Ich bin nicht sicher, ob ich wissen will, was einen brutalen Messerangriff auf ein harmloses Schwein, möge es in Frieden ruhen, rechtfertigt.« Sie musterte Sophie, dann das Schwein und den Küchenjungen in seiner Rüstung, dem inzwischen der Schweiß von der Stirn lief. »Ich denke, wir verschieben unsere Etikettestunde auf morgen, Hoheit. Wir werden mehr Zeit benötigen, als ich dachte. Deutlich mehr Zeit.« Sie knickste vor Ludwig, drehte sich um und ging, ihren Krückstock wie einen Wanderstab benutzend.

»Das gibt Ärger.« Erika sah der Gräfin hinterher.

»Was du nichts sagst.« Sophie verzog das Gesicht und legte das Messer auf den Tisch.

»Ich bin sicher, sie wird Verständnis dafür haben, dass wir einen Mörder zu fangen haben, meine Liebe. Also gräme dich nicht.« Ludwig winkte dem Küchenjungen, das Schwein wieder abzulegen, was der mit erleichterter Miene befolgte. »Und was wichtiger ist, nun wissen wir, dass die Witwe ihren Mann hätte töten können. Die Frage ist nur, ob sie es auch getan hat.« Ludwig runzelte nachdenklich die Stirn, während er Erika zusah, die den Jungen wieder aus der Rüstung befreite.

»Wissen wir wirklich, dass sie es hätte tun können, lieber Ludwig?«, wandte Sophie ein. »Wie viel Ähnlichkeit haben ein Schwein und ein Mensch?«

»Augusto kommt morgen. Ich werde ihn fragen. Aber ich denke, wer ein Schwein erstechen kann, schafft einen Menschen.« Er schnupperte erneut. »Wollen wir gemeinsam das Dinner zu uns nehmen, meine Liebe?«

»Gerne«, murmelte Sophie leise, obwohl ihr der Appetit vergangen war. Sie war verdammt. Die Gräfin würde ihrer Mutter postwendend berichten, was eben geschehen war. Und Sophies Mutter hatte auf den vergleichsweise harmlosen Vogelkäfig ungnädig reagiert. Nicht auszudenken, wie ihre Reaktion auf das Schwein ausfallen würde. Vermutlich sperrte sie Sophie in Schloss Possenhausen in den Keller und warf den Schlüssel in den Würmsee. Das wiederum hätte wenigstens den Vorteil, dass Johann sie im Keller nicht belästigen konnte. Sophie seufzte laut.

»Sophie«, sagte Ludwig neben ihr. »Wenn du willst, spreche ich mit der Gräfin.«

»Und ich mache dich morgen fein, damit du wie eine echte Herzogin ausschaust, wenn du zur Gräfin gehst«, tröstete Erika.

»Ihr braucht nur etwas zu essen, Hoheit. Dann sieht die Welt schon wieder anders aus.« Ursula löffelte Eintopf in eine Suppenschale. Dann ging sie zum Ofen und holte einen Laib frisches Brot heraus, das dampfte und verlockend roch.

»Natürlich«, machte Sophie sich selbst Mut, »es wird sich schon alles finden.« Sie bemerkte, dass Ludwig unruhig wirkte. »Weswegen warst du in die Küche gekommen, Ludwig?«

»Der erste Assistent von Funkenberg hat mir den Namen des Fremden in Funkenbergs Büro depeschiert. Er ist ein Doktor. Doktor Gustav Munkenberg.« Ludwig nahm sich ein Stück vom Brot, das Ursula in Scheiben schnitt und auf einen Teller neben sich legte. »Autsch.« Er warf das Brot zurück auf den Teller. Er sah zu Sophie.

»Jedenfalls wollte ich den Major bitten, herauszufinden, wer dieser Doktor Munkenberg ist. Aber er scheint noch nicht zurück zu sein. Also der Major, nicht der Fremde.«

»Er wollte den letzten Zug nehmen.« Sophie drehte sich vom Tisch weg.

»Dann müsste er schon hier sein.« Ludwig kannte die Fahrpläne auswendig. »Wir gehen ihn suchen. Komm.«

»Nicht nötig. Ich bin zurück, Eure Majestät.« Der Major kam in die Küche. Er verneigte sich vor Ludwig und Sophie, dann begrüßte er Ursula und Erika, die nach ihrem Dutt tastete, der diesmal tadellos war.

»Die Gräfin hat mir gesagt, wo ich Euch finden würde, Majestät.« Der Major runzelte die Stirn. »Sie hat auch etwas von einem Schwein und einem Messer gemurmelt, aber das habe ich nicht verstanden.«

»Ah, großartig.« Ludwig beeilte sich, ihm seinen Auftrag zu übergeben. Zudem bat er den Major, die Akten aus dem blauen Salon zu holen und sie auf Hinweise zu durchforsten.

»Sehr wohl, Eure Majestät.« Der Major verneigte sich. Ein leichter Duft eines zarten Parfüms wehte Sophie dabei in die Nase, das der Major heute am Tag sicher nicht gehabt hatte.

Sophie war sich sicher, dass ihr dieser eindeutig weibliche Duft bei ihrer Fahrt heute Vormittag nach München aufgefallen wäre. Wen hatte der Major am Nachmittag wohl aufgesucht?

Kapitel 10

Auszug aus dem Tagebuch Ludwig des II.:

> *»Oh Goldene. Oh Mächtige. Meine miraculöse Muse de la Co-
> rosso. Ich brenne für dich. (Vermerk: Theater bauen. Oder
> zwei, oder drei? Außerdem Auftrag für goldene Handschellen
> an Goldschmied. Dringend. Mörder ist bald gefasst.)«*

»Der Mörder ist ein geheimnisvoller Fremder, Eure Majestät,
der am helllichten Tag ins Büro des Opfers spaziert ist und
sich zu allem Überfluss vorher beim Pförtner angemeldet
hat?« Erich Gennach hatte eine derart skeptische Miene, dass
Ludwig das Blut in die Wangen schoss.

Welche Unverschämtheit! Ihm fehlten die Worte. Und der
Aufzug. Unmöglich. Wie vorgestern hatte sich der Brigadier
nicht die Mühe gemacht, sich etwas anderes anzuziehen, als
diesen abgetragenen, liederlichen Anzug. Selbst der speckige
Hut klemmte wieder unter seinem Arm. Natürlich. Er, Ludwig, war nur der König. Da musste man sich nicht ordentlich
präsentieren. Bei Ludwig XIV. wäre der Mann allein für die
abgelaufenen Sohlen auf der Guillotine gelandet. Ludwig versuchte, seine vor Gereiztheit verkrampfte Kiefermuskulatur zu
entspannen. Wie gelassen dagegen seine Sophie wirkte, die
am Fenster stand und etwas abwesend mit ihrem Fächer spielte, während sie ihm und Gennach zuhörte. Offenbar störte sie
sich nicht an dessen Unverschämtheiten. Aber Sophie war eine

nachsichtige Seele. Etwas, das Ludwig von sich selbst nicht behaupten konnte.

»Ich prophezeie nicht, dass er der Täter ist, Herr Brigadier. Nur, dass die Täterbeschreibung auf ihn passt und Ihr ihn Euch einmal vornehmen solltet.« Ludwig blieb mit viel, sehr viel Mühe zumindest äußerlich gelassen.

»Wie Ihr wünscht, Eure Majestät.« Gennach, der wie letztes Mal direkt vor dem Tisch Aufstellung genommen hatte, machte ein Gesicht, als habe Ludwig ihn gebeten, rohen Fisch mit Ameisenpüree zu verspeisen.

Ludwig zählte stumm bis zehn, damit er nicht ausfällig wurde.

Karlchen klopfte an und ließ den königlichen Mops herein, mit dem er Gassi gegangen war.

Sigi spazierte die Nase schnüffelnd auf dem Boden erst zu Ludwig, dann zu Sophie und am Ende zum Rindvieh. Vor dem verharrte er nachdenklich und wagte nach kurzem Zögern einen Probebiss an dessen abgewetzten Schuhsohlen.

»Sigi«, entfuhr es Ludwig entsetzt, weil Gennach sich nicht rührte, sondern den Hund knabbern ließ. Das arme Tier holte sich womöglich eine Vergiftung an dem alten, dreckigen Leder.

»Ist schon gut, Eure Majestät. Die Schuhe sind alt.« Der Brigadier beugte sich nach unten und streichelte den königlichen Mops. Diese Anmaßung!

»Was Ihr nicht sagt.« Ludwig kam in die Höhe geschossen, um den Tisch herum, schnappte sich Sigi und setzte sich wieder. »Und dann ist da noch der zweite Assistent.« Ludwig fasste zusammen, was der Mann zu dem Thema gesagt hatte, während Sigi es sich auf Ludwigs Schoß gemütlich machte.

Erich Gennachs Miene wurde, wenn möglich, noch ungläubiger. »Wir sollen gegen den Mann ermitteln, weil er schuldig aussieht, Eure Majestät?« Er warf einen schnellen Seitenblick zu Sophie, als erhoffe er sich Unterstützung in seinen Zweifel. Was erlaubte dieser Mann sich? Da gab es nichts zu zweifeln. Er hatte einen Verdacht vorgebracht, den es zu verfolgen galt.

Sophie hatte inzwischen den Fächer auf die Fensterbank gelegt und die Hände gefaltet. Sie wirkte entspannt und unbeteiligt, doch Ludwig entging nicht die kleine, kritische Falte auf ihrer Stirn.

»Nicht nur, weil er schuldig aussieht, sondern, weil er am Mordtag nicht im Ministerium war und sich auch sonst seltsam benimmt«, ergänzte Ludwig.

Gennach legte seinen Hut ab, diesmal auf den Boden und wenigstens nicht auf dem Tisch. »Eure Majestät, mit Verlaub …«

Er wollte noch etwas sagen, aber Ludwig unterbrach ihn. »Ihr werdet dem nachgehen, Brigadier.« Warum, nur, warum war Ludwig mit einem solchen obstinaten Ermittler geschlagen? Fast wünschte er sich den ehemaligen Ermittler, trotz dessen unangemessener Preußenliebe, zurück, der hatte wenigstens zu allem Ja und Amen gesagt, was Ludwig vorgeschlagen hatte.

»Sehr wohl, Eure Majestät.« Gennach wirkte ein wenig verärgert. Gut so.

»Und dann ist da die Witwe«, machte Ludwig weiter, weil er so schön in Fahrt war. »Die solltet Ihr ebenfalls genauer unter die Lupe nehmen.« Er brach ab, weil Gennachs leerer Blick Ludwig offenbarte, dass der Brigadier nicht zuhörte. Ludwig setzte Sigi in seinen Korb unter dem Tisch und erhob sich erneut. Diesmal postierte er sich direkt vor Gennach, sodass er seinen Tabakgeruch wahrnehmen und dessen Schatten unter den Augen sehen konnte. Ludwig richtet sich zu seiner vollen Größe auf. »Ich frage Euch: Was habt Ihr vorzuweisen? Weder den Fremden habt Ihr gefunden, noch die Informationen über den zweiten Assistenten erlangt. Und die Witwe habt Ihr mit Samthandschuhen angefasst, obwohl sie ein Motiv und die Gelegenheit zum Mord hatte. Was tut Ihr, bitte schön, den ganzen lieben langen Tag?«

Gennach wich einen halben Schritt zurück. Aber nicht,

weil er verunsichert wirkte, sondern, weil er Ludwig offenkundig genauso wenig mochte wie der ihn. »Wir haben zunächst einmal die Mordwaffe sicherstellen können, Eure Majestät.«

»Wo wurde sie aufgefunden?«, mischte Sophie sich sanft ein. Vermutlich wollte sie die Situation etwas entschärfen.

»In einer Regentonne am Tatort, Eure Hoheit.«

»Wieso, bitte schön, erst jetzt? Hat da vorher keiner nachgesehen, weil man sich die Hände nicht nass machen wollte, oder wie ist das zu verstehen?«, fragte Ludwig indigniert.

»Das war nicht der Grund, Eure Majestät«, sagte Gennach, »sondern, dass die Waffe in der Tonne nicht zu sehen war.«

»Wieso nicht?« Sophie stellte sich neben sie beide.

»Weil sie aus Glas ist, Eure Hoheit.«

»Sie ist aus Glas?«, wiederholte Ludwig.

»Ja, Eure Majestät. Es ist ein Dolch aus Glas. Doktor Stein ist der Meinung, dass es die Mordwaffe ist.«

»Das ist nicht gerade gewöhnlich, oder Brigadier? Wo bekommt man einen gläsernen Dolch her?« Sophies Augen funkelten. Offenbar war ihr Jagdeifer geweckt.

»Das ermitteln wir, Hoheit. Aber uns ist aus anderen Fällen bekannt, dass solche Dolche gerne von gedungenen Mördern genutzt werden, weil diese Art der Waffen das Licht nicht wie Stahl reflektiert und damit kaum sichtbar für das Opfer ist.«

»Aber dafür gehen sie doch vermutlich leicht in die Brüche, oder?« Ludwig hatte sich mit den Gepflogenheiten von Meuchelmördern Gott sei Dank noch nie beschäftigen müssen.

»Nicht, wenn man weiß, wie man damit umzugehen hat, Eure Majestät. Zudem ist es ein großer Vorteil, die Waffe relativ problemlos zerstören zu können, wenn es nötig wird.«

»Etwas, das unser Mörder nicht getan hat«, stellte Ludwig fest.

»Weshalb nicht, Brigadier Gennach?«, ergriff Sophie das Wort.

»Wir vermuten, die Zeit reichte nicht, Hoheit.« Gennach drehte sich halb zu ihr um.

»Wieso nicht? Er hatte doch seine Ruhe in der einsamen Sackgasse.« Ludwig fragte sich, warum Gennachs Miene bei Sophies Fragen nicht derart ungnädig war wie bei ihm, Ludwig. Das schien nicht gerecht.

»Weil der Täter durch einen Zeugen gestört wurde, der in der Nähe des Tatortes wohnt und gegen Mitternacht laut redend mit ein paar Freunden nach Hause zurückkehrte, Eure Majestät.« Gennach drehte sich wieder zu Ludwig.

»Was hat der Zeuge denn gesehen oder gehört?« Das kam jetzt wieder von Sophie.

»Er hat eine vermummte Gestalt aus der Gasse kommen sehen, in der Minister Funkenberg aufgefunden wurde, Hoheit.« Gennach drehte sich wieder zu ihr.

»Eine vermummte Gestalt?«, sagte Ludwig. »Was soll das sein?«

»Jemand, der in einen Umhang mit einer Kapuze gehüllt und darunter nicht zu erkennen war, Eure Majestät.« Irrte Ludwig oder hatte Gennachs Stimme einen spöttischen Unterton?

»Groß oder klein«, sagte Ludwig ungehalten.

»Die vermummte Gestalt, Eure Majestät?« Gennach hatte sich jetzt wieder zu Ludwig gedreht.

»Der Zeuge sicher nicht«, sagte Ludwig knurrig.

»Der schätzt so um die eins sechzig bis eins siebzig. Das passt zu dem, was Dr. Stein vorausgesagt hat, Eure Majestät.«

»Und was hat er ansonsten gesehen?« Ludwig klopfte ungeduldig mit dem Fuß auf.

»Die Gestalt ist in eine Kutsche gestiegen und davongefahren, Eure Majestät.«

»Was für eine Kutsche?«, hakte Ludwig nach.

»Eine Mietdroschke, Eure Majestät.«

»Und habt Ihr den Fahrer gefunden?«, feuerte Ludwig seine nächste Frage ab.

»Noch nicht. Aber wir befragen alle, die üblicherweise in der Gegend ihre Dienste zur Verfügung stellen, Eure Majestät. Doch das dauert seine Zeit. Wir reden hier von dreißig, vierzig

Fahrleuten. Ganz zu schweigen von denen, die nur ausnahmsweise in die Gegend kommen.«

»Und kann der Zeuge sagen, ob es ein Mann oder eine Frau unter dem Umhang war?«, warf Sophie ruhig ein.

»Wenn es der Mörder war, muss es laut Dr. Stein ein Mann gewesen sein, Hoheit«, entgegnete Gennach.

»Das ist nicht gesagt.« Ludwig holte ein Blatt Papier unter seinen diversen Akten hervor, das von oben bis unten eng mit Kolonnen von Zahlen und Rechenoperationen beschrieben war. »Seht.« Er hielt das Papier Gennach entgegen. »Mein Gelehrter hat die Körperkraft einer Durchschnittsfrau, die durchschnittliche Dichte eines Körpers und der Haut, den Luftwiderstand an einem normalen Tag, die Erddrehung und ...«, Ludwig hatte vergessen, was Augusto alles berechnet hatte, »und alles andere Wichtige berechnet.«

Gennach griff nicht nach dem Blatt, aber Sophie betrachtete die Berechnungen.

»Jedenfalls ist er zu dem Ergebnis gekommen, dass der Täter durchaus eine Frau sein kann.« Ludwig legte das Blatt wieder ab, weil er sich albern dabei vorkam, es vergeblich vor Gennach in die Höhe zu halten.

»Und wer ist dieser Gelehrte, wenn ich fragen darf, Eure Majestät?« Gennach hatte noch immer keinen Blick auf das Blatt geworfen.

»Sein Name ist Augusto di Trabtanti und er ist ein Universalgelehrter von Weltruf.« Ludwig wählte eine Zigarette aus seinem Etui.

»Ein Universalgelehrter?« Gennachs Augenbrauen schienen ein Eigenleben zu entwickeln, denn sie schossen ungebremst in die Höhe.

»Ganz richtig«, sagte Ludwig aufgebracht, »er ist einer der bedeutendsten Gelehrten, die wir haben.«

»Ah«, machte Gennach sanft, sodass es wie ein Ausatmen klang.

»Was ah? Drückt Euch deutlicher aus.« Ludwig zündete sich eine Zigarette an.

»Er ist Kriminalist, Eure Majestät?«, fragte Gennach anstelle einer Antwort.

»Nein«, musste Ludwig zugeben.

»Mediziner, Eure Majestät?«

»Nein.« Ludwig hatte das Gefühl, sein Herz würde vor Zorn gleich stehen bleiben. Er nahm einen tiefen Zug, um sich zu beruhigen.

»Dann sicher Physiker, Eure Majestät?«

»Ich werde ihn bitten, Euch seinen Lebenslauf zukommen zu lassen, wenn Ihr darauf besteht und mein Wort nicht ausreicht.« Ludwig sah rote Sternchen vor Wut.

»Ich werde die Unterlagen gern entgegennehmen«, sagte Gennach mit transparenter Unehrlichkeit, »genau wie die Berechnungen, wenn es Euch beliebt, Eure Majestät.« Ludwig entging nicht, dass Gennach offenließ, was er damit anfangen würde. Vermutlich entsorgte er sie auf der Herrentoilette, sobald er dazu Gelegenheit bekam.

»Ist es denn unabhängig von den Berechnungen nicht denkbar, dass eine Frau die Tat begangen hat?« Sophie schaute unter ihren langen Wimpern zu Gennach. »Soweit ich weiß, hat Dr. Stein eher eine Vermutung geäußert, die auf Erfahrungen beruht, und keine Beweise dafür geliefert.«

»Die Statistik spricht dagegen«, sagte Gennach diesmal ohne Ironie oder Skepsis. »Frauen begehen solche Morde einfach nicht.«

»Nicht oder nur selten?«, fragte Sophie.

Gennach schwieg einen Moment. »Wir haben die Ehefrau bereits befragt. Sie scheint ...«

»Kein Alibi zu haben«, warf Ludwig ein.

»... nur Nachteile durch den Tod Ihres Mannes zu haben, Eure Majestät«, ließ Gennach sich nicht beirren.

»Erbt sie denn nicht sein Vermögen?«, fragte Sophie.

Ludwig war es inzwischen egal, wer der Täter war. Hauptsache er, Ludwig, würde recht behalten. Er machte seine Zigarette im Aschenbecher aus.

»Doch, das tut sie«, sagte Gennach. »Allerdings scheint es nicht mehr viel zu sein, Eure Hoheit.«

Sophie hob überrascht die Augenbrauen.

»Es hat in den letzten Jahren einen erheblichen Vermögensabfluss gegeben, sodass nicht mehr viel übrig ist, Eure Hoheit. Er hat des Öfteren erhebliche Barabhebungen von seinem Bankkonto getätigt. Seine Witwe kann sich das nicht erklären.« Der Brigadier trat von einem Fuß auf den anderen. Allerdings wieder nicht, weil er verunsichert war, sondern das Stehen sattzuhaben schien.

»Könnte er erpresst worden sein?«, fragte Sophie. Ein Gedanke, den Ludwig exzellent fand.

»Wir ermitteln in diese Richtung. Aber bislang haben wir nichts in der Hand, Hoheit.«

»Nichts in der Hand? Das kann nicht sein. Es ist doch sonnenklar, was das bedeutet. Er war in die Sache mit seinem Schwiegervater verstrickt und jemand hat ihn mit diesem Wissen erpresst. Ich habe es immer gewusst.« Ludwig schlug mit seiner geballten Faust in die offene Handfläche.

»Wir haben uns die alten Ermittlungsakten vorgenommen. Daraus ergibt sich nichts, das auf eine Verstrickung von Funkenberg in den Mord an dem Gesandten von Geersen schließen lässt, Eure Majestät.«

»Dann wurde eben etwas übersehen«, sagte Ludwig.

»Das passt doch alles zusammen. Das müsst Ihr zugeben.«

»Wir werden auch in diese Richtung ermitteln, Eure Majestät.«

»Dann strengt Euch an«, knurrte Ludwig. »Ich will endlich Ergebnisse sehen und nicht nur ›Wir ermitteln in diese Richtung‹ hören.«

Gennach schwieg, aber seine Ohren waren dunkelrot.

»Danke, das ist alles, Brigadier.« Ludwig entließ ihn mit einer unwirschen Handbewegung. Das war einer der Momente, in denen Ludwig es liebte, König zu sein. Als Gennach weg war, wandte Ludwig sich zu Sophie. »Ich brauche einen Kaffee und ein paar Pralinen, bevor wir weitermachen. Sonst werde ich selbst zum Mörder.«

»Kaffee scheint mir eine gute Idee zu sein.« Sophie schaute auf die Wanduhr neben der stolaverhängten Wagnerbüste. »Wie viel Zeit haben wir, bis Fräulein de la Corosso kommt?«

»Sie sollte gleich da sein.«

»Dann müssen wir wohl oder übel durchhalten.« Sophie ging wieder zum Fenster, während Ludwig sich ein paar Pralinen einverleibte. Von Pfistermeister hatte vorhin die neuen Akten für den Tag gebracht, die sich auf den alten auf dem Tisch stapelten. Das Blatt mit der Liste, die nur einen Namen hatte, lugte unter Augustos Berechnungen hervor und erinnerte Ludwig mit Macht an die Entscheidung über Funkenbergs Nachfolge, die er treffen musste. Ludwig seufzte. Er war jemand, der älteren Menschen Respekt entgegenbrachte, aber ein Minister, der mitten im Satz einschlief? Dazu konnte er sich nicht durchringen. Und schon gar nicht, weil er den Verdacht hegte, dass hier grauenvolle Machenschaften am Werk waren. Aber das war eine Sorge für einen anderen Moment. Er nahm sich noch zwei Pralinen, um sich zu stärken.

Wenige Minuten später klopfte es an der schweren Holztür. Karlchen trat ein und kündigte die erwartete Schauspielerin an. Die de la Corosso war so zierlich wie Ludwigs Sophie, und wie diese eine Schönheit. Im Gegensatz zu ihr war sie jedoch blond, nicht dunkelhaarig, und insgesamt eine deutlich exotischere Gestalt. Sie hatte ausdrucksstarke dunkle Augen, die einen leicht asiatischen Eindruck vermittelten, einen rot geschminkten Mund, über dem sie gekonnt einen Schönheitsfleck platziert hatte, und eine wohlgeformte Figur, die durch ein exquisit geschneidertes dunkellila Samtkleid vorteilhaft betont wurde. Ihr ausladender Hut hatte dieselbe Farbe wie das Kleid und war mit echten Straußenfedern verziert, die ein Vermögen gekostet haben mussten. Ludwig unterdrückte den Wunsch, anerkennend mit den Lippen zu schnalzen. Das gehörte sich nicht. Er war König und kein Kutscher. Aber er war verzaubert von ihrem edlen Gesicht und die Federn waren ebenfalls nicht zu verachten. Er musste gestehen, das hatte er nicht erwartet. Doch er konnte sich ihrem Charme nicht entziehen, und das, obwohl sie eine verbürgte Ehebrecherin war.

»Eure Majestät.« Sie verbeugte sich angemessen respektvoll und verharrte dann, ihren rechten Arm, der in einem Gips steckte, eng an die stolze Brust gedrückt.

»Bitte, setzt Euch, Madam.« Ludwig rückte ihr einen Polstersessel zurecht. Er war auf einmal nervös. »Ich freue mich, dass Ihr meiner Einladung gefolgt seid.«

»Eure Majestät. Ich bin geehrt und glücklich, hier zu sein.« Ihre Stimme war wie geschmolzene, dunkle Schokolade. Ludwig spürte sofort, dass sie wie eine alte Weise aus einer anderen Welt, eine echte und wahre Künstlerseele, war.

»Ich habe gehört, Ihr feiert mit Euren Kollegen große Erfolge in der Heimat und auch auf weltweiten Tourneen«, schummelte Ludwig ein wenig stammelnd. Er hatte keine Idee, ob sie gut oder schlecht und wo sie schon aufgetreten war. Er ließ sich direkt neben der Schauspielerin nieder und rutsche unauffällig mit seinem Sessel an den ihren heran.

»*Der Kurier* schrieb, ich sei die beste Iphigenie, die jemals in München gespielt hat, Eure Majestät. Und die *Gazette de Paris* hat meine Maria Stuart in den Himmel gelobt.« Die edle Seele betrachtete ihre Ringe an der linken Hand. Einer war ein Saphir in einer diamantenbesetzten Fassung. Ein schönes Stück.

»Ihr habt die Maria Stuart gegeben?«, merkte Ludwig auf. Unter dem Tisch war Sigi aufgewacht, der sich betont unschuldig an die elegant beschuhten Füße der de la Corosso anschlich.

»Das stimmt, Eure Majestät. Und zwar nicht nur in Paris, sondern in Mailand, St. Petersburg und sogar im Orient, genau genommen in …« Die de la Corosso schien sich für ihre Aufzählung zu erwärmen.

»Darf ich fragen, was Euch passiert ist, Madam?« Sophie unterbrach sie und zeigte auf den Gips.

»Ein Bühnenunfall vor zwei Wochen, Eure Hoheit.« Die de la Corosso schenkte Sophie ein zartes, reuiges Lächeln.

Sophie erwiderte das Lächeln nicht. Sie nahm sich ihren Fächer vom Fensterbrett. »Wie genau ist das passiert, Madame?«

»Ich bin so in meiner Rolle aufgegangen, dass ich während einer Probe zu weit rückwärts getreten und in den Bühnengraben gefallen bin, Eure Hoheit.«

»Oh«, sagte Ludwig. »Ist er gebrochen? Also der Arm?« Er musterte seinen Mops, der jetzt die Schuhe beschnupperte. Hoffentlich knabberte er sie nicht an.

Madame de la Corosso nickte.

»Schmerzt es sehr?«, fragte Ludwig mitleidig.

»Ich komme zurecht«, entgegnete sie tapfer. »Zum Glück haben wir die nächsten Wochen Tourneepause. Aber wenn dem nicht so wäre, würde ich selbstverständlich dennoch auftreten. Das Theater ist meine Berufung, ich gebe alles dafür, Eure Majestät.«

»Das ist wahre Hingabe an die Kunst.« Ludwig stellte einen Fuß direkt vor Sigi, damit der nicht an die Schuhsohlen herankam.

»Und diese Hingabe, obwohl Euch großer Schmerz widerfahren ist, Madame«, kommentierte Sophie mit einem Hauch Ironie, wenn Ludwig sich nicht irrte.

»Bitte wie meinen, Eure Hoheit?« Der Mund der Mimin war schmerzverzerrt.

»Ich meine den Tod Eures Gönners.« Sophie richtete sich auf, damit sie größer wirkte.

»Natürlich, Eure Hoheit.« Die Edle bekam feuchte Augen, was Ludwig wie einen Hieb in die Magengrube traf. Sie blickte auf ihren Gips, auf dem, wie Ludwig auffiel, eine schmale handschriftliche Widmung stand. Er kniff die Augen zusammen. Die leicht nach rechts geneigte Schrift kam ihm bekannt vor.

»Das war der schlimmste Tag meines Lebens«, die de la Corosso senkte das Haupt, sodass wieder Federn ihr Gesicht verdeckten. »Mein Leben ist vorbei.«

Sophie machte ein Geräusch, das zwischen einem Husten und einem Räuspern lag, und klappte ihren Fächer auf.

»Das ist es nicht«, suchte Ludwig die Leidende zu beruhigen, während Sigi um seinen Fuß herumlavierte. »Ihr werdet darüber hinwegkommen, Ihr seid jung.« Sie war Ende zwanzig, Anfang dreißig und damit nicht mehr wirklich jung, aber es gehörte sich nicht, dies offenkundig werden zu lassen.

»Er war die Liebe meines Lebens, Eure Majestät.« Sie schaute mit tränenbenetzten Wangen auf. »Wir wollten heiraten, Eure Majestät.«

»Er wollte sich wegen Euch scheiden lassen?« Sophie hielt ihren Fächer in der Faust und hatte etwas von einer angriffslustigen Elfe.

»Ja, Eure Hoheit.« Die Schauspielerin tupfte sich die Tränen von den Wangen.

»Aber er und seine Frau haben zwei kleine, reizende Mädchen.« Sophie hob die Augenbrauen.

»Das ist mir bewusst, Eure Hoheit.« Die Miene der Schauspielerin zeigte kurz etwas, das Ludwig nicht eindeutig bestimmen konnte. Vermutlich Schmerzen im Arm oder die schlimmen Erinnerungen. Doch dann fing sie sich wieder und neigte den Kopf erneut in einer ehrlichen und rührenden Geste der Demut. »Wir wussten, dass es nicht in Ordnung war, unserer Liebe nachzugeben, aber sie war zu stark. Wir waren füreinander geschaffen. Und nun ist eine Welt für mich zusammengebrochen.«

Ludwig fühlte, wie sein Herz sich ihr öffnete. Die arme Frau. Auch, wenn es nicht nur Liebe, sondern eben auch die Pflicht gab. Und diese galt seiner Meinung nach zuförderst der Familie. Dennoch. Gegen die Kraft der Liebe waren diese zarten Künstlerseelen häufig machtlos. Er bückte sich und schon Sigi ein wenig beiseite, der schon das Mäulchen für den ersten Probebiss geöffnet hatte, dann kam Ludwig wieder in die Höhe.

»Und meint ihr, seine Frau wäre ebenfalls der Meinung gewesen, dass Ihr füreinander geschaffen wart?« Sophie verschränkte die Arme samt Fächer vor der Brust.

»Ich leide mit Euch, glaubt mir. Der Minister war ein großartiger Mensch«, griff Ludwig ein, dem vom schnellen Abtauchen unter den Tisch etwas schwindelig war. Jetzt wusste, er wem die Schrift auf dem Gips gehörte. Funkenberg. Die Handschrift hatte er so oft in diversen Vermerken gesehen, dass er phasenweise von ihr geträumt hatte.

»Wisst ihr, wie wir uns kennengelernt haben, Eure Majestät?« Fräulein de la Corosso wartete Ludwigs Antwort nicht ab. »Er hat mich vor einem Unhold gerettet, der mir meine Tasche stehlen wollte. Unter Gefahr für sein eigenes Leben hat er den Verbrecher mit seinem Regenschirm in die Flucht getrieben. So wunderbar war er.«

»Wie abenteuerlich. Und dann?« Ludwig hatte bislang nicht den Eindruck gewonnen, dass sein verstorbener Finanzminister heldenhaft gewesen war. Aber so konnte man sich täuschen.

»Dann hat er mich zum Essen ausgeführt. Ich war völlig durchnässt und außerdem so verwirrt. Aber er hat sich um mich gekümmert.« Die Schauspielerin hatte den strahlenden Abglanz der Erinnerung im Antlitz.

»Hat sich der Herr Minister in letzter Zeit anders benommen als sonst?«, wechselte Sophie unvermittelt das Thema, obwohl Ludwig gern mehr von dieser romantischen Liebesgeschichte erfahren hätte. »Klagte er zum Beispiel über Geldsorgen?«

»Mein Geliebter war nur in Sorge wegen dieser unappetitlichen Geschichte mit diesem schrecklichen Wagner, Eure Hoheit. Außerdem war er müde, weil man ihn mit Arbeit überhäufte. Ansonsten war er wie immer und er hat nicht über Geldmangel geklagt. Er war vermögend, und es wäre auch nicht seine Art gewesen.« Das Strahlen im Gesicht der edlen Seele war erloschen.

»Er hatte an seinem letzten Tag einen unbekannten Besucher«, wechselte Sophie erneut das Thema, ohne darauf hinzuweisen, dass es mit dem Vermögen des Ministers so weit nicht mehr her gewesen war. »Habt Ihr eine Vorstellung, wer das gewesen sein könnte?«

»Nein, Hoheit.« Die Schauspielerin zuckte zusammen.

»Sigi«, schalt Ludwig seinen Mops. Der hatte sich unbemerkt wieder an die de-la-Corosso-Schuhe angeschlichen, einen Absatz angebissen und wirkte etwas erstaunt. Möglicherweise hatten sie nicht seinen Geschmack getroffen.

»Verzeiht, Fräulein de la Corosso.« Ludwig griff sich den Hund und setzte ihn in seinen Korb unter dem Tisch.

»Und der zweite Assistent von Herrn Minister Funkenberg. Gibt es über den etwas zu berichten?«, übernahm seine Sophie das Gespräch.

»Nichts. Außer, dass er ein netter Kerl ist. Ganz im Gegensatz zu diesem Wichtigtuer von ersten Assistenten.« Die Dame schüttelte sich leicht.

»Was hat es mit ihm auf sich?« Sophie lehnte sich ans Fensterbrett.

»Ich weiß nur, dass mein Geliebter nicht mehr mit ihm zufrieden war, Hoheit. Er hat sich häufig über ihn beklagt. Aber ich muss gestehen, ich habe kaum zugehört. Etwas mit falschen Beträgen in wichtigen Bilanzen, Ungenauigkeiten, Rechenfehler, was weiß ich. Ich bin nur eine arme Schauspielerin, die von alledem nichts versteht.«

Es klopfte an und Ludwig rief den Major herein, der sich zuerst vor Ludwig und dann vor den Damen verneigte. Er schaute, wenn Ludwig sich nicht täuschte, ein wenig irritiert auf den ausladenden Kopfschmuck der Mimin. Aber man konnte von einem Soldaten kaum erwarten, dass er Verständnis für weiblichen Putz hatte.

»Was gibt es, Major?« Ludwig schaute entschuldigend in Richtung de la Corosso, die verzeihend abwinkte.

»Ich habe Neuigkeiten, Eure Majestät.« Der Major blieb, die Hände hinter dem Rücken, neben der Tür stehen. »Es betrifft den Namen, den Ihr mir gestern gegeben habt, Eure Majestät«, antwortete der Major, sodass Ludwig genial wie immer kombinierte, dass er Dr. Gustav Munkenberg, den letzten Besucher von Funkenberg, meinte.

»Bitte gesellt Euch zu uns, Major.« Ludwig wollte seinen Sekretär nicht aus den Augen lassen, bevor er nicht die Nachrichten erfahren hatte. »Wir sind bald fertig.«

Der verneigte sich und blieb, wo er war.

»Verzeiht erneut«, sagte Ludwig königlich galant zu der de la Corosso. »Wo waren wir stehen geblieben?«

»Ihre Hoheit hat mich zum ersten Assistenten befragt.«

»Glaubt Ihr, es war seine Frau?«, fragte Ludwig einer plötzlichen Eingebung folgend.

»Der Mord, Eure Majestät? Ich weiß es nicht, Eure Majestät. Aber wundern würde es mich nicht. Mein Geliebter hat mir erzählt, dass er sie der Untreue verdächtigte.«

»Hat er offenbart, wen er im Verdacht hatte?« Ludwig erinnerte sich, dass Sophie etwas von einem Besuch des gut aussehenden Schwagers bei der Witwe erwähnt hatte.

»Nein, Eure Majestät. So lange er sich nicht sicher war, hätte er nie einen Namen genannt. Dafür war er viel zu gewissenhaft.« Sie seufzte und tupfte sich eine Träne von der Wange, die unverhofft dort wieder erschienen war. »Er war ein guter Mensch. Ich weiß nicht, was ohne ihn aus mir werden soll.« Sie ließ offen, was genau sie damit meinte. Aber Ludwig nahm an, sie meinte ihre finanziellen Themen.

»Nun«, sagte Ludwig, den ihre Trauer mitnahm und der helfen wollte. »Meine Darstellerin der Maria Stuart ist ausgefallen. Wollt Ihr die Rolle? Es ist nur eine einmalige Sache, aber ich zahle gut für die schöne Muse.«

Sie schaute Ludwig aus ihren schönen traurigen Augen an. »Ihr seid zu gnädig, Eure Majestät. Es wird mir eine große Ehre sein.«

Sophie klappte laut ihren Fächer zu.

»Dann ist es abgemacht.« Ludwig lächelte dem zarten Fräulein zu. »Der Major wird Euch mit allen nötigen Informationen versorgen.«

Sein Sekretär verneigte sich knapp zum Zeichen, dass er den königlichen Auftrag gehört hatte.

»Ich lebe, um Euch zu dienen, Eure Majestät«, hauchte die göttliche Künstlerin, während Sophie und der Major einen Blick tauschten, den Ludwig nicht nachvollziehen konnte.

Nachdem die de la Corosso von Karlchen hinausgeleitet worden war, wandte Ludwig sich seiner Cousine zu, die seltsam unzufrieden wirkte. »Was ist, meine Liebe?«

Seine Sophie schwieg. Dann straffte sie die Schultern. »Musstest du ihr unbedingt die Rolle geben, Ludwig?«

»Wieso nicht? Sie kennt die Rolle. Und ich dachte, es freut dich, wenn wir die Aufführung bald nachholen, wie ich es versprochen habe.«

»Ich freue mich auf die Aufführung, Ludwig. Aber muss es noch belohnt werden, wenn man eine Ehefrau betrügt?«

»Betrug, Betrug«, winkte Ludwig ab. »Dein Empfinden in allen Ehren, aber wenn die wahre Liebe anklopft, du weißt, dann ...«

»Nein, weiß ich nicht, Ludwig«, gab Sophie ein wenig irritiert zurück. »Und wie es aussieht, werde ich das auch nie erfahren.«

»Ich wollte dich nicht verärgern, meine Liebe, ich weiß, dass du Alençon nicht ...« Ludwig verließ die Inspiration. Er schaute Hilfe suchend zu seinem Privatsekretär.

»Ich habe Dr. Gustav Munkenberg ausfindig machen können, Eure Majestät«, erbarmte der sich.

»Was ist mit ihm? Ist er ein bekannter Meuchelmörder? Oder ein Spion einer fremden Macht? Ein Preuße vielleicht?«

Ludwig hörte die Handschellen klicken. Apropos Handschellen. Sollte er sich seine eigenen schmieden lassen? Aus Gold. Das wäre für einen König angemessen. Mit Gravur? Oder ohne?

»Er ist ein Grafologe aus München, Eure Majestät«, holte der Major Ludwig in die Gegenwart zurück.

»Was hat das zu bedeuten?« Sophie kam zum Tisch und setzte sich zu Ludwig. »Wieso hat Funkenberg jemanden zu sich bestellt, der Schriften auf Echtheit prüfen kann?«

»Das werden wir herausfinden. Bestellt ihn morgen ein, Major. Und den zweiten Assistenten bestellt Ihr bitte auch ein.«

»Wie Ihr wünscht, Eure Majestät.« Der Major verbeugte sich zum dritten Mal.

Ludwig schaute wieder zu Sophie, die immer noch ein wenig unzufrieden wirkte.

»Was ist, meine Liebe? Bist du nicht einverstanden?«

»Hast du nicht Karlchen gebeten, mehr über die de la Corosso in Erfahrung zu bringen, Ludwig?«

»Ja, weshalb?«, fragte Ludwig, der das beinahe vergessen hatte.

»Ich habe ein schlechtes Gefühl, was sie betrifft, Ludwig.«

Ludwig wollte es sich mit Sophie nicht wieder verderben, daher formulierte er es so neutral wie möglich. »Warum? Ist es, weil sie die Witwe Funkenberg betrogen hat?«

Sophie schüttelte leicht den Kopf.

»Oder wegen des monströsen Hutes?«, schlug der Major vor, aber das war sicher nicht ernst gemeint.

»Oder wegen des Schönheitsflecks?«, machte Ludwig weiter.

»Nein«, sagte Sophie ernsthaft. »Ich kann meinen Finger noch nicht darauf legen. Aber etwas stimmt nicht mit ihr.«

Kapitel 11

»Wie war Euer Besuch gestern in München?« Sophie ging neben Paul Lohmann den Flur hinunter, nachdem sie den Salon und den König verlassen hatten. Sie sah aus den Augenwinkeln zu ihm. Seine hellen Augen leuchteten durchscheinend im Sonnenlicht und er hatte einen leichten goldenen Bartschatten, der ihm ausgezeichnet stand. Ihrer Meinung nach war er fast zu attraktiv. Aber Sophie war sich bewusst, dass das nur für wenige Frauen ein Hindernis darstellte.

»Zufriedenstellend, Eure Hoheit.«

»War er im Auftrag des Königs?« Sophie verlangsamte ihren Lauf etwas, während die Diener sich wie das Rote Meer vor Moses teilten und sie umrundeten.

»Nicht unbedingt, Hoheit.« Er hielt ihr eine Tür auf und ließ sie vorgehen.

Sophie stöhnte innerlich. Ihr war bewusst, dass sie das nichts anging, aber sie wolle es dennoch wissen. Das Parfüm gestern war eindeutig das einer Frau gewesen und ihr Jagdgeist war geweckt. »Dann war es privat?«

»Weitestgehend, würde ich sagen.«

Sophie öffnete den Mund, um etwas hinzuzufügen, aber er kam ihr zuvor. »Ich habe die Geschichte vom Schwein gehört, Hoheit.« Er hielt ihr die nächste Tür auf.

Sophie stöhnte diesmal hörbar. »Bitte erinnert mich nicht daran, Major.«

»Nicht?« Seine Miene war auf die Art ernst, dass sie den Verdacht hatte, er verkniff sich mal wieder ein Lachen.

»Spottet nicht«, sagte sie, obwohl sie selbst genug Humor hatte, sich vorzustellen, wie die Szene auf andere gewirkt haben musste. »Wenn die Gräfin nicht alles mitangesehen hätte, wäre ich die Erste, die darüber lacht. Aber so wie es steht, bin ich auf dem Weg, mir die Schelte abzuholen. Und wenn ich Pech habe, finde ich mich bald in Possenhofen in Familienhaft wieder.« Sie deutete auf den Flur, der in Richtung der Gemächer der Gräfin führte. »Drückt mir die Daumen.«

»Alle, die ich habe, Hoheit.« Er warf ihr einen schnellen Blick zu, verneigte sich und verschwand in Richtung seines Büros.

Sophie klopfte zögernd an die Tür zu den Gemächern der Gräfin. Deren herrische Stimme forderte sie auf, hereinzukommen. Sophie wappnete sich gegen die Widerwärtigkeiten, die sicher auf sie warteten, und stieß die Tür auf. Dahinter blieb sie stehen. Das Wohnzimmer der Gräfin war klein und schlicht eingerichtet mit Ausnahme einer eleganten, aufwendig verzierten Barockvitrine an der Querwand gegenüber vom Eingang. In der Vitrine stand eine schön gerahmte Fotografie, die einen glatzköpfigen alten Herren in einer Generalsuniform zeigte, der die Augenbrauen zusammenzog und wirkte, als ob er Bauchgrimmen hatte.

»Was steht Ihr da herum, Hoheit? Seid ihr angewachsen?« Die Gräfin saß an einem schmalen Holztisch vor einem der Fenster, der zwei Personen Platz bot, den Stock an den leeren Stuhl gegenüber gelehnt, und blies den Rauch ihrer Zigarre aus dem offenen Fenster. Vor sich auf dem Tisch hatte sie eine angebrochene Flasche mit Whiskey, ein halb volles Glas, ein paar Zigarren auf einem silbernen Teller und ein Feuerzeug aufgereiht. »Setzt Euch, setzt Euch.« Die Gräfin deutet ungeduldig auf den leeren Stuhl.

Sophie ging hinüber, lehnte den Stock der Gräfin an die Wand, setzte sich und wartete angespannt, was nun kam.

»Ihr seht aus, als ob es Euch Eiswasser aufs Haupt regnet.« Die Gräfin paffte einen Zug.

»Wenn Ihr es denn partout wissen wollt; ich fühle mich auch so.« Sophie verschränkt die Arme vor der Brust.

»Ich bin mir sicher, das Schwein hat sich bedeutend schlechter gefühlt, als ihr auf es eingestochen habt.« Die Gräfin schaute dem Rauch hinterher.

»Das Schwein war tot«, entgegnete Sophie mit Nachdruck.

»Ist das ein Grund, es mit einem Messer zu durchlöchern? Was habt Ihr Euch dabei gedacht? Wenn das ein Zeitvertreib war, war es ein ausgesprochen geschmackloser.«

»Ich weiß, wie das ausgesehen haben muss.« Sophie machte eine Pause. Ludwig hatte ihr nicht verboten, über die Ermittlungen zu sprechen. Zudem wussten Gennach und vermutlich der ganze Hofstaat davon, denn am Hof gab es keine Geheimnisse. Vielleicht half es daher, wenn sie die Wahrheit sagte? Schlimmer, als dass die Gräfin dachte, Sophie habe Freude daran, auf ein totes Schwein einzustechen, konnte es kaum kommen. Sie holte Luft. »Ich habe auf Wunsch des Königs an dem Tier ausprobiert, ob eine Frau kräftig genug wäre, einen Menschen zu erstechen. Das Fleisch von Menschen und Schweinen ist ähnlich dick und fest.«

»Ihr wollt einen Menschen erstechen?« Die Gräfin ließ die Zigarre auf die Tischplatte fallen, sodass Funken stoben.

»Meine Güte. Natürlich nicht«, wehrte hastig Sophie ab. »Der König und ich stellen im Mordfall des Finanzministers Funkenberg eigene Untersuchungen an. Die Ermittler aus München sind der Auffassung, dass eine Frau nicht die Täterin sein könne. Sie glauben, eine Frau wäre zu schwach. Wir wollten das Gegenteil beweisen.« Sophie berichtete der Gräfin über die Ermittlungen und ihre Rolle darin. Und weil sie gerade dabei war, eröffnete sie der Gräfin, wie sie von Hagen mit dem Vogelkäfig niedergeschlagen hatte. Dann wartete sie auf die Reaktion der alten Dame ihr gegenüber.

»Dummköpfe.«

»Wie meinen, Gräfin?« Das war nicht die Reaktion, die Sophie erwartet hatte. Allerdings war sie sich nicht sicher, was genau sie erwartet hatte.

»Die Ermittler. Sie sind dumm, wenn sie meinen, eine Frau sei zu schwächlich, um jemanden zu erstechen.« Die Gräfin legte die Zigarre auf dem Aschenbecher ab, stand auf und marschierte zur Vitrine, die sie vor sich hin murmelnd öffnete. Dann kam sie zurück, stellte ein leeres Glas auf den Tisch, goss Whiskey ins Glas, setzte sich und schob Sophie das volle Glas entgegen.

»Danke. Ich …«, wollte Sophie ablehnen, aber hielt inne. Mädchen aus adeligem Hause tranken nur wenig Alkohol und wenn eher Wein und keinen Whiskey. Aber sie hatte es satt, immer das gute Mädchen sein zu müssen. Und selbst wenn sie es war, bekam sie dennoch ständig Ärger. Was sollte es also? Sie nahm einen beherzten Schluck, der befriedigend heftig in ihrer Kehle brannte.

»Und Ihr habt wahrlich einen Mörder mit einem Vogelkäfig erlegt?« Möglicherweise war es ein Trick des Lichts, aber die Gräfin wirkte, als ob sie lächelte.

»Ich hatte Hilfe. Ohne Ludwig, den Major und Ludwigs Papagei Brunhilde wäre ich jetzt tot.« Sophie versuchte alles, um herauszufinden, ob die Mundwinkel der Gräfin sich einen Millimeter gehoben hatten, aber kam zu keinem eindeutigen Ergebnis.

»Das wusste ich nicht.«

»Hat meine Mutter Euch nicht darüber aufgeklärt?«

»Sie hat nur angedeutet, dass Ihr manchmal seltsame Wege für eine junge adelige Dame geht und sie sich deshalb um Eure Chancen auf dem Heiratsmarkt sorgt. Außerdem ließ sie mich wissen, dass Ihr nicht begeistert seid von dem potenziellen Verlobten, den sie Euch ausgesucht hat, und zudem aus irgendeinem Grund gegen alle Widerstände am Hof des Königs bleiben wollt.« Die Gräfin blies einen perfekten Rauchring. »Und ich denke, Ihr solltet mir sagen, warum dem so ist.«

Sophie trank einen großen Schluck Whiskey. »Werdet Ihr meine Mutter darüber informieren, was Ihr erfahrt?«

»Vermutlich, aber nicht zwingend.« Die Gräfin malte ein Fragezeichen aus Rauch in die Luft.

Sophie nahm sich eine Zigarre vom Teller und das Feuerzeug, zündete sich etwas umständlich die Zigarre an, legte das Feuerzeug ab, nahm einen tiefen Zug und hustete.

»Nicht einatmen, Hoheit«, mahnte die Gräfin hilfreich, aber zu spät. »Nur in die Wangen.« Sie zeigte Sophie mit aufgeblähten Wangen, wie es ging.

»Danke für den Hinweis.« Sophie wischte sich die Tränen aus den Augen und nahm einen vorsichtigen zweiten Zug. Das war besser. Sie blies den Rauch aus dem Fenster und sah ihm hinterher, wie er im diesigen Nachmittagshimmel verschwand. Dann nahm sie einen erneuten Schluck Whiskey und stellte erstaunt fest, dass ihr Glas leer war. »Warum die Gymnastik?«, wechselte sie das Thema, um sich Zeit zum Nachdenken zu verschaffen.

»Weshalb fragt Ihr?«

»Ich verstehe nicht, wie das helfen soll, mich standesgemäßer zu verhalten.«

»Wer sagt, dass es dafür ist?«

»Wofür ist es dann?«

»Es ist, damit Ihr Eure Schlachten gewinnt.«

»Was für Schlachten?« Sophie goss sich so schwungvoll Whiskey nach, dass ein wenig über den Rand des Glases schwappte.

»Die, die das Leben Euch schlagen lässt.« Die Gräfin füllte sich ebenfalls nach.

»Als da wären?«, fragte Sophie ernsthaft verständnislos. Sie war kein Soldat, der in den Krieg zog.

»Zum Beispiel einen Mann zu heiraten, den Ihr nicht kennt und mit ihm allein in die Ferne zu gehen, ohne Familie, ohne Freunde.« Die Gräfin sah aus, als ob sie wusste, wovon sie sprach.

»Oh«, machte Sophie. Sie hatte das nie als Schlacht betrachtet, die es zu kämpfen und zu gewinnen gab. Eher als etwas, das sie ergeben erdulden musste, egal, wie schrecklich es sein würde. Sie leerte die Hälfte des Glases auf einmal. Aus irgendeinem Grund fühlte sie sich besser, wenn sie sich das Ganze als Kampf und sich selbst als Soldatin vorstellte. »Mein zukünftiger Verlobter ist ein Mann, der Frauen für unfähig hält, mehr zu tun, als schön zu sein und Kinder zu gebären. Seiner Meinung nach sollte man Frauen sehen, aber nicht hören.« Sophie legte die Zigarre auf den Aschenbecherrand.

»Dann ist er ein Idiot. Wie die Ermittler«, knurrte die Gräfin.

Sophie hätte die Gräfin am liebsten umarmt, aber sie nahm davon Abstand, weil die Gräfin nicht wie jemand wirkte, den man umarmen konnte, ohne eins mit dem Gehstock übergezogen zu bekommen. Stattdessen leerte Sophie das Glas vollständig. Sie mochte es, wie der Whiskey brannte. Entspannt streckte sie die Beine unter dem Tisch aus.

»Aber Ihr wisst, dass Ihr vor der Heirat nicht davonlaufen könnt? Egal, ob Ihr hierbleibt oder nicht, Eure Eltern werden Euch verheiraten. Da könnt Ihr genauso gut nach Hause zurückkehren.«

»Hat meine Mutter Euch dazu angestiftet, das zu sagen?«, fragte Sophie misstrauisch.

»Eure Mutter hat mich zu nichts angestiftet. Und falls Euch das bislang nicht aufgefallen sein sollte, nur ich selbst stifte mich zu Dingen an. Aber ich denke, Ihr seid offensichtlich weniger dumm als die durchschnittliche Adelstochter und wisst, dass Ihr vor der Hochzeit nicht davonlaufen könnt, also warum besteht Ihr darauf, hierzubleiben?«

»Mit allem Respekt: Ich möchte darüber nicht sprechen.«

»Warum bitte nicht? Vielleicht kann ich Euch helfen, wenn Ihr mich lasst.«

»Das glaube ich kaum.«

»Was habt Ihr zu verlieren? Das Schlimmste, das passieren kann, ist, dass ich Euch mit dem, was Ihr habt, alleine lasse und zudem brühwarm alles Eurer Mutter berichte.«

Sophie spürte zu ihrem Entsetzen, dass ihre Wut an die Oberfläche drängte. Sie schnappte sich ihr Glas wieder und goss sich neuen Whiskey ein. »Da wäre ich gespannt, was sie sagt, denn sie weiß es bereits. Und es interessiert sie nicht.«

Die Gräfin stellte die Flasche außer Reichweite von Sophie auf den Boden neben sich und warf ihr einen ungläubigen Blick zu.

»Sie glaubt nicht, dass ich über Johann die Wahrheit sage.« Sophie war sich vage bewusst, dass sie zu offen war. Aber es war ihr einerlei.

»Wer ist dieser Johann?«

Sophie kippte den Whiskey in einem Zug herunter. »Johann von Mallheim. Der beste Freund und Geschäftspartner meines Vaters. Außerdem leider ein entferntes Familienmitglied, sodass er sich fast ständig in Possenhofen aufhält.«

»Und was hat er Euch angetan?« Das Gesicht der Gräfin wurde zusehends verschwommen, weil der Whiskey bei Sophie seine Wirkung tat. Aber die Stimme der alten Dame war uncharakteristisch sanft.

»Er stellt mir nach, damit ich seine brennende, romantische Liebe erwidere«, sagte Sophie zynisch.

»Und hat er um Eure Hand angehalten?«

»Das ist es nicht, was er von mir will.« Sophies Wangen wurden heiß.

»Und konntet Ihr ihn nicht abwehren?« Die Gräfin stellte diese Frage mit viel Vorsicht, wofür Sophie dankbar war.

»Als er mir das erste Mal gegen meinen Willen zu nahe kam, habe ich ihm eine Ohrfeige gegeben. Das hat ihm nichts ausgemacht. Ich glaube sogar, es hat ihn angestachelt. Beim nächsten Mal habe ich gedroht, meine Eltern von seinem unerträglichen Verhalten zu unterrichten. Er hat gesagt, wenn ich das täte, würde er behaupten, ich sei flatterhaft und habe ihn ermutigt.« Sophies Hände ballten sich zu Fäusten.

»Aber ich nehme an, Ihr seid dennoch zu Euren Eltern gegangen?« Die Gräfin hatte jetzt eine tiefe Furche auf der Stirn, die Sophie selbst durch ihren Alkoholnebel bemerkte.

»Das bin ich. Aber sie sind sich beide sicher, ich würde mir seine Aufmerksamkeit nur einbilden. Und ich kann nichts tun, denn wenn ich noch einmal Gegenstand eines Skandales sein sollte, sind meine Heiratschancen vollständig zerstört. Egal, ob ich ihn ausgelöst habe oder nicht. Und egal, ob ich diesen verdammten Johann ermuntert habe oder nicht.« Sophie spürte zu ihrem Schrecken, wie eine Träne ihre Wange hinunterrollte. Sie schob den Stuhl weg, wobei sie ein wenig wankte. »Ich muss mich hinlegen.«

Kapitel 12

»Der Grafologe wird mit dem nächsten Zug ankommen, Eure Majestät.« Der Major trat in den blauen Salon und stellte sich passenderweise vor das Tristan-Bildnis.

Ludwig gähnte und legte das Kinn in die Hände, die Ellbogen auf seinen Tisch gestützt, wo sich die Akten und Dokumente stapelten. Er hatte ein paar Stunden gearbeitet, seitdem die edle Schöne ihn verlassen hatte. Die Luft im Salon war entsprechend verbraucht und ohne Sauerstoff. Ludwig sehnte sich nach frischer Luft, dem Wind auf seinen Wangen und der Sonne im Gesicht. Wann hatte er das letzte Mal draußen die Natur genossen? Kurz nach den Ereignissen auf Hohenschwangau? Danach war er derart mit den Umzugsvorbereitungen beschäftigt gewesen, dass daran nicht zu denken war. Wenn das so weiterging, würde er noch ganz sauerstoffnotleidend.

»Kann ich sonst etwas für Euch tun, Eure Majestät?« Der Major war abwartend an der Tür stehen geblieben.

Ludwig winkte ihn herein und lud ihn ein, sich zu setzen. »Was haltet Ihr von Baron von Freienfels?« Ludwig suchte unter seinen Papieren nach der Ein-Mann-Liste.

»Inwiefern, Eure Majestät?« Das Gesicht seines Sekretärs, der vor Ludwig Platz genommen hatte, war neutral.

»Inwiefern würdet Ihr ihn für einen guten Nachfolger von Funkenberg halten?«, spezifizierte Ludwig seine Frage.

Sein Sekretär hob die Augenbrauen zwei Millimeter in die Höhe. »Ist es nicht erforderlich, in diesem Metier zumindest wach zu sein, Eure Majestät?«

»Meine Rede«, knurrte Ludwig. »Ich meine, wie kann man im Schlaf die Finanzen im Blick halten? Das ist unmöglich.«

»Aber, wenn ich das fragen darf, weshalb ist er dann in der

engeren Auswahl, Eure Majestät?« Sein Sekretär verschränkte die Arme vor sich. Ludwig fragte sich, welcher körperlichen Betätigung er nachging. Das Reiten schien es nicht zu sein, wenn er den Stallburschen glauben durfte. Ludwig selbst hätte einiges für solche ausgeprägten Brust- und Schultermuskeln gegeben, wie sein Sekretär sie besaß. Aber natürlich war er im Gegensatz zum Major der König, da fiel ein klitzekleiner Bauch nicht ins Gewicht.

Ludwig schob den Gedanken an männlich-stolze Muskulatur und Übergewicht beiseite und zeigte seinem Sekretär das Blatt, auf dem der eine Name stand. »Weil es keine engere Auswahl gibt. Er ist der Einzige, der sich freiwillig gemeldet hat, das Amt zu übernehmen. Zumindest behauptet das von der Pforten.«

Der Major hatte zwar verträumt wirkende Augen, aber sie waren voller scharfer Intelligenz. Der Mann war kein geistiges Leichtgewicht, das war Ludwig in letzter Zeit klar geworden.

»Und Ihr glaubt ihm nicht, Eure Majestät?«

»Ich habe viel darüber nachgedacht und meine, es ist eine Verschwörung, die zum Zwecke hat, die Finanzen des Staates zu ruinieren.« Ludwig war zu müde, um sich aufzuregen. Schrecklicherweise schien er sich sogar an Komplotte gegen sich zu gewöhnen.

»Was gedenkt Ihr, dagegen zu unternehmen, Eure Majestät?«

»Auch darüber habe ich nachgedacht. Ich werde den schläfrigen Minister in spe prüfen. Wenn er durchfällt, habe ich einen unverdächtigen Grund, ihn abzulehnen. Und dann müssen die Feinde aus der Deckung kommen, denn wir benötigen einen Finanzminister, und entweder sie geben zu, gelogen zu haben, und stellen einen neuen Kandidaten, oder ich stelle den neuen Finanzminister.« Er rieb sich die juckende Kopfhaut. »Dass ich zu solchen Finten gezwungen bin, ist eine Schande.« Er musterte seinen Sekretär. »Ihr seid geschickt mit Zahlen, oder?«

»Ich glaube nicht, dass mich jemand als Finanzminister akzeptieren würde, Eure Majestät«, sagte der Major nach ein paar Sekunden. »Ich bin kein Politiker.«

»Aber Ihr habt eine Offiziersausbildung, ein Studium und jede Menge Orden, richtig?«

»Ich bin nicht sicher, ob ›jede Menge‹. Aber ich habe studiert und ein Offizierspatent, das stimmt, Eure Majestät.«

»Das ist mehr, als der jetzige Anwärter vorweisen kann. Der hat nur einen langen Familienstammbaum.«

Der Major schaute eher abwesend auf eine Rechnung, die gleich neben der Liste mit dem Namen des Barons lag. »Dennoch ...«

»Wenn Sie einen akzeptieren, der ständig schläft, warum dann nicht einen echten Helden, der des Königs Leben gerettet hat?«, unterbrach Ludwig ihn vehement.

»Ich denke, Ihr überschätzt mich, Eure Majestät.« Paul Lohmann lehnte sich leicht auf seinem Sitz zurück, als wolle er fliehen.

»Ihr wollt nicht?« Ludwig beugte sich nach vorne, um ihn nicht entkommen zu lassen.

Der Major neigte den Kopf, was auf Majorlohmannisch ein Nein bedeutete.

Ludwig verharrte einen Moment nach vorne gebeugt, bis ihm der Rücken zwackte, dann lehnte er sich wieder zurück. Nun gut, vielleicht war das nicht eine seiner besten Ideen gewesen. Besser war es, er behielt seinen fähigen Sekretär und suchte weiter einen halbwegs fähigen Finanzminister. Nicht auszudenken, wenn er als Ersatz für Major Lohmann wieder einen solchen Trottel wie seinen Vorgänger bekäme. Zum Glück hatte er den nach München entsorgen können. Aber wer nur sollte sich zukünftig um die Finanzen kümmern? Ludwig vertagte die Entscheidung, griff nach der Rechnung neben der Liste und hielt sie seinem Sekretär entgegen. »Das hier ist eine weitere Sache, die mich beschäftigt.«

Der Major nahm ihm das Papier ab und las den Inhalt. »Das ist die Rechnung für die Türklinken in der neuen Burg«, sagte Ludwig nach ein paar Sekunden. »Die werde ich nicht zahlen. Und ich kann Euch auch sagen, warum.« Der Major legte das Blatt auf den Tisch und schaute Ludwig abwartend an. »Die gelieferten Prototypen sind derart grauenhaft, dass sich mir die Zehnägel umgestülpt haben. Zudem hat nicht eine zu den bestellten Türen gepasst. Ich muss eine komplett neue Auswahl treffen. Und ganz sicher werde ich keine Waren der alten Firma mehr auswählen. Zudem, und das ist beinahe noch schlimmer, wollten sie eine Vorauszahlung auf die ganze Produktion. Mittels Scheck. Ich bitte Euch. Und das von mir. Dem König. Wenn ich nicht kreditwürdig bin, dann weiß ich nicht wer sonst. Wo kommen wir denn da hin?« Ludwig schüttelte heftig den Kopf, sodass einer seiner oberen Nackenwirbel knackte. Er seufzte. Apropos Türklinken. »Wo ist eigentlich meine Sophie? Sie sollte mit dabei sein, wenn ich den Grafologen befrage.«

»Vor ein paar Stunden war sie bei der Gräfin.« Der Major machte Anstalten, sich zu erheben, nachdem er Ludwig mit einem Blick um Erlaubnis gebeten hatte. »Soll ich sie für Euch suchen, Eure Majestät?«

»Sophie?« Ludwig zerknüllte die Rechnung, was ihm eine unerwartete Genugtuung verschaffte. »Ja. Oder wartet. Ich komme mit.«

Er hatte lange genug herumgesessen. Er wollte sich wenigstens im Schloss die Beine vertreten, wenn er schon nicht ins Freie kam.

Ein paar Minuten später betrat Ludwig gemeinsam mit dem Major Sophies Gemächer und ging sofort ins Wohnzimmer, weil er annahm, dass sie dort sein würde. Und richtig. Dort stand sie. Vor der aufgebauten Staffelei, einen farbbefleckten Kittel über dem Kleid, einen Pinsel in der Hand und summte leise ein Lied, während sie auf dem Bild etwas hierhin und dorthin tupfte. Es roch nach einer angenehmen Mischung aus den Farben, die auf dem Tisch aufgereiht standen, einem kleinen, aber strengen Hauch Terpentin und frischer Luft, die durch das offene Fenster drang.

»Sophie, meine Gute.« Ludwig trat näher und schaute über ihre Schulter, gefolgt vom Major, der sich auf der anderen Seite von Sophie postierte.

»Ludwig. Major.« Sophie drehte sich zu ihnen um. Ihre blauen Augen glänzten und ihre Wangen waren gerötet. An der linken Schläfe hatten sich ein paar Strähnen ihres dunklen Haares gelöst und fielen ihr ins Antlitz.

»Der Grafologe ist in einer halben Stunde da, wenn der Zug pünktlich kommt. Ich wollte dich bitten ...« Ludwig brach ab und trat noch näher an die Staffelei. Sophie hatte dem Schwan zwei riesige Schmetterlingsflügel gemalt, die größer als der Schwan selbst waren und in allen denkbaren Farben leuchteten: Azurblau, Lindgrün, Sonnengelb, Himbeerviolett, Rosarot und eine Art Taupe, um nur einige zu nennen. Das Ergebnis war eine Melange aus Farben, die einerseits gute Laune, andererseits etwas schwindelig machte.

»Gefällt es dir, mein Ludwig?« Sophie hatte seinen Blick verfolgt und trat ihrerseits zurück, damit er besser sehen konnte. Ludwig hatte den Eindruck, sie bewegte sich dabei ein wenig unsicher, konnte sich aber nicht erklären, weshalb.

»Ich ...« Ludwig war selten um Worte verlegen, aber diesmal fehlten sie ihm. Der Schwan war wahrlich nicht schön, manche Linien waren zu dick, manche zu schief, die Proportionen stimmten nicht und einige Farben bissen sich. Außerdem war er sich nicht sicher, ob so ein Wesen mit derart ungelenk wirkenden Flügeln nicht sang- und klanglos in den Wellen untergehen oder im Flug aus der Luft abstürzen würde. Und dennoch rührte das Bild etwas in ihm an. Den Wunsch, so frei und unmöglich sein zu dürfen wie dieses Fantasiewesen und nicht ständig in den Ketten der Pflicht und des Anstandes zu liegen. Er schaute zum Major, der das Bild ebenfalls betrachtet hatte. Ihre Blicke trafen sich und Ludwig wusste plötzlich ohne Zweifel, dass der Major genau wie er alles tun würde, um seine Sophie, dieses sonderbare Wesen, zu beschützen. Sie waren zwei Ritter, die für die Heilige Jungfrau in den Kampf ziehen würden. Egal, wie groß und Furcht einflößend der Drache, den es zu schlachten gab, auch sein möge.

Sophie murmelte leise einen undamenhaften Fluch vor sich hin und bückte sich, um Farbe mit einem Lappen wegzuwischen, die von ihrem Pinsel auf den Boden getropft war.

Ludwig räusperte sich »Was ist das für ein außerordentliches Tier, meine Liebe?« Er zeigte auf das Fantasietier.

»Ein Schmetterschwan?« Sophie sah fragend auf, noch auf dem Boden hockend, den Lappen in der Hand. »Was meint Ihr?« Sie schaute zum Major.

»Schmetterschwan? Warum nicht, Hoheit«, sagte der leise und hielt ihr die Hand hin.

»Es geht schon, danke.« Sophie kam eigenständig in die Höhe und verlor prompt das Gleichgewicht.

»Alles in Ordnung mit Euch, Eure Hoheit?« Der Major hatte automatisch ihren rechten Oberarm gegriffen, während Ludwig wie ein tumber Depp danebenstand und sich ärgerte, dass sein Sekretär schnellere Reflexe hatte als er.

Sophie reckte die Schultern. »Danke der Nachfrage. Ich fürchte nur, ich bin immer noch etwas mitgenommen von meinem Besuch bei der Gräfin.«

»War es so schlimm?«, fragte Ludwig besorgt, während der Major seine Sophie vorsichtig losließ.

»Schlimm war es nicht.« Sophie legte den Lappen ab und lehnte sich mit der Hüfte an die Tischplatte. »Eher seltsam. Aber ich habe zu viel Whiskey getrunken.«

»Du trinkst Whiskey?«

Sophie zuckte mit den Schultern und strich sich die Haare aus der Stirn, wobei sie versehentlich etwas grüne Farbe auf die Haut schmierte.

»Das ist erfreulich. Ich habe großartigen von der Insel Skye, wenn du nachher welchen kosten möchtest.« Ludwig sah sich suchend nach einem Tuch um, aber die Lappen auf dem Tisch waren alle mit Farbe verdreckt.

»An einem anderen Tag, mein bester Ludwig«, wehrte Sophie ein wenig matt ab. »Ich habe mich vorhin hingelegt, aber mir scheint, ich habe nicht alles aus mir herausgeschlafen.«

»Möchtest du, dass ich den Grafologen alleine befrage?« Ludwig nahm ein frisches Taschentuch entgegen, das der Major hervorgezaubert und ihm gereicht hatte.

»Auf keinen Fall. Ich brauche nur etwas länger, um nach unten zu kommen. Es schwankt alles noch ein wenig.«

»Moment. Warte bitte.« Ludwig hielt sie auf und säuberte behutsam ihre Stirn mit dem Tuch.

»Danke Dir. Ganz weg?« Sophie versuchte, auf ihre Stirn zu schielen, was reizend kindlich wirkte.

»Alles weg.« Ludwig fühlte sich, als ob er etwas Großes vollbracht hatte. Er reichte das Tuch an den Major zurück.

»Sollten wir Ursula um einen starken Kaffee für Euch bitten, Hoheit?« Der Major legte es auf dem Tisch ab.

»Das ist eine gute Idee. Für uns alle drei bitte. Ich bin auch ein wenig müde. Major, wenn Ihr das übernehmen mögt«, sagte Ludwig ein wenig eifersüchtig. »Ich geleite Sophie nach unten. Ihr könnt bitte dazukommen.«

Der Grafologe Dr. Gustav Munkenberg war Ende sechzig, grauhaarig, in eine Art altmodischen Frack gekleidet und stand vor Ludwig wie ein von Wölfen gehetztes Reh, den ganzen Körper fluchtbereit zusammengekrümmt. Ludwig war nach einer Sekunde klar gewesen, dass das hier nicht ihr Mörder war. Die Augen des Besuchers waren hinter derart dicken Brillengläsern verborgen, dass er vermutlich nicht einmal das Schlosstor mit einem Messer träfe, selbst, wenn er direkt davor stünde. Und seine Arme waren so spindeldürr, dass Ludwig daran zweifelte, dass der Mann länger als fünf Sekunden eine halb volle Kaffeetasse halten, geschweige denn einen Dolch in jemand rammen konnte. Der Besucher trat unter Ludwigs Musterung unruhig von einem Fuß auf den anderen, während seine Finger wie elektrisiert zappelten. Ludwig hatte ihn eingeladen, sich in einen der Sessel zu setzen, aber er hatte darum gebeten, stehen zu dürfen, was Ludwig natürlich gewährt hatte. Er konnte nicht anders. Er hatte Mitleid mit dem armen Kerl, und auch Sophie im Sessel neben Ludwig wirkte zwar nach wie vor mitgenommen, aber ebenfalls mitleidig. Nur der Major an der Tür ließ wie üblich keine Gefühle durchscheinen, sondern verfolgte das Geschehen aufmerksam, aber zurückhaltend.

»Der Major hat Euch erläutert, weshalb Ihr hier seid. Sprecht, warum hat der Herr Finanzminister Funkenberg Euch zu sich bestellt?«, fragte Ludwig freundlich.

Der arme Mann starrte den König an, als habe der zwanzig Medusenköpfe. »Er wollte wissen, ob es möglich sei, gefälschte Unterschriften zu erkennen, Eure königliche Heiligkeit.«

»Und? Was habt Ihr geantwortet?« Ludwig sprach so sanft er konnte. Nicht, dass der Mann ihm aus dem Fenster sprang. Zumindest nicht, bevor er alles gesagt hatte, was es zu sagen gab.

»Ich sagte, dass das möglich sei, Eure königliche Verehrtheit.« Der Grafologe schluckte so heftig, dass sein kantiger Adamsapfel sichtbar in seiner hageren Kehle hüpfte.

Ludwig machte dem Major ein Zeichen, das offene Fenster zu schließen. »Und dann?«

»Dann fragte er, wie sicher es sei, dass man eine Fälschung erkennen könne, Eure royale Großartigkeit.«

»›Eure Majestät‹ genügt als Anrede für den König«, sagte Sophie sanft zu Dr. Munkenberg, der erleichtert nickte.

»Und weiter?«, fragte Ludwig.

»Ich sagte, das sei relativ sicher, aber Zahlen konnte ich ihm nicht nennen, Eure Majestät.« Ludwigs Gast wurde etwas selbstsicherer. »Dann fragte er, ob ich erkennen könne, wer die Unterschrift gefälscht habe, Eure Majestät.«

Ludwig hatte berechtigte Zweifel ob der Sehstärke seines Gastes, aber wollte diesen nicht wieder verunsichern, indem er diese äußerte. Vorsorglich bot er ihm eine Zigarette an.

»Danke untertänigst, ich rauche nicht, Eure Majestät.« Der Grafologe machte einen kleinen Diener. »Aber ich äußerte dem Minister gegenüber, das sei möglich, wenn ich eine größere Auswahl an Exemplaren der Originalhandschrift des Fälschers bekäme.«

»Worauf wollte der Minister hinaus?«, fragte Ludwig, während Sophie sich zu seiner Überraschung eine Zigarette aus dem Etui nahm.

»Das hat er nicht gesagt.«

»Dann ratet, bitte. Seid so gut.«

»Ich denke, er hatte ein Dokument oder mehrere Dokumente, von dem er annahm, es oder sie seien gefälscht, und hatte weiterhin einen Verdacht, wer die Fälschung vorgenommen haben könnte. Ich denke weiterhin, er wollte diesen bestätigt sehen, indem ich die gefälschten Dokumente mit Handschriftenprobe der Fälscher vergleiche, Eure Majestät.«

»Und was hat Euch der Minister an Dokumenten zum Vergleichen gegeben?« Ludwig entzündete Sophies Zigarette und legte das Feuerzeug neben den Aschenbecher, wo Karlchen ihm zur Erinnerung, es zurückzuschicken, das Paket von Wagner hingelegt hatte.

»Nichts«, entgegnete der Grafologe.

»Wie nichts?«, fragte Ludwig.

»Er wollte mich wieder zu sich bestellen und mir dann die Dokumente übergeben.«

»Habt ihr all das den Gendarmen gesagt?« Ludwig nahm jetzt selbst eine Zigarette, weil Sophie ihn inspiriert hatte.

»Mich hat bislang niemand von den Herren befragt, Eure Majestät.« Der Grafologe wirkte, als sei das seine Schuld.

Dass er noch nicht befragt worden war, wunderte Ludwig

nicht. Nicht jeder war so genial wie er. Aber auch nicht jeder war so schlecht wie dieser Gennach.

»Danke. Ihr könnt gehen.«

Nachdem der Grafologe den Raum fluchtartig verlassen hatte, wandte Ludwig sich an Sophie und den Major. »Was glaubt Ihr, hat das zu bedeuten?«

Der Major hatte die Wagnerbüste mit der Stola entdeckt, die ihm offenbar zuvor nicht aufgefallen war, und legte nachdenklich den Kopf schief. »Wie der Mann sagte: jemand hat etwas gefälscht, das für Funkenberg von Bedeutung war, und er wollte das beweisen, Eure Majestät.«

»Habt Ihr in den Akten von Funkenberg etwas gefunden, das darauf hindeutet, dass er vermutete, dass relevante Dokumente gefälscht wurden?« Ludwig zog abwesend an der Schleife des Pakets, öffnete es aber nicht. Er hatte keine Lust, sich heute mit wagnerschen Marotten zu befassen.

Der Major zupfte die Stola so zurecht, dass sie über Wagners Mund reichte. »Ich habe bislang nicht alle Unterlagen sichten können, Eure Majestät. Aber ich habe viele Rechnungen, Bilanzen und unglaublich viele Vermerke zu finanziellen Themen gefunden. Jedoch nichts über mögliche Fälschungen.«

»Macht hinten einen festen Knoten, damit es hält«, wies Ludwig den Major an.

»In einem Ordner waren seine privaten Ausgaben, die er aufgelistet hatte, und an einigen Stellen waren Fragezeichen, so als ob er nicht wusste, wofür er die Gelder ausgegeben hatte, Eure Majestät. Ich weiß ehrlich gesagt nicht, warum sein Assistent diese Akte mitgebracht hat.« Der Major machte wie befohlen einen Knoten am Hinterkopf der Büste.

»Möglicherweise ein schlichtes Versehen«, entgegnete Ludwig.

Sophie holte Luft, als ob ihr etwas Wichtiges eingefallen sei. »Ich habe die Farbe vergessen.«

»Wie bitte?« Ludwig drehte den Kopf zu ihr.

»Für den Schnurrbart.« Seine Sophie erntete einen ver-

ständnislosen Blick vom Major. »Einerlei«, winkte sie ab. Sie
dachte nach wie jemand, den es anstrengte, das zu tun, die
qualmende Zigarette zwischen den Fingern. »Was hatte der
Minister Funkenberg nochmals in seinen Taschen, als er aufgefunden wurde?«

»Bargeld, Liebesbriefe, alte Taschenkalender ...« Der Rest
fiel Ludwig auf die Schnelle nicht ein.

»Rechnungen ...«, ergänzte Sophie.

»Und eine Kopie eines eingelösten Barschecks«, beendete
der Major die Aufzählung.

»Ich habe mich die ganze Zeit gefragt, warum er den mit
sich trug«, behauptete Ludwig, obwohl ihm das eben erst auffiel, er das aber nicht zugeben wollte. »Schließlich war er
schon eingelöst. Bares konnte er damit nicht mehr abholen.«

»Zudem hätte er ihn nicht benötigt, um Geld von seinem
eigenen Bankkonto abzuholen«, ergänzte der Major. »Jemand
anderes muss den Scheck eingelöst haben, und der Minister
hat sich eine Kopie davon geben lassen.«

»Das kann nur einen Grund haben«, stellte Ludwig fest,
auch wenn er nicht wusste, welchen.

»Jemand hat die Schecks gefälscht?«, schlussfolgerte Sophie und machte ihre Zigarette aus.

Ludwig war ein wenig enttäuscht. Wenn das die Lösung
war, dann war sie wenig aufregend und betraf vor allem, was
schwerer wog, überhaupt nicht ihn, den König.

»Das würde erklären, weshalb er Fragezeichen an seine eigenen Ausgaben zeichnet«, warf der Major ein.

»Aber das würde bedeuten, es gab keine Verschwörung
gegen mich.«

»Zumindest nicht in der Mordsache Funkenberg«, erinnerte ihn der Major.

»Richtig«, sagte Ludwig erleichtert, der jetzt auch seine Zigarette ausmachte. »Die Sache mit der Ein-Mann-Liste bleibt.«
Er richtete sich im Sitzen auf. »Also kann es sein, dass der
Mörder die Schecks gefälscht und Funkenberg getötet hat,
weil der kurz davor stand, das Ganze aufzudecken?«

»Das ist möglich.« Sophie hatte eine abwesende Miene, als dächte sie über etwas anderes nach.

»Wer könnte dafür in Betracht kommen?« Der Major beantworte sich seine Frage gleich selbst. »Es muss jemand sein, der die Handschrift von Funkenberg gut kennt, jemand, der Zugriff auf seine Briefe und dergleichen hatte, um die Unterschrift entweder davon selbst abzukopieren oder abkopieren zu lassen.«

»Das lässt mich an den zweiten Assistenten denken.« Ludwig war aufgeregt. »Alles passt auf den Schurken.« Er war so ein geniales königliches Ass. »Habt Ihr etwas über den in Erfahrung bringen können, Major?«

»Ich hatte einen Eurer Diener nach München geschickt, um ihn herzubringen, aber er ist nicht zu Hause. Der Diener hat deshalb die Nachbarn befragt. Sie sagten, sie hätten ihn schon seit einigen Tagen nicht mehr gesehen.«

»Seit wann genau?«, sagte Ludwig.

»Das wussten sie nicht zu sagen, Eure Majestät.«

»Hat der Mann keine Familie?«

»Offenbar lebt er allein.«

»Das heißt, es ist nicht ausgeschlossen, dass er seit dem Tag des Mordes verschwunden ist?« Ludwig knurrte leise. »Das heißt weiterhin, es kann gut sein, dass er Funkenberg ermordet hat und untergetaucht ist?«

»Oder der Mörder hat ihn beseitigt, weil er etwas wusste, das dem Mörder gefährlich werden konnte.« Sophie schien endgültig nüchtern zu sein.

»Wie kann es sein, dass ich von Gennach dazu keine Nachricht habe. Ist der Mann völlig unfähig?« Ludwig schüttelte unwirsch das Haupt. »Das war eine rhetorische Frage. Natürlich ist er das. Schickt diesem Menschen eine Depesche mit dem, was wir eben erfahren haben, Major, wenn Ihr so gut sein mögt.«

Der Major deutete einen Salut an, indem er die Hacken leicht zusammenschlug.

»Die Lösung des Rätsels kommt näher. Ich kann es spüren.« Ludwig spielte wieder mit der Schleife des Pakets.

»Apropos Rätsel«, sagte der Major zu Ludwigs Überraschung. »Herr Wagner war vorhin hier, um Euch seine Aufwartung zu machen. Er hat gebeten, man möge ausrichten, dass er Euer teurer Diener sei und die Wahrheit sich in seinem Geschenk für Euch befände. Ich vermute, er meint das Päckchen, das er Euch hat zukommen lassen.« Der Major zeigte auf das Paket.

Ludwig ließ die Schleife los, zögerte, aber öffnete das Paket nun doch und schaute hinein. »Es ist ein Programm für einige Konzertabende in der letzten Woche.« Er nahm es hinaus und las den Namen. »Und das von einem Komponisten, den Wagner hasst wie die Pest und dessen Musik ihm laut eigener Aussage Schmerzen bereitet, zu dem er ergo nie und nimmer gehen würde.« Ludwig warf das leere Paket auf den Tisch. »Was ist das für eine verklausulierte Botschaft? Kann der Kerl nicht schlicht offen sagen, was hier vor sich geht?«

Kapitel 13

Der neue Tag versprach trotz der noch kühlen Morgenluft erneut ein strahlender zu werden. Der Dunst über dem Schloss löste sich bereits auf und die ersten Sonnenstrahlen ließen das Wasser des Würmsee glitzern, während im Schlosspark die Vögel leise zwitschernd erwachten und sich die Blätter der Bäume in einer milden Brise bewegten.

»Kann es sein, dass es jeden Tag schlimmer wird, obwohl das kaum möglich scheint?«, raunte Erika Sophie leise zu.

Sophie zuckte nur mit den Achseln, die Keulen vorwärts gereckt. Sie versuchte, die Laune der Gräfin zu lesen, die mit gewohnt grimmigem Gesichtsausdruck ein paar Meter vor ihnen auf ihren Stock gestützt auf und ab wanderte. Man merkte ihr nicht an, dass sie gestern mindestens eine halbe Flasche Whiskey gelehrt und mehrere Zigarren geraucht hatte.

Ihr selbst ging es zwar besser, aber der bleierne Geschmack auf der Zunge wollte auch nach mehreren Gläsern Wasser nicht verschwinden.

»Was hat die Gräfin zum Schwein gesagt? Bist du in Schwierigkeiten?« Erika ließ die Keulen sinken, solange die Gräfin einen müde aussehenden Reitknecht beschimpfte, der das Pech hatte, ihren Weg zu kreuzen.

»Nichts. Ich bin nicht sicher, ob das ein gutes oder ein schlechtes Zeichen ist.«

»Ich vermute, sie wird es dich über kurz oder lang wissen lassen.« Erika lehnte die Keulen gegen ihre Röcke und gähnte lang anhaltend.

»Das fürchte ich.« Sophie versuchte, weder an ihre Mutter noch an Johann zu denken, sondern konzentrierte sich darauf, die Keulen zu heben und zu senken. Dabei stellte sie sich vor, sie sei ein Krieger, der sich auf eine Schlacht vorbereitet. Sie hatte das Gefühl, dass ihre Schultern breiter und kräftiger wurden – zumindest metaphorisch gesprochen.

»Soll das Gähnen eine neue Übung sein, Erika?« Die Gräfin hatte den Stallknecht verscheucht und war auf Sophies Zofe aufmerksam geworden.

»Natürlich nicht, Hochgeboren. Aber ich bin müde und es macht keinen Spaß«, gab Erika ein wenig maulig zurück.

»Es geht im Leben nicht um Spaß, sondern um Pflicht und Ausdauer.« Die Gräfin war gänzlich herangekommen. »Nur eine Memme verwechselt das.«

»Ich bin keine Memme«, wehrte Erika sich empört.

»Seltsam«, kommentierte die Gräfin. »Das merkt man dir gar nicht an.« Sie stellte sich direkt vor Sophie, sodass sie beinahe Nasenspitze an Nasenspitze standen. »Auf ein Wort, Hoheit.«

»Natürlich, Gräfin.« Sophie legte die Keulen ab.

»Allein«, sagte die Gräfin dezidiert zu Erika, die ihrem Gesicht nach vor Wut schäumte.

Erika blickte zu Sophie, die ihr zunickte. »Ich komme gleich nach.«

»Bitte schön. Die Memme geht«, murmelte Erika beleidigt, griff sich sowohl ihre als auch Sophies Keulen und marschierte mit erhobenem Kopf von dannen.

Sophie lächelte ein wenig. Sie mochte Erikas Chuzpe.

»Ich habe nachgedacht, Hoheit. Und zwar über mehrere Punkte.« Die Gräfin bohrte mit dem Stock ein Loch in den Rasen.

»Ja, Gräfin.« Sophies Lächeln ebbte ab.

»Zuerst zur Causa Schwein, die scheint mir am einfachsten zu sein. Wie alt seid Ihr, Hoheit?«

»Vierundzwanzig.« Sophie krauste die Stirn. Wusste die Gräfin das nicht?

»Das bedeutet, Ihr seid eine erwachsene Frau, würdet Ihr mir zustimmen?«

»Absolut«, sagte Sophie, auch wenn sie zugeben musste,

dass sie sich unter dem strengen Regime ihrer Mutter nie so fühlte.

»Dann sind wir einer Meinung, Hoheit.« Die Gräfin starrte mit ihren hervorstehenden Augen diesmal direkt in Sophies. »Daher werde ich Eurer Mutter vom Schwein nichts sagen.«

»Nichts?«, fragte Sophie verhalten, weil sie sich nicht vorstellen konnte, dass sie so leicht davonkam.

»Nein.« Die Gräfin drehte ihren Stock ein wenig, sodass das Loch größer wurde.

»Aber …«, soufflierte Sophie.

»Ihr werdet es tun, wenn Ihr es für richtig haltet.«

»Ich?« Sophie spürte, wie ihre Gesichtszüge zu entgleisen drohten, und nahm sich zusammen. »Wie meint Ihr das, Gräfin?«

»Wie ich es sagte. Ihr werdet darüber nachdenken, ob Eure Mutter es verdient hat, über Eure Aktivitäten unterrichtet zu sein. Und ich bin sicher, Ihr werdet eine Entscheidung treffen, die einer erwachsenen Frau würdig ist. Nicht wahr, Hoheit?«

Sophie verkniff sich eine Antwort, weil sie schlicht keine parat hatte.

»Und nun zu der anderen Sache.« Die Gräfin sprach den Namen nicht aus, aber Sophie wusste, dass sie Johann meinte. »Ich stehe zu meinem Wort. Ich werde versuchen, Euch zu helfen.«

»Wie wollt Ihr das anstellen?«

»Darüber muss ich nachdenken. Aber wir werden dem Strolch eins überziehen, versprochen.« Sie machte eine entsprechende Bewegung mit dem Stock und wartete nicht, ob Sophie dazu etwas sagen wollte, sondern räusperte sich. »Dann ist ja alles geklärt, Hoheit. Ich gehe mich umziehen und fahre nach München. Heute Abend bin ich zurück.« Die Gräfin ließ Sophie stehen und marschierte in zackigem Schritt über den Kiesweg in Richtung Schloss.

Sophie blinzelte, holte ihr Taschentuch hervor und putzte sich die Nase, weil die vermaledeiten Rosen sich wieder bemerkbar machten. Sie hatte nicht erwartet, dass die Gräfin sich an ihr Wort halten würde, und war ihr dankbar dafür. Aber im nüchternen Zustand war sich Sophie klar darüber, dass es nichts gab, was die Gräfin tun konnte. Sophie hatte die Sache gedreht und gewendet, wie sie wollte, erkannte aber keine Lösung, außer die, Johann aus dem Weg zu gehen.

»Guten Morgen, Eure Hoheit.« Paul Lohmann kam über den Kiesweg, gestiefelt und gespornt wie für einen Reitausflug, eine geflochtene Gerte aus Leder bei sich.

»Major.« Sie steckte ihr Taschentuch weg und wischte sich hastig über die Stirn, wo ein einsamer Schweißtropfen ihr an der Schläfe herunterlaufen wollte, und ging zum Major hinüber. »Gedenkt Ihr etwa auszureiten? In dieser Herrgottsfrühe?«

Paul Lohmann machte eine Miene, als ob er zum Begräbnis seiner Mutter musste. »Karlchen hat mir berichtet, dass der König damit rechnet, dass ich ihn demnächst bei seinen nächtlichen Ausritten begleite.«

»Ihr Armer«, rutschte es Sophie heraus.

»Ich bin mir bewusst, dass es als Auszeichnung gemeint ist, Hoheit. Aber ich wünschte, es müssten nicht gleich siebzig oder achtzig Kilometer in einer Nacht sein.«

Sophie zeigte auf seine Gerte. »Und Ihr wollt nun einen quasi prophylaktischen Ausritt unternehmen?«

»Ob ich möchte, sei dahingestellt. Aber ich muss gestehen, ich bin bislang nicht einmal auf dem Pferd geritten. Daher wird es höchste Zeit, es kennenzulernen, wenn ich mich bei einem eventuellen Ausritt mit dem König nicht blamieren will.« Er zögerte kurz und wirkte verlegen. »Möchtet Ihr mich zu den Ställen begleiten und Euch das Geschenk des Königs ansehen? Es ist ein stolzes Tier.«

»Sehr gern. Ich war schon viel zu lange nicht mehr dort. Dabei hat man mich als Kind dort kaum wegbewegt bekommen, wenn ich bei Ludwig zu Besuch war.« Sophie machte sich gemeinsam mit dem Major auf zu den Marställen, die ein paar Hundert Meter vom Schloss entfernt lagen. Sie überlegte, wie sie nochmals auf den Besuch des Majors in München kommen konnte, ohne dass es zu auffällig war, aber es fiel ihr nichts ein.

Major Lohmann räusperte sich, während der Marstall in der Ferne in Sicht kam. »Ich soll Euch übrigens etwas vom König ausrichten, Hoheit.«

»Was ist es?«

»Der König hat Brigadier Gennach für heute Nachmittag um sechzehn Uhr einbestellt, weil er erkunden will, welche Fortschritte bei der Suche nach dem zweiten Assistenten gemacht werden.«

»Habt Ihr dem Brigadier nicht erst gestern eine Depesche deswegen geschickt?«

»Das ist zutreffend.« Der Major ließ nicht durchblicken, ob er, wie Sophie, Ludwigs Tempo ein wenig ambitioniert fand. »Jedenfalls bittet seine Majestät um Eure Anwesenheit. Er fürchtet, ohne Euch die Contenance mit Gennach zu verlieren, Hoheit.«

»Ich werde da sein. Ihr auch?«

»Ich auch, Hoheit.« Paul Lohmann wirkte nachdenklich. »Ist Euch eigentlich eingefallen, was Euch an Fräulein de la Corosso gestört hat?«

»Das ist eine komische Sache«, sagte Sophie. »Jedes Mal, wenn ich versuche, mich darauf zu besinnen, ist es, als ob der Gedanke kurz aufleuchtet und sich dann wieder verdunkelt, bevor ich ihn erkennen kann.« Sie seufzte. »Vermutlich ist es sowieso nichts Wichtiges.«

»Ihr werdet früher oder später darauf kommen, da bin ich gewiss.« Paul Lohmann blieb stehen, die Gerte mit beiden Händen hinter dem Rücken haltend, und schaute Sophie an, etwas, das er selten tat. »Was glaubt Ihr, wer der Täter ist?«

»Ich weiß es nicht«, gab Sophie zu, die seinen Blick konzentriert erwiderte, weil sie versuchte, alle Informationen, die sie bislang hatten, zu sortieren. »Es sind so viele mit einem möglichen Motiv und der Gelegenheit: Zunächst wäre da die betrogene Witwe, die jederzeit in der Nacht unbemerkt das Haus hätte verlassen und vor dem Ministerium auf ihren

Mann warten können, um ihn dann ...« Sie brach ab, weil sie sich nicht vorstellen mochte, wie die hübsche Witwe Funkenberg auf ihren Mann einstach. Selbst wenn das Bild nur in Sophies Fantasie existieren mochte, weil die Witwe unschuldig war, verursachte es Sophie eine Gänsehaut, sich die Frau mit blutbesudelten Händen vorzustellen.

»... unter einem Vorwand in eine dunkle Gasse zu locken und dort zu ermorden«, beendete der Major Sophies Satz, der von ihren Gedanken nichts ahnte. »Und ihr Mann wäre ihr ohne Bedenken in die einsame finstere Gasse gefolgt, schließlich hat er seiner Frau vertraut.« Lohmann runzelte die Stirn. »Es scheint mir einiges für sie als Täterin zu besprechen.«

»Außer, dass sie mit ihrem Mann den Vater ihrer Kinder und ihren Lebensunterhalt verliert. Und das Erbe ist laut Brigadier Gennach so gering, dass dies sicher kein Motiv gewesen sein kann.«

»Vielleicht wusste sie nicht um die Finanzen ihres Mannes, als sie ihn ermordet hat?«, gab der Major zu Bedenken.

»Das ist denkbar.« Sophie schaute abwesend zum Würmsee, der im hellen Morgenlicht grünlich-blau schimmerte, am Himmel darüber zogen weiße Schäfchenwolken vorüber. Alles wirkte unpassend friedvoll für das mörderische Thema. Sie riss sich von dem Anblick los. »Und dann hätten wir den zweiten Assistenten«, zählte sie weiter auf. »Dessen Motiv für einen Mord könnte sein, dass er Schecks auf Funkenbergs Namen gefälscht hat und der Minister kurz davor war, ihm auf die Schliche zu kommen.«

»Dafür spricht, dass er Zugriff auf alle Handschriftenproben des Ministers hatte, der Assistent sich in letzter Zeit auffällig verhalten hat und er zudem nicht auffindbar ist«, sagte Paul Lohmann. »Man verschwindet nicht einfach spurlos, wenn man ein reines Gewissen hat.«

»Doch das setzt voraus, dass die Schlussfolgerung, die wir in Sachen Dokumentenfälschung gezogen haben, zutreffend ist. Es könnte sich auch um gänzlich andere Dokumente gehandelt haben, die der Minister im Visier hatte. Es ist noch nicht einmal gesagt, dass es sich überhaupt um private Dokumente handelte, die er auf ihre Echtheit prüfen lassen wollte. Genauso gut könnten es welche sein, die mit seinen Geschäften als Finanzminister zu tun hatten.«

»Und es lässt zudem außer Acht, dass der eigentliche Mörder den Assistenten beiseitegeschafft haben könnte, weil er zu viel wusste«, ergänzte Paul Lohmann.

»Und wenn wir schon dabei sind«, nahm Sophie den Faden auf. »Ich halte es nicht für gänzlich ausgeschlossen, dass Richard Wagner seine Finger im Spiel hatte. Er hat ein eindeutiges Motiv und falls er ein Alibi hat, dann sagt er es nicht, was ich verdächtig finde und mich zu dem Schluss kommen lässt, dass er möglicherweise damit nur vertuschen will, dass er keins hat.«

»Ich kann mir irgendwie nicht vorstellen, dass er ein Mörder ist, aber Ihr habt recht. Es ist übrigens auch denkbar, dass Seine Majestät recht hat und hinter der Sache doch eine politische Verschwörung steckt. Die Sache mit dieser Ein-Mann-Bewerberliste für Funkenbergs Nachfolge stinkt zum Himmel.«

»Oder es mag der Fall von Geersen gewesen sein, der seine üblen Kreise zieht. Vielleicht hat Funkenberg etwas über die Taten seines Schwiegervaters gewusst, das Funkenberg mit ins Grab nehmen musste.« Sophie zog die Nase kraus und lockerte ihren angespannten Nacken. »Mein Hirn hat sich verhakt, fürchte ich, Major. Ich kann kein Licht ins Dunkel bringen. Ich kann mich noch nicht einmal festlegen, was mir am wahrscheinlichsten von all den Möglichkeiten erscheint.«

»Da geht es Euch wie mir, Hoheit«, sagte Paul Lohmann. »Ich tendiere allerdings zur Witwe. Aber die Zeit wird es zeigen.«

»Ich eher zum zweiten Assistenten. Und was die Zeit angeht: Euer Wort in Gottes Ohr«, sagte Sophie und setzte sich langsam wieder in Bewegung. »Und dann zeigt sich hoffentlich auch, was es mit diesem seltsamen Glasdolch auf sich hat. Ich frage mich die ganze Zeit, warum es ausgerechnet ein solcher sein musste.«

»Eine gute Frage«, murmelte der Major. »Warum Glas?«

Ein paar Minuten später waren Sophie und der Major bei den Marställen angekommen. Herrmann, ein alter Stallknecht, der bereits Ludwig und seinem Bruder das Reiten beigebracht hatte, striegelte vor den Ställen einen von Ludwigs Lieblingen, einen rotbraunen Hengst, der so mächtig wie ein Schlachtross aus alten Zeiten war.

»Hoheit Sophie.« Herrmann blickte von seiner Arbeit auf und verbeugte sich, als er Sophie und den Major bemerkte. Der Knecht war um die fünfzig, eher klein, mit wettergegerbtem Gesicht und grauen Haaren, und wirkte immer ein wenig bärbeißig. Aber mit Kindern und Pferden besaß er eine unendliche Geduld.

»Herrmann. Einen guten Morgen.« Sophie erklärte ihm kurz das Ansinnen des Majors, nachdem sie ein paar freundliche Nichtigkeiten mit dem Knecht ausgetauscht hatte.

»Das ist kein Problem, Hoheit. Ich muss nur diesen Riesen loswerden, dann kann ich das Pferd des Majors holen und fertig machen.« Herrmann legte sein Werkzeug zu seinen Füßen ab, während ein anderer Reitknecht, ein gut aussehender junger Mann mit gepflegtem Vollbart, den Sophie nicht kannte, eine weiße, wunderschöne Stute an einer kurzen Longe vor die Ställe führte. Die Stute schnaubte nervös und legte die Ohren an.

»Ihr werdet Euren Hengst lieben, Major Lohmann. Er hat ein feuriges Temperament, aber einen guten Charakter«, sagte Herrmann freundlich zu Paul Lohmann, während dieser die Stute argwöhnisch musterte, die unbändig an ihrer Longe zerrte.

»Wie wunderbar«, murmelte der abwesend.

Sophie klopfte dem Schlachtross von Ludwig den Hals. »Ein schönes Tier.«

»Nicht wahr«, strahlte Herrmann. »Der König hat eben mächtig viel Pferdeverstand.«

»Achtung!« Eine erschrockene männliche Stimme ließ sie herumfahren.

Die Stute hatte sich losgerissen und stürmte mit wild rollenden Augen genau auf Sophie zu. Herrmann fluchte laut, weil der Hengst auskeilte und ihn mit seinem mächtigen Leib beiseitedrückte, sodass der Knecht sich mit Mühe auf den Beinen halten konnte.

Sophie konnte sich nicht vom Anblick der mit Eisen beschlagenen Hufe der Stute losreißen und spürte schon, wie ihre Knochen unter den Tritten brachen. In einem aberwitzigen Moment der Klarheit fragte sie sich, ob sie lieber beten oder wie Herrmann fluchen sollte. Und, ob sie zu verheiraten wäre, wenn sie ein Krüppel würde. Vielleicht könnte ein Pferdehuf die Lösung aller ihrer Probleme sein? Einen Augenblick später wurde sie zur Seite gerissen und fand sich in den Armen des Majors wieder. Die Stute stürmte so knapp an ihnen vorbei, dass Sophie den Pferdeschweiß riechen konnte und die Longe den Major an der Wange traf.

»Seid Ihr wohlauf, Hoheit?« Das Gesicht des Majors war ganz nahe bei Sophies. Sie konnte kleine Sprengsel in seinen Pupillen sehen, die wie Miniatursterne ausschauten, den weichen Stoff seiner Jacke, und seine kräftigen Hände um ihre Taille spüren. Flüchtig überließ sie sich dem Gefühl, geborgen zu sein. Wie wäre es, einen Menschen ganz für sich zu haben? Einen, dem sie vertrauen konnte und der sie vor allen Gefahren zu schützen suchte? Aber das war nicht in den Karten, die das Leben ihr zugeteilt hatte.

Sie wurde sich bewusst, dass der Major sie immer noch festhielt und auf eine Antwort wartend ansah. Sie machte sich los und atmete tief durch. »Ja, danke, Herr Lohmann. Mir geht es gut. Ich bin nur etwas erschreckt. Seid Ihr auch wohlauf?« Sie berührte unwillkürlich die Stelle, an der die Longe ihn getroffen hatte, und zog schnell die Hand zurück, als ihr auffiel, was sie tat. Ihr Herz hämmerte wild und ihre Knie zitterten, aber sie ließ sich das nicht anmerken.

»Alles in Ordnung, Hoheit. Ich bin in einem Stück.« Der Major lächelte und Sophie hatte ein kurzes Déjà-vu, das sie ein paar Wochen zurück nach Hohenschwangau versetzte.

»Halt still, du Bestie«, rief der vollbärtige Reitknecht, so dass Sophie sich nach der Stute und den beiden Knechten umschaute, die das scheuende Tier in eine Ecke des Hofes gedrängt hatten und versuchten, ihr eine Trense umzulegen.

»Pferde«, murmelte der Major. »Jetzt weiß ich wieder, was ich an ihnen nicht ausstehen kann.«

Kapitel 14

Auszug aus dem Tagebuch Ludwig des II.:

»Müde. (Vermerk: Kaffeevorrat aufstocken!)«

»Eure Majestät. Dürfen wir?« Von Pfistermeister verbeugte sich und schob unmittelbar darauf Baron von Freienfels vor sich in den blauen Salon, in dem Ludwig wie immer bei der Arbeit saß.

»Mein König. Es ist mir eine Ehre.« Der Baron verneigte sich, was freien Blick auf das schüttere, weiße Haupthaar des Barons und die Kopfhaut mit braunen Altersflecken darunter gewährte.

»Ja, ja. Selbstredend. Tretet ein und nehmt Platz.« Ludwig winkte die beiden herein und schob ein paar Papiere über die Kriminalakte vor sich. Er wollte nicht, dass von Pfistermeister wusste, womit er sich aktuell beschäftigte. Außerdem musste Ludwig sich auf seinen Plan, den Baron zu sabotieren, konzentrieren.

Die beiden Herren setzten sich zu Ludwig, der sicher war, dass er dabei die Kniegelenke des Barons knirschen hörte. Ein Wunder wäre es nicht gewesen: Der Baron war derart greis, wie ihn Ludwig in Erinnerung gehabt hatte, und seine formale Kleidung stammte aus dem letzten Jahrhundert. Nur seine Schuhe waren neu und auf Hochglanz gebracht. Immerhin. »Der Baron wollte sich Euch empfehlen, Eure Majestät.« Von Pfistermeister rutschte ein wenig auf seinem Sitz herum.

»Nun denn, Baron. Empfehlt Euch mir. Erzählt mir von Euren Heldentaten. Ich höre.«

»Wie es Euch beliebt, Eure Majestät.« Der Baron machte eine unnötige Pause und starrte an die Decke, sodass Ludwig das gelbliche Weiß seiner Augen schimmern sehen konnte.

»Baron.« Von Pfistermeister berührte den Baron leicht am Oberarm.

»Ja?« Er strich sich eine dünne, weiße Haarsträhne zurück. Auch sein Handrücken hatte Unmengen von Altersflecken und knorrige blaue Adern unter papierdünner Haut.

»Euer Lebenslauf.« Von Pfistermeister zeigte auf eine glänzende Aktenmappe, die der Baron bei sich auf dem Schoß hielt. Offenbar hatten die beiden Halunken im Voraus abgesprochen, wie sie vorgehen wollten, um Ludwig zu übertölpeln.

»Ich habe eine andere Idee.« Ludwig verschränkte die Arme vor der Brust, wobei er sich im Eifer des Gefechts etwas Asche von seiner Zigarette auf den Anzug streute. »Beantwortet mir folgende Frage, Baron: Was ist ein Verrechnungsscheck und was ein Barscheck?« Die letzten Ereignisse im Fall Funkenberg hatte Ludwig auf die Idee gebracht.

»Der Verrechnungsscheck untersagt im Gegensatz zum Barscheck der Bank eine Auszahlung an den Inhaber des Schecks«, entgegnete der Baron prompt. »Der jeweilige Betrag darf beim Verrechnungsscheck nur auf ein im Scheck bezeichnetes Bankkonto verbucht werden, Eure Majestät.«

»Und der Barscheck?« Ludwig fegte sich die Asche mit der freien Hand vom Anzug.

»Erlaubt die Auszahlung an jedermann, der den Scheck vorlegt, Eure Majestät.« Der Baron gähnte wieder, biss aber die Lippen zusammen, damit es nicht auffiel.

Von Pfistermeister sah auch schon ganz müde aus. Wenn das so weiterging, schliefen hier gleich alle. Wenigstens Ludwig war wach und gespannt, wie ein Panter vor dem Sprung. Er machte seine Zigarette aus, damit sie ihn nicht ablenkte.

»Was ist als Zahlungsmittel sicherer, Baron?«

»Verrechnungsschecks, Eure Majestät«, antwortete der Baron sofort. »Barschecks sind zu gefährlich. Selbst, wenn jemand einen auf der Straße findet, kann er ihn ohne Probleme einlösen.«

»Würdet Ihr mir empfehlen, eine Lieferung von Waren im Voraus zu begleichen?«

»Ganz bestimmt nicht, Eure Majestät. Wenn Ihr mit den Waren nicht zufrieden seid, müsstet Ihr dem gezahlten Geld hinterherlaufen. Zudem seid Ihr der König. Wer nicht auf Euren Kredit vertraut, verdient es nicht, königlicher Lieferant zu sein.«

Ludwig rieb sich sinnend das Kinn. Offenbar war der Baron in finanziellen Themen erfahrener als gedacht und zudem wusste er, wem er seinen Respekt schuldete, nämlich ihm, dem König. An Letzterem fand Ludwig großen gefallen, das musste er zugeben. Doch so leicht war er nicht zu hintergehen. Er musste etwas anderes versuchen. »Was haltet Ihr von diesen Türklinken, Baron? Sie sind für die neue Burg Hohenschwangau.« Er schob dem Baron den Katalog entgegen und zeigte auf diverse Fotografien von dekorativ ausgeleuchteten Türklinken.

»Sie sind sehr schön, Eure Majestät. Vor allem diese gefallen mir.« Der Baron tippte auf Ludwigs aktuellen Favoriten, eine kreisförmig geschwungene Türklinke.

Die Antwort fand Ludwigs erneuten Beifall. Und mehr noch, dass der Baron sich nicht nach dem Preis der Klinken erkundigte, was Funkenberg mit absoluter Sicherheit getan hätte. Möglicherweise war der Baron nicht die schlechte Wahl, für die Ludwig ihn gehalten hatte? Ludwig machte einen letzten Versuch: »Welchen Namen würdet Ihr der neuen Burg Hohenschwangau geben, wenn ihr dürftet?« Das tat nichts zur Sache, aber er wollte prüfen, welchen Geistes Kind der Baron war.

Der Baron zögerte auch hier nicht lange: »Irgendetwas Stolzes, Ritterliches, Eure Majestät. Hohenritterstein?«

Ludwig neigte das Haupt. Das war gar keine so schlechte

Idee. Er warf dem Baron einen scharfen Blick zu, der augenblicklich gänzlich wach zu sein schien. Was sprach dagegen, ihn zumindest vorläufig zum Minister zu ernennen, ihn scharf im Auge zu behalten und endlich einmal Ludwigs königliche Wünsche für seine Bauvorhaben durchzusetzen? Er verwendete damit die Waffe der Verräter direkt gegen sie, was elegant und famos zugleich war. Zudem hatte er keinen anderen geeigneten Kandidaten gefunden. Und ein müder Finanzminister war besser als keiner.

»Na gut.« Ludwig traf seine Entscheidung, nahm den Katalog und warf von Pfistermeister einen bedeutsamen Blick zu.

Der Kabinettssekretär nickte leicht. Er hatte die Botschaft verstanden.

Es klopfte und Karlchen kam auf Ludwigs Ruf herein, gefolgt von Sophie in einem türkisen Kleid, das gut zu ihren blauen Augen passte.

Karlchen wirkte aufgeregt, was bei Ludwigs Diener eher ungewöhnlich war. Er hatte sogar vergessen, einen Knopf an seiner Livree zu schließen. Ludwig war neugierig, was seinen Diener derart echauffierte.

»Was ist, Karlchen?«

»Meine Cousine war soeben hier, Majestät. Die, die als Hausmädchen bei Fräulein de la Corosso arbeitet. Und meine Cousine hat wichtige Neuigkeiten gebracht, die Ihr hören solltet.«

»Berichte, Karlchen.« Aus den Augenwinkeln bemerkte Ludwig, wie der Kopf des Barons Millimeter um Millimeter auf die Brust sank.

»Es gab einen Streit.«

»Mit wem? Nein, nein, lasst ihn«, sagte Ludwig zu von Pfistermeister, der Anstalten machte, den Baron zu wecken.

»Zwischen dem Fräulein und Funkenberg.« Karlchen hob die Augenbrauen so weit, dass sie unter seinen blondweißen Haaren verschwanden.

»Wann und weswegen?« Ludwig ignorierte die tiefer werdenden Atemzüge des Barons.

»Vor ein paar Tagen, Eure Majestät. Kurz vor dem Mord.«
Karlchen rieb sich allen Ernstes die Hände. Dann fiel ihm
wohl auf, was er tat, und verschränkte sie auf dem Rücken.
Ludwig nahm ein paar Dokumente vom Sessel neben sich auf,
damit Sophie sich setzen konnte.

»Worum ging es?«

»Sollen wir uns entfernen, Eure Majestät?« Von Pfistermeister stand halb auf.

»Nicht nötig.« Ludwigs Aufmerksamkeit war nur bei Karlchen, während Sophie neben ihm ihre Röcke arrangierte. »Ich
vertraue Euch und dem neuen Finanzminister voll und ganz.«

»Eine Ehre, Eure Majestät.«

Ludwig machte eine auffordernde Geste zu seinem Diener.

»Meine Cousine sagte, Funkenberg war wütend, weil die
de la Corosso zu viel Geld ausgab. Er hatte es satt, ständig ihre
Gläubiger zu befriedigen. Sie hat ihm vorgeworfen, er sei geizig und liebe sie nicht. Daraufhin hat er gedroht, dass er seine
Unterstützung einstellt, wenn sie nicht sparsamer wird. Außerdem war wohl nie die Rede von einer Hochzeit zwischen
den beiden. Meine Cousine ist sicher, dass sie davon etwas
mitbekommen hätte. Das Fräulein ist nicht sehr verschwiegen,
was ihr Privatleben angeht.« Karlchen stoppte seine Wortflut,
um Luft zu holen.

Ludwig spürte den ersten kalten Hauch der Enttäuschung.
»Aber sie sagte doch, dass sie heiraten wollten.«

»Sie hat offenbar gelogen«, sprach Sophie aus, was Ludwig
befürchtet hatte, zu hören.

»Wie ehrenhaft ist deine Cousine? Würde sie dich anlügen?« Ludwig wollte noch nicht von seinem Glauben an die
edle Künstlerseele lassen.

»Niemals, Majestät«, zerstörte Karlchen Ludwigs Hoffnun-
gen. »Sie lügt nicht und ist ausgesprochen loyal. Wäre ich
nicht ihr Cousin, hätte sie niemandem ein Wort von dem Streit
berichtet.«

Ludwig suchte unter dem ganzen Wirrwarr auf dem Tisch
nach seiner leeren Kaffeetasse. Er brauchte etwas, an dem er

sich festhalten konnte. Und ihm war schlecht vom ganzen Rauchen. »Warum hat sie bis jetzt gewartet?«

»Sie musste erst einen freien Tag abwarten, um hierherfahren zu können.« Karlchen kam heran, holte die Tasse mit unheimlicher Präzision unter einem Brief hervor und goss Ludwig neuen Kaffee aus einer Kanne ein, die auf dem Fensterbrett stand.

Trotz des neuen Kaffees spürte Ludwig, wie eine dunkle Wolke endgültig über sein Gemüt zog. »Sie hat mich angelogen. Mich. Erst Wagner, nun sie. Was ist nur mit der Welt im Argen?«

»Sei nicht traurig, Ludwig«, versuchte seine Sophie ihn aufzumuntern. »Sie ist eine Schauspielerin. Sie ist gut darin, Leute zu täuschen.«

»Da ist noch mehr, Eure Majestät.« Karlchen stand jetzt vor der Büste von Parzifal.

»Was noch? Mehr Lügen? Ich kann keine mehr ertragen.«

»Funkenberg hatte Unregelmäßigkeiten in seinen privaten Finanzen entdeckt.«

»Inwiefern?«, sagte Ludwig, aber saß automatisch aufrechter.

»Offenbar wurden immer wieder gefälschte Schecks eingelöst, die er nicht ausgestellt hatte. Und er hat seine Geliebte direkt auf den Kopf zu gefragt, ob sie damit zu tun hatte.«

»Wie soll sie das angestellt haben?«, fragte Ludwig skeptisch.

»Sie ist wohl künstlerisch sehr begabt und kann alles kopieren, was ihr beliebt. Von Bildern der alten Meister bis zu Unterschriften auf Schecks.« Karlchens Augen strahlten vor Sensationslust.

»Barschecks?« Der Kopf des Barons zuckte in die Höhe.

Von Pfistermeister hustete leise und erhob sich erneut, diesmal vollständig und eine Verbeugung andeutend. »Wir überlassen Euch Euren dringenden Angelegenheiten, Eure Majestät.« Er griff nach dem Ärmel des Barons und zog ihn in die Höhe. »Ich mache die Berufungsurkunde fertig.«

»Natürlich«, entgegnete Ludwig. »Tut das, guter Freiherr.«

Der Baron verneigte sich ebenfalls und gemeinsam verließen er und von Pfistermeister das Büro.

»Er ist der neue Finanzminister?« Sophie sah überrascht aus.

»Bevor du fragst, die Auswahl war limitiert«, erklärte Ludwig. Er wandte sich gespannt an Karlchen. »Was hat Fräulein de la Corosso wegen der Schecks geantwortet?«

»Das weiß ich leider nicht«, sagte Karlchen. »Meine Cousine hatte Angst, dass sie jemand auf ihrem Horchposten in der Küche entdeckt, und ist ins Schlafzimmer entschwunden.«

Ludwig stöhnte. »Das darf doch nicht wahr sein.«

Sophie fasste sich an die Stirn. »Jetzt weiß ich, was mich die ganze Zeit gestört hat.«

»Was denn?« Ludwig hatte keine Ahnung, was seine Cousine meinte. »Und wobei?«

»An der Schauspielerin.« Sophie zupfte sich an ihren Haaren, etwas, das sie manchmal tat, wenn sie aufgeregt war. »Ist dir aufgefallen, wie sauber ihr Gips ist, Ludwig?«

»Ehrlich gesagt nicht. Und ich verstehe auch die Relevanz dieser Beobachtung nicht, meine Beste.«

»Sie sagte, sie habe ihn schon seit zwei Wochen. Ich habe mir einmal vor vielen Jahren den Arm gebrochen. Ein Unglück auf der Jagd, als ich sechzehn war.« Sophie strich sich abwesend über den linken Unterarm. »Der Gips war nach ein paar Tagen bereits heftig verschmutzt. Und das, obwohl ich meine Mama im Nacken hatte, die mich stets ermahnt hat, auf ihn achtzugeben.«

»Was willst du damit sagen?«, erkundigte sich Ludwig.

»Ich will damit sagen, was ist, wenn sie den Unfall nur vorgetäuscht hat, damit sie ein Alibi hat, Ludwig?« Sophie war aufgesprungen. »Oder noch schlimmer, was ist, wenn sie sich während des Mordes verletzt hat und die Wunde mit dem Gips verdeckt, damit sie nicht verdächtigt wird?«

»Das hätte doch kein Arzt mitgemacht, meine Liebe, und alleine kann sie sich den Gips nicht angelegt haben«, wandte

Ludwig ein. »Ist es nicht möglich, dass der Gips innerhalb der letzten zwei Wochen bereits erneuert wurde? Wenn ich mich richtig erinnere, war sie am Tag nach dem Mord beim Arzt und hat mich deshalb vertröstet, als ich sie einbestellt hatte.« Er dachte kurz nach. »Aber dann dürfte die Widmung von Funkenberg nicht mehr darauf sein. Nicht wahr?«

»Und dass das kein Arzt mitmacht, ist nicht gesagt«, warf Karlchen ein. »Es gibt genug Quacksalber, die für Geld alles tun.«

»Außerdem scheint es mir ein zu großer Zufall zu sein, dass sie einen Tag nach dem Mord einen Arztbesuch macht. Man sollte meinen, sie hätte in einem solchen Moment anderes zu tun. Ihren Geliebten zu betrauern zum Beispiel. Es sei denn natürlich, sie musste an diesem Tag zum Arzt, weil sie ansonsten mit einer Schnittwunde in die Öffentlichkeit gemusst hätte.« Sophie wanderte im Zimmer herum. »Stellt Euch vor: Das Fräulein ist wie immer in Geldnot. Die Gläubiger rücken näher und näher. Funkenberg weigert sich, ihre Schulden zu begleichen. Zudem hat er entdeckt, dass sie die Schecks gefälscht hat, und war kurz davor, den Beweis gegen sie zu führen. Das machte ihn extrem gefährlich für sie. Denn hätte er das geschafft, wäre sie auf Jahre ins Gefängnis gekommen.«

Es klopfte an und auf Ludwigs Ruf kam sein Privatsekretär herein. Er hatte eine rote Schramme auf der rechten Wange.

»Was ist Euch passiert, Major?« Ludwig blinzelte, um die Wunde besser sehen zu können.

»Ein kleiner Reitunfall, Majestät. Nichts Gravierendes.« Der Major stellte sich neben Karlchen und gab ihm zur Begrüßung einen Klaps auf die Schulter. Ludwig bemerkte, dass seine Cousine gut durchblutete Wangen bekommen hatte.

»Der Brigadier ist übrigens eingetroffen und wartet auf seine Audienz.« Paul Lohmann gestikulierte Richtung Flur.

»Gott sei es getrommelt. Der auch noch.« Ludwig holte schon einmal tief Luft, um sich zu wappnen. »Karlchen. Führ ihn bitte herein. Mal sehen, was der Mann wieder alles nicht ermittelt hat.«

Kapitel 15

»Die Frau soll mit einem gebrochenen Arm den Minister erstochen haben?« Erich Gennach schüttelte den Kopf. Er hatte offenbar eine ganze Sammlung an fadenscheinigen Anzügen. Der heute war dunkelgrün und sah aus, als sei er aus einer alten Polizeiuniform geschneidert. Sophie überlegte, ob er keine anderen Anzüge besaß und ihr deshalb leidtun musste, konnte sich das aber kaum vorstellen. Wahrscheinlich waren die Anzüge eher Ausdruck einer asketischen Geisteshaltung als von Geldnot. »Verzeiht, Majestät«, sagte Gennach in ihre Überlegungen hinein, »aber das scheint mir zu weit hergeholt. Und ich habe schon jetzt zu wenig Männer, um den zahlreichen brauchbaren Spuren nachzugehen, da kann ich nicht solchen …«

»Solchen was, bitte sehr?«, unterbrach Ludwig ihn, der sich ausnahmsweise zu Sophie ans Fenster gesellt hatte.

»Solchen diffusen Verdächtigungen nachjagen«, vollendete Gennach seinen Satz.

Sophie konnte sich des Eindrucks nicht erwehren, dass er etwas anderes, ungleich Negativeres hatte sagen wollen, sich aber rechtzeitig gefangen hatte.

»Diffusen? Wie könnt Ihr es wagen?«

»Ludwig.« Sophie legte sanft ihre Hand auf den Arm des Königs, weil dieser einen Schritt auf den Ermittler zu gemacht hatte. Er schien sichtlich erbost von dem mangelnden Verständnis des Beamten.

Der atmete tief durch und schenkte Gennach einen bösen Blick, blieb aber stehen. »Eine Frau, die für ihre Verschwendungssucht bekannt ist, eine Frau, die ausgezeichnet kopieren kann, und eine Frau, deren Gips zu sauber ist.« Ludwig wirkte, als bereute er die letzten Worte, sobald er sie ausgesprochen hatte.

»Und Ihre Reinlichkeit macht sie zur potenziellen Mörderin? Wären dann nicht viele des Mordes verdächtig, Eure Majestät?«

»Bitte.« Sophie ließ Ludwigs Arm los und schaute den Brigadier eindringlich an. »So kommen wir nicht weiter. Besinnen wir uns auf unser gemeinsames Ziel, den Mörder des Ministers zu fassen.«

»Glaubt Ihr diesen Unsinn, Hoheit?« Gennachs Halsschlagadern pochten deutlich. Sophie hielt Ludwig unter Beobachtung, der, die Arme vor der Brust verschränkt, am Fensterbrett lehnte.

»Kennt Ihr ein besseres Motiv als den Versuch, einer Bestrafung zu entgehen?«

»Neun von zehn Fällen werden entweder aus Hass, Rache, Habgier oder zur Verdeckung einer anderen Straftat begangen. Das stimmt«, gab Gennach zu. »Aber ich denke dennoch nicht, dass sie es war, Hoheit.«

»Weil sie eine Frau ist?« Sophie wurde jetzt selbst ein wenig ungehalten.

»Ja.« Gennach starrte stur geradeaus.

»Was wäre, wenn sie ein Mann wäre?«, beharrte Sophie. »Und dieselben Indizien vorlägen. Würdet Ihr einem solchen die Tat zutrauen?«

Erich Gennach war ehrlich genug, zu antworten: »Vermutlich.« Er kratzte sich am Kinn. »Aber es bleibt der Gips.«

»Den kann ich bei jedem Quacksalber bekommen, wenn ich ihm nur genügend Geld gebe«, wiederholte Ludwig mit selbstgerechter Miene, was Karlchen gesagt hatte.

»Mag sein, Eure Majestät. Aber das sind mir insgesamt zu viele Eventualitäten.«

»Habt Ihr endlich herausgefunden, woher der Dolch stammt?«, wechselte Ludwig das Thema.

»Wir wissen nun, dass diese Art der Dolche vorwiegend im Orient hergestellt wird. Der Gutachter sagte, es handelt sich um eine Zierwaffe und nicht um eine Gebrauchswaffe, Eure Majestät.« Gennach Halsschlagader pochte noch schneller. Vermutlich störte ihn das Wort »endlich«.

»Aber würde das nicht ebenfalls auf die Geliebte von Funkenberg hindeuten? Auf ihren Tourneen ist sie bis in den vorderen Orient gekommen.« Sophie überlegte, ob sie vorsorglich Dr. Stein holen lassen sollte. Der Brigadier war im besten Alter für einen Herzschlag und zudem übergewichtig.

»Es ist nicht gesagt, dass der Mörder den Dolch im Orient erworben hat. Er kann ihn auch hier gekauft oder bekommen haben, Hoheit.« Gennach bemühte sich offenkundig, zumindest Sophie gegenüber freundlich zu bleiben.

»Könnt Ihr nicht wenigstens beim behandelnden Arzt nachfragen, ob der Arm wirklich gebrochen und sie bei ihm in Behandlung ist?«, verhandelte Sophie. »Nur, um auszuschließen, dass sie die Tat begangen hat?«

»Fragen wird kaum reichen«, höhnte Ludwig. »Druck machen muss er ihm. Der gibt doch sonst nie freiwillig zu, mit ihr im Bunde zu sein.«

Gennach seufzte leise. »Meinetwegen. Ich lasse Euch ein Telegramm zukommen, Eure Hoheit. Aber ich versichere Euch, das ist überflüssig.« Sophie vermutete, er stimmte dem nur zu, um sich sie und Ludwig vom Hals zu schaffen.

»Und was ist mit dem zweiten Assistenten?«, hakte Ludwig ein, dem der Gram auf Gennach in jede Pore geätzt war. »Habt Ihr den wenigstens gefunden?«

»Er ist wie vom Erdboden verschluckt. Allerdings haben wir von seiner Schwester erfahren, dass er kurz vor seinem Verschwinden alle seine Vermögenswerte verkauft hat, Eure Majestät.«

»Weshalb?«, fragte Sophie.

»Das ist der Schwester nicht bekannt, Hoheit. Sie sind seit längerer Zeit zerstritten. Sie hat nur deshalb davon erfahren, weil ihr Onkel ihr davon berichtet hat.«

»Und macht Euch das stutzig?« Sophie formulierte ihre Frage bewusst neutral. Sie wollte nicht, dass Gennach sich auch von ihr kritisiert fühlte. Es reichte, dass Ludwig dies zur Genüge tat.

»Doch.« Gennach rieb sich die Schläfen. »Das macht es. Aber welcher Mörder verkauft zunächst sein Hab und Gut und begeht dann einen Mord und verschwindet?«

»Einer, der vorausplant?« Ludwig hörte sich an, als sei das bei Mördern die Regel und Gennach nur zu dumm, es zu bemerken.

»Möglich, Eure Majestät. Oder das Ganze hat mit dem Mord nichts zu tun. Ich werde Euch und den Innenminister von den neuesten Erkenntnissen informieren, sobald sie vorliegen.« Gennach machte eine kurze Pause, als ob er Anlauf nahm. »Ich habe vom ersten Assistenten erfahren, dass einige Unterlagen hier sind.« Er führte eine vage Geste in den Raum aus und sprach Ludwig nicht direkt an, vermutlich, weil er wusste, dass das Majestätsbeleidigung war.

»Doch schon«, bemerkte Ludwig bissig.

»Wie bitte, Eure Majestät?« Gennach wirkte, als ob er die Luft anhielt, um nicht zu explodieren. Sophie drückte ihm alle Daumen, denn Ludwig konnte extrem nachtragend sein, wenn man ihn einmal verärgert hatte. Aber vermutlich war es schon zu spät dafür.

»Kaum sind vier Tage vergangen, schon wisst Ihr, wo die Unterlagen sind.« Ludwig lächelte bösartig.

»Eure Majestät, wäret Ihr nicht der König, wäre das Behinderung der Ermittlungen, die strafbar ist, Eure Majestät.«

»Ich bin aber der König«, Ludwigs Lächeln verstärkte sich, »und ich kann tun, was ich will. Zudem muss ich es wohl, weil Ihr es nicht tut. Denn während Ihr imaginären Spuren nachjagt, die Euch nicht weiterbringen, kommen wir hier ausgezeichnet voran.«

Sophie trat in die Sichtachse, die zwischen beiden verlief. »Bitte nehmt die Unterlagen wieder mit, Brigadier.« Sie entschuldigte sich nicht für ihr Vorgehen, denn das hätte bedeutet, einen Fehler Ludwigs einzugestehen, und das war schlichtweg nicht denkbar.

Gennach atmete tief durch, nahm die Unterlagen und verabschiedete sich. »Sehr wohl, Hoheit.«

Als er gegangen war, nahm Ludwig sich zuerst eine Handvoll Pralinen, die er sich alle zugleich in den Mund stopfte, dann zündete er sich kauend eine Zigarette an.

»Das war ja zu erwarten. Der Mann ist zu kleingeistig, um nur einen Hauch von seinen Vorurteilen abzuweichen. Hat er nie von Marie-Madeleine de Brinvilliers gehört?« Ludwig meinte eine Dame, die durch mehrfache Morde im Paris des vorletzten Jahrhunderts zu zweifelhaftem Ruhm gelangt war.

»Soweit ich weiß, hat die nicht mit Waffen, sondern Gift getötet«, wandte Sophie vorsichtig ein.

»Einerlei«, wischte Ludwig ihren Einwand vom Tisch. »Kriminell ist kriminell. Aber ich weiß, was wir tun werden.«

»Was denn, mein Lieber?«

»Wir werden sie überführen«, entschied Ludwig. »Du, ich und Brunhilde. Und dann kann dieser verfluchte Gennach verdammt kleine Brötchen backen.«

Sophies Körper verspannte sich ein wenig, weil Ludwigs Pläne üblicherweise abenteuerlich ausfielen. »Wie willst du das bewerkstelligen?«

»Lass mich nur machen.« Er reckte sich. »Ich werde mit Augusto sprechen. Der Plan muss einfach, unfehlbar, aber brillant sein. So wie ich.«

»Willst du nicht lieber warten, bis Gennach den Arzt befragt hat?«, gab Sophie zu bedenken. »Vielleicht ist Fräulein de la Corosso danach offiziell eine Verdächtige. Oder von der Liste der Verdächtigen gestrichen.«

»Weshalb?« Ludwig spitzte die Lippen. »Ich habe recht und er hat unrecht. Mehr ist dazu nicht zu sagen, meine Liebe.«

Kapitel 16

»Wie sieht es aus, Augusto? Kommt Ihr voran? Die Schauspieler sind spätestens in einer Stunde hier. Wir müssen uns sputen, wenn wir rechtzeitig fertig sein wollen.« Ludwig legte den Kopf in den Nacken und schaute zu seinem Universalgelehrten, der auf der obersten Sprosse einer hölzernen Leiter balancierte und dabei alles andere als sicher wirkte. Vom Würmsee schallte lautes Gelächter herüber. Vermutlich eine Ausflugsgesellschaft zu Wasser, obwohl es strengstens untersagt war, der Roseninsel zu nahe zu kommen. Ludwig konnte die Missetäter jedoch nicht ausmachen, weil die kleine Inselvilla vor ihm, das sogenannte Casino, und die Bäume um das kreisförmig anlegte Rosarium aus seiner Position den Blick auf den See verdeckten. Er schüttelte ergrimmt den Kopf. Doch dann besann er sich auf den Zweck des heutigen Abends, der von eminenter Wichtigkeit war.

»Augusto? Hört Ihr mich?« Ludwig betrat die Bühne, auf der sich die Leiter samt Augusto befand, über eine kleine Treppe zur Rechten und stellte sich direkt neben ihn. Ludwig war sehr zufrieden mit der Bühne. Sie war fünf Meter lang und drei Meter breit, bestand aus einem Podest umrahmt von dünnen Holzwänden und einem etwas massiveren Dach, an dem dicke Vorhänge aus rotem Samt angebracht waren, die links und rechts an den Seiten herunterfielen. Ludwig rieb sich in Vorfreude die Hände. Sie war der ideale Ort für seinen grandiosen Mörderinnenüberführungsplan. Ein einsamer Nagel fiel ihm klirrend vor die Füße. »Augusto?« Ludwig blickte wieder hoch und stellte fest, dass Augustos Hemd zu kurz und aus der Hose gerutscht war.

»Alles spazz, Majstät«, beschied Augusto erstaunlicherweise.

»Spatz? Ich?« Ludwig krauste kurz die Stirn. Dann ging ihm auf, dass Augusto den Mund voller Zimmermannsnägel hatte. Wenn man genau hinsah, was niemand tat, weil einem sonst der Nacken schmerzte, versuchte Augusto mit den Nägeln eine Art dunkelroten Leinensack am Dachfirst anzubringen, der die gleiche Farbe wie der Vorhang hatte.

»Majestät, Achtu...«, rief Augusto von oben, bevor auf Ludwig ein Schauer von Nägeln niederging.

Ludwig sprang geistesgegenwärtig und dennoch elegant beiseite. Gerade rechtzeitig, bevor der schwere Hammer vor seinen königlichen, von Karlchen blank geputzten Stiefeln aufprallte, direkt neben einem weißen Kreidekreuz, das Ludwig auf den Bühnenbrettern hatte anbringen lassen.

»Wollt Ihr mich umbringen, Augusto?« Ludwig stemmte die Hände in die Hüften und starrte Augusto strafend an.

»Verzeiht, Eure Majestät.« Augusto besaß den Anstand, zerknirscht auszusehen.

Wenn es Ludwig nicht besser gewusst hätte, hätte er gemeint, dass Augusto sich mit Ludwigs Feinden verschworen hatte, um ihn loszuwerden. Aber das war Unsinn. Augusto war absolut vertrauenswürdig. Ludwig bückte sich, hob den schweren Hammer auf und reichte ihn Augusto zurück, der sich wackelig auf der Leiter hinunterbeugte, um ihn entgegenzunehmen.

»Eure Majestät.« Karlchen kam einen Weg zwischen den diversen Rosenstöcken des Rosariums entlanggekeucht. Trotz der moderaten Wärme hatte er Schweißperlen auf der Stirn und führte Siegfried an seiner goldenen Festtagsleine, während er gleichzeitig Brunhildes neuen Heldeninnenkäfig trug. Geschickt vermochte Karlchen es, sich weder mit dem Käfig noch mit der Leine in den stacheligen Rosenstauden am Wegesrand zu verheddern. Er blieb ein wenig außer Atem vor Ludwig stehen und verneigte sich. »Wohin, Eure Majestät?«

»Da vorne bitte.« Ludwig wies auf die erste Stuhlreihe vor der Bühne, die nur aus zwei roten Samtstühlen mit hoher verzierter Lehne links und rechts sowie Ludwigs Pseudothron mit dem eingelassenen Wappen der Wittelsberger in der Mitte bestand.

»Sehr wohl, Eure Majestät.« Karlchen verneigte sich erneut, ging hinüber und stellte Brunhildes Käfig auf den Stuhl rechts vom Thron.

»Nicht«, rief Ludwig. »Der ist für Sophie.«

Karlchen machte Anstalten, den Käfig auf den anderen Stuhl zu stellen.

»Der ist für den Major. Stelle den Käfig vor meinen Stuhl auf den Boden. Aber pass auf, dass niemand darüberstolpert«, rief Ludwig wieder.

»Sehr wohl, Eure Majestät.« Karlchen tat wie geheißen und wandte sich danach in Richtung des Weges, der zum Hafen hinunterführte.

Siegfried machte sich los und sprang bellend, seine Leine hinter sich durch den Staub ziehend, um Ludwig herum. Der bückte sich zum zweiten Mal, nahm die Leine auf und wickelte sie vorsorglich um sein Handgelenk und blickte sich um, weil er meinte, Sophie gehört zu haben. Und tatsächlich – Sie kam neben dem Major und Dr. Stein auf Ludwig zu. Sie war hübsch in einem weißen Spitzenkleid mit roten Blumen darauf. Und auch der Major war schmuck in seinem dunklen Anzug. Dr. Stein hingegen ging neben den beiden gut aussehenden Menschen etwas unter, aber Ludwig vermutete, dass der Arzt nicht eitel war. Hinter den dreien kam Erika in ihrem schlichten schwarzen Kleid mit weißer Haube. Sophies Zofe führte aus irgendeinem Grund zwei große und unhandliche Gymnastikkeulen bei sich.

Ludwig ging ihnen gemeinsam mit Siegfried entgegen und traf vor seinem Thron mit dem Major, Dr. Stein und Sophie zusammen. Erika hielt sich dezent im Hintergrund, wie es sich für eine Zofe gehörte.

»Eure Majestät.« Herr Lohmann und der Arzt verneigten sich gleichzeitig, während Sophie den zarten Kopf mit der kunstvollen Steckfrisur neigte, in der herrliche weiße Blüten steckten.

»Gut, dass ihr da seid. Wir haben viel zu besprechen.« Ludwig band Siegfrieds Leine lose um die Lehne des Throns. Er sah einen Moment zu Erika, die die Keulen auf ihrem Stuhl in der zweiten Reihe direkt hinter Sophies Stuhl abstellte. Links davon waren die Stühle für Dr. Stein und den abwesenden Gennach.

»Warum die Keulen?«, raunte Ludwig Sophie zu, die an seiner rechten Seite so nah bei ihm stand, dass ihre Ellbogen sich berührten.

»Sie hat gesagt, sie will die Zeit bis zur Aufführung nutzen und üben«, raunte die zurück.

»Wofür bitte schön?«, flüsterte er, während Erika kritisch zu Augusto schaute, der sich krampfhaft an der heftig schwankenden Leiter festhielt. »Augustos Genialität in allen Ehren, aber man kann froh sein, dass er kein Handwerk ergriffen hatte. Das hätte er vermutlich nicht lange überlebt«, kommentierte Ludwig leise.

»Was meinst du, Ludwig?« Sophie hatte Augustos Not offenbar nicht bemerkt.

»Nicht so wichtig«, flüsterte Ludwig. »Also, warum die Keulen?«

Sophie zuckte mit den Schultern. »Die Gräfin hat sie eine Memme genannt. Ich glaube, das hat ihren Kampfgeist geweckt. Seitdem trainiert Erika, wo sie geht und steht.«

»Und du lässt das zu?«

»Warum nicht? Solange sie darüber ihre Pflichten nicht vergisst.« Sophie nieste einmal kurz.

»Gesundheit, meine Liebe«, wünschte Ludwig. »Ich hoffe, du hast dich nicht verkühlt?«

»Danke, mein Lieber.« Sophie holte ihr Taschentuch aus weißer Seide aus ihrem Ärmel. »Keine Sorge. Das ist nur der Duft.«

Ludwig schnupperte, aber roch nur sein Parfüm und die unterschiedlichen Rosenarten.

»Soll ich Euch helfen?« Erika marschierte zu Augusto, der ihr, zum Glück von oben auf der Leiter, zuwinkte.

Ludwig räusperte sich und konzentrierte sich auf Dr. Stein und den Major, die beide bislang höflich geschwiegen hatten. »Wir sollten den Plan besprechen, meine Herren.«

»Gerne, Eure Majestät«, flüsterte Dr. Stein unter gesenkten Wimpern.

Der Major nickte nur ökonomisch.

»Ich möchte mich nicht selbst loben, aber unsere Falle ist spektakulär und narrensicher zugleich.« Ludwig zeigte nach oben über Augustos Kopf, sodass alle seinem Fingerzeig mit den Blicken folgten. »Seht ihr den Sack?« Ludwig meinte den, den Augusto inzwischen mehr recht als schlecht oben am Hauptbalken befestigt hatte.

»Ja, Eure Majestät«, hauchte Dr. Stein.

»Seht Ihr die Schnur?« Ludwig kniff die Augen zusammen, weil sie schlecht zu erkennen war. Um den Sack war eine silbern glänzende Kordel angebracht, die das Ganze zusammenhielt.

Alle drei nickten zustimmend.

»Obenauf wird das Rubinarmband befestigt werden, das Brunhildes liebste Beute ist«, erläuterte Ludwig. »Sie wird auf mein Kommando das Armband apportieren, dadurch löst sich der Knoten und der Sack öffnet sich.«

»Weshalb, Eure Majestät?« Dr. Stein war kaum zu verstehen.

»Weil darin ein über einen Meter großes Henkerbeil ist.«

»Wie bitte, Eure Majestät?« Dr. Stein wich unwillkürlich zurück.

»Das Beil wird über ein Seil gehalten, wie ein Pendel. Es wird nach Augustos Berechnungen genau auf die Stelle schwingen, auf der Fräulein de la Corosso steht, wenn sie im zweiten Auftritt die Maria Stuart spricht«, machte Ludwig mit Stolz nach vorne durchgedrückter Brust weiter, ohne auf Dr. Stein zu achten. »Dort auf dem Kreidekreuz, seht ihr?«

»Wieso das, Eure Majestät?« Dr. Stein schien immer noch erschreckt, auch, wenn Ludwig wahrlich nicht wusste, warum.

»Das unziemliche Ende der armen Königin der Schotten hat mich auf den Gedanken gebracht. Es ist nur passend, dass ein Henkerbeil der Gerechtigkeit auf die Sünderin niederfahren sollte«, erklärte Ludwig noch stolzer.

Der Arzt zuckte stellvertretend zusammen, als Augusto sich mit dem Hammer auf den Daumen schlug, ungehemmt fluchte und den Hammer Erika reichte, die unter der Leiter stand. »Ich verstehe nicht, Eure Majestät.«

»Denkt doch nach«, sagte Ludwig. »Die Mörderin wird ihren vergipsten Arm nutzen, um das Beil abzuwehren, das leicht von rechter Seite auf sie zuschwingen wird. Wenn sie das tut und sie nicht vor Schmerzen schreit, wissen wir, dass ihr Arm nicht gebrochen ist. Und Eure Aufgabe, Dr. Stein, ist es, sie die ganze Zeit im Auge zu behalten, um ihre Reaktion nicht zu verpassen.«

Dr. Stein wurde bleich. »Und wenn sie getroffen wird, weil der Arm gebrochen ist und sie ihn nicht nutzen kann?«

Ludwig rollte mit den Augen. »Ihr glaubt doch nicht, dass das Beil echt ist. Es ist aus Pappe und Gummi, aber täuschend echt von Augusto angefertigt, möchte ich sagen. Ich habe kein Bedürfnis, eine Künstlerin ins Jenseits zu befördern, wenn sie nicht des Mordes schuldig ist. Was denkt Ihr von mir? Allerdings steht es für mich fest, dass sie es war. Und heute werden wir es beweisen.«

»Hat Gennach mit dem Arzt gesprochen?«, sagte Sophie, obwohl das aus Ludwigs Sicht nichts zur Sache tat.

»Der Mensch lässt sich mal wieder Zeit. Aber ich habe ihn einbestellt, damit er den Beweis, den wir führen werden, mitansehen kann. Und ich seine Schmach.« Ludwig zeigte auf die zweite Stuhlreihe und lächelte versonnen.

»Und weiß er, weswegen du ihn einbestellt hast?« Seine Sophie klang etwas nasal.

»Natürlich nicht. Ich werde ihn überraschen und sein völlig überzogenes Selbstvertrauen vernichten. So wahr ich hier stehe.«

»Das ist das Privileg des Königs«, murmelte Dr. Stein ganz zu recht.

Sophie schaute den Major an, der ihren Blick für einen Moment erwiderte. Wieso hatte Ludwig des Öfteren das Gefühl, dass zwischen den beiden stumme Botschaften ausgetauscht wurden? Das irritierte ihn. Aber er ließ sich nichts anmerken.

Der Major räusperte sich leise. »Ist der Plan nicht ein wenig ...« Er stoppte, weil Ludwig die Stirn krauste. Wenn jetzt nicht das Wort brillant folgte, war der Major in Schwierigkeiten.

»Komplex«, beendete seine Sophie den Satz, der Ludwig nie böse sein konnte. Sie tupfte sich mit dem Tuch die Augen, die ein wenig rot geädert waren.

»Wieso meine Liebe?«

Sie nieste und schwieg dann, wie Dr. Stein und der Major auch. Offenbar waren alle von Ludwigs Vorhaben überzeugt. Wie sollte es anders sein.

Erika kam heran, verneigte sich vor Ludwig und fragte Sophie: »Kann ich da hinten auf dem Rasen ein wenig üben?« Sie zeigte auf eine schöne und leere Grasfläche etwas weiter weg.

Sophie nickte und nieste gleichzeitig. »Aber sei bitte in einer halben Stunde zurück. Es geht bald los.«

»Keine Sorge.« Erika holte sich ihre Keulen und zog von dannen.

Kapitel 17

Die Sonne war in einem letzten Glimmen aus rot-goldenem Licht untergegangen und die Luft auf der Roseninsel seitdem kühl und ein wenig klamm. Sophie fröstelte trotz der großen Fackeln, die Ludwig zu beiden Seiten der Bühne hatte aufstellen lassen, und die zwar beinahe taghelles Licht, aber zu wenig Wärme spendeten. Sie wünschte, sie hätte einen Mantel oder ein Tuch dabei. Doch das war ein Wunsch, der nicht erfüllt werden würde. Sie rieb sich die Oberarme, um sich zu wärmen. Es fühlte sich überraschend einsam an, unter freiem Himmel einer Theateraufführung beizuwohnen, die bislang nur vier Zuschauer hatte: Ludwig, Paul Lohmann, Dr. Stein und Sophie selbst. Erika glänzte durch Abwesenheit, auch Brigadier Gennach war bislang nicht erschienen und Karlchen war vor dem ersten Akt im Casino verschwunden und hielt sich seitdem dort dezent im Hintergrund. Aber dennoch passte es zu Ludwig, eine vermeintliche Mörderin durch einen Akt der Kunst überführen zu wollen.

»Man kann uns niedrig behandeln, nicht erniedrigen«, deklamierte Ludwigs schauspielernde Hauptverdächtige mit theatralischer Stimme. Sie stand auf dem Kreuz, das ihren Platz in der Szene markierte, und schaute ihren dicken Mitschauspieler eindringlich an, der den Paulet spielte. Maria Stuart trug ein schwarzes Kleid und eine graue Perücke mit falschen, hoch aufgetürmten Locken. Unter ihrem Kleid schauten diverse Lagen eines steifen Unterrocks hervor, der jede Bewegung der Schauspielerin mit vollzog und hinderlich, aber optisch dramatisch wirkte. Sophies Gemüt schwankte zwischen Anspannung und schierer Panik. Gleich war es so weit: Ludwig würde Brunhilde den Befehl geben. Sophie bewegte sich unruhig auf ihrem gepolsterten Sitz. Was, wenn der aberwitzige Plan wider Erwarten gelang und Gennach war nicht hier, um es zu bezeugen? Oder was, wenn der Plan nicht gelang? Dann war Ludwig blamiert. Hoffentlich hatte Augusto die Positionen der anderen Schauspieler korrekt berechnet und nicht nur die der Maria Stuart. Der Paulet nahm aufgrund seiner Leibesfülle ausufernden Raum ein. Ob Augusto das berücksichtigt hatte? Es konnte so vieles schiefgehen.

Sophie zückte ihr Taschentuch und tupfte sich die tränenden Augen, die beharrlich juckten. Sie wünschte innig, Ludwig hätte seinen Plan vorher mit ihr besprochen. Gemeinsam hätten sie einen etwas weniger störungsanfälligen entwickeln können.

»Sophie«, flüsterte Ludwig, der den Käfig von Brunhilde unauffällig geöffnet hatte, die ihn von ihrer Sitzstange anstarrte und auf ihr Zeichen wartete. »Wo bleibt der Trottel?«

Sophie drehte sich um und kniff die Lider zusammen. Es war ihre Aufgabe, Ludwig ein Zeichen zu geben, wenn Gennach erschien. Aber der Weg war leer, genau wie Gennachs Stuhl. Hinter ihr saß nur Dr. Stein und starrte die Maria Stuart an, als hätte die ihn hypnotisiert.

Der Major neben Ludwig schaute sich ebenfalls aufmerksam um und zuckte verneinend mit den Schultern.

»Er ist noch nicht da«, hauchte Sophie Ludwig zu, nachdem sie sich wieder zurückgedreht hatte.

Auf der Bühne verneigte sich der Paulet vor seiner Königin Maria Stuart. Die trat einen Schritt zurück, um nicht von seinem massigen Bauch berührt zu werden und verließ dabei das Kreidekreuz.

»Merde alors.« Ludwig zappelte mit den Füßen. »Dieser Gennach versaut alles. Der zweite Auftritt ist bald vorbei. Dann war es umsonst.« Er schaute zu Brunhilde, die die Flügel bewegte, dann wieder auf die Bühne. »Noch eine Minute, dann muss ich Brunhilde losschicken.«

»In Ordnung, Ludwig.« Sophie zählte stumm bis sechzig und drehte sich erneut um. Diesmal erhaschte sie einen tränenverhangenen Blick auf Erich Gennach, der, den Hut auf

dem Kopf und seine Aktentasche unter dem Arm, auf sie zu-
eilte.

»Er ist da«, sagte sie vor Aufregung zu laut zu Ludwig, so
dass der Paulet kurz irritiert zu ihr herunterblickte. Sophie
machte eine entschuldigende Geste und tat, als ob sie geniest
hatte.

Ludwig wartete, bis Gennachs Pobacken eben dessen Sitz
berührten, dann gab er Brunhilde ihren Befehl: »Bring.«

Die schwang sich in die Luft. Gleichzeitig peste Siegfried
los, der die Zeit des ersten Auftritts damit verbracht haben
musste, seine Feiertagsleine durchzubeißen, die jetzt ohne
Hund am anderen Ende nutzlos an Ludwigs Thron baumelte.

»Siegfried«, donnerte Ludwig, was Brunhilde dazu veran-
lasste einen weiten Bogen über das Theaterdach zu ziehen.

»Was passiert hier, Hoheit?« Gennach neigte sich zu Sophie. Er hatte hinter ihr Platz genommen, aber keine Zeit gehabt, seinen Hut abzunehmen.

»Wartet bitte«, sagte Sophie hastig über die Schulter zu
ihm. »Es sollte gleich alles deutlich werden.« Zumindest hoffte
sie das inständig.

»Siegfried«, rief Ludwig erneut streng. Er sprang auf, weil
der Mops weiter bellend vor der Bühne umhersprang und versuchte, Brunhilde vom Himmel zu holen.

Fräulein de la Corosso hielt inne, trat an die Bühnenkante
und schaute abwartend zu Ludwig, der drei lange Schritte zu
seinem Hund gemacht hatte. Der tänzelte um Ludwig herum
und wich ihm aus, weil er das Ganze für ein Spiel hielt.

»Macht weiter.« Ludwig schaffte es mit rotem Kopf, sich
Siegfried zu schnappen und aufzuheben. Mit ihm auf dem
Arm kehrte er zurück zu seinem Thron und setzte sich,
Schweißperlen auf der Stirn. »Na, los«, befahl er den Schau-
spielern unwirsch. »Weitermachen.«

»Hoheit?« Gennach neigte sich zum zweiten Mal zu Sophie.

Dr. Stein neben ihm bekam völlig unpassenderweise einen

Niesanfall. Vielleicht hatte er auch eine Rosenallergie. Oder eine gegen Aufregung.

Sophie hielt den Atem an. Sie fixierte weiterhin angespannt die Papageiin. Die flatterte, Gott sei es gelobt, aufs Bühnendach und begann, am Armband herumzunesteln.

Die Maria Stuart zog sich wieder auf ihr Kreuz zurück und hob die Arme, wobei sie den eingegipsten deutlich langsamer und vorsichtiger bewegte als den anderen. Sie öffnete den Mund, um mit ihrem Text fortzufahren.

»Eure Hoheit?« Das war Gennach zum dritten Mal, jetzt deutlich entnervt klingend.

»Einen Augenblick noch bitte.« Sophie hob die Hand, um ihn zum Schweigen zu bringen.

In diesem Augenblick hatte Brunhilde ihr Werk vollbracht. Der Sack öffnete sich mit einem leichten Rauschen, und das Beil, das, das musste Sophie zugeben, ausgesprochen realistisch wirkte, schwang an seinem langen Seil herab, direkt auf Ludwigs Hauptverdächtige zu.

»Achtung!« Erich Gennach sprang auf und kippte seinen Stuhl dabei um. Da ihn keiner eingeweiht hatte, dachte er vermutlich, das Beil sei echt.

Die Schauspielerin starrte das vermeintliche Mordwerkzeug mit geweiteten Augen und offenem Mund an, regte sich aber nicht.

»Vorsicht!«, schrie nun auch Sophie, allerdings eher aus taktischen Gründen, damit die Frau aus ihrer Trance erwachte und sich bewegte.

Endlich reagierte die Schauspielerin und hob abwehrend den rechten Arm, doch der Paulet kam ihr zuvor und stieß sie beiseite, sodass das Beil an ihr vorbeiwehte und gegen die Behelfswand der Bühne stieß.

»Verflucht«, stöhnte Ludwig, Siegfried immer noch im Klammergriff haltend. »Verflucht, verflucht.«

»Was soll das?«, zischte Gennach von hinten.

Sophie bemühte sich, die Bühne, Ludwig und Gennach

gleichzeitig ihre Aufmerksamkeit zu schenken. »Sie sollte ihren rechten Arm benutzen.«

Aufs Gennachs Gesicht zeichnete sich Verstehen ab und er verzog dasselbe. »Ich habe mit ihrem Arzt gesprochen. Das hier ist reiner Unfug. Er hat geschworen, dass sie einen glatten Bruch am rechten Handgelenk hat.« Er wollte an Sophie vorbei.

Doch die hielt ihn zurück. »Wartet.«

Sei es vor Schreck wegen des Beils oder weil der Kollege sie zu heftig beiseitegestoßen hatte: Die de la Corosso war auf den Allerwertesten gefallen und stützte sich mit beiden Händen auf den Holzbrettern ab. Für einen Augenblick blieb sie ohne ein Anzeichen von Schmerz sitzen. Man hätte eine Stecknadel fallen hören können, wenn nicht das Pfeifen von Siegfrieds Atem auf Ludwigs Arm und Dr. Steins erneuter Niesanfall gewesen wären.

»Ha!« Ludwig deutete auf die Mimin, deren beleibter Kollege ihr aufhelfen wollte. »Ihr seid überführt, Maria Stuart. Wir sind Euch auf die Schliche gekommen. Ihr seid die Verräterin und wolltet meinen Tod.« Vermutlich war er mit den Gedanken mitten im Stück und hielt sich für Elisabeth die Erste von England.

Die Frau erstarrte, dann verzog sie schmerzhaft das Gesicht und hielt sich den eingegipsten Arm.

»Das nimmt dir keiner ab, Maria«, brüllte Ludwig, der wohl vor Aufregung zum »Du« wechselte und sprang auf. »Ich weiß, was du getan hast. Du hast ihn hinterhältig ermordet! Und ich weiß, dass dein Gips eine Messerwunde verbirgt, die du dir dabei zugezogen hast!«

Die Schauspielerin zögerte einen Moment, dann rappelte sie sich auf, stürzte am Paulet vorbei die Treppe hinab von der Bühne und lief davon, wobei ihr die Perücke vom Kopfe wehte und auf der untersten Stufe liegen blieb.

Der Paulet starrte ihr hinterher und fasste sich dann ans Herz, als ob er gleich ohnmächtig würde.

»Was ist los?«, ertönte Erikas Stimme hinter Sophie. »Warum gibt die Maria Stuart Fersengeld?«

»Das erzähle ich dir später.« Sophie drehte sich um und rannte der Mimin hinterher.

»Ganz ausgezeichnet«, rief Ludwig. »Halte sie auf, Sophie.«

Doch Sophie bemerkte nach wenigen Schritten, dass sie die Frau nicht würde erreichen können. Sie war mindestens fünf Meter weit weg und Sophies Röcke so sperrig, dass sie kaum vom Fleck kam.

Der Major tauchte plötzlich neben Sophie auf, eine von Erikas Keulen in der Hand.

Die Schauspielerin sah sich hektisch nach ihnen um, stolperte über ihre starren Unterröcke, fing sich, raffte die Röcke und rannte weiter, als wäre der Teufel hinter ihr her.

Major Lohmann blieb stehen, kniff ein Auge zu und warf die Keule wie eine Kugel in Richtung der Fliehenden. Zu Sophies absoluter Verblüffung traf er damit mit voller Wucht die Fersen der Flüchtenden, die das Gleichgewicht und ihre Röcke aus der Hand verlor, sich in den Lagen Stoff verheddderte und wie ein getroffener Kegel zu Boden taumelte.

Der Major stoppte ab und ließ seelenruhig Ludwig, Dr. Stein sowie Gennach passieren, die an ihnen vorbeiliefen und die gefallene Maria Stuart umringten.

»Guter Wurf, Major.« Sophie blieb neben ihm und verfluchte im Stillen mal wieder ihr Korsett. »War das Absicht?«

»Ist mir aus der Hand gerutscht.« Der Major verzog keine Miene.

Sophie schaute ihn zweifelnd an.

»Ihr wisst schon, dass das hier eine *sehr* kleine Insel ist und die Frau nicht hätte fliehen können, oder?« Erika war herangekommen und stemmte die Hände in die Hüften.

»Ups«, sagte Sophie leise, die das ernsthaft vergessen hatte.

Der Major neben ihr lächelte. »Aber sie war in Richtung der Boote unterwegs.«

»Oder wäre weggeschwommen, wenn wir sie nicht gestoppt hätten«, ergänzte Sophie lahm, weil sie sich dumm vorkam.

»Wenn ihr es sagt.« Erika rollte mit den Augen.

Gemeinsam folgten sie Ludwig, Dr. Stein und Brigadier Gennach. Ludwig nahm gerade den rechten Arm der Mimin, hielt ihn hoch und in Richtung von Dr. Stein, als sie ankamen. Sophie reckte sich auf die Zehenspitzen, um alles mitzubekommen. Durch den Gips zog sich ein schmaler Riss, der durch den Sturz auf die Bühnenbretter entstanden sein musste.

»Dr. Stein?« Ludwig hielt Funkenbergs Geliebte fest, die vergeblich versuchte, sich loszumachen. Sophie hatte fast ein wenig Mitleid mit ihr, so in die Enge getrieben und verzweifelt schaute sie aus. Ihre weiße Bühnenschminke war von Tränenspuren durchzogen.

Dr. Stein nickte, unterdrückte offenbar einen Nieser, zog den Gips ohne Mühe auseinander, ließ die Bruchstücke fallen und betastete das Handgelenk der de la Corosso, das für Sophie völlig normal aussah. Er drehte die Handfläche nach oben, in der sich eine tiefer, fast fünf Zentimeter langer Schnitt über die ganze Handfläche zeigte, der dunkelrot und kaum verheilt war. »Kein Bruch. Und das war ein Messer, keine Frage.« Dr. Stein ließ die Frau los.

»Das ist nicht wahr«, stöhnte sie. »Ich …« Sie brach ab, weil sie vermutlich die Ausweglosigkeit ihrer Lage begriff, und blickte stoisch in den Himmel, wie Maria Stuart es kurz vor der Hinrichtung getan haben musste.

»Nun?« Ludwig wandte sich mit Triumph in jeder Geste zu Gennach. »Was ist? Nehmt sie fest. Oder braucht Ihr eine schriftliche Einladung von mir?«

Kapitel 18

»Prost.« Erika zündete sich eine Zigarre an.

Sie und Sophie hatten die Staffelei und die Farben im Wohnzimmer beiseitegeräumt und dafür eine Flasche Whiskey und ein paar Zigarren hingestellt. Beides hatten sie der Gräfin aus ihren Vorräten abgeschwatzt.

»Ich war vorhin bei Herrn Lohmann.« Sophie schaute sinnend aus dem geschlossenen Fenster, vor dem es dunkelte, wie Erika eine brennende Zigarre in der Hand.

»Und? Hast du seine Schönheit ausgiebig bewundert?« Erika nahm langsam einen Schluck Whiskey, nachdem sie die Flüssigkeit zunächst ausgiebig betrachtet hatte.

»Nicht direkt«, sagte Sophie, obwohl sie das ein ganz klein wenig getan hatte. Was sie aber eher an ihm verblüffte, war seine seltsame Persönlichkeitsmischung, die zwischen Heldenmut und Skurrilität alternierte.

»Sondern was hast du stattdessen getan?« Erika paffte frohgemut.

»Ich habe mit ihm gesprochen.« Sophie blies einen Rauchring, der ziemlich mickrig wurde.

»Das scheint mir eher langweilig.« Erika hielt ihr Glas in die Höhe, das halb gefüllt war. »Ich könnte mich an den Geschmack gewöhnen. Was ist mit dir?«

»Ich gewöhne mich sogar sehr gut daran.« Sophie legte die Füße auf einen Schemel, der vor ihrem Stuhl stand. Sie hatte ihre Schuhe ausgezogen und man konnte ihre dünnen, weißen Seidenstrümpfe sehen.

»Und was hat der Major gesagt?« Erika legte ihre Füße daneben. Ihre Strümpfe waren schwarz und aus etwas dickerem Material.

»Die Ermittlungen sind fast abgeschlossen.«

»Und was hat sich ergeben?«

»Das Fräulein hat, wie wir vermutet haben, den armen Mann umgebracht, weil sie die Schecks gefälscht und ihn im Verdacht hatte, dass er ihr auf die Schliche gekommen war. Der Unfall sowie der Bruch waren inszeniert, der Arzt käuflich. Er hat alles zugegeben, als Gennach ihm noch einmal sehr deutlich gemacht hat, dass er Beihilfe zum Mord leistet, wenn er die Version der de la Corosso weiterhin stützt. Sie haben zudem den Kutscher gefunden, der sie in der Nacht gefahren hat. Er hat zwar ihr Gesicht wegen des Umhangs nicht gesehen, aber erinnert sich an die auffälligen Ringe an ihrer Hand, vor allem an den Saphir.« Der Major hatte Sophie auch noch erzählt, dass die verräterische Schnittwunde in der Handfläche dadurch entstanden war, dass das Messer der ungeübten Täterin bei einem der Stiche aus der Hand gerutscht war und dass sie die handschriftliche Widmung Funkenbergs auf ihrem Gips selbst geschrieben hatte, um sich einen weiteren »Beweis« dafür zu beschaffen, dass der Gips bereits vor dem Mord an seinem Platz gewesen war.

»Die Ringe hat sie nicht abgenommen?«, fragte Erika.

»Sie war in Panik, weil Funkenberg ihr erzählt hatte, dass er am nächsten Tag den Grafologen, Dr. Munkenberg, aufsuchen wollte. Deshalb hatte Funkenberg die Liebesbriefe und Vermerke in der Tasche, als er ermordet wurde. Er hatte seine Geliebte und seinen ersten Assistenten in Verdacht und wollte die Dokumente dem Grafologen als Vergleichsdokumente übergeben. Das hat sie verhindert.«

»Und woher hatte sie diesen seltsamen Dolch aus Glas, den sie dafür benutzt hat?«

»Den hat sie auf einer ihrer Tourneen von einem Maharadscha geschenkt bekommen.«

»Praktisch«, sagte Erika mit hochgezogenen Augenbrauen. »Aber wieso hat sie gerade den genommen und kein solides Messer? Das gibt es doch in jedem Haushalt.«

»Sie wusste, dass sie gegen Funkenberg keine Chance hatte, falls er einen Angriff zu früh bemerkte. Denn sie hatte noch gut in Erinnerung, wie überraschend wehrhaft er war, als er den Strolch in die Flucht geschlagen hat, der sie damals bei ihrem Kennenlernen bedrohte. Daher ist sie auf die glorreiche Idee gekommen, einen Dolch aus Glas zu nehmen, der im Licht nicht schimmert und daher bis zum letzten Moment unsichtbar blieb.

Alles in allem dürften die Beweise jedenfalls ausreichen, dass sie verurteilt wird.« Sophie beugte sich nach vorne und trank einen Schluck Whiskey, ohne darauf zu achten, ob sie dabei ordentlich und sittsam wirkte. Das war herrlich.

»Und der zweite Assistent?« Erika schenkte ihnen beiden nach.

»Der wollte das Land verlassen. Danke.« Sophie nahm ihr Glas.

»Weshalb das?«

»Er hat die Intrigen des ersten Assistenten nicht mehr ausgehalten und wollte woanders einen Neuanfang machen. Deswegen hat er alle seine Habseligkeiten verkauft. Gennach hat seine Kündigung in den Unterlagen von Funkenberg gefunden. Der Assistent hatte noch eine Frist von zwei Wochen, dann wäre er weg gewesen.«

»Und wo war er am Mordtag?«

»Offenbar im Krankenhaus.« Sophie nahm einen genüsslichen Zug an der Zigarre. »Er hatte einen Zusammenbruch, weil ihm alles zu viel wurde.«

»Der arme Kerl.« Erika klopfte ein wenig Asche im Aschenbecher ab.

Der Begriff »armer Kerl« ließ Sophie an den glücklosen Brigadier Gennach denken, über den Ludwig sich beim Innenminister beschwert hatte und der deswegen streng gerügt worden war.

Ludwig kam zusammen mit dem Major herein und blieb vor dem Tisch stehen. »Was ist das?«

»Whiskey.« Sophie nahm ihre Füße vom Schemel. »Möchtest du welchen?«

»Absolut.« Ludwig zog sich einen Stuhl heran, schob ihn

links neben Sophie, setzte sich und roch fachmännisch am Whiskey.

»Ihr auch, Major?« Erika hatte ihre Füße ebenfalls erstaunlich schnell vom Schemel genommen und unter ihrem Rock versteckt.

»Vielen Dank, gern.« Der Major wirkte milde amüsiert.

Erika stand auf Strümpfen auf, holte zwei Gläser aus dem Schrank und stellte sie auf dem Tisch ab, während sich der Major ebenfalls setzte. Sophie goss ihm und Ludwig schweigend ein und reichte die Gläser umher.

»Wisst ihr, warum dieser verdammte Wagner nicht aussagen wollte, wo er in der Mordnacht war?« Ludwig schwenkte den Whiskey im Glas.

»Nein, weshalb?« Sophie nahm vom Major wieder das zarte Parfüm wahr, das sie vor ein paar Tagen gerochen hatte. Das einer Frau. Offenbar war er heute in München gewesen.

»Er wollte nicht, dass jemand erfährt, dass er das Konzert von diesem musikalischen Hallodri besucht hat. Weil das unter seiner Würde gewesen sei. Unter uns«, Ludwig nahm einen tiefen Schluck, »ich glaube, er wollte sich von dessen Kompositionen inspirieren lassen.« Er ließ sich von Sophie deren Zigarre reichen und paffte einen Zug.

Zu Sophies Überraschung akzeptierte der Major die Zigarre, die ihm Erika entgegenhielt.

»Das ist alles?« Sophie nahm sich ihre Zigarre wieder. »Er wäre lieber ins Gefängnis und ultimativ an den Galgen gegangen, als zuzugeben, dass er das Konzert eines unliebsamen Konkurrenten besucht hat?«

»Offenbar hat er in der Vergangenheit große Worte über dessen Unfähigkeit geführt.« Ludwig schaute sehnsüchtig der Zigarre hinterher. »Nun, zumindest mir hat er die Wahrheit offenbart, was ich zu schätzen weiß.«

Sophie versuchte, keine Miene zu verziehen. Das klang bedauerlicherweise so, als habe Ludwig Wagner vergeben.

Es klopfte laut. Karlchen kam herein und schaute eindeutig

missbilligend in die dicken Rauchschwaden, die in der Luft hingen.

»Was ist, Karlchen?« Ludwig nahm dem Major die Zigarre weg.

»Doch nicht meine Mutter, oder?« Sophie macht eine ruckartige Bewegung und hätte ihr Glas umgekippt, wenn Erika es nicht in Sicherheit gebracht hätte.

»Beunruhige dich nicht, meine Liebe«, sagte Ludwig. »Deine Mutter kann bereits rein statistisch nicht nach jedem Mordfall auftauchen und dir Ärger bereiten. Oder?« Er sah zu Karlchen.

»Die Mutter nicht, mein König.« Karlchen wandte sich Sophie zu. »Diesmal ist es Euer Vater. Er will Euch informieren, dass sich Euer zukünftiger Verlobter in Possenhofen angekündigt hat, um Euch kennenzulernen, Hoheit.«

Sophie stöhnte leise und legte ihre Zigarre in den Aschenbecher. »Ich glaube, mir ist nicht gut.«

Kapitel 19

Tagebucheintrag Ludwig des II.:

> »Zwei Mörder gefasst = ich bin doppelt genial. (Vermerk 1: Ob Wagner Heldenoper auf mich schreibt? Depeschieren und einladen, um alles Weitere zu besprechen. Vermerk 2: Überzeugenden Grund erfinden, warum meine Sophie nicht zurück nach Possenhofen muss. Paul Lohmann darauf ansetzen.)«

ENDE